解放军外国语学院英语博士文库

美国越南战争：从想象到幻灭

——论美国越战叙事文学对越战的解构

胡亚敏　著

復旦大學出版社

解放军外国语学院英语博士文库

序　言

美国越南战争小说是美国当代文学的重要组成部分,先后涌现出许多优秀作家。越南战争在越南造成的灾难,在美国社会引起的震荡和在美国人民心中产生的创伤至今仍为许多美国作家所关注。美国对越南战争文学的研究始于 20 世纪 70 年代,但真正有分量的专著问世于 80 年代初期,如菲利普·白德勒的《美国文学与越南经历》(1982)、詹姆士·威尔逊的《散文与电影中的越南》(1982)等。我国的美国越南战争小说研究起步相对较晚,除董鼎山先生 1984 年写于美国并刊于中国《读书》杂志的《美国的"越战文学"》外,据武汉理工学院的甘文平教授介绍,最早研究美国越战小说的论文可能是陈敦全教授 1998 年发表的论述奥布莱恩《追寻卡奇亚托》的论文。此后不到十年中,我国对美国越战文学的研究呈现出"爆发"势头,先后出现了二十几篇高质量的学术论文和一部专著。不仅如此,还有不少青年学者将美国越战文学作为自己的博士论文深入研究,并取得了可喜的成绩。胡亚敏的专著《美国越南战争:从想象到幻灭——论美国越战叙事文学对越战的解构》就是在其博士论文的基础上提炼、扩展而成的。

亚敏的《美国越南战争:从想象到幻灭——论美国越战叙事文学对越战的解构》不是我国第一部研究美国越南战争文学的专著,此前已有甘文平教授对斯通与奥布莱恩的专门论述(厦门大学,2004),但却是我国第一部全面论述美国越战文学的专著。著作以史为纲,史论结合,论述了美国越战文学的重要作品及其意义、特点和启示。在分析论述中,亚敏运用了解构主义、后殖民主义等20世纪的前沿文学理论,却没有拘泥于某一文学理论,为其所制,而是将相关理论按照自己的理解,融会贯通,自然妥帖地融入论点的阐述中,这是十分难能可贵的。其次,亚敏的论述没有局限于学术的象牙塔内,而是将自己的研究置于当代世界政治的大背景中,将学术研究与政治现实紧密相连,形成了本书的鲜明特色。原因很简单:文学是社会的反映,战争是政治的继续。研究战争文学根本不可能绕开政治,去进行所谓纯文学的学术研究。亚敏著作从研究美国越南战争小说入手,剖析了美国政府发动越南战争的真实原因和欺骗手段,从而揭示了美国主流越战小说幻想—幻灭—反思与批判的三部曲规律。在当今美国在伊拉克残杀无辜、虐待战俘的背景下,本书对美国士兵曾在越战中所做出的与现在同样行为的论述,更凸显出论著的现实性和针对性。本书的出版对于丰富我国美国文学研究的层面,推动我国对美国战争文学的研究具有十分积极的意义。

我认识亚敏已有十几年的历史。当初她从部队到解放军外国语学院进修英语,后插入正规班级,再后来考上硕士生、博士生,似乎一切水到渠成、顺理成章。但了解她的人都知道,一个没有正规本科经历的部队生,不断超越他人,超越自我,最后一步步取得最高学位,并成为解放军外国语学院一位骨干教师,其中的艰辛与困难可想而知。不错,亚敏的刻苦、执著与坚韧是她最大的特点。当然她眼光敏锐,视野宽阔,善于思考与发现、发掘问题也是她成功的重要原因。在攻读博士学位的三年中,亚敏先后参加了我主持的国家与河南省社科基金课题各一项,发表有关战争与文化等方面的论文近十篇,为她的博士论文和本书的撰写、出版打下了很好的基础。

　　看到如此优秀的年轻学者脱颖而出，深感我国外国文学研究事业后继有人，不禁想起古人的两句诗句，一是"青出于蓝胜于蓝"，二是"长江后浪推前浪"。加一个横批：后生可畏。衷心祝愿亚敏在今后的学术道路上取得更大成绩。

　　是为序。

李公昭
2008 年 5 月 23 日于洛阳

前　言

　　越南战争始终是美国人心中的痛。尚在战争进行之中，美国就出现了描述越战的文学作品。越战结束后，更是涌现出大量以越战为主题的叙事文学作品，说明越南战争对美国社会和生活产生了巨大的影响。从20世纪70年代末开始，很多美国人开始反思越战，80年代则是反思的高潮，这一时期出现了许多优秀的越战叙事作品，以及大量越战文学评论。

　　美国越战叙事文学生动地反映了美国人眼里的越南战争。对大多数美国人来说，他们所了解的越南战争在很大程度上是他们想象出来的，与真实客观的越战并不一致。由于希望将国内的舆论引导到支持越战上来，美国政府通过各种形式的意识形态宣传，以及对各类传媒的控制，试图在人们脑海里刻意建构一场与客观实际相去甚远的越战。再加上美国主流意识形态的影响，很多美国公民把越战想象成一场美国人为保卫本土不受"共产主义侵犯"的爱国战争，一场美国人"阻止北越侵略南越"的防御战争，一场美国人为了南越人民的民主和自由进行的无私的战争。很多美国人以为，他们在努力把文明、进步、民主与自由带给越南人民，在把越南人民从贫穷与野蛮的深渊中拯救出来。这一想象的越战吸引了很多年轻人为"保家卫国"、维护世界民主与自由，自愿到越南作战，也促使很多父母鼓励儿子前往越南战场,成为"爱国英雄"。

到了越南战场,亲历了战争的美军士兵却发现,真实的越战与以前的想象存在着巨大的差距,因而渐渐失去了最初的天真,堕入黑暗的深处。很多士兵开始以各种方式解构以前想象的越战,呼吁美国人民走出美国政府和文化编织的幻象,不要再沉浸在想象的辉煌战争中。然而,尽管对越战有了更清晰的认识,但对美军士兵和美国越战作家来说,越南、越南人民和越南文化仍然是个难解之谜,令他们无比困惑。他们认识的越南仍然只能出自想象。

本书共分四章,阐述美国人对越战从想象到幻灭的过程。鉴于国内对美国越战文学的研究尚不多,第一章概述了美国越战叙事文学以及美国越战叙事文学研究。第二章主要分析越战是如何被美国公众想象出来的。政府宣传、新闻报道、影视文化、文学作品、传统文化等多方面因素使得美国公众对越战充满了幻想,令他们相信这是一场正义无私的战争。很多年轻人对越战更是充满期盼,渴望到越南战场去实现人生的抱负,实现成为英雄的梦想。同时,由于美国主流意识形态对英雄的崇拜,也使本不乐意参与越南战争的很多年轻人也不得不前往越南。第三章主要分析美国越战叙事文学如何解构美国人以前想象的越战。越南战争是一段让许多士兵失去天真、堕入黑暗深处的历程。年轻的士兵在新兵训练营就开始感受到军队对人性的压抑和剥夺。到越南战场经历第一场战斗后,他们便惊愕地发现,自己并非如想象中那么英勇,并强烈地意识到越南不是一个可以成就英雄的地方。在战场上,他们梦想的不是当英雄,而是能够活着回家。战争的残酷还使很多士兵失去了人性,虐待俘虏、滥杀无辜,这使他们堕入了现代社会的黑暗深渊。更让士兵失望的是美国政府和军队制定的不合理政策和存在的腐败现象,他们不禁感叹:他们真正的敌人与其说是北越士兵,不如说是自己的政府和军队。对战争彻底失望后，士兵们以不同的方式进行着反抗。有的采取"被动防御"的方式，讲笑话、信巫术、做白日梦，希望自己能暂时忘却战场的血雨腥风；有的在头盔或衣服上写上各种标语，以示对战争的厌倦，对和平的向往，对军队的嘲讽；有的靠吸毒麻痹自己；还有的装病、自残、拒不服从命令；更有甚者，有的士兵以炸死军官、逃跑等极端手段，表达对军队和战争的彻底失望和抗议。士兵们在越南时，终日盼望早日回国，他们原以为国内是一个避风的港湾。但回到国内，他们却不得不再一次经历幻灭，因为他们发现，美国国内并非一片乐土，而是一片精神的荒原。在国人的敌视、冷漠和不理解中，他们不得不在这片精神荒原里进行另一场更为艰辛的战争。有的士兵因此变得更加怪异，沉沦在战争的噩梦之中而无法自拔，被美国人视作精神病患者，成为美国社会里的边缘人和隐形人。第四章指出，尽管美国越战叙事文学解构了美国公众以前想象的越战，使人们较为清晰地认识到美国政府及其主导的越战意识形态宣传具有欺骗性和虚伪性。然而，这些作品更多呈现的是美国人的越战，在美国越战叙事文学中，神秘的越南和越南人仍然难以被美国人所认识。美国越战叙事文学充分表现了美军士兵因难以理解越南、越南人民和越南文化而感到的困惑与迷茫。导致美军士兵不能理解越南人民和越南文化的原因，既包括美国人以自我意识为中心而产生的与越南人"我他对立"的态度，也包括因美国人的优越感而带来的与越南人民之间存在着一种"主奴关系"的心理，还有美国人以东方主义审视问题的思维方式。此外，战争使交战双方失去了相互交流、相互了解的机会和可能，这也是美越人民之间产生文化误读的原因。同时，本书还试图分析越南人民在大部分美国越战叙事文学中缺席的原因。

　　大量的越战叙事作品生动地说明了越战这场特殊的战争给美国人民带来的巨大冲击。越战促使美国人民和美国越战作家重新思考美国人的国民性,很多美国越战作家通过作品解构人们曾经想象的越战,表达了希望美国不再重蹈越战覆辙、重陷战争噩梦的愿望。然而,2003年开始的伊拉克战争则表明,美国政府并没有吸取越战的教训,再次让战争的阴云密布。不知将来的美国伊拉克战争文学又会给读者展现出一幅什么样的图画。

目　　录

第一章

背 景 概 述

第一节 想象中的越南战争

在《理想国》(Plato, *Republic*)中,柏拉图做过一个著名的洞穴比喻。一群囚徒被锁在一个洞穴内,只能直视面前的墙壁。他们身后有一堵矮墙,墙后有人举着各种雕像,后面是一堆火,将雕像投影在洞壁上,形成各种影像。囚徒们似乎终身都在观看"皮影戏"。一天,一位囚徒挣脱枷锁,越过矮墙和火堆,走出洞口,看到外面的真实世界和太阳,才知道洞穴内的生活原来是多么虚假而悲惨。怀着解放同胞的使命,他重返洞穴,告诉其他囚徒洞外的真相,却不被理解,最后被处死(Plato:225-227)。柏拉图的这个比喻说明人们对理念和真理的认识遭到了扭曲。人们所见并非实在之物,而只是理念或真实之物经过光的折射后,投射在墙上的影子。由于人们生来就只看到这些被扭曲的影子,他们自然而然地把这些被扭曲的影子当作事物的真相。

在现实世界里,人们对事物的扭曲同样使得真实事物与人们的认识不一致。著名的东南亚学者本尼迪克·安德森在《想象的社群》(Benedict Anderson, *Imagined Communities*)中指出,人们所了解的世界在很大程度上是一个"想象的社群","因为即便是在最小的民族国家,绝大多数的成员也彼此不了解,他们没有相遇的机会,甚至未曾听说过对方，但是，在每个人的心中却存在着彼此共处一个社群的想象"(B. Anderson：15)①。在现实世界中，由于客观上人们不可能亲历所有事件，他们对外界的了解必须依赖外在手段。出于种种原因，一部分人不愿意让另一部分人了解事物的真相，因此想方设法地利用其掌控的手段去隐瞒、歪曲事物真相，引导人们建构起一个与客观事物不一致的想象世界，并将此当作真实的世界。同样，外在媒介具有的主观性和人们自身的文化"偏见"，也使人们认识的世界与真实的世界产生距离。当年美国人对越南战争的认识正是如此。由于媒体的限制、环境的制约和文化的影响，对大部分美国人来说，他们了解的越战在很大程度上是出于自己的想象，他们只是在脑海里勾勒出一幅越战的图画而已。

　　越南战争一直是美国一个难以言说的伤痛。这场在美国历史上持续时间最长的战争使美国人民第一次尝到战争失败的滋味②，美国民主是人类"最后、最好的希望"(林肯语)的说法遭到了空前的质疑，美国人对他们是上帝新宠的选民这一信念也倍感疑惑。越南战争之所以在美国社会产生如此巨大的冲击，除了其失败的结局外，还因为这一失败让许多美国人始料不及，因为普通美国人"很难想象美军最后可能不会赢得越战"(Cappini：138)。在普通美国人的想象中，美军应该轻易地赢得这场在道义上"崇高无私"、在军事上占绝对优势、在民心上有着越南人民广泛支持的战争。越战的失败最终让他们意识到，把美军派到越南的做法远不能用高尚和无私来描述，美国支持的南越政府并没有像美国政府宣称的那样拥有牢固的群众基础，具备军事优势的美军在越南丛林进行的游击战中也显得一筹莫展。越战的失败促使美国人重新思考他们想象中的那场越战。

① 本书中引自英文书籍的文字，若无特别说明，为笔者自译。
② 许多中国读者也许认为美国在朝鲜战争中也遭到失败。但很多美国人则认为，美国虽然没有赢得朝鲜战争，但也没有输掉这场战争，因为他们成功地把朝鲜半岛一分为二，把"共产党的势力阻挡在三八线以北"。

此前,普通美国人仿佛一直待在柏拉图描述的那个著名洞穴里,他们了解的越战就是柏拉图笔下的囚徒们在洞壁上看到的影子。他们全然不知自己看到的并非真实的事物,而只是被歪曲的影子。但总有人挣脱枷锁跑到阳光下,看到事物的真相,并回到洞中告诉伙伴。越南战争中,也有这样一些勇敢的人们,努力把他们了解的越战真相告诉国人。虽然他们所认识的真相与客观的越战也可能存在一定的差距,但他们毕竟使国人对越战有了更为清晰的认识。越战期间和越战结束后,美国国内涌现了大量关于越战的叙事文学作品。这些作品既表现了人们最初想象的那场越战,也表现了一部分勇敢的人们试图解构那场想象的越战、展示真理的努力,还表现了他们所认识的越战存在的局限性。

本书试图通过美国越战叙事文学来了解美国人认识的越战。美军士兵最初了解的越战源自他们的想象,美国国内普通人认识的越战更是源自想象。西方传统的东方主义思维方式带来的偏见、政府的新闻限制、美国社会的意识形态体系等使他们难以了解越战的真相。美国政府通过对各类传媒的控制,刻意建构了一场迥异于客观实际的越战。同时,美国社会的意识形态对美国公众产生着潜移默化的作用,使他们不自觉地接受并认同政府通过新闻传媒、大众文化、学校教育等途径所宣扬的那场越战。一些越战作家运用手中的书写权,向国人传播自己的关于越战的知识,并打上了权力话语的烙印,加深了人们对越战的误解。但是,更多的士兵和记者亲历战争、感受真正的越战后,意识到自己以前所认识的越战是想象的、虚幻的。他们拿起笔来,努力写出自己了解的越战,解构曾经想象的越战。他们的确也在一定程度上帮助人们较为清楚地认识在越南发生的那场战争。然而,即使这些解构作品中的越战仍难说是完全真实客观的。他们对越战的认识仍然因为视野的局限、文化的误读、战争本身等原因的限制,而与真实客观的越战存在一定的距离。他们的作品仍然不可避免地折射着作家的主观色彩,体现出西方文化对东方文化的误读。尤其是他们对越南文化和越南人的理解,由于没有机会直接接触，而在很大程度上仍然不得不出自想象。

　　本书分四章，分别阐述了美国人对越战从想象到幻灭的过程。由于美国的越战文学研究在国内基本属于空白，很多人对越战文学了解甚少；因此第一章概述了美国越战叙事文学和美国越战叙事文学研究。第二章论述越战是如何被美国公众想象出来的以及产生这些想象的因素。第三章论述一些越战士兵和记者经历越战后，对自己及国人先前的想象进行剖析与解构，向人们展示自己了解的真相。对越战幻灭的士兵回到国内，本以为家园的温馨能渐渐抚平战争的创伤，但现实让他们在国内再次体会到幻灭的含义。第四章试图指出，尽管美军士兵意识到以前对越南和越南人民的想象是错误的，但由于种种原因，越南仍然令他们无比困惑，他们仍然只能去想象神秘的越南人。

　　首先，有必要对本书讨论的越战叙事文学稍作定义。本书讨论的越战叙事文学包括虚构小说、非虚构小说、从个人视角撰写的回忆录和报道。从公共报道角度撰写的回忆录和新闻报道不在本书讨论的美国越战叙事文学作品的范围之内。越战后涌现出大量叙事作品，在约翰·纽曼 1996 年主编的《越战文学注释书目：关于在越作战的美国人的虚构作品》（John Newman, *Vietnam War Literature: An Annotated Bibliography of Imaginative Works About Americans Fighting in Vietnam*）中，仅收入的小说就有 666 部[①]。这些作品质量参差不齐。要对如此众多的作品进行取舍，实非易事。选材时，笔者尽量选择有代表性的作品，而不只单凭个人喜好。因此，本书所论及的近三十部作品包括了绝大部分美国评论界公认的越战叙事文学中具有代表性和影响力的作品。

　　本书的中心论题是，美国人了解的越南战争是他们想象出来的，

---

① 尽管美国越战叙事作品数量繁多，但真正受美国越战文学评论界青睐的却并不多，原因是很多作品质量过于粗糙。

与真实的越战并不一致。那么,可能牵涉的问题是,真实发生的、客观的越战是不是可以或者可能被了解? 作为一个中国人,笔者又如何了解什么是真实的越战,如何判断美国人了解的越战就是他们想象的产物呢? 保罗·德曼认为,在理解文本的过程中,永远不可能有完全正确的阅读,"我们只是在试图更接近于做一个严格的读者。"(保罗·德曼:66)如果说对任何事件的理解和阐释在一定程度上都是对它的歪曲和误读的话,那么,我们又如何可能在解构美国人想象的越战的基础上,去重构真实客观的越战呢? 我们试图去重构的行为本身是否也是在建构另一场想象的越战? 如果任何阅读都是一定程度的误读,那么笔者的理解也不可能绝对客观。

　　阐释学认为,由于人们从出生起就被投射入一种特定的文化、一个特定的社会,他在理解任何事物前,都必然受到他所在文化和社会的影响,这就是海德格尔所说的前理解,或姚斯所说的期待视阈。这一前理解和期待视阈决定了任何人都不可能完全客观公正地理解事物。在《政治无意识》(Fredric Jameson, *The Political Unconscious*)里,弗雷德里克·詹姆逊表达了类似的观点。他认为在阐释文本时,应该首先从政治角度入手:"政治视角不是某种补充方法,也非当下流行的其他阐释方法……可供选择的从属方法,而是作为一切阅读和一切阐释的绝对视阈"(Jameson:17)。政治弥漫于人们生活的方方面面,人们在理解或阐释事物时自然难以摆脱其所在社会主导意识形态的控制和影响。正因为如此,人们在认识外界事物时,必然在一定程度上是通过控制或操纵他的意识形态的视角,因此他认识的世界在一定程度上也必然是出自想象。这是任何人都无从避免的。这是否就意味着笔者也难以客观公正地分析阐释美国越战叙事文学呢?

　　虽然从不同的角度看事物会有不同的印象,但事物本身却无疑有一客观存在。我们想做的是,如何尽量减少意识形态对我们的影响,从而尽可能辨明现实中的这一客观存在。千百年来,人类孜孜不倦地求真,有的甚至不惜生命,就是在试图摆脱当时社会的意识形态和文化传统的影响,去寻找、发现隐藏在重重迷雾后面的真理。一些美国越战叙事文学作家在努力这样做,他们想撕开意识形态的网,以窥视到一场真实的越战。笔者也在努力理解一场真实的越战;同时,笔者作为中国人这一第三者的身份给本人尽可能客观地理解越战提供了诸多便利。笔者既不从越南人的角度,也不从美国人的角度,而是从一个中国人的角度去诠释越战。这种局外人的身份有助于笔者尽可能客观地去理解那场在美国社会产生巨大影响的战争,从而最大限度地接近客观真实的越南战争。

第二节　越战叙事文学概述

> 故事能使记忆保持鲜活,能不断地揭开伤疤。
>
> ——蒂姆·奥布莱恩

　　越南战争仿如一场醒不了的噩梦、一片散不去的阴霾,笼罩着整整一代的美国人。正如迈克尔·黑尔在《新闻快报》里所说:"我们快乐的童年时代被越南取代了"(Herr:244)。越南战争对美国产生了深远的影响。美国参与越南事务的历史可以追溯到第二次世界大战①。

　　二战期间,为了拉拢英、法等老牌帝国主义,罗斯福曾暗中支持法国在战后继续对印度支那进行殖民统治。二战结束后,世界进入冷战时期。美国为了防止共产主义势力的进一步扩大,更是积极支

---

① 美国学术界对越战起止时间历来有不同的划分。R·G·格兰特认为,越战应是1965年至1975年,从美军第一支作战部队抵达越南起,到最后一名美军士兵撤离被北越占领的西贡为止(格兰特:61)。这也代表了美国国内的普遍看法;但乔治·赫林则把战争开始的时间提前了15年,认为是从1950年至1975年(Herring);还有的学者认为,越战在1973年签订巴黎和约的时候就已经结束。

持法国在越南的统治。1954 年法国在奠边府战役中惨败,结束了对之近百年的殖民统治,退出了越南。美国不能接受越南由胡志明领导的"共产党统治",竭力宣扬多米诺骨牌理论:若越南被共产主义势力"控制",则整个东南亚和亚洲都会相继落入以苏联为首的共产主义势力圈,从而破坏美国在非洲和拉丁美洲的"形象"和影响,给美国一直努力塑造的顽强、坚韧和诚信的形象带来沉重的打击①。因此,越南问题与美国的命运休戚相关。1954 年的日内瓦会议将越南分为南北两方,北方由共产党控制,美国则寻求渠道支持南方的吴庭艳傀儡政权②。除了经济援助外,美国开始派出军事顾问和特种部队前往南越,负责指导南方军队与北方交战。肯尼迪时期,派往越南的军事顾问陡增,从最初的几百名增至 1963 年的 15 000 名。约翰逊政府制造了北部湾事件后,第一支美军作战部队于 1965 年 3 月 8 日在越南岘港登陆,美军正式卷入战斗③。

---

① 1965 年 4 月 7 日,美国作战部队登陆越南一个月后,约翰逊总统在约翰·霍普金斯大学演讲时指出:"整个世界,从柏林到泰国,人们的幸福都在一定程度上取决于我们,因为他们相信受到攻击时,可以依靠我们。让越南自生自灭,会动摇这些人们对美国的信任,对美国作出的承诺产生怀疑。结果将是更多的动荡和不安,甚至是战争的扩大。……人们不要抱以幻想,以为从越南撤军会结束冲突。战火会在一个又一个国家重燃。我们时代最重要的教训是,侵略的野心永远不会得到满足。从一个战场撤离只会意味着准备另一场战争。"(Johnson, 2003)

② 1945 年 9 月 2 日,胡志明在河内以临时政府的名义,宣布成立越南民主共和国。1954 年的日内瓦会议以北纬 17 度为界,将越南暂时分为南北两方。会议强调了这一分界线只是临时的,规定 1956 年夏天,越南全国将在国际监督下举行国民选举,以便将南北两部分和平统一起来。然而,1955 年 10 月,吴庭艳在西贡宣布成立越南共和国,自任总统。他拒绝参加全国大选,试图使南北的分离永久化,各自成为独立的主权国家。为了行文方便,本书将在下文中把胡志明领导的越南民主共和国简称为"北越",将吴庭艳以及后来杨文明等领导的越南共和国简称为"南越"。

③ 1964 年 8 月 4 日,美国政府宣称,美国驱逐舰"马多克斯"号和"滕纳·乔埃"号在东京湾(即北部湾)离最近的陆地约 65 海里处的公海上进行巡逻时,遭到数目不定的北越鱼雷艇的袭击。事后证明,这很可能是五角大楼为扩大对越战争而蓄意制造的借口。美国政府趁机提出了"逐步升级战略",即所谓"有限度地扩大战争"。

越南战争爆发后不久,美国借助其空中机动战术,取得了一连串的胜利。然而面对美国发动的"南打北炸"战争,越南人民并未屈服,而是开展了一场伟大的抗美救国战争。美国政府很快便发现自己陷入了曾导致法国在越南的殖民势力垮台的人民战争之中。为了挽回败局,美国政府不断向越南增派兵力。随着越南战争的不断升级,美国在越南遭受的挫折更为惨重,美国国内的反战呼声也日益高涨。1968 年春,越南爱国武装力量发起了"春节攻势",给美军以沉重打击。美国在越南战争中的惨败导致约翰逊政府于同年 3 月 31 日被迫宣布"部分停止轰炸越南北方"。约翰逊总统本人也宣布不再参加总统连任的竞选。理查德·尼克松因向美国人民允诺结束越南战争而当选为下任总统。他上任后开始逐步撤军和推行"战争越南化"的政策,即美军逐渐撤出越南,只从后勤与情报上支持南越军队与北越军队作战,试图从"印度支那"战争中体面地解脱出来。1973 年 1 月尼克松政府在巴黎与越南民主共和国签署了结束战争、恢复和平的协议。1975 年 4 月 30 日,最后一名美国士兵离开越南,美国参加的历史上最长、最不得人心的战争终于正式结束。

如同所有血腥的战争,越战给交战双方都留下了痛苦的记忆,烙下了难以消逝的伤痕。据北越高级官员介绍,北越牺牲了约 100 万士兵,更多的士兵受伤,而平民死伤人数就无法统计了(Karnow,1997:23)。拉尔夫·德·贝茨尖锐地指出:"为了坚持'拯救'越南,美国杀伤了几百万越南人,加上成千上万的难民,名副其实地毁灭了这个国家的许多天然景色"(拉·贝茨:442)。据统计,美国在 7 年之内向这个面积仅相当于得克萨斯州大小的国家投下了 720 万吨炸弹,而在整个第二次世界大战期间,各个战场的投弹总量为 200 万吨。"南越南部三分之一的土地被化学药物污染或被炸弹和炮弹炸成废墟"(格兰特:69)。在 1965 年至 1973 年间,美国向南越提供了一千两百多亿美元的资金,战争耗资四千多亿美元,前后共有三百多万名士兵奔赴越南。1969年2月,人数最多时有五十四万多美军士兵同时在越作战。在这场旷日持久、前后持续近二十年的战争中,美国官方统计死亡人数为5.8万人,其中4.7万人是士兵,另有30.3万人受伤①。

然而,战争并未随着美军的撤出而真正结束,美国越战老兵把越南的噩梦又带回美国国内。越战的阴影继续笼罩着美国人的生活,给美国社会、经济和文化都带来了巨大的震撼和冲击,对美国人民在心理上和精神上的影响尤其深远。越南战争打破了美国人引以为骄傲的美国神话,让他们沮丧地发现,美国并不能无往不胜,美国人也远非他们宣称的那样正义和勇敢,他们同样会犯下令人发指的罪行。越南战争促使美国人重新审视自己。

一、越战叙事文学概述

尽管美国越战小说不胜枚举,多数评论家热衷于谈论的第一本越战小说却并非出自美国人的笔下,而是由英国人格雷厄姆·格林1955年出版的小说《沉静的美国人》②。小说描写英国记者福勒在越南结识了看来沉静、谦逊的美国人派尔,但后来却发现派尔在越南执行秘密任务:偷运"塑料"制造炸弹,试图在越南建立"国家民主",将所谓美国式的民主强加给越南人民。滥杀许多无辜后,派尔最终被暗杀,但他临死时还坚信自己的行为崇高而无私。小说被许多美国评论家誉为"第一本,甚至最好的一本"越战小说,"在许多评论家的眼里,《沉静的美国人》已成为一种标准"(J. Wilson:9)。之所以众多评论家对该书情有独钟,是因为这本小说早在美国正式开始对越

---

① 该数字出自 *The New Encyclopedia Britannica*,Vol. 12, 1997,第363页。

② 本书讨论的美国越战叙事作品及作者在附录2内皆有中英文对照,可供查阅。

战争之前,就神奇地预言了美国随后 20 年的命运。

20 世纪 60 年代中期开始出现反映美军士兵在越作战的作品,但真正优秀的越战叙事作品直到 70 年代末才得以问世,其中几部还获得美国"全国图书奖"。这些作品生动地再现了人们对越战态度的微妙变化。最初,人们对战争持乐观态度,相信这是一桩正义的事业、一场勇士的战争。但随着战争的深入,人们开始产生怀疑,问起了诺曼·梅勒曾经问过的著名问题:我们为什么到越南? 之后,开始有众多老兵用作品向人们展示噩梦般的越战。然而,越战并没有随着老兵的回国而结束,它的噩梦还继续笼罩着老兵和他们亲人的生活。

（一）勇士的战争

美国国内对越南战争众说纷纭,至今仍有不同见解①。越战叙事文学中,不乏表达对战争的肯定、士兵的赞美、政府的歌颂的作品,认为这是一场勇士的战争,一场美国为了越南的民主和自由而置自己安危于不顾的正义战争,一场因美国人的偶然失误而失败的悲壮战争。在《伟大战争与现代记忆》(Paul Fussell, *The Great War and Modern Memory*)里,保罗·福塞尔对英国一战回忆录进行分析,认为众多战争文学作品主要包括一个三部曲结构。首先,士兵单纯天真,向往战争;其次,经历真正的战争;最后,在战后反思、重构战争(Fussell:130)。托比·C·赫佐格在《越战故事:天真的失落》(Tobey C. Herzog, *Vietnam War Stories: Innocence Lost*)一书里认为越战作品也是如此,并将其概括为天真、经历与反思三部曲(Herzog,

---

① 2001 年 11 月 30 日,笔者的丈夫陈春华通过电话向美国科罗拉多亚当斯州立学院(Adams State College)的大学生讲述中国文化,之后,双方互相提问。笔者当时通过电话询问美国大学生对越南战争的看法,班里顿时热闹起来,按照美方老师 Ron Becker 博士的说法是"他们争得面红耳赤"。(There is a fight.)可见,当今美国人对越战态度的分歧依然很大。

1992)。他认为,有的作品只涉及第一部曲,从来没有进入第二部曲。这些作品乐观、天真、充满理想主义。有的作品只涉及前两部,描写了士兵开始的天真和他后来经历的真正战争,感受到想象与现实间的巨大差距,士兵们进入了"黑暗的深处"①。但作者只是客观地记录下这一切,没有从历史、文化、道德、哲学等层面对之进行深入思考和挖掘。第三类作品则包括了三个部分,这些作品既生动记录了士兵的成长过程,也具有历史和文化的深度。这些作品才是佳作②。

对越战持肯定态度的作品其实也包含两类。一类是对战争完全赞同的作品,它可能只包括了赫佐格提到的第一部曲:天真。描述美国在越军事顾问和特种部队的早期越战文学尤其如此。这一时期美军部队尚未大规模卷入战争,美国国内对越战的关注尚不多,加上政府宣传的影响,许多人对战争表示乐观。这一时期的越战叙事文学大多也同样表现出乐观、肯定的态度,而缺少历史、文化和道德的思考。他们突出表现的是美军为了越南的民主和自由作出的种种牺牲,对越南人的描写则大都流于美国人的想象,强调他们的落后、懒惰与散漫,完全忽视了越南人遭受的苦难。这其中最有代表性的作品是罗宾·莫尔的《绿色贝雷帽》。小说出版后极为畅销,后被好莱坞著名影星约翰·韦恩改编成电影,在美国公映,产生了巨大影响。据说,小说出版的当年,无数美国青年踊跃报名参军,渴望也做一名英勇的特种部队士兵。小说描写了美国特种部队士兵在越南战场的种种英勇行为和献身精神。因没有深入挖掘越战的内涵,只浮光掠

---

① "黑暗的深处"一语出自英国作家康拉德的同名小说。小说用象征的手法叙述了马洛在非洲的历险,揭示了文明与原始的对立,表现了人类心灵的黑暗。本书借用该语表现美军士兵因越战丧失人性,坠入心灵的黑暗深处。

② 托比·C·赫佐格认为,迈克尔·黑尔的《新闻快报》和蒂姆·奥布莱恩的《追寻卡西艾托》就是这样的佳作。

影地记录了美军的英勇，小说因而受到许多评论家的批评和嘲笑，甚至被称为滑稽可笑的作品(Myers，1984：120)。《绿色贝雷帽》一类作品往往刻画了一个高大伟岸、英勇无畏的美军士兵，他是美国英雄在越南的再生，重建了荷马史诗中英雄的伟绩与功勋。这类作品一般具有鲜明的政治倾向，在历史面前，终究显得脆弱而单薄。

另一类作品则稍微复杂一些，包括赫佐格三部曲中的第一部和第二部的一部分。一些中后期越战文学，如威廉姆·特纳·哈格特的《伤亡统计》、詹姆斯·韦布的《火力场》和约翰·M·德尔维基奥的《第13个山谷》等，都记录了士兵最初表现出来的天真和他们的天真在战场上的部分失落。这些作品基本上都采用现实主义手法，描绘美军官兵与恶劣的自然环境和行踪不定的敌人进行英勇顽强的战斗。这类作品虽然也描写战争中必然的残酷，批评美军战略上的错误，指出美军内部存在的种种官僚现象，但基本上肯定美军士兵的英勇行为，赞扬他们作出的种种牺牲，并批评国人对越战采取的逃避态度。之所以说这些士兵只丧失了部分的天真，是因为他们最后仍然坚信，无论战争如何残酷，如何艰苦，他们都必须履行作为军人的责任。英雄，仍然是一个极具魅力和诱惑的词。尽管身处枪林弹雨之中，他们仍能享受战争的快乐，或者说，享受做英雄的快乐。这些作品抛开政治，单纯地谈论荷马式英雄的勇气和荣耀，完全忽略了越战特殊的政治性。尽管很多作家希望不要过多地谈论政治，但越战文学中，政治却是作家不得不面对的一个问题。一旦选择了回避，作品就很难真实地反映越战。《伤亡统计》里的霍金斯、《第13个山谷》里的伊根和布鲁克斯、《火力场》里的斯内克和霍奇斯都是英勇的斗士、善战的骁将，但这些角色都缺乏立体感，缺少政治的视角与历史的深度。他们面对的战争是一场在真空中的战争，是一场勇士的战争，但不是具有复杂政治原因的越南战争。

　　在很多越战叙事作品中,主人公赴越参战前,往往认为现实生活过于平淡、宁静,缺乏冒险性。他们都把现实生活与美国过去相比,认为开拓边疆的时代是一个英雄的时代,个人可以通过冒险的英勇行为来证明自己。从拓荒时期开始,美国就盛行英雄的传说,美国人也因此有着根深蒂固的英雄情结。当地理上的边疆概念消失时,他们似乎只能到战场上才能证明自己,才能延续历史的英雄神话。众多评论家都指出,很多人把越南看作是美国边疆的延伸①,在对越战持肯定态度的作品里尤其如此。越战只不过是主人公到新边疆里去证明自己能力的冒险。美军在越南战场失败的结局却打破了美国人梦想中的英雄神话情结。

　　如果说第二次世界大战是一场正义的战争,士兵们即使经历了流血的残酷,但在道德上却没有过多的负罪感,那么,越战士兵则不同。他们经历的虽然同样是战争的血雨腥风,却遭受了更沉重的心灵创伤。如果说很多士兵最初是抱着拯救越南人民,抱着给越南人民带去民主与和平的信念来到越南,那么,他们很快发现,越南人民对他们兜售的民主既不理解,也没兴趣;他们发现自己非但不能拯救越南人,反而给他们带去了更深的灾难;他们发现自己分不清敌友,分不清"越共"和平民;这种挫折感导致他们滥杀平民,之后,又引发他们内心深处无法磨灭的罪恶感,让他们即使回到国内,也无法找回以前的天真与宁静。这一切才是越战的核心,才真正说明为什么越

---

① John Hellmann 的 *American Myth and the Legacy of Vietnam* 即是建立在该论点之上,很多美国人把越南当作美国神话的又一片土地,但最终却发现这片土地无法再现美国神话。Milton J. Bates 在 *The Wars We Took to Vietnam* 里的第一章"The Frontier War"中认为,越战的伤痛让美国人自然联想到美国开拓边疆的历史,并指出两者间的相似与差异。Philip H. Melling 在 *Vietnam in American Literature* 里认为,士兵的越战经历与 17 世纪中后叶到美洲大陆的清教徒的精神历程相似,都是从一个熟悉的地方被移植到一片陌生的土地,仿佛到了一个新的边疆。

战是美国人不愿回首、不愿面对,但又无法回避的残酷现实。对越战持肯定态度、渲染美军士兵勇士精神的作品正是忽略了越战的这一核心问题,也因此不可能真实、深刻地表现越战。评论家唐纳德·林纳尔达认为,像《第13个山谷》这样的作品对越战进行了重新编排,把它变成人们更熟悉、更合理、更安全、更易接受的东西。这样的作家在有意无意之间,造成美国文化对越战的回避、忽略和健忘①。因此,林纳尔达认为,"大部分越战小说像是加进了新内容和新事实的二战小说"(Ringnalda,1988：31)。虽然这些小说也表现了个人的勇气、恐惧、挫折和愤怒,虽然它们也向读者描述了一场肮脏丑恶的战争,但总的来说,具有一定的局限性。

(二)我们为什么到越南?

越南战争是一场传媒广泛参与的战争。20世纪60年代,随着电视的普及,人们对战争有了更多直观的印象。白天进行的战斗,人们晚上就能从电视里看到。随着美军地面部队的参战,美军的伤亡也逐渐增加。听到伤亡人数日益上升,看到众多血淋淋的画面,人们对战争的抵触情绪也不断上涨。1968年美国国内爆发了大规模的反战游行示威活动。人们开始对越战提出种种质疑,纷纷思考"我们为什么到越南?"这个简单而又复杂的问题。

在大量反映美国特种部队和军事顾问战斗经历的作品中,大卫·哈伯斯塔姆的小说《炎热的一天》最受好评。它翔实地记叙了一支小分队在极为炎热的一天前去执行任务的故事。小分队从早晨出发,穿过一个个沉默、敌对,或几乎空无一人的荒凉村庄,去寻找北越士兵,最后在正午时分,遭北越军队伏击,死伤惨重。小说写于美国

---

① Donald Ringnalda 在 *Fighting and Writing the Vietnam War* 第一章"普洛斯彼罗去了越南"里指出,一些用现实主义手法叙述的作品,如《第13个山谷》和《火力场》忽略了越战的一些本质。

国内全面爆发反战示威游行之前,没有明显的反战描写和对美国政府的严厉指责,而更多地采用白描式的叙事体,通过人物的思考和对话表明作者的道德立场和倾向,表现了作者对越战的不解和疑虑,较之后期作品更为含蓄。

与《炎热的一天》同年发表的小说还有诺曼·梅勒的《我们为什么到越南?》。小说没有直接描写越南战争,全书仅在最后一页才提到越南两个字。但小说借助隐喻,通过达拉斯青年 D. J. 一家到阿拉斯加狩猎的故事,影射了越南战争。阿拉斯加作为美国最后的一块边疆,正如越南成为美国的"新边疆"一样,成了美国人狩猎杀戮的地方。D. J. 的父亲象征那些把 D. J. 这样的年轻人推上越南战场的人们。小说在最后才告诉读者,D. J. 马上就要奔赴越南作战。他在阿拉斯加的狩猎无疑是他在越南残杀人类的一次预演。

同样以间接方式描写越战的还有威廉姆·克劳福德·伍兹的《歼敌区》。故事发生在新泽西的一个训练营。新来的年轻中尉用电脑指挥战斗,因操作失误,在演习中下达错误指令,分发了两箱实弹,而不是预定的橡胶子弹,造成了士兵的伤亡。小说暗示了越战失利的一个重要原因,即过于依赖科技和专家,专家的错误导致士兵无意义的死亡,高科技并不能完全取代传统的作战方式。小说提出深刻的疑问:让电脑这种没有感情的机器来指挥战争是否恰当[①]?

这些作品表现了美国人对越战的疑惑。"我们为什么到越南?"这个问题不仅困惑着美国国内的普通人,也冲击着在越的美国军人。渐渐地,他们发现,越战带给他们的不是辉煌,而是噩梦。

(三) 战争的噩梦

在《绿色贝雷帽》和《炎热的一天》等早期越战作品里,很多美军

[①]　在本书的第四章"神秘的越南"里,我们将分析美国的先进科技给驻越美军作战带来的负面影响。

士兵认为自己到越南是为了拯救越南人。在后期作品里，很多士兵则公然声称，他们到越南是为了杀人。后期作品开始更多地表现士兵的失望，甚至绝望。这些作品有着颇为相似的模式：大多描写士兵带着崇高的理想主义和浪漫主义来到越南，但战争的现实却让他们惊恐万分。在无数次的夜袭与战斗中，他们慢慢体会到战争的含义和理想的幻灭，失去当初的天真与浪漫，感受到人性的丧失和道德的沦陷。战争把他们从热血青年变成精神上的沧桑老者，从战战兢兢的新兵变成冷酷无情的杀手。他们随意杀戮无辜平民，毁坏他们本已贫瘠的家园。他们经历了无数次死亡的威胁，一年后带着浑身的伤痕和无限的失落与痛楚回到国内，却失望地发现，美国国内的生活并不能帮助他们走出黑暗的中心，因为虽在国内，他们却仍然不得不徘徊在精神的荒原①。拉里·海涅曼的《肉搏战》，罗恩·科维克的《生于七月四日》，菲利普·卡普托的《战争的谣言》，加斯塔夫·哈斯福德的《短刑犯》，蒂姆·奥布莱恩的《如果我死在战区》、《追寻卡西艾托》和《他们携带之物》等叙事作品都生动再现了越战的噩梦。与早期的小说相比，这些作品开始更多地反思战争的意义，关注士兵沉重的道德负担和孤独感。

　　海涅曼的处女作《肉搏战》讲述士兵菲利普·多热尔如何从对战争一无所知的新兵成为残忍粗暴、冷酷无情的老兵。小说极具自然主义色彩，对血淋淋的战场作了栩栩如生的描写。加斯塔夫·哈斯福德的《短刑犯》用自然主义的手法，描写战争一方面把美军士兵转变成越南丛林里嗜血的野兽，另一方面也使他们沦为这个绿色大监狱里的囚犯，终日期盼保全生命，早日刑满回国。小说叙述者克制、

---

① "荒原"一词出自诗人托马斯·艾略特的同名诗作（*The Waste Land*）。诗歌表现了一战前后在欧洲出现的精神枯竭和生存危机现象。本书借用该词表现美国越战老兵回国后，发现美国国内存在种种精神颓废现象，如同一片没有生机的荒原。

嘲讽的语气促使读者去思考越战所蕴涵的意义。两部作品都受到类似的批评。一些评论家认为,小说使用了过多的粗俗语言,对士兵的行话和俚语作了过于现实的记录,对战场的血腥场面过于采用自然主义描写手法①。然而,尽管两部作品充满了血腥和暴力,充满了种种与道德伦理相悖的行为,却真实地反映了越南战争,因为越南战争就是这样超越了人们的想象。

科维克的《生于七月四日》和卡普托的《战争的谣言》都属回忆录,通过作者个人在越南的经历,反映了美军士兵对越战从幻想到幻灭的过程。两位作者在赴越前,都深受影视文化的影响,渴望成为一名像好莱坞明星约翰·韦恩在电影中塑造的英雄一样的人物。但战争的现实却把他们的英雄梦想击得粉碎。科维克在战斗中身受重伤,胸部以下全部瘫痪。然而,回国后,他不但没有得到鲜花和掌声,还在医院受到非人的待遇。他从幻想中惊醒,最终选择到各处发表反战演说,阻止更多的年轻人成为英雄梦想的受害者。卡普托同样没能成为英雄,相反,他还被军队指控犯有谋杀越南平民的罪行。最后,他与科维克一样,也对战争和军队彻底失去了幻想。

蒂姆·奥布莱恩无疑是越战作家群中杰出的代表。他的自传《如果我死在战区》描述了他在百般无奈的情况下前往越南,因为他没有勇气逃避所处的文化,更没有勇气做文化的叛逆者。在越南,他思考勇气的含义,最终获得了对人生更深的理解。他的小说《追寻卡西艾托》荣获 1978 年美国国家图书奖,常被赞为最优秀的越战小说。

---

① 1977 年 9 月 1 日的《书单》(*Booklist*)杂志发表评论,批评刚出版的《肉搏战》描写过火,行话太多。(Baughman, 1991a: 86)托比·C·赫佐格批评《肉搏战》语言粗俗,细节描写令人毛骨悚然(Herzog, 1992: 100)。詹姆斯·威尔逊批评《短刑犯》"过多沉湎于关于大屠杀和男子气概的超现实幻想之中,以至完全没有意义。"(J. Wilson: 50-51)罗杰·塞尔也把《短刑犯》称为"不成形的混乱小说。"(Myers, 1988: 112)

作品生动地刻画了美军士兵对越战的困惑与茫然,对战争的恐惧与厌恶,对越南人的内疚与同情。《他们携带之物》是他的另一部力作,写于奥布莱恩离开越南20年后。经过20年的反思,他对越战有了更深刻的理解。作品不仅追述了往日的战争,还反映了越战老兵在现实生活中面临的种种精神危机。在一定程度上,《他们携带之物》可以看作是《如果我死在战区》和《追寻卡西艾托》的进一步发展。早年作品中出现过的主题和事件又得以再现,但经历了十余年时间的沉淀后,《他们携带之物》表现出老兵对战争更加成熟的感受,作者的眼光也更清晰和犀利。1994年发表的《林中湖》则描写越战给主人公带来的梦魇。美军屠杀几百个无辜越南平民的"美莱事件"让主人公回国后再也难以平静地生活。

迈克尔·黑尔的非虚构小说《新闻快报》也是越战文学中的佳作。《新闻快报》采用了在20世纪60年代刚兴起的新新闻体手法,记录身为记者的黑尔在越南的所见所闻所感,讲述了美军士兵在越南的经历和感受,生动地描绘了北越1968年发动的"春节攻势"和溪山战役期间的越南局势和在越作战的士兵。作品试图解构传统新闻报道,用新新闻体来展现一个更为客观、真实的越南。

2007年,在越战结束35年之后,美国正陷入伊拉克战争的泥潭之中,丹尼斯·约翰逊发表了越战题材小说《烟树》并一举获得本年度的美国国家图书奖。1961年,海勒出版了二战小说《第二十二条军规》,影射当时正在进行的越战,成为越战期间美军士兵必读的一本小说。同样,约翰逊所写的六百多页的巨著《烟树》也可以被视为一部影射伊拉克战争的越战小说。小说讲述了美国中央情报局特工斯基普·桑兹1967年到越南,与其叔叔绰号为"上校"的军官一道,试图对北越摆下迷魂阵。他们的间谍计划代号为"烟树",旨在蒙蔽北越,让河内政府相信美国正计划对北越进行毁灭性的打击;而"烟树"则暗示着核武器爆炸后将会产生的蘑菇云。小说以越战为背景,同时也展示了所有战争都会给人类带来创伤。当美国官方和军方大肆宣传战争、美化战争时,士兵们却在生理和心理上深受战争的双重折磨,生活在疯狂的边缘。由于目前还难以产生以伊拉克战争为题材的优秀小说,这部越战题材的小说自然可以起到让美国人审视当前的伊拉克战争的作用,这也是《烟树》这部小说刚一出版就引起巨大反响的重要原因。

很多越战作品强调了士兵对战争的幻灭。这些第二次世界大战后成长起来的年轻人,受"肯尼迪王朝"乐观主义的影响,对战争充满了幻想。他们不能从前一辈的战争伤痛中吸取任何教训,只感到他们必须经历"自己"的战争,深信战场是成就英雄梦想的地方。在肯尼迪的呼吁下,很多年轻人报名前往越南。他们深信越南的游击队根本不是美国海军陆战队的对手,"我们对此深信不疑,就像我们相信约翰·肯尼迪这个能言善辩、风度翩翩的神话缔造者制造的所有神话一样。如果他是肯尼迪王朝的国王,我们就是他的骑士,越战是我们的十字军远征。因为我们是美国人,我们无所不能;同样,因为我们是美国人,我们所做皆对"(Caputo:69-70)。然而,战争的残酷现实摧毁了肯尼迪制造的神话,击碎了士兵们的英雄梦想。他们所渴求的只是活着回家。他们渐渐意识到,威胁要剥夺他们自由的不是北越,而是他们效忠的美国政府。战场的现实使他们决意不再被约翰·肯尼迪之类的"政治巫医们的魅力"所蒙蔽,(Caputo:322)决意走出战前虚幻的想象。他们在越南的经历是他们理想幻灭的经历。

对很多士兵来说,越战是一场弥漫在他们生活里的噩梦,如同无数零乱的碎片毫无规律地投射入他们的生活。要记录下这些碎片和没有条理的思绪,传统的现实主义显然不能胜任,因为理性的现实主义不能反映非理性的越战。只有以碎片、拼贴、无条理、时间倒置等为主要特征的后现代主义手法,才能揭示出战争本身混乱的特点。蒂姆·奥布莱恩的《追寻卡西艾托》就糅合了现在与将来、现实与幻想,让读者初读时感到无所适从,但反复阅读后,就会发现这才是对士兵战时混乱思绪的客观记录。同样,《短刑犯》、《肉搏战》、《新闻快报》等也用片断的情节来刻画越战,战争的血腥使士兵们失去逻辑思维的能力。小说的写作形式与内容紧密结合,更加突出了越战的残酷性。凯瑟琳·马歇尔在比较了第二次世界大战和越战的叙事文学后认为,越战文学不具任何美感,仿如把很多混乱事件仓促随意地堆砌在一起,芜杂无章,缺少明晰的叙述线索,如同一个噩梦(Bates, 1996: 245)。这正是后现代越战文学的特点。越战故事正是以它看似非常不现实的描写,真实地反映了越战时期社会的骚动和人们的困惑。

这一类小说多用日志体写成,通常不采用传统的现实主义创作手法。小说没有一个中心故事情节,而由许多单独事件组成,其间没有必然的因果关系。很多作品以士兵在越作战的经历为线索,像记日志一般,记录他们在越南的点滴经历。拉里·海涅曼的《肉搏战》、加斯塔夫·哈斯福德的《短刑犯》和理查德·柯里的《致命光》等均如此。日志体小说散漫的结构通常反映了士兵混乱的思维。小说在描写噩梦般的战争时,常采用自然主义手法,对战场的情况做出形象、生动的描写,毫不回避血腥的暴力场面,让读者仿佛目睹了事件本身。这类小说一般采用第一人称叙述者或第三人称有限的视角,把小说局限于某个士兵的视角,描写他对战场的感受①。

---

① "在传统的第三人称叙述(即全知叙述模式)中,叙述者通常用自己的眼光来叙事,但在20世纪初以来的第三人称小说中,叙述者往往放弃自己的眼光而采用故事中主要人物的眼光来叙事。""在第三人称有限视角叙述中,叙述者一般采用故事中人物的眼光来叙事"(申丹:222,223)。

　　这些日志体小说从回忆录里吸取了很多营养。回忆录也是越战叙事文学中重要的组成部分。优秀的回忆录是我们了解越南战争的一个重要渠道,也影响着虚构作品的创作。越战文学有一个有趣的现象,一些优秀的回忆录常被误以为是小说,很多评论家也故意模糊自传与小说的文类区别。这其中的原因或许是因为越战文学中,小说与回忆录相互融合,有很多相通之处:小说采用回忆录和日志体的形式,没有中心情节,只散论式地记下主人公的生活;而回忆录也学习小说技巧,加入大量对话和细节描写。奥布莱恩的《如果我死在战区》、罗恩·科维克的《生于七月四日》和菲利普·卡普托的《战争的谣言》都是回忆录中的佳作。实际上,《肉搏战》和《短刑犯》等日志体小说也极具自传色彩,都以作者在越作战的亲身经历为蓝本。

　　越战文学还涌现出一批由老兵口述、他人笔录成书的口述文学,如阿尔·桑托利的《我们所有的一切》(Al Santoli, *Everything We Had*)、马克·贝克的《越南:士兵讲述的越南战争》(Mark Baker, *Nam: The Vietnam War in the Words of the Men and Women Who Fought There*)、华莱士·特里的《血:越战黑人士兵的自述》(Wallace Terry, *Bloods: An Oral History of the Vietnam War by Black Veterans*)等。口述文学语言简洁,叙述者身份各异,每个人都能从不同角度去谈论越南战争,从而能较全面地勾勒出一幅越战立体图,让读者对越战有更直观的了解。

　　总的来说,大量越战叙事文学反映了越战噩梦般的现实及其对士兵的巨大冲击。战争结束后,噩梦也如幽灵一般尾随士兵回国,给他们带来更深的伤害。

　　(四) 永远的梦魇

　　越战的阴影究竟是在何时消失?是 1975 年西贡"沦陷"、美军撤出之时,是 1991 年老布什宣称海湾战争的胜利把"越战综合征"彻底踢开之时，是 1995 年克林顿在外交上承认河内政府之时，还是在所有受过越战影响的人们都去世之后？毋庸置疑的是，对亲历过越战的老兵来说，越战会一直存续在他们的记忆里，影响他们一生的生活①。20 世纪 80 年代中、后期开始出现更多反映越战老兵回国经历的叙事作品就证明了这一点。这些小说着重刻画了老兵们带着战争的噩梦和创伤回到国内，却没有像二战老兵那样得到鲜花和荣誉。相反，他们感受到的是国人的冷漠和敌视，被视为滥杀无辜的恶魔，甚至是给美国带来耻辱的罪魁祸首。美国人的自尊和自信因越战的失败遭受空前的打击，大家都希望早日遗忘这段痛苦的经历。普通人或许能忘记，但亲历了战争的老兵又如何能忘记？他们一面在黑夜里抚摸着伤口，一面脆弱地抵御着来自国人更多的伤害。

拉里·海涅曼获得美国全国图书奖的《帕科的故事》是反映老兵创伤题材的佳作。小说主人公帕科是全连 93 个人中唯一的幸存者。回国后，一方面难忘死在越南的 92 名战友，另一方面他被小镇居民视为怪人，难以找到生活的意义。斯蒂芬·赖特的《绿色沉思》把战场与国内生活交织在一起，表现主人公发现毒品和战争的梦魇又跟随他回到国内的痛苦。女作家博比·安·梅森的《在乡间》(Philip Caputo, *Indian Country*, 1987)表现了老兵与战争梦魇的斗争。菲利普·卡普托的《危险区域》讲述一名士兵因在战斗中误杀儿时的挚友，回国后居住在他们儿时共同玩耍的北密歇根森林里，陷入无尽的自责和悔恨，无法自拔。罗伯特·斯通获得美国全国图书奖的《亡命之徒》直接写越战的笔墨不多②，也没有正面描写越战的战斗场面，却

---

① 2003 年开始的第二次伊拉克战争又让许多美国人发现其与越战的诸多相似之处。越战的阴影似乎仍然难以消逝。

② 《亡命之徒》的英文书名为 *Dog Soldiers*，这里的中文翻译参照了姚乃强教授在其论文"恶之果——读罗伯特·斯通的小说《亡命之徒》"中的译法。

被众多评论家认为是反映越战的力作①,因为它通过主人公走私海洛因,深刻地揭示了越战给美国人的生活、心理和精神带来的巨大影响和冲击,说明美国国内与越南一样,也充斥着肮脏、丑恶、毒品和暴力。

像其他战争的老兵一样,越战老兵也备受战争噩梦的折磨。美国对几次战争后老兵表现出的种种心理不适症有不同的称呼:第一次世界大战为"炮弹休克症"或"神经衰弱症";第二次世界大战为"战斗疲劳症";到了越战,又成为"战后创伤性压抑紊乱症",或"延迟压抑症"。无论称谓如何,这些术语都说明战争给参战士兵留下了难以磨灭的伤痕。越战文学中,描写"战后综合征"的作品更是层出不穷。这与越战本身的性质息息相关。士兵们被告知他们到越南的目的就是"杀越共",战斗的胜负靠清点敌人伤亡人数的方式来计算。由于越战是游击战,难以辨别敌方士兵和平民,这使许多士兵都疑惑自己是否曾在无意或有意间杀害过无辜平民,是否曾在没有必要时滥杀过人。这种疑惑给士兵造成了沉重的心理负担。在文学作品里,老兵们常常陷入无尽的自责,对自己在战场上的暴行感到震惊、悔恨和内疚。同时,死去战友的身影时常出现在老兵的梦境里,不少回国老兵因自己活着回国感到尴尬和内疚。《帕科的故事》和《在乡间》都生动反映了老兵的这种内疚:主人公的战友皆命丧沙场,只有他一人死里逃生,回国后却遭受着难以言表的痛苦。另外,参加越战的士兵年龄普遍偏小,也是"战后综合征"频发的一个原因。据统计,二战士兵的平均年龄是 27 岁,而参加越战士兵的平均年龄却只有 19.2 岁。(Karnow,1997:34)士兵年龄太轻,心理调节能力自然也差。在越南作战的一年,正是他们世界观发展、成熟的时期。过多的残酷、血

---

① 比如,约翰·赫尔曼就把《亡命之徒》与《新闻快报》和《追寻卡西艾托》并称为三本最优秀的越战作品(John Hellemann, 1986:139)。

腥和死亡造成他们性格的扭曲和世界观的畸形,回国后,他们要比以往战争的老兵付出更多的努力才能适应正常的生活。

为了调整心态,适应生活,走出战争的阴霾,许多士兵来到宁静的小镇居住。小镇的生活更为传统,他们希望那里朴实的民风能帮助他们尽早恢复正常的生活。理查德·柯里的《致命光》里,主人公退伍后,先到爷爷所在小镇的家里暂住;蒂姆·奥布莱恩的主人公都在中西部传统的小镇上长大;博比·安·梅森的《在乡间》发生在肯塔基一个凡事都比外界晚发生 10 年的小镇;《帕科的故事》里的帕科流浪到西部一个宁静的小镇上暂居。然而,即使是宁静、传统的小镇生活也难以完全修复老兵受伤的心灵。他们在精神和心理上深感孤立。从某种意义上说,即使他们在越战中没有成为战俘,回国后也成为美国国人冷漠的俘虏。因难以忍受极度的孤独,很多老兵开始酗酒、吸毒,从而招来人们更多的非议和误解。小镇不是世外桃源,喧嚣的都市就更非老兵调整心态的理想去处了。斯蒂芬·赖特的《绿色沉思》发生在某个繁华喧闹的城市,主人公格里芬发现都市生活远离自然,感到一切似乎都是人造的,令他窒息。他惊恐地发现越南的噩梦已尾随他回到国内。有的老兵则宁愿到树林深处去反思。蒂姆·奥布莱恩的《林中湖》和菲利普·卡普托的《危险区域》里的主人公都来到森林里,渴望森林优美的环境能让他们的心境也趋于平静。虽然最后他们都难以彻底摆脱战争的影响,但很多人开始学着面对一切,学着带着战争的伤痕勇敢地生活下去。

反映老兵生活的小说大都从老兵的角度,描写他们在国内与战争阴影的斗争。这类小说深入士兵心灵,生动展现战争带给他们的创伤。《绿色沉思》、《生于七月四日》和《帕科的故事》都属于士兵叙述类作品。梅森的《在乡间》则让一个越南老兵的遗腹女来讲述,描写她看到的老兵,她理解的越战,从另一角度反映了老兵们苦涩的内心世界,也更深刻地揭示了越战对女性、对普通人的影响。罗伯特·斯通的《亡命之徒》通过退伍海军陆战队士兵走私海洛因,表明越战的梦魇尾随他们从越南回到美国,美国只是一片精神的荒原。越战只不过是美国堕落、颓废的精神面貌的写照罢了。所有作品都认为美国难以摆脱越战的梦魇,无论是退伍老兵,还是普通人们,都要带着战争的记忆生活。

二、越战叙事文学评论概述

美国对越战叙事文学的研究可以说是蔚为壮观。对越战叙事文学的评论在 20 世纪 70 年代只是初露端倪,散见于报纸杂志。1982年首次出现越战文学专著:菲利普·D·贝德勒的《美国文学与越南经历》(Philip D. Beidler, *American Literature and the Experience of Vietnam*)和詹姆斯·C·威尔森的《散文与电影里的越南》(James C. Wilson, *Vietnam in Prose and Film*)。此后,多部研究越战文学的专著、论文集和工具书相继问世。一些著名文学评论期刊也开辟了越战文学的专辑。不少美国大学也相继开设了越战文学课程。这一切都说明越战文学的重要影响。

菲利普·D·贝德勒在《美国文学与越南经历》(1982)里,把越战置于美国神话的大背景下讨论,给后来的许多评论奠定了总基调。曾在越战中担任侦察排排长的贝德勒认为,所有越战文学作品都可以在早期美国文学中找到影子。贝德勒特别强调"创造意义",指出越战文学的创作过程就是越战作家们不断寻找意义、创造意义的过程,希望能找到与美国传统文化的契合点。无论越战作家们最后是否找到了意义,其作品都与美国文学的传统一脉相承,受到美国传统文学的巨大影响。1991 年,贝德勒对越战文学进行更深入的研究,发表《重写美国:越战作家与他们的时代》(Philip D. Beidler, *Re-*

Writing America：Vietnam Authors in Their Generation)，把女性主义融入了他对越战文学的理解。

约翰·赫尔曼的《美国神话与越南遗产》(John Hellmann, *American Myth and the Legacy of Vietnam*，1986)同样影响很大。作者认为美国神话是一个开拓边疆的神话。美国人一直拥有成为拓荒英雄的梦想。许多人把越南当作一个新边疆,希望到那里去实现他们当英雄的梦。早期的越战小说,如《绿色贝雷帽》,充分表明了美国人的这种心态。但中、后期的作品则表现了另一种感受:他们把越南当作实现美国神话的又一个边疆,却发现越南远非他们想象的那样,并不是一个可以给他们提供冒险机会的神话之乡。

托马斯·迈尔斯在《排头兵:美国的越南叙事文学》(Thomas Myers, *Walking Point：American Narratives of Vietnam*，1988)里指出,优秀的越战作品应该表现美国神话在越南的崩溃,人们必须面对与他们的集体意识不一致的越南战争。劳埃德·B·刘易斯的《被玷污的战争:越南叙事文学里的文化与身份》(Lloyd B. Lewis, *The Tainted War：Culture and Identity in Vietnam War Narration*，1985)和菲利普·K·杰生的《行为与阴影:美国文学文化里的越南战争》(Philip K. Jason, *Acts and Shadows：The Vietnam War in American Literary Culture*，2000)把越战文学置于美国文化大背景下进行研究。菲利普·H·梅林的《美国文学里的越南》(Philip H. Melling, *Vietnam in American Literature*，1990)试图把越南战争与美国的清教传统联系起来。蒂莫西·J·龙佩里斯的《读风:越战文学》(Timothy J. Lomperis, *Reading the Wind：The Literature of the Vietnam War*，1987)主要记录了以越战文学为主题的一次学术会议上各位代表的发言,其中不乏美国越战文学作家。托比·C·赫佐格的《越战故事:天真的失落》(1992)指出越战文学作品中存在的三部曲结构:天真、经历与反思。唐纳德·林纳尔达的《越战的进行与写作》(Donald Ringnalda, *Fighting and Writing the Vietnam War*, 1994)指出越战中种种荒谬与不合逻辑之处,他认为只有那些表现了这些荒谬与违反逻辑之处的作品才是优秀的越战作品。弥尔顿·贝茨在《我们带到越南的战争》(Milton Bates, *The Wars We Took to Vietnam*, 1996)中指出,越战文学反映了在美国国内就已存在的各种冲突:边疆神话的冲突、种族冲突、性别冲突、阶级冲突、代际冲突。苏珊·杰福兹的《美国的重新男性化:性别与越战》(Susan Jeffords, *The Remasculinization of America: Gender and the Vietnam War*, 1989)和林恩·汉利的《撰写战争:小说、性别与回忆》(Lynne Hanley, *Writing War: Fiction, Gender and Memory*, 1991)都从女性主义的角度分析战争,表达了女性对战争的独特理解。2001年,马克·A·赫布勒出版了论述著名越战作家蒂姆·奥布莱恩的专著《一个伤痕艺术家:蒂姆·奥布莱恩与越战小说》(Mark A. Heberle, *A Trauma Artist: Tim O'Brien and the Fiction of Vietnam*)。迈克尔·安德里格的《创造越南:影视里的战争》(Michael Andezegg, *Inverting Vietnam: The War in Film and Television*, 1991)、埃本·J·缪斯的《越南的土地:美国电影里的越战》(Eben J. Muse, *The Land of Nam: The Vietnam War in American Film*, 1995)和凯瑟琳·金尼的《友军炮火:越战中的美国形象》(Katherine Kinney, *Friendly Fire: American Images of the Vietnam War*, 2000)分析了影视作品对越战士兵的影响和越战影视作品里的越南战争。

除了论述越战文学的专著外,还出版了诸多论文集,如欧文·吉尔曼与洛里·史密斯主编的《重新发现的美国:越战文学与电影评论文集》(Owen Gilman and Lorrie Smith, *America Rediscovered*:

Critical Essays or Literature and Film of the Vietnam War, *Journal of American Culture*, 1990)、威廉姆·瑟尔主编的《寻找与澄清：对越战文学与电影的回应》(William Searle, *Search and Clear: Critical Responses to Selected Literature and Films of the Vietnam War*, 1988)和菲利普·杰生的《十四个着陆区：越战文学》(Philip Jason, *Fourteen Landing Zones: Approaches to Vietnam War Literature*, 1991)。此外，一些期刊也辟专辑发表越战文学评论。《美国文化期刊》(*Journal of American Culture*)1981 年夏和 1993 年秋先后刊登越战文学专辑；1988 年冬的《文类》(*Genre*)期刊登载题为"越战与后现代回忆"的专辑；1983 年冬的《批评》(*Critique*)刊登的越战文学评论专辑中，多篇文章具有较大的影响；1984 年春的《现代小说研究》(*Modern Fiction Studies*)里的现代战争小说专辑里也刊登有数篇论述越战的文章。

此外，还出现了许多帮助学者进行越战文学研究的书志目录等。这类书籍主要有：约翰·纽曼分别于 1982、1988 和 1996 年发表的《越战文学注释书目：关于在越作战的美国人的虚构作品》及其修订版、桑德拉·M·威特曼的《撰写越南：越南冲突文学书志目录》(Sandra Wittman, *Writing About Vietnam: A Bibliography of the Literature of the Vietnam Conflict*, 1989)、詹姆斯·S·奥尔森的《越南战争：文学与研究手册》(James Olson, *The Vietnam War: Handbook of the Literature and Research*, 1993)、凯文·希尔斯特龙姆与劳里·科里尔·希尔斯特龙姆的《越战经历：美国文学、歌曲、电影简明百科全书》(Kevin Hillstrom and Laurie Collier Hillstrom, *The Vietnam Experience: A Concise Encyclopedia of American Literature, Songs, and Films*, 1998)、吉姆·尼尔森的《战争小说：美国文学文化与越战叙事》(Jim Neilson, *Warring Fictions: Amer-*

ican Literary Culture and the Vietnam War Narrative，1998）等。
此外，德博拉·A·巴特勒的《美国越战女作家：没有听到过的声音——精选注释书目》（Deborah A. Butler, *American Women Writers on Vietnam: Unheard Voices — A Selected Annotated Bibliography*，1989）则是对女性越战作家的关注。菲利普·杰生还编辑出版了有关越战文学评论的书目《文学中的越南战争：评论注释书目》（Philip Jason, *The Vietnam War in Literature: An Annotated Bibliography of Criticism*，1992）。詹姆斯·S·奥尔森主编的《越南战争字典》（James S. Olson, *Dictionary of the Vietnam War*，1988）也是研究越战文学颇有价值的参考书。

除了对越战文学本身进行评述的著作外，还有更多的作者把越战置于美国文化的背景下，综合分析越战给美国社会和传统文化带来的深远影响。在《逆火：美国文化如何把我们带到越南，使我们如此作战的历史》（Loren Baritz, *Backfire: A History of How American Culture Led Us Into Vietnam and Made Us Fight the Way We Had*，1985）里，洛伦·巴里兹分析指出，美国人自以为是世界救星的神话、美国人对技术的迷信和美国的官僚管理机构，构成了三位一体的美国战争文化。他指出，正是这种战争文化将美国人拖入了越南战争的泥潭。迈克尔·克莱因主编的《越南时代：美国与越南的传媒与通俗文化》（Michael Klein, *The Vietnam Era: Media and Popular Culture in the US and Vietnam*，1990）介绍了越战时期美国和越南的传媒报道和大众文化。基思·贝蒂的《绑着的伤痕：美国文化与越战》（Keith Beattie, *The Scar that Binds: American Culture and the Vietnam War*）分析了越战老兵的伤痛。迈克尔·谢弗的《遗产：美国想象里的越战》（Michael Shafer, *The Legacy: The Vietnam War in the American Imagination*，1990）、阿诺德·R·艾萨克斯的《越南的阴影：战争、鬼魂及其遗产》(Arnold Isaacs, *Vietnam Shadows*: *The War*, *Its Ghosts*, *and Its Legacy*, 1997)和杰里·伦伯克的《惊人的重合：神话、回忆和越南的遗产》(Jerry Lembeke, *The Spitting Image*: *Myth*, *Memory*, *and the Legacy of Vietnam*, 1998)都试图指出越战给美国社会方方面面带来的影响。

　　纵观美国越战文学评论，我们可以看到，美国评论界已深刻意识到越战在美国历史上的重要性和特殊性。越战给美国社会的影响直接威胁到传统的美国神话。很多评论家试图跳出美国神话来审视越战，分析越战给美国人带来的伤痛。评论家弥尔顿·贝茨在谈到越战文学评论时，认为主要有两种倾向。一是贝德勒在《美国文学与越南经历》里表达的观点，即越战文学，即使是那些看起来非常新颖、非常具有实验性的作品，都根植于美国传统。另一种倾向是沃尔特·H·卡普斯在《没有结束的战争：越南和美国的良心》(Walter H. Capps, *The Unfinished War*: *Vietnam and the American Conscience*)中提出的论断。他认为，越战经历对美国战后的社会产生了巨大影响："越战结束后，在美国发生的几乎一切都可以看作是对那场战争的反应或回答"(Bates, 1996：3)。两种论断，都倾向于把越战文学与美国神话联系起来，一是对其的继承和发展，二是对其的反驳和背离。贝茨总结道："1982年以后发表的评论都倾向于跟随贝德勒或卡普斯，或在两者中间游离"(Bates, 1996：3)。无论是美国越战文学，还是越战文学评论，都深刻揭示出越南战争对美国人引以为骄傲的传统和神话造成的震撼，甚至动摇。这也是为什么美国越战文学界和文学评论界如此关注越战中的美国文化和美国人的原因。

　　我们发现，美国评论界在分析越战对美国生活方方面面的影响时，却鲜有人对美国人对越战态度的成因进行系统的研究。这其中的部分原因可能是美国评论家处于美国文化之中,故而很难对之进行深入剖析,他们"不识庐山真面目,只缘身在此山中"。而笔者作为局外人,这种身份为笔者详尽深入研究美国人对越战想象的成因及幻灭提供了便利条件,有助于笔者对之进行冷静、客观地梳理和透析。

美国越战文学及其评论一方面高度关注美军士兵,另一方面却极度忽视遭受了更多苦难的越南人民。美国似乎过分沉浸于美国人和美军士兵在越战中的创伤,遗忘或忽略了越南人,而后者在战争中有一百多万名士兵牺牲,难以计数的平民伤亡。正如龙佩里斯所说,"大部分越战文学是美国文化自恋的表现"(Lomperis:64)。评论家林纳尔达也指出,美国人"陷入文化自恋主义,滋生了种族主义情绪,导致他们对越南和越南人表现出惊人的无知"(Ringnalda,1994:13)。1985年5月7日至9日在纽约召开了一次学术会议,题为"美国文学里的越战经历"。这是第一次有众多重要越战作家和评论家参加的学术会议。会上,不少与会者谈到了美国越战作品里越南人的缺席。越南人给美军士兵留下的最深印象就是他们"无声的凝视"。《越南的阴影:战争、鬼魂及其遗产》的作者阿诺德·R·艾萨克斯,在总结发言时指出:"我突然想到,自始至终,美国在制定政策时从来没有考虑过越南人的现实"(Lomperis:73)。在这次会议上,虽然很多越战文学作家和评论家都意识到了越南人在越战文学中的缺席,但在以后的越战文学及其评论中,真正关注越南文化和越南人的作品仍然不多,也鲜有人对越南人和越南文化在美国越战叙事文学中的缺席这一现象作深入的分析。本书将从第三者的角度,试图对这一现象进行分析。

第二章

越战是如何被想象出来的？

"只有城邦的保卫者可以说谎，来欺哄敌人或公民，目的是为着国家的幸福。此外一切人都不能说谎。"

——柏拉图《理想国》

　　大部分美国人并没有亲眼目睹 20 世纪 60 年代对美国局势产生巨大影响的越南战争。但几乎人人都在谈论越南和越战，仿佛越南就在附近，越战就发生在他们的身边。然而，他们所理解的越南和越战很大程度上是出于自己的想象。第二次世界大战前，美国人对越南知之甚少，越南只是一个陌生的国家，遥远而神秘。只是随着美国在 50 年代越来越深地卷入越南事务，越南这个名字才渐渐走进美国人的生活。人们在脑海里勾勒出一个想象的越南和一场想象的越战。在整个 50 年代，包括战争进行的 60 年代，许多美国人相信美军士兵到越南是为了保卫美国本土不受"共产党的威胁"，是为了保卫美国的安全。他们还相信美国人给越南人送去了文明、进步、民主和自由，他们是在把越南人从贫穷落后中拯救出来。这场想象的越战给了美国人无比的责任感和自豪感，他们在"保家卫国"的同时，也在给落后的亚洲人民提供无私的援助。这场想象的越战吸引了许多年轻人到越南为国效力，为世界民主和自由尽责。这场想象的越战也促使许多父母鼓励他们的孩子去做"爱国英雄"，到战场上建功立业。那么，这场越战是如何被想象出来，如何被建构出来的呢？

柏拉图的囚徒们看到的影子是通过火光的投射，美国人想象的越战则是通过美国意识形态的过滤。阿尔都塞认为，意识形态是主体对某种思想体系的认同活动，是对主体的存在赋予意义的过程，它"召唤"我们进入某种预制的机构之中（周小仪：58）。英国批评家特里·伊格尔顿也对意识形态做过精辟的阐述："意识形态不是一套教义，而是指人们在阶级社会中完成自己的角色的方式，即把他们束缚在他们的社会职能上并因此阻碍他们真正地理解整个社会的那些价值、观念和形象"（特里·伊格尔顿，1986：20）。意识形态在人们思想中占据支配地位的最终表现，就是人们由独立的主体变成了意识形态的属民，并且对自己已失去了独立思考的自由这一事实浑然不觉。正是主宰美国社会的意识形态使美国人以这种方式而不是别种方式想象了越战。这种意识形态就类似于柏拉图洞穴里的火光，使人们产生幻觉，让他们深信洞壁上被火光歪曲的事物就是真实的事物，深信他们想象中的越战就是真正发生过的那场战争。

意识形态的传播主要是通过意识形态国家机器。阿尔都塞曾对国家机器与意识形态国家机器做过区分。前者包括政府、行政部门、军队、警察、法庭、监狱等，它是强制性的，属公共范畴，通过暴力起作用。后者包括教会、政党、工会、家庭、学校和各种媒体，它们是非强制性的，多属私人范畴，虽然也可能有一些强制措施，但这些强制作用是"非常薄弱与隐蔽的，甚至是象征性的"（路易·阿尔都塞：147）。国家通常会竭力避免使用暴力，避免动用强制性国家机器，而是通过意识形态国家机器，通过潜移默化地影响人们的思维方式，将人们"召唤"进国家预制的体系之中，从而放弃或丧失自由思考的能力，成为国家快乐的奴隶。越战期间，美国政府很清楚地意识到，如果公众了解到真实的越战,越南战争就难以进行。因此,政府运用了各种意识形态国家机器,控制、筛选、篡改了公众可能接受到的有关越战的信息,使人们按照有利于美国国家利益的方式去想象越战。本章将分别论述影响人们想象越战的若干因素:政府宣传、新闻传媒、影视文化、文学作品和传统文化。

第一节　政府宣传:洞穴里的自得其乐

　　美国政府通过向美国公众传播它的意识形态,帮助、引导他们想象出一场越战。由于政府在国家和社会中控制了所有的行政资源,占据了绝对霸权的地位,就可能对公众灌输符合其利益的意识形态。"根据葛兰西的观点,赢得霸权就是在社会生活中确立道德、政治和智力领导,采取的做法是将自己的'世界观'传遍作为整体的社会的构造,从而将自己的利益等同于整个社会的利益"(特里·伊格尔顿,2002b:259)。意识形态"作为一种教条、一个思想、信念、概念等的复合体的内在的意识形态概念,其目的是说服我们相信其'真理',而实际上服务于某种秘而不宣的特殊的权力利益"(斯·齐泽克,2002b:13)。然而,正如福柯指出,"权力只有掩盖住自身的实质部分才能为人们所容忍,它的成功与隐藏自己机制的能力成正比"(米歇尔·福柯,1999c:75)。政府清楚地知道,如果公众完全了解政府及其所有行为的真实动机,政府就难以总是获得多数公众的支持,它的意志和政策就很难执行下去,因而它必须对自身进行一定的修饰,这一修饰就是通过意识形态宣传完成的。因此,"意识形态的职能也是使社会统治阶级的权力合法化"(特里·伊格尔顿,1986:8)。

　　政府通过意识形态国家机器制造和宣扬所谓的真理,并努力让公众相信他们被告知的是真理。在一次讲座中,福柯指出:"我们受权力对真理的生产的支配，如果不是通过对真理的生产，我们就不能实施权力。…… 我们被迫生产我们社会所需要的权力的真理。…… 归根结底，我们必须生产真理，就如同我们必须生产财富，甚至可以说我们必须生产真理，为的就是生产财富。"（米歇尔·福柯，1997：228）现代社会的正常运行要求人们允许国家和政府通过意识形态国家机器去生产、制造真理。这一点，柏拉图早在《理想国》里就有精辟的论断："只有城邦的保卫者可以说谎，来欺哄敌人或公民，目的是为着国家的幸福。此外一切人都不能说谎"（柏拉图：40）。柏拉图所说的城邦的保卫者就是现代社会的政府机构。根据柏拉图的理论，政府拥有说谎的特权。而根据福柯的观点，政府的说谎就是真理的生产与制造。正是因为在西方社会中，政府似乎一直拥有说谎的特权，加上政府通过强大的意识形态国家机器的宣传，人们被纳入意识形态预制的体系，往往意识不到政府是在说谎，反而深信它在表述真理。

人们不仅渐渐相信政府所宣扬的真理，还开始按照政府希望的方式去思考和行动。最后，政府的谎言渐渐成为统治整个社会的意识形态，人们的生活被这无形的意识形态左右。当然，既然国家和政府完全能制造真理、支配真理，它就能随其所愿地篡改真理。实际上，"意识形态只是这样的一个系统——它自称能够获得真理，即它不仅仅是一个谎言，还是一个被体验为真理的谎言，一个假装被严肃对待的谎言"（Zizek：30）。所以，伊格尔顿指出："意识形态是曲解真实的语言。"（特里·伊格尔顿，2002b：266）人们在谎言编织的真理世界中，快乐地生活着。他们如同柏拉图洞穴里的囚徒们，迷失在"被体验为真理的谎言"里，依照政府给他们描绘的蓝图去构思，去想象，去生活。越南战争就是这样被美国公众在政府的指导下想象出来的。

美国政府把希望公众了解的越战信息戴上合法知识的面具。这些被美国政府歪曲，以符合美国政府自身利益的信息，以合法知识的身份被堂而皇之地灌输给公众。很多公众由于对权威知识的信任，或许根本没有想到要去质疑这些"合法知识"的合法性。事实上，"权力能够生产。它生产现实，生产对象的领域和真理的仪式。个人及从他身上获得的知识都属于这种生产"（米歇尔·福柯，1999b：218）。美国政府用它在国家获得的绝对权力，生产、制造了关于越战的知识，再把这种知识伪装成真理向人们传播。政府的权力对人们了解越战，不仅没有起到促进的作用，反而歪曲、限制了真正知识的获得。在现实社会，政府用权力"征服知识并使它终身侍奉"，"在知识上打下权力的烙印并把意识形态的内容和限制强加于知识"（阿兰·谢里登：172）。这些被歪曲的知识通过意识形态巧妙、含蓄的宣传，渐渐为人们所接受。有关越战的知识也是这样传递给美国公众的。

第二次世界大战后，美国渴望成为唯一的超级大国，故而在冷战中处处与苏联抗衡。为了取得美国人民的支持，美国政府散布了大量共产主义对美国安全造成巨大威胁的言论。20世纪50年代是美国对共产主义极端恐惧和仇恨的一个时期，这与50年代初的麦卡锡主义息息相关。麦卡锡指责美国战后外交政策受挫是因为政府中有共产党人。他对许多政府机构、军队和个人进行了"共产主义渗透"的调查，煽动反共情绪，加剧了美国战后的恐共气氛和反共狂热。对很多美国人而言，共产主义显然意味着"专制"与"独裁"。虽然麦卡锡主义在1954年遭到失败，但仍然在无形中影响美国公众，使人们对共产主义产生恐惧和仇恨心理。因此，当美国政府多方面宣传，直接把遏制共产主义势力的发展定为目标时，人们也自然接受了宣传，而没有去进一步思索为什么共产主义就是美国的敌人。人们只是单纯地渴望在各方面与苏联抗衡,取得胜利①。

20世纪50年代也是美国经济高速发展的一个时期,人们的生活水平提高,国力增强。然而,正当他们踌躇满志、信心百倍时,1957年苏联率先发射了人类历史上第一颗人造地球卫星,让很多美国人感到沮丧,甚至惶恐。罗恩·科维克在自传《生于七月四日》里生动地记录了他当时的感受。在电视里看到苏联率先发射卫星,他感到难以接受,哭了整整一晚,"对美国人来说,这是令人难过的一天",因为"美国不再是第一了"(Kovic:59)。在他和他所代表的美国人的心目中,美国应该总是第一,总是最好的。他们不能接受美国被超越、在冷战中处于下风这一想法。再加上美国政府散布的共产主义威胁论,人们自然就把苏联视为美国的敌人。既然它是美国的头号敌人,美国就有理由打击它。而在很多美国人的心目中,被共产党控制的北越正是苏联势力圈子里的成员,所以,北越也应该遭受打击。

这一时期美国政府不断宣扬、发展的多米诺骨牌理论也给美国人以危机感。1956年,时任参议员的约翰·肯尼迪就宣称,越南是"东南亚自由世界的基石",如果越南"沦陷"了,"缅甸、泰国、印度、日本、菲律宾,当然还有老挝和柬埔寨",就都会随之被"赤潮"席卷(J. Wilson:17)。在政治家们口口声声的"真诚呼吁"和分析家们鞭辟入里的"透彻分析"中,人们渐渐相信越南对美国的安全确实至关重要,相信为了美国的安全,他们必须到越南去阻止共产主义势力的蔓延。在宣扬越南共产党对美国安全造成威胁的同时,美国政府还强调自己不是帝国主义者,强调他们只是反对共产主义,想帮助越南免

---

① 当然,美国人在接受苏联为他们的头号敌人这一概念时,还有美国传统文化的因素。由于深信美国人是上帝的选民,他们相信自己总是最好的,因而无法接受别人比他们更优秀。所以,很多美国人往往毫不怀疑地就把苏联当作美国的敌人。这在本章的第五节里将有更详细的论述。

遭"共产主义全球扩张阴谋"的暗算。他们要把越南从共产党手里拯救出来,给越南人带去民主和自由。美国政府总是竭力避免把自己同先前的法国殖民主义联系起来,总是试图向美国人民证明,"他们不贪婪,不想获取特权和权力"(Emerson：280)。虽然美国政府口口声声宣称他们是为了越南的利益,但正如弗朗西丝·弗兹杰拉德在《湖中之火》(Frances Fitzgerald, *Fire in Lake*)中指出的那样,"美国对越南政府的模式并不感兴趣,实际上,美国政府对越南人根本就毫无兴趣。它关心的是'牵制共产主义集团的扩张',以及在世界范围内防止未来的'民族解放战争'"(Fitzgerald：6)。美国政府要把民主和自由带给越南人民的言论仅仅是为了宣传的需要,他们真正关心的只是在冷战中与苏联的抗衡,遏制共产主义势力的发展。

　　政府要成功地让公众相信自己宣扬的意识形态,就必须动用意识形态国家机器。如果说,强制性国家机器是通过暴力起作用,那么,意识形态国家机器就是"'通过意识形态'起作用"(路·阿尔都塞：147)。意识形态国家机器避免使用暴力,对公众进行诱惑和引导,使公众在无意识中接受了灌输给他们的意识形态。意识形态国家机器中,学校起了至关重要的作用。

　　政府使意识形态化的知识合法化最重要、最有效的方法之一,是通过学校的教材影响青少年的思想。如果说成年人由于阅历更丰富、思想更成熟还多少能辨别出政府的谎言,那么,思想正处于成长期的青少年就很难有这种辨别力了。美国政府正是注意到了这一点,所以特别注重对青少年的思想塑造。它采取的方式之一是通过学校教育的形式来影响青少年和整整一代人。20世纪70年代初,纽约州立大学的教授威廉姆·格里芬与另两位教师——约翰·马西亚诺和罗伯特·诺尔斯,做了一项研究,收集在全美中学使用的各种教材,查阅其中有关越战的课文,发现共有 28 本教材涉及越战①。

三位学者的研究发现,1961 年至 1967 年间出版的教材,政府导向明确,宣传鼓动性较强,认为美国到越南是为了坚决抵抗来自北越的红色风暴,因为北越侵略了"自由的"南越,这一侵略行动是由红色中国和苏联鼓动的。1968 年至 1973 年期间出版的教材则趋向温和,其中的美国通常高大无私。美国因崇高的动机来到越南,却被一场既无法理解、又不能获胜的战争所纠缠。这些教材否认了美国到越南隐藏着种族主义因素和帝国主义野心,没有指出美国卷入越战的借口只是一连串的谎言,掩盖它破坏了和平、进步与文明的事实。

这些教材表明,早期保守的鹰派把南越看作是遭受了"红军"侵略的"自由"国度,后来更具自由主义倾向的鸽派虽然直率地承认南越政府的腐败,却丝毫没有去质疑这一冲突的根本原因,也没有怀疑美国支持南越政府的动机。这些教材反而描绘了这样一幅图画:善良无私、但屡屡受挫的美国巨人被卷入泥潭,被南越盟友操纵,他们虽然渴望帮助南越,却受制于吴庭艳等腐败的领导人。这样,美国的中学生在学习了这些有关越战的教材后,对美国已犯下了第二次世界大战以来最昭然的侵略罪行这一事实可能还完全茫然无知。相反,他们会为美国巨人遭受的挫折感到难过和愤慨,甚至可能会下决心要改变美国巨人受挫的现状。这些教材大量描写越南人的腐败和落后,这无疑加深了美国中学生对越南人的偏见。

一本教材这样写道:

越共用恐怖的策略试图取胜。他们袭击城镇,屠杀男女老少,还经常用炮弹和迫击炮轰炸人口稠密区。

大部分美国人发现他们处于一个两难境地。他们希望战争结

---

① Gloria Emerson 在 *Winners and Losers*(pp. 101-104)中详细描述了这次调查。

束,但却不愿把南越人民交给共产党。

在喧闹的示威中,战争抗议者给约翰逊总统巨大压力。但总统拒绝改变立场。他坚持认为为了自身的安全,美国必须帮助这里的10亿人民,帮助他们在这片共产党尚未控制的土地上保卫自己。

国务卿拉斯克也立场强硬。他警告说,美国如果不兑现自己的诺言,世界上便没有国家会再信任我们①。

这本教材显然灌输了美国是全世界救世主的观念,明显美化了美国政府,赞扬了美国领导人为了国家安全和民主自由而承受的巨大压力,以及表现出的"排除万难也要坚持立场的"非凡勇气。

教材把停火协议迟迟得不到签署的原因归罪于北越。一本教材写道,巴黎和谈期间,美国渴望结束战争,但和平的呼声却没有得到另一方的回应。学生被告知约翰逊总统在位期间一直努力寻找和平解决的方案。学生们通过教材还了解到,"即使在战斗进行中,美国也以民主的方式训练南越人"②。但该教材和其他教材并没有提到,1971年南越政府举行的"民主"选举中,只有一名候选人,即当时在任的总统。1973年瑞典一所大学进行的民意调查显示,大部分瑞典人认为,较之苏联政策,美国的外交政策对世界和平造成了更大的威胁。这些教材没有一本提及这次调查,以及其他任何一次有类似结果的调查(Emerson:103)。实际上,这三位对美国中学教材进行调查的美国学者也迟迟找不到出版商,让自己的研究成果面世。他们被频频告知,现在(1976年左右)出版这样的书还"太早",或者人们"没有兴趣"。

---

① 该教材是 Ginn and Company 于 1970 年出版的 *American History for Today*。该书用 6 页的篇幅谈论越战。然而,该教材的撰写者对越南的基本现状显然并不了解,例如,越南在历史上的任何时期人口都没有达到过 10 亿。

② 该教材是哥伦比亚历史学教授 Henry R. Graff 编撰的 *The Free and the Brave*。

美国政府正是通过学校这样的意识形态国家机器向人们灌输它的意识形态，让人们从小就受到这一套思想的熏陶，并将之渐渐视为不言自明的真理。一般来说，人们难以直接了解发生在世界各地的事件，他们的了解往往是间接的，而间接的表述必然通过各种渠道，这些渠道则受到权力以各种方式的控制，最后，对事物的表述必然被打上权力话语的烙印。

美国政府通过新闻传媒、大众文化、学校、出版等意识形态国家机器，操纵着对越战的表述。由于国家机器和意识形态国家机器各级管理者从小也受到同一套意识形态的熏陶，这一意识形态的理论早已成为他们世界观和人生观中的核心部分。人们从小生活在带着某一阶级的利益、偏见和主观意愿的环境中，对自己的偏见往往浑然不觉，还自认为客观公正。美国政府多年的意识形态宣传与柏拉图洞穴里的火光有着异曲同工的效果，逐渐操纵了人们的思维方式。这样，虽然美国政府没有直接要求或强迫人们要如何表述越战，但控制着意识形态国家机器的人在表述越战时，会不自觉地、不可避免地带着意识形态的色彩。他们的表述迎合了同样受到意识形态潜移默化的人们的心理期待。对这些人们来说，他们的表述看起来可能反而比客观的表述更真实。他们因而能沉浸在自己想象的越战中，自得其乐。

美国常以世界民主与自由的榜样自居，这也影响着美国公众对越战的想象①。美国政府经常强调美国有责任拯救全世界人民，而越南正在美国拯救的范围之内。肯尼迪在发表就职演说时，鼓励年轻人去开拓新边疆，为国家做贡献。他热情洋溢的讲话使很多年轻人

①　洛沦·巴里兹曾谈到很多美国人笃信"山上之城"(the City upon a Hill)的神话：美国如同一座建立在山上的城市，是其他国家的典范，被世界所瞩目。由于身为上帝的选民，上帝的厚爱使美国人具有超凡能力，足以担当世界的榜样。(Baritz：26-33)

充满梦想,他们相信到越南与共产党作战是爱国的表现,相信开赴越南就是开拓美国的新边疆。在一次有关越战文学的会议上,越战老兵罗恩·科维克说,他听到肯尼迪的就职演说时,感动得热泪盈眶,因为生活"从此有了目的"(Lomperis:30)。正是在政府的宣传之下,很多士兵渴望到越南去"保家卫国",拯救越南人民。那时的美国人豪情万丈,似乎无所不能,因为他们从未输掉过一场战争。菲利普·卡普托在自传《战争的谣言》里谈到,年轻的士兵们深信自己是"为了注定要胜利的事业"作战的战士,"注定要当警察,去阻止共产党'强盗',把自己的政治传播到全世界"(Caputo:xii)。这些由时代和肯尼迪王朝塑造成的年轻士兵满怀憧憬,奔赴越南。他们就如格林笔下"沉静的美国人"派尔,"热情、天真、友好、干净、爱说教"(Emerson:299),幻想把美国的民主与自由带去与热爱自由的南越人民分享。

美国政府要证明他们在越南的行为光明正大、合情合理,还必须证明越南落后野蛮,越南人愚昧贫穷,缺乏治理自己国家的能力,如果没有一个像美国这样的国家帮助,这个国家就会陷入无政府状态的混乱。要证明这一点并不太难,这一方面固然有着美国白人的种族优越感,以及由此产生的东方主义思维方式,另一方面也因为越南和越南文化对他们确实过于遥远陌生,美国公众更容易陷入政府设置的知识陷阱和谎言里。

根据美国政府的宣传,美国人为了越南的民主与进步来到东南亚,但这种宣传却没有说明越南人自己是否需要这种民主与进步。在越南土地上进行的越南战争中,越南人对战争态度的表述却似乎始终是一个缺席的存在。他们并非缺乏表述自己的能力,而是被剥夺了表述的机会。在这场旷日持久的战争中,受影响最大、伤害最深、死伤最多的越南人,在很多美国人认识的越南战争中缺席。那么在场的美国人又是如何表述缺席的越南人呢？美国政府以及受美国政府意识形态影响的美国人，掌握着话语的权力，使他们得以从美国人的角度，对越战进行重新剪辑和编排，把意识形态化后的越战向美国公众展示，创造了美军在越南的又一个神话。在战争初期，这种意识形态化的越战使大多数美国人相信，他们的军队在遥远的"印度支那"执行着神圣、伟大、无私而光荣的任务。

意识形态化的越战为美国人想象中的美军驻越部队投射了圣洁的光辉，而他们想象中的越南人民则贫穷、落后、懒惰、松散。越南人民的集体文化身份被虚构歪曲，悠久历史被遗忘和忽略。他们丧失了个性，不再是独立的个人，而被凝固成为单一、没有生命的化石。在美国人眼里，他们不再是有着独立意识的主体，而成为被动的客体。著名的后殖民理论家萨义德在《东方主义》（Edward Said, *Orientalism*）中指出，西方人关于东方人的偏见是由于话语的沉淀而形成，即通过话语传播殖民统治者的权力意志的结果。如果说美国在越南的参战，在某种意义上是一种新型殖民的话，越南人卑微、懒惰、无能的形象则无疑是美国人利用自己的话语优先权建构出来的形象，远不能代表越南人的真正形象。在美国国内，对越南文化和越南人的表述更是完全被美国人控制，越南人不仅仅被彻底边缘化，还被完全剥夺了发言权。通过美国主导意识形态的眼光看到的越南文化和越南人必然服务于美国政府的越南政策，最后必然证明美国派兵到越南是唯一正确、唯一可行的选择[①]。

萨义德认为，20 世纪 50 年代以来，西方人都注意到"东方"总是代表着"威胁和危险"。随着现代科技和交通的发展，东方离西方人的生活越来越近，"现在它已不再是一个神话，而是一个被西方、尤其

①　有关美国越战叙事文学中的越南人，我们将在本书的第四章作更详细的论述。

是美国的利益弄得支离破碎的地方"(Said：26)。美国政府通过在公众想象中制造一个"异化的"、"妖魔化"的北越形象，以此证明它到越南是正义的，越战是所有爱正义、爱和平的人们的唯一选择。它首先指出，北越人是低美国人一等的原始初民。在一部主要针对赴越士兵的心理战影片里，约翰逊总统曾语出惊人："共产党人与我们不同——他们没有感情"(Santoli：41)。同样臭名昭著的还有美军驻越总司令威斯特摩兰将军在战争期间经常对士兵说的一句话："他们是亚洲人，他们对死亡的态度与我们不一样"(Karnow，1997：22)。他似乎有着这样的逻辑：因为北越人是亚洲人，所以他们对死亡有着与美国人不同的概念，所以对他们来说，生命并不重要，所以他们不珍惜生命，所以美国人杀死这些不珍惜生命的越南人是无足挂齿的。美国官方贬低越南人导致的结果是，大部分美军士兵"不能把越南人看作真正的人"(Santoli：41)。一名越战老兵认为，"美国大兵是真实的，美国人被杀了，就是真实的损失。但如果一个越南人被杀了，就像我走出去踩了只蟑螂一样"(Baker：85)。

由于美国政府的宣传，很多美国人天真地认为美国人处处都与越南人不同。小说《炎热的一天》里，美军赴越军事顾问博普雷原以为越南人都像美国童子军一般大小。到了越南，却吃惊地发现，有的越南人其实也很高大，并非传说中的那么矮小。他还被告知，"越南人与美国人不同，他们是静悄悄地死去"(Halberstam：194)。但在战场上，他却发现越南人临死前，像"所有人一样"，也会痛苦地大哭大叫，会在绝望时呼唤他们的母亲、妻子和亲人。同样，年轻的卡普托来到战场，也吃惊地发现"死人们看起来都那么相像。黑人、白人、黄人，他们看起来都极其相似"(Caputo：169)。卡普托退伍后当了记者，到世界各地目睹了各种各样的死人，他发现，"所有的死者，美国人、南越和北越人、阿拉伯人和以色列人、土耳其人和希腊人、穆斯林和基督徒、男女老少、军官和士兵，散发出的味道都同样的糟糕"
（Caputo：170）。美国人并不比越南人和其他任何人更高贵，如果他
们在生前不平等，那么死后，他们终将平等。

　　美国政府不仅否认越南人有感情，有思想，还试图通过将胡志明
妖魔化，达到颠覆北越共产党政府的合法性与合理性的目的。在美
国政府的宣传中，深受许多越南人尊敬、带领他们走向独立自主的胡
志明被描述成一个希特勒似的大恶魔。训练士兵时，军官甚至要求
士兵把胡志明与希特勒的名字相提并论地大声喊出来："阿道夫·希
特勒、胡志明！阿道夫·希特勒、胡志明！阿道夫·希特勒、胡志
明！"（Wright：11）美国政府把胡志明安置在恶魔的系谱里，把原本
不属于他的一些品质强加在他身上。士兵在这样的呼喊中，下意识
地把本属于恶魔的种种品质赋予了他。渐渐地，美军士兵深信不疑
胡志明是个"十恶不赦、杀人无度、独裁专制的魔鬼"，却不知在许多
越南人心目中，胡志明是和蔼可亲、生活朴素的"胡伯伯"。在小说
《第13个山谷》里，士兵考德威尔情绪激昂地说："我们支持的政府与
那个混蛋在北方获得的支持同样多。这里主要有两点不同。北方是
个封闭、压抑的社会，胡志明篡夺了权力，并完全控制北越。任何表
示不满的人都会被杀头。而南方则是个开放的社会，对世界的评论、
批评和反对开放"（Del Vecchio：405-406）。由于胡志明是这样一个
无恶不作、杀人无度的"混蛋"，他领导的政府自然也不能在世界人民
和美国人民心中取得合法地位，美国人自然就该承担起消灭他、制止
他去残害更多无辜者的任务。那些相信胡志明与希特勒无异的美国
人，无疑会义愤填膺地谴责北越政府，支持美国在越南的军事行动。
同时，美国竭力把胡志明与莫斯科的共产党政府联系起来，并试图给
公众制造这么一种印象，胡志明领导的北越政府与苏联有着千丝万
缕的联系，胡志明显然是苏联的傀儡，各方面都追随苏联。而在美国

公众心目中，苏联早已是美国的头号敌人，既然胡志明听命于苏联，他自然也就成了美国的敌人①。

在美国政府强大的意识形态宣传下，士兵们普遍认为是北越的共产党"独裁"政府企图用武力推翻南越的民主政府，才引发了越战。美国人想象出来的越战便是一场美国人"阻止北越侵略南越"的防御战争，一场美国人为南越人民的利益进行的无私战争，一场美国人为保卫本土不受共产主义侵犯的爱国战争，一场针对希特勒般的法西斯分子的正义战争。许多年轻人在这些宣传的鼓舞下，报名入伍，决心为他们热爱的祖国贡献一份力量。只有到越南经历战争后，他们才会发现美国政府通过意识形态宣扬的越战具有虚假性和欺骗性，意识到美国政府的意识形态编织了谎言，并将之当作真理呈现给人民。正如菲利普·卡普托所言，"他们扛着步枪和行李开赴战场，深信越共会很快被击垮，他们在从事一项高尚而正义的事业。但他们再回到美国时，如果他们能回去的话，步枪和行李依然还在，但当初的信念早已荡然无存。最后，他们对战争的意义失去了任何幻想，他们在越南作战的唯一目的是为了自己的生存"（Caputo：xii）。

第二节　新闻报道：一场鲜为人知的战争

当代资产阶级发达国家有别于以前的封建体制国家，一般不会轻易诉诸军队、警察、监狱等强制性国家机器，力图避免让自己成为人民抨击的靶子。因此，资产阶级社会的意识形态宣传往往更像是和风细雨，在不知不觉中点点滴滴地渗透、消融在人们的生活中。伊

---

① 历史证明，胡志明与苏联的联系远没有美国政府宣传的那么紧密，而胡志明也绝不甘愿将民族独立拱手奉献给苏联。事实上，美国在越南战争中犯下的一个致命错误是，它一再强调胡志明是共产主义者。我们将在本书的第四章对此有更详细的论述。

格尔顿认为,学校、家庭、教会、媒体等"如今在社会控制的过程中扮演着更为重要的角色。资产阶级在迫不得已的情况下将会诉诸直接的暴力;但在这样做时,它也冒着遭受完全丧失意识形态可信性的危险。总的来说,更可取的是让权力便利地处于无形状态,散布到社会生活的各个角落,因此作为风俗、习惯、自发的行为而'被接纳'。一旦权力裸露出它的手,就可能成为政治论争的对象"(特里·伊格尔顿,2002b:259)。在美国政府采用的各种意识形态国家机器之中,传媒的新闻报道对公众的影响应该说是最直接的,它强烈地影响并左右着公众对越战的态度。

　　20世纪60年代正是加拿大著名传媒学家麦克卢汉大谈信息地球村的时代。但事实显示,大量电子通信手段带来的并不都是事件的透明,因为此类手段"与其说是澄清了事实,不如说更多地带来同一事件不同版本的说法"(Hölbling:126)。由于普通公众并没有能力去证实传媒报道的真伪,更不要说去发现"真相",面对各种相互矛盾的报道,他们只能依赖自己的感觉:要么相信,要么不信。现代传媒理论家让·鲍德里亚认为,传媒提供的交流是没有回应、不能沟通的交流。"权力属于这样一些人:他们可以发送信息,但人们又无法给予回应。权力以这种方式发送信息、处理事务,而人们又不能给予回应,权力就得以根据自己的利益打破交流,实施垄断,社会因而失去平衡。相反,作出回应,就能打破权力关系,在敌对互惠的基础上,恢复象征性交流的循环。传媒领域也是如此,在那里,讲话进行的方式,使得人们没有可能给予回应"(Baudrillard:208)。传媒在向公众提供信息的同时,剥夺了他们对这些信息发表意见的机会;传媒给公众提供了解世界的渠道的同时,也粗暴地限制了他们了解世界的视角。由于传媒多由政府机构控制,传媒报道的事件也因此打上了权力话语的烙印。传媒让公众看到的世界以牺牲世界的丰富性为代价，限制公众只能如此看，如此听，如此想。

　　美国政府正是利用传媒的这一特点，通过传媒"塑造"公众对越战的态度，限制公众对越战的想象，使其按政府希望的那样想象越战。依赖报刊、电视、新闻获得外界信息的普通公众其实生活在一种虚拟现实中，他们只能通过传媒提供的信息对发生在遥远之地的事件进行想象。由于公众是通过传媒这一中介了解世界，传媒的视角往往主宰了他们的视角，或替他们选择了视角。因此，公众通过传媒了解的世界只是一些人眼中的世界，这一世界很难说就是客观，或比较客观的。从某种意义上说，历史从未客观存在过，是书写创造了历史。越战的书写由传媒执笔，而传媒一方面在不同程度上受到政府的操纵，一方面又受到记者和编辑自身意识形态的局限，历史便成为政府希望公众了解的历史，成为那个社会主导意识形态统治下的历史。这也解释了为何每当有新政权问鼎，便会招集人员重新修史。对此，哈斯福德在《短刑犯》里明确指出："战争中，真理是第一个伤兵。记者比士兵更有威力。士兵只能消灭敌人。但真正有用的是我们写的东西、我们拍的照片。历史可能是用血和铁写成，但它是用墨水印刷"（Hasford：61-62）。据说，近两个世纪以前的拿破仑就已深刻认识到传媒的作用："三张敌对的报纸比一千把刺刀更可怕"（马歇尔·麦克卢汉：40）。也正是意识到传媒的重要性，"杜鲁门曾宣称海军陆战队有一支可以与斯大林相媲美的宣传队伍"（Hasford：61）。

　　越战期间，美国各届政府都曾试图对传媒施加压力。战争初期，美国政府担心，如果美国公众了解到真正的越南局势，会反对美军在越南的行动。尽管美国声称实行言论自由和新闻自由，禁止对新闻进行审查，但如果不进行审查，政府就很难控制一些富有活力、富有思想的年轻记者对越战进行报道①。因此，肯尼迪政府竭力压制传媒全面报道越战，指示美国驻西贡使馆不要把新闻记者带到"可能引起令人不快的故事"的事发地点（Karnow，1997：312）。肯尼迪甚至试图把屡屡制造麻烦的记者哈伯斯塔姆从《纽约时报》调走，因为"他的故事让国内人民对美国越南政策的明智性产生怀疑"（D. Anderson：67）；与此同时，肯尼迪不得不承认，哈伯斯塔姆的报道能让他比从将军和大使们那里了解到更多的信息。同样，"约翰逊政府对电视新闻施加了巨大压力，禁止播放有关美军在越南村庄放火、南越部队杀害或折磨犯人、美军士兵在战斗里受伤以及反战和反征兵示威等新闻"（Archer：55-56）。1965 年，哥伦比亚广播公司在晚间报道了一条美军士兵毁坏越南村庄的新闻。第二天一大清早，该公司负责人还在睡梦中时，就被林顿·约翰逊的电话吵醒，受到指责（Cappini：140）。尼克松同样试图对传媒施加压力。第一个勇敢地报道"美莱事件"的记者西蒙·赫什曾直言不讳地说："理查德·尼克松对美国安全造成的威胁超过了我所知道的任何记者"（D. Anderson：75）。

　　为了控制新闻报道，除了以总统为代表的政府进行直接干预外，政府和军方还采取了种种措施。为了帮助美国人获得"事实真相"，1966 至 1968 年间任约翰逊政府国家安全顾问的瓦特·W·罗斯托成立一个"心理战略委员会"，自任主席。该委员会负责向传媒发布对政府有利的战争新闻。同样，美国军方在越南也有一个类似的新闻中心。该中心每天下午举行新闻发布会，但除了一些冠冕堂皇的陈词滥调外，并没有任何有实质内容的信息。这个新闻发布会被记

---

① 20 世纪 60 年代初，大卫·哈伯斯塔姆任《纽约时报》记者，后来创作了优秀越战小说《炎热的一天》；尼尔·希恩先后为国际联合通讯社和《纽约时报》工作，并创作了越战叙事作品《光彩夺目的谎言》（Neil Sheehan, *A Bright Shining Lie*, 1988）。他们对越战的报道让美国政府头痛不已。

者称为"五点钟疯话"（Herr：99）。他们感叹，永远无法从官方的新闻发言人那里听到任何有价值、有意义的消息。美国军方还会命令士兵与传媒配合。当传媒需要报道尼克松的战争越南化政策时①，军方就会组织士兵描述南越士兵如何有能力，如何能在没有美军直接参战的情况下独立应对北越。上级军官还下达命令："告诉他们（美军士兵），如果他们说了任何南越政府军的坏话，他们就等着瞧吧，看自己是如何从这里一脚被踢到河内的"（J. Webb：133）。

　　新闻界有一句名言："报纸没有发表的事件，就没有发生过。"（Herr：222）美国政府和军方深知这一名言的含义，因此不遗余力地运用各种手段控制报刊上的新闻报道。越南美莱村发生的大屠杀事件最突出地体现了上述名言的内涵。1968 年 3 月 16 日，一美军连队闯入据说经常帮助北越共产党的美莱村，四小时内，枪杀了手无寸铁的男女老少共计 504 人②。但美国传媒直到 1969 年 9 月才报道了这一震惊美国以及全世界的事件。此前，美国人一直以为自己与纳粹和日本人有着本质区别，绝不会犯下任何滥杀无辜的暴行。如果不是传媒最终报道了该事件，对美国公众来说，"美莱事件"就等于根本没有发生过。

　　"美莱事件"披露过程的曲折也反映了美国政府对新闻传媒的审查和操纵。美莱屠杀正在进行的过程中，美军飞行员休·C·汤普森从空中看到美军士兵的屠杀行为，十分震惊，但又无力阻止。他所能做的只是降落直升机，营救了附近的几名村民。这也是整个"美莱事

---

① 由于国内反战呼声强烈，约翰逊不得不退出 1968 年的总统大选，尼克松则通过向选民保证要制订一项迅速结束战争的"秘密计划"而入主白宫。尼克松政府提出为了获得"体面的和平"，需要把战争越南化，即美军逐渐撤出越南，转而只从后勤上支持南方军队与北方军队作战。实际上，没有美军支援的南越军队不堪一击。

② "美莱事件"中被杀越南人的具体数目有不同说法，从三百人到五百人不等。这里依据的是在美莱村里，为铭记"美莱事件"所刻石碑上的数字（D. Anderson：xi）。

件"中美国人对越南人表现出的唯一同情和帮助。事后,他马上向上级军官反映了此事,但却被压制下去。另一名不在该连的士兵罗恩·莱德诺尔后来听一些来自该连队的士兵说起此事,经仔细询问,确认确实发生过"美莱事件"。他回国后,于 1969 年 3 月 29 日向美国国会、白宫以及其他三十多名有影响力的议员写信,要求他们调查此事。调查进行缓慢。莱德诺尔担心美国政府会把此事压制下去,便试图寻求传媒报道该事件。但当时美国没有一家传媒愿意报道此事。该事件首先是在英国和德国的议会上讨论,当地报刊又予以报道后,才逐渐出现在美国的传媒上。这一系列的曲折说明了美国传媒在报道越南战争上的基本立场,也说明了政府和军队对新闻的操纵。

美国越战叙事作品同样反映了政府和军方对新闻的压制。在哈斯福德的小说《短刑犯》里,军队记者"笑客"也有同样的遭遇。他在文稿中披露说,美军士兵用一梭蜂窝子弹打死北越整整一个班,但该新闻却遭到了封杀。军方断言"蜂窝子弹事件"一定是出自"笑客"的想象,因为"日内瓦条约上把它定为'不人道'的武器,而美国战斗人员是不可能不人道的"(Hasford:58)。军方判断一条新闻不是根据它是否真的发生过,而是根据是否应该发生过。"美莱事件"是如此,"蜂窝子弹事件"是如此,许多被封杀的事件也是如此。因此,越战期间,士兵难以从美军直接控制出版的《星条旗报》上获取任何有价值、实质性的新闻[1]。

政府对传媒的操纵影响了公众对国家事务的知情权和表达意愿

---

[1] 恰如一名士兵所言:"《星条旗报》上只有迈克上士的漫画。"(Santoli:26)《星条旗报》使很多士兵相信战争会很快结束,而"这是一种幻象,其中部分是因为上级指挥部总是乐观的报告,部分是因为《星条旗报》的报道,部分是因为(士兵)自己相信他们会很快取得胜利"(Caputo:149)。

权,使得政府得以制定和实施可能违背公众利益的政策。越南战争是当时美国历史上新闻报道最及时、最全面的战争。记者们的报道是否就真的摆脱了政府的控制,向国内公众提供了一幅战争的真实画卷呢? 答案是否定的。"战争报道向来一片混乱,令人迷惑而且充满危险,是记者通过一个狭窄的视角捕捉的景观。"记者菲利普·奈特利如是说:"很多报道始于谣言,但经过报道后,很多人信以为真。后来却发现原来一切都是谣言"("战地记者:英雄时代终结?")。电视制片人彼特·戴维斯也认为:"战争时期,记者是美国政府的延伸。自二战以来,记者像电视明星一样,频繁地为政府制作宣传片"(Davis:98-99)。除了美国政府的干预和控制外,传媒和公众自身也有很多因素导致越战的新闻报道仅仅沦落为政府的宣传。

现代社会的人们一般都需要通过传媒了解世界。现代社会里的传媒因此具有极其重要和独特的地位。传媒的工作人员"不仅是媒介,还是历史的组成部分,是公众记忆的创建者"(Myers,1988:150)。越战期间,由于没有及时客观地反映真实的战况,传媒成为人们批评的目标。他们指责传媒听凭政府的摆布,没有向公众报道事实的真相,成为政府的传声筒,从而导致公众对越战产生错误的想象。有人批评传媒"没有报道美国是如何首先在 1950 年支持法国,在 1954 年又支持吴庭艳政府而卷入战争。最后,好像战争突然出现在电视新闻上,猛地在《纽约时报》头版上全面冒出来"(J. Wilson:29)。对这一切,公众有些始料不及,不知所措。记者罗伯特·希尔指出,美国新闻报道在 20 世纪 50 年代就开始对公众进行误导:"我们的传媒报道法国殖民主义的复苏时,好像那是一场法国为了自由而进行的战争。因为它是冷战,因为它是一场反对无神论共产主义的战争,所以,它当然应该得到支持"(Scheer:118)。由于早期新闻报道的铺垫,后来的政府和新闻可以更容易地让人们相信越南战争的正义性和崇高性。

越战新闻报道不及时、不准确，记者的确是一个重要因素。有的记者并不到实际战场去获得第一手资料，而仅凭官方在新闻发布会上提供的信息，做一些不痛不痒的报道。有的士兵因此对记者怨声载道："我们打仗时他们不在，但战斗结束、开始清点伤亡人数时，他们就来了"（Baker：83）。还有的士兵痛恨记者："操那些记者。该死的吸血鬼，吸别人的血。像只红头鹫一样坐着，看着我们死，好写一篇新闻稿，然后回西贡与妓女庆祝稿件完成"（James Webb：133）。报刊由于难以客观地反映战况，引起了许多人的批评。有的士兵甚至说："我们海军陆战队想打胜仗，而你们却在报纸上输掉了战争"（Herr：229）。很多人相信记者除了从美化战争、鼓吹战争中获取个人利益外，没对战争做任何贡献。

尽管如此，仍有不少评论家认为，"新闻界虽然有各种缺陷，但总的来说倾向于附和而不是引导公众的意见"（Karnow, 1997：502）[1]。多数记者渴望报道一场真实客观的越战。但作为普通人，新闻工作者同样难以摆脱社会的各种影响和偏见，对事物作出公正客观的判断和报道。在以言论自由为骄傲的美国社会里，各家传媒通常宣称自己不受政府控制。即使他们果真能不受政府控制独立运行（且不说这种可能性实在是微乎其微），也会受到其拥有者和报道人视角的局限。传媒的拥有者、管理者和工作人员因从小受到意识形态的熏陶，在报道时也会不自觉地以美国社会意识形态的角度为出发点。普通美国人在接受报道时，往往也会更认同那些与他们潜意识一致的内容。

---

[1]　与卡诺持相同观点的还有 Michael X. Delli Cappini，他认为"主流传媒从来没有站在主导文化之外去批评它"，而只反映了社会对各种问题的不同意见。最后，传媒"起到了保持社会现状免遭严峻挑战的作用"（Cappini：127, 128）。

　　在一定程度上,受意识形态左右的人们默许传媒存在种种不客观的报道。传媒学家麦克卢汉谈到这样一件事:"我有一位朋友试图在中学讲媒介的形态,他遇到的反应是异口同声的。学生任何时候都不愿意接受这样的说法:报纸或任何其他公共传播媒介可能用于卑鄙的目的。他们觉得这类似于污染空气和水源,而他们受雇于这些媒介的朋友和亲属是不可能堕落到这个地步的"(马歇尔·麦克卢汉:261)。而人们之所以忽略传媒可能被用于卑鄙目的,可能传达错误信息,是因为长期的意识形态熏陶使人们无法接受或不愿接受这一事实。对此,让·鲍德里亚曾一针见血地指出:"是公众使得暴君得以存活,而不是暴君自己使他存活"(Baudrillard:214)。从某种意义上说,越战期间,美国传媒就是这样一个因公众的默许,甚至要求,而得以存活的"暴君"。

　　越战期间,尤其是早期,在很大程度上,是美国公众自身允许,甚至要求传媒对事实进行歪曲的报道。那时,普通公众难以想象,难以接受美军士兵可能在越南犯下暴行。1965年8月,哥伦比亚广播公司报道了美军士兵在越南毁坏村庄的新闻,遭到公众的广泛谴责。报道的当晚,哥伦比亚广播公司就被电话淹没了。观众极为愤怒,因为哥伦比亚广播公司"居然能做这样的事,把我们的孩子描绘成杀人者。美国的孩子不会做出这样的事"(Cappini:139)。美国公众不愿面对和承认他们潜意识知道或许是真实的事实,宁可相信自己认为应该是事实的事情。在《意识形态的崇高客体》(Slavoj Zizek, *The Sublime Object of Ideology*)一书中,齐泽克就此类现象做过一个精辟的论断:"他们没有意识到自己的社会现实和行为被一种幻象和拜物教似的倒置引导。他们所忽略和误解的,并非现实,而是在建构他们的现实和真实社会行为的幻象。他们明明很清楚事物的真实面目是怎样的,但依然我行我素,仿佛对此一无所知。因此,幻象是双重性的：它体现在对幻象的视而不见，而这样的幻象正在建构我们与现实之间真实、有效的关系。这一被忽略了的无意识幻象，可能正是被人称为意识形态幻想的事物"（Zizek：32-33）[1]。由于公众拒绝听到与他们的想象不一致的越战，从政治、社会、经济利益等多方面考虑，传媒最后只好附和公众，迎合公众的口味。

"美莱事件"被披露后，人们很难马上面对这一现实。一些人宁愿时间倒流，回到"美莱事件"被披露前的世界。他们试图把过错归罪于披露该事件的莱德诺尔身上，而不是真正地反思该事件。自从莱德诺尔向政府和传媒披露"美莱事件"后，军方的《星条旗报》每三个月就会登出他的一张照片，让所有士兵都记住他的样子。这样，他每到部队采访，士兵都会对他表示敌视。不仅是士兵，许多平民也对莱德诺尔颇有微词，因为莱德诺尔披露的"美莱事件"迫使他们走出幻象，承认美国政府宣扬的越战存在虚假性，迫使他们正视美国社会的阴暗面。

在"美莱事件"被披露之前，美国传媒鲜有关于美军士兵暴行的报道。但此后，"忽然间，美国的每个记者都试图去寻找自己在越南目睹的残暴事件"（D. Anderson：61）。1965年美国第一批作战人员在岘港登陆时，就有记者随军采访。他当时目睹了一些美军士兵的残暴行为，但并没有报道。直到"美莱事件"爆发，该记者才把4年前的亲眼所见公之于众。4年前他之所以没有报道，是因为那时美国社会普遍不可能相信此类暴行。"美国公众还没有作好准备，去理解来自越南的报道"（Salisbury：121）。他们还深深地沉浸在自己的意识形态幻象之中。然而，1968年春季攻势后，纸再也包不住火，美国公众才不得不冷静下来，依依不舍地走出美丽的水晶幻象宫，开始面对和反思越战。同样，传媒和记者也在反思。反思过程中，记者们便发掘出数年前的故事，向读者和观众展示。

意识形态幻象不仅左右着公众的舆论，也左右着传媒选择的报道内容。所有的新闻都首先经过记者的筛选，又经过报刊、电台和电视台编辑的筛选。作为普通美国人，记者和传媒的各级工作人员也难以摆脱意识形态的影响。在一次会议上①，传媒学教授凯瑟琳·特纳发言认为："作为人，我们不是客体，所以我们不可能客观；我们是主体，所以我们必然是主观的。语言不是中性的。人类机构的工作人员总是得不断做抉择，有时是无意识地抉择"（D. Anderson：67-68）。这无意识的抉择就包括意识形态对他们的左右。他们像普通公众一样受到美国社会意识形态的影响，也乐于相信政府的言论。即使一些记者目睹到与他们想象不一致的事物，也抱着宁愿不相信的态度。在 1962 年 1 月 15 日新闻发布会上，有记者问肯尼迪总统美军是否参加了在越南的战斗，回答简洁无比："没有。"在场的记者却没有一人对此提出疑问。这是因为他们根本不希望听到与之不同的答案，总统一个最简单的回答便足以打消他们的疑虑。

记者在选择新闻报道及其视角时，往往也会无意识地选择那些与自己想象一致，与整个美国文化氛围一致的事件与视角。他们可能并没有受到政府的直接干预，但从小受到的教育和爱国之情，使他们在无意识中采取了维护美国文化、美国人和美国政府的立场。参加过 1982 年英阿马岛之战报道的英国记者马科斯·黑斯廷坦言："没有哪个英国记者在自己的国家处于战时还能保持中立"（王亚南：92）。这种爱国之情同样左右着美国的新闻记者，使他们只看到了自己希望看到的事实。

---

① 这次会议 1994 年 12 月 1 日至 3 日在图莱恩大学（Tulane University）召开，讨论"美莱事件"及其影响。

　　领导和决策层的立场也在很大程度上决定了新闻报道的立场。大部分记者对他们能报道什么并没有完全的决定权。在越南的记者把报道寄回美国国内的编辑部后，会被国内编辑改写。当同一篇报道再发回越南时，在越南的记者会发现自己的报道已面目全非，"纽约方面会把所有事情全部重写，这是新闻杂志的工作方式。"（D. Anderson：63）有时，记者写出了自认为比官方宣传反映更多真相的稿件，也只能忍痛割爱，因为新闻机构不会发这类稿子，"他们想要的是科默大使的新闻"，而对非官方、没有出处的新闻不感兴趣①（Herr：219）。著名记者哈伯斯塔姆认为，出现这种现象是因为越战期间的主编大多经历了第二次世界大战（D. Anderson：66）。他的观点得到了电视制片人爱德华·福希的回应："电视新闻的语调由新闻主管确定，而他们的态度则在二战中形成"（Fouhy：91）。二战时期，人们通常认为能相信将军们和官方对战情的通报。所以，他们自然以为，越战期间也同样可以信任来自官方的报道，却没有意识到越战与二战之间存在着诸多差异，因而对哈伯斯塔姆这样的记者发回的没有官方出处的稿件感到极度"不安"（D. Anderson：66）。他们只好发表不会让自己不安的新闻，让新闻服从了自己潜意识里一厢情愿的美好愿望。他们的美好愿望则又源于从小受到的意识形态教育，其新闻往往也在有意无意之间服务于美国政府的利益。

　　同时，传媒本身的局限也使其报道的越战与真实的越战产生一定距离。1965 至 1975 年间，有上万条越战新闻在电视台播出。然而，记者默里·弗罗姆森认为，虽然电视播放了大量新闻，但仅通过电视新闻仍得不到战争的全面印象，因为电视新闻只能报道一些片断事件（Salisbury：87）。针对电视报道的局限性，大卫·哈伯斯塔

---

① 　罗伯特·科默（Robert Komer）在卡特政府中担任国防部高级官员，1967 至 1968 年间，在越南实施安抚计划。

姆指出,电视在报道这类内容广泛的问题时,"就如同报道奥运会",最后,"人们发现问题的复杂性被压缩掉了,本来需要 5 分钟才能解释清楚的问题被放到了 1 分钟的报道之中"("战地记者:英雄时代终结?")。因此,记者的新闻报道不但没有让观众对战争有更清晰的了解,反而迷惑了人们的视线,加深了对战争的误解。一项调查显示,"有一半的美国人不知道越南战争到底是怎么回事"(Salisbury:107)。

　　鲍德里亚指出,传媒受到双重影响:"(传媒)是权力的策略,旨在蒙蔽大众,灌输自己的真理。或者,它们是大众实施诡计的战略领域,大众否定现实,拒绝承认真相。现在,传媒只不过是个绝妙的工具,破坏事实与真相,破坏所有历史或政治的真相。我们沉迷于传媒,已离不开它,出现这一现象不是因为渴求文化、交流和信息,而是因为真相和虚假被颠倒错乱,因为在传媒的操作过程中意义被摧毁"(Baudrillard:217)。一方面是政府对传媒施加压力和限制,一方面是公众利用传媒自欺欺人,再加上传媒自身的一些局限,公众很难通过新闻报道了解到真实的越战情况。有人因而感叹道:"我读了所有能找到的报纸,但我不知道圣诞节轰炸是好事还是坏事。我真的不知道,因为你读到那样的事情发生,你不知道是不是该真正相信它"(Emerson:178)。虽然有新闻报道,但真相、事实依然遥远,公众依然只能去想象越战。恰如黑尔所言:"正如传统的火力不能赢得这场战争,传统的新闻报道也同样不能表现它"(Herr:218)。公众要相对客观地了解越战,必须解构传统的新闻报道。一些具有革新精神的记者采用新新闻体撰写稿件,为人们更客观地了解越战提供了一条途径①。

---

①　我们将在本书的第三章里讨论新新闻体与越战的关系。

第三节　影视文化：幻象的缔造者

　　在现代生活中,以影视文化为代表的大众文化给人们生活的方方面面带来了深远的影响。弗雷德里克·詹姆逊曾指出:"没有事物不是社会的和历史的,事实上,一切事物归根到底都是政治的"(Jameson:20)。影视文化也不例外。按阿尔都塞意识形态国家机器的理论,影视文化正属于一种意识形态国家机器。作为意识形态国家机器的一个重要组成部分,影视文化在宣扬意识形态的过程中发挥了巨大的作用。它既是意识形态宣传的工具,又是意识形态宣传的产物。美国意识形态宣传多年的沉淀和效果在影视作品中反映得淋漓尽致。受意识形态影响的人们通过影视作品生动地表现了他们对社会和世界的态度,这使得影视作品在有意无意间宣传着意识形态,进一步影响或强化人们对社会和世界的态度,使之更趋意识形态化,并在以后的影视作品中又得到进一步的反映。这种周而复始的循环使得主导意识形态越来越深入人们的生活。如此一来,意识形态宣传与影视作品两者循环周转,相辅相成,最后人们难以感觉到意识形态宣传的存在,因为它对人们的影响可以说是"润物细无声"。这样的意识形态宣传往往更像是和风细雨,在不知不觉中点点滴滴地渗透、消融在人们的生活中,并对人们产生了举足轻重的影响。

　　20世纪60年代的美国青年是看着电影、电视成长的一代。电影、电视不仅为他们提供了娱乐休闲,还对他们思想的形成起着潜移默化的作用。法兰克福学派的代表人霍克海默和阿多尔诺早在1944年就曾预言"电视迟早要产生巨大的影响"(霍克海默:138)。与此同时,他们对电视将会产生的影响却充满了担忧。影视文化到底是如何影响大众的？一种大众文化理论认为,最初是政府通过影视等大众文化传播意识形态,让观众受到政府期望他们接受的意识形态熏陶,从而丧失独立思考的能力,听凭政府的操纵。当他们在思想上无意识地成为国家和政府自觉自愿的"奴隶"后,又会自觉地在影视作品中反映他们已经意识形态化了的世界观,从而进一步潜移默化地影响更多的人。让意识形态化了的人们自觉自愿地宣传意识形态,往往能收到奇特的效果。制片商不仅心甘情愿地在作品中宣扬美国社会主导的意识形态价值观,还往往没有意识到自己已成为国家和政府的工具。由于从小受到意识形态潜移默化的影响,他们已经难以意识到自己正受到意识形态的操纵。他们在制作影视作品时,自以为在自由表达自己独特的世界观,却不知早已成为意识形态的"奴隶",只不过在重复主导意识形态的价值观。当他们把自己的"自由"思想和意志通过影视作品向人们表述时,由于它是打着自由思想幌子的意识形态渗透,其效果比直接生硬的意识形态宣传有效得多。

当代社会,影视文化无处不在,人们难以逃避意识形态的渗透。现代人难免会受到影视文化的影响,处于心理和精神成长断乳期的青少年,尤其渴望从外界获得指导。这时,"电影、电视和广告就来为他们引路"(丹尼尔·贝尔,1992:116),为他们"提供一种定位的标准"。(Adorno:89)"青少年不仅喜欢电影,还把电影当成了一种学校"(丹·贝尔:115)。"电影放映的运动图像有一种模仿的推动力,吸引观众和听众去模仿"(Adorno:158)。在青少年的成长过程中,影视里的英雄人物无疑给他们提供了理想的自我,让他们去崇拜、模仿。他们显然没有意识到,自己崇拜的英雄只是意识形态通过影视文化竭力打造出来的,其目的是为了给他们制造一个虚拟的现实。他们在日常生活中模仿影视里的英雄,以为在实践人生抱负,却丝毫没有意识到自己的思想实际上受到了政府宣扬的意识形态的操纵。这正是意识形态欺骗性的生动反映:"意识形态不仅仅是'虚假的意识'，不仅仅是对现实的虚假再现，相反，它就是已经被人设想为'意识形态的'现实自身。'意识形态的'是这样一种社会现实，它的存在暗示出了参与者对其本质的无知"(Zizek：21)。青少年虽然对影响他们的意识形态一无所知，却在日常生活中努力践行。

阿多尔诺把由影视为代表的大众文化称为文化工业。他认为，"文化工业的全部效果就是反启蒙"(Adorno：92)。启蒙运动的主题是鼓励人们自主思考，文化工业则剥夺了人们自主思考的能力，"阻碍了自主、独立的个人发展"(Adorno：92)。使大众沦为文化工业和政府意识形态的傀儡和奴隶。阿多尔诺尖锐地指出："毋庸置疑，文化工业在揣测其引导的成千上万人的意识和无意识心态，但大众却绝不是第一位的，也不是第二位的，他们只是计算的客体，是机械的附加物"(Adorno：85)。人们"一旦进了电影院，就自动服从"，因为"电影的面具是权威的象征"(Adorno：82)。对权威的崇拜和信任使人们在不知不觉中被剥夺了想象力，放弃了自我判断的权利。人们原本是自己的主体，但影视文化等意识形态国家机器"将主体（Subject）复制变成属民（subject）"(路易·阿尔都塞：176)。无独有偶，阿多尔诺也认为，在影视文化为代表的文化工业里，人们"不是像文化工业试图要我们相信的那样是国王，不是它的主体，而是它的客体"(Adorno：85)。尽管消费者在观看电影、电视，尽管几乎所有影视片都是制片商殚精竭虑为消费者量身定做，但消费者远远不是制片商的"上帝"。"梦想工业与其说是在制造消费者的梦想，不如说是把供应商的梦想在人们中间传播"(Adorno：80)。

如此一来，似乎一切都是"制片商惹的祸"。然而，制片商也是普通的公众，同样会受到美国主导意识形态和传统文化的影响。当他们在作品中表现出意识形态时，自己可能并没有意识到自己在为政府作宣传，因为他们早已被纳入这一意识形态的体系之中了。我们还需意识到的是,影视等大众文化及传媒一方面在引导公众的舆论,但另一方面也是在迎合公众的期待视野,附和公众的想法。制片商在制作影视作品时,必然考虑经济利益,投消费者所好,迎合消费者的期待。他们必然会仔细研究消费者喜欢什么样的作品,并在消费者可接受的范围内表达制片商自己的意志和想法。因此,影视作品是一个双向选择的结果:制片商对消费者的选择和消费者对影视作品的选择。由于制片商和消费者都受到意识形态潜移默化的影响,他们乐意表达的或乐意接受的作品也都沾上意识形态色彩。一个乐意制作,一个乐意接受,两厢情愿,双方在意识形态的游戏中自娱自乐,乐此不疲。如果一部作品过分地反社会的主导意识形态,不仅国家和政府不乐意,而且普通公众也不会满意。也许在政府发出禁演令前,公众的批评或冷淡就足以使影片淡出。正是双方这样的默契,或者可以称为某种"共谋的"关系,使得意识形态通过影视作品更加深入人们的生活。

越战期间,很多年轻人深受战争吸引,如同他们曾经天真的父辈一样。美国的文化传统是一个重要因素。从美国殖民时期的拓荒开始,美国人就对英雄推崇备至。而战场无疑是制造英雄的最好地方,很多年轻人都曾渴望成为英雄。20世纪50、60年代出现大量二战题材的影片,集中反映了美国人记忆中光荣伟大的二战。多数美国人并没有亲历二战的炮火,也没有体会到国家沦陷的耻辱。二战给他们印象最深的就是美国强大的军事、崇高的道德和最后辉煌的胜利。他们愿意乐此不疲地回忆这些美好而荣耀的时刻。大量二战影片就反映了人们这种心态。人们对二战的这种记忆当然离不开二战期间美国政府通过各种渠道进行的宣传,当这种宣传深入人心后,一些文学家、艺术家们便把他们对二战的态度用影视作品的形式表达出来。反过来,这些影视作品又影响着二战后成长起来的年青一代对战争的态度。

越战叙事文学生动地反映了美国 20 世纪 60 年代的影视文化对越战士兵和越战一代的巨大影响。很多越战叙事作品都描写了士兵最初对战争的幻想和憧憬。他们这种天真直接来源于所接受的教育和观看的电影。约翰·M·德尔维基奥的小说《第 13 个山谷》中的詹姆斯·文森特·切里尼刚到越南时，就幻想自己是"二战电影中解放法国或比利时的士兵"(Del Vecchio：8)。菲利普·卡普托在自传《战争的谣言》里也讲述了电影对他的影响。终于成为一名梦寐以求的海军陆战队士兵后，他"希望在《瓜岛日记》、《撤退，地狱！》和其他二十多部电影里看到的那些事情都能发生"(Caputo：14)。在战场上，他为了吸引敌人，故意毫无掩护地晃来晃去，这时他感到自己"是电影《硫磺岛之沙》里的约翰·韦恩，是《战斗哭泣》中的奥尔多·瑞"(Caputo：269)。1965 年，罗宾·莫尔反映越战的小说《绿色贝雷帽》热销全美。同年，好莱坞明星约翰·韦恩主动提出要把该小说改编成电影。他在给约翰逊总统的信中写道："我们到那里（越南）是必要的，不仅应该让美国人民，而且应该让全世界人民都知道这一点，这是非常重要的。……最有效地实现这一目的的方法就是通过电影这一媒介。"他又向约翰逊解释说："我们可以通过激发美国同胞的爱国热情达到这一目的"(Suid：136)。此举得到了约翰逊总统的全力支持。1968 年电影摄制完成，果然鼓舞了一大批年轻人志愿报名入伍，开赴战场，去圆他们当战斗英雄的梦想。

约翰·韦恩经常扮演西部片和战争片中的英雄。他饰演的角色充满阳刚气，在困境和险恶环境下总能表现出超常的智慧和勇气。他是硬汉子、真英雄的化身，常常让观众赞叹不已，更让青少年观众羡慕万分，渴望也经历他那样的历险，成为真正的男子汉。他的名字频繁地在越战叙事作品中出现，甚至已成为动词和形容词：He was

John Wayneing；Stupid John Wayne soldiering。每个周六下午，老兵罗恩·科维克都去看"约翰·韦恩和奥迪·墨菲的战争片"[①]："《硫磺岛之沙》里的约翰·韦恩成了我的英雄"（Kovic：55）。无独有偶，在詹姆斯·韦布的小说《火力场》里，主人公霍奇斯小时候，也会"与六、七个朋友在周末下午步行五英里"去看《硫磺岛之沙》、《道谷里桥》等战争片。对孩子们来说，"如果约翰·韦恩不是上帝，他至少也是先知"（James Webb：34）。1960年，一群海军陆战队士兵被问及为何入伍时，"约一半的人都表示是因为看了约翰·韦恩的电影。"（Novelli：107）。罗恩·科维克在自传里直言不讳地称："我想当英雄"（Kovic：63）。约翰·韦恩一直是他效仿的榜样。高中毕业时，海军陆战队军官来学校招兵，科维克与他们握手时，"禁不住感到，我是在与约翰·韦恩和奥迪·墨菲握手。他们那天告诉我，海军陆战队从身体、意志、精神上塑造男人。我们可以像年轻的总统号召的那样为国效力"（Kovic：74）。约翰·韦恩影响的不仅是几个崇拜英雄的孩子，而且是整整一个时代、一个社会对越南战争的态度[②]。

---

① 奥迪·墨菲（Audie Murphy）曾是二战英雄，后成为电影演员。《硫磺岛之沙》反映美国二战期间在太平洋战场的战斗。下文里的《道谷里桥》是根据 James A. Michener 同名小说改编的电影，讲述朝鲜战争中美军的故事。

② 很多评论家纷纷撰文分析约翰·韦恩在越战期间对年轻人和士兵的影响。Lloyd B. Lewis 在 The Tainted War：Culture and Identity in Vietnam Narratives 里用"约翰·韦恩的梦遗"一节，分析韦恩主演的影片在塑造美国公众对越战态度上发挥的作用；Jacqueline E. Lawson 在论文"'Old Kids'：The Adolescent Experience in the Nonfiction Narratives of the Vietnam War"里，谈及约翰·韦恩给青少年制造的幻象；Michael Anderegg 在 Inventing Vietnam：The War in Film and Television 中，在"好莱坞与越南：作为话语的约翰·韦恩与简·方达"一文里，分析了约翰·韦恩与简·方达两名影星在越战期间的突出影响；Tobey C. Herzog 在 Vietnam War Stories：Innocent Lost 里，专辟一节论述越战文学中的"约翰·韦恩综合征"；Katherine Kinney 在 Friendly Fire：American Images of the Vietnam War 里，用一整章分析约翰·韦恩对越战文学作品人物的巨大影响。一切都表明 60 年代在美国迅猛发展的影视文化深深地影响了越南战争的一代。

从越战叙事作品里，我们看到影视文化带给主人公最深的影响是英雄情结。源于希腊文明的西方文明一直赞颂英雄，赞颂那些为国家和民族捐躯的爱国英雄。美国由于其独特的拓荒殖民历史，对具有超凡能力的孤胆英雄又有另一种景仰和推崇。越战期间，年轻人渴望成为的英雄至少有三个层面的含义：一是爱国保家的英雄，二是无私助人的英雄，三是英勇睿智的英雄。越战士兵在战前看的战争片多为反映二战题材的影片。二战通常被看作是一场正义的战争，全世界人民为反抗残暴的法西斯分子进行了不屈不挠的努力。美军士兵在欧洲战场和太平洋战场取得了军事和道义上的双重胜利。如果说帮助弱者、抵抗邪恶、颂扬英雄原本无可厚非，那么，看着二战影片长大的年轻人却没有意识到，美国二战中的敌人不同于越战中的敌人。他们把两者完全等同起来，也就混淆了二战与越战的本质区别。而那些越战影片，也通常故意忽略越战与二战的差异，鼓励人们像参加二战一样去参加越战。电影在表现战争目的时很巧妙。谈到战争片处理"我们为什么打仗"这一问题的策略时，评论家凯瑟琳·金尼指出，电影"通常用个人对象征社会的小部队表现出的忠诚和责任来表现，而不直接谈论历史或意识形态"（Kinney：16）。正是在爱国、忠诚、责任等价值观的激励下，无数青年不远万里、漂洋过海来到"印度支那"，在异乡的土地上作战，保卫美国的国土不受"共产主义势力的侵犯"。只有到了越南后，一些士兵才似乎猛然感悟："越共并没有强奸我的姐妹，胡志明也没有轰炸珍珠港"（Hasford：67）。只有在这时，他们才开始产生疑惑。而此前，他们看的二战片通常只呈现了战争的英勇场面，把他们淹没在爱国情绪、激烈战斗和鲜花荣誉里，让他们没有时间去思考战争的本质。一位母亲就曾批评过影片"把越南置于与二战相同的道德框架下"，"用同样的色彩去描绘越南"（Emerson：11）。

影视作品谈到越战时,一方面把越南问题与美国自身的安全相联系,另一方面又把政府派兵到越南与无私的国际援助和道德情操相结合。二战刚结束,美国人就认为他们应该勇于承担起拯救全世界的责任。很多美国人渴望"改进整个宇宙"(Greene:13),并以做一个伟大的救世主而沾沾自喜。美国文化的一个特点就是,相信美国人是上帝的选民,是上帝指派来给所有民族做榜样的伟大民族。很多电影反映了美国人这种以世界救星自居的自大情结,吸引年轻人去为世界民主献身。受其影响,很多年轻人最初也真诚地相信他们是为了提供无私的国际援助才来到越南,拯救处于水深火热的越南人民。一些小说的主人公相信他们是"为了保证自由世界的疆界不会进一步缩小而战斗"(Moore:13),"是为了正义与持久的和平而战,只有这样,爱和平的南越人民才能享受选举的民主,不用生活在'共产党侵略'的威胁下"(Huggett:338)。他们甚至真诚地对越南人许诺:"我们来不是为了征服,而是为了援助。我们来是为了保证安全和独立"(Del Vecchio:563)。

战争片不仅把战争置于保卫国家安全、提供无私援助的语境下,还将此与士兵个人的理想和人生价值紧密结合,凸现了战争对男人的诱惑力。影视作品强调了残酷、艰险的战争对士兵个人提出的挑战性,强调了士兵在战场上表现出的英勇对维护男性尊严、男人身份的重要性①。自殖民拓荒时期起,美国文化就赞扬男人面对挑战和危险时表现出的智慧和勇气,这也成为美国人引以为骄傲的民族特性的传统组成部分。大量西部片里的英雄和牛仔就是这种拓荒精神的化身。20 世纪 60 年代,在美国地理意义上的边疆已消失之时,肯尼迪总统热情洋溢地鼓舞年轻人去开辟新边疆。许多人无疑把战场、

---

① 在美国越战叙事文学中,战争似乎把女性排斥在外。在笔者读过的二十余部越战叙事作品中,除了在几部口述作品中出现几名女护士的自述,并没有其他女兵出现。

把越南视为可以任由他们驰骋和冒险、体验非凡人生的新边疆。小说《伤亡统计》里的霍金斯放弃攻读博士学位的机会，前往越南，就是因为他"想成为它（越战）的一部分，想体验它，感受生活的跳动"。"他想去是因为它具有挑战性，他想获得并掌握领导士兵、战胜敌人的艺术，以获得自我满足"(Huggett：78)。一些年轻人渴望历险、体验战争的愿望甚至是无条件的。每个周末与朋友步行五六英里去看战争片的霍奇斯宣称："即使没有越南，他也得制造一个出来。……重要的是战斗，而不是原因"(James Webb：34)。这些年轻人不在乎战争的意义，只渴望爆发那么一场战争，让自己有机会到疆场纵横驰骋，证明自己是真正的男人。影视作品里像约翰·韦恩这样的铁血男儿都是在战争的险恶环境中，才充分展现了男人的魅力。他们相信每一代人都应该拥有自己的战争，战斗经历成为男人成长仪式中不可或缺的一部分，成为他们可以炫耀一生的荣耀。可以说，影视作品传达着这样一个信息：拒绝战争，就是拒绝成为男人，甘当懦夫；拥抱战争，才算接受了男人的挑战，才可称作男人。年轻人可以选择不当爱国志士、救世英雄，但他们却不得不当一个男人。影视作品对懦弱胆小者的嘲笑和鄙视，使很多年轻人没有勇气不做约翰·韦恩式的英雄，甚至一些父母也用约翰·韦恩为榜样来教育孩子。蒂姆·奥布莱恩借小说人物之口无奈地表示："我害怕被认作是一个懦夫，我对此的恐惧甚至超过对懦弱本身的恐惧。"(O'Brien, 1978：322)最后，他承认："我是个懦夫，我去参战了"(O'Brien, 1991：63)。人们把理想男性的形象投射在银幕上，以银幕上的理想男性为榜样去教育年轻人，给年轻人一种暗示：如果他不能像银幕上的英雄那样英勇无畏，他就不能被称作男人。正是这种无形的压力使得很多原本不愿前往战争的年轻人除了奔赴疆场，别无选择。

影视文化给人们，尤其是青少年留下直观的印象，让他们相信战争提供了开辟新边疆的一条途径，为实践爱国情怀、提供无私援助和迎接挑战冒险铺设了一个完美的平台。有的士兵对影视作品充满了信任，甚至将之视为"父亲的替身"，虔诚地接受教诲，从中学到"杀人正确和错误的方法"(Baker：170)。还有人坦言："我想杀坏人。你在电影、电视里看到坏人和好人，我就是想去杀坏人"(Baker：41)。然而，问题在于，究竟谁是坏人？影片由于要在短短一个多小时的时间内包含众多信息，情节一般高度紧凑，因此会把许多东西视为理所当然的背景材料，其中就包括战争题材影视作品对敌人的定义。影视作品没有去剖析为什么美国要与某个特定的个人或群体作战，通常只简单地把对手直接定义为"敌人"。美国政府宣布在越南的共产党是敌人，威胁着美国的安全，威胁着全世界的民主和自由后，美国人也就顺理成章、不假思索地把越南共产党视为不共戴天的敌人。影视片也乐得不再多费口舌，把复杂的事物进行简单化处理。影视作品和人们从小受到的教育都告诉他们，人有好人、坏人之分，敌人就是坏人，而坏人是应该被杀死的。最初的逻辑是这样：因为某人是坏人，所以他自然就是敌人。但渐渐地，人们却陷入了一种逻辑怪论：因为某人是敌人，敌人就等于坏人，杀死坏人不但不会受到良心的谴责，还是一种为民除恶、维护和平的英勇行为。

影视文化向人们展示了行为的蓝本，却没有解释隐藏在一切行为后面的统治阶级的利益。它通常越过本质原因，简单地把敌人抽象化、概念化、面具化，甚至妖魔化，把观众的注意力直接吸引到如何消灭敌人上。越战中的胡志明被描述为一个恶魔、希特勒式的暴君。这样，美国便有了充分的理由和正义对之进行口诛笔伐，乃至枪击炮轰，因为他们是在试图杀一个坏人。只有到了越南战场后，士兵们才会发现在越南，要把敌人与朋友、好人与坏人区别开来，并非易事。罗恩·科维克就曾惊呼："电影里从来就不是这样的。那里总是有好人和坏人之分，有牛仔和印第安人之分，总是有敌人和好人在相互厮杀"(Kovic：194-195，着重号为笔者所加)。我们可以注意到，科维克在不知不觉中，用"敌人"一词取代了"坏人"，因为对他来说，这两者是完全可以互换的同义词。但士兵们还会惊讶地发现，所谓的敌人并不都是十恶不赦的坏人。与敌人真正接触后，他们发现很多敌人其实也像他们一样，也是善良无辜、热爱生命的普通人。

影视文化除了让天真的青年对战争充满幻想和误解之外，还给了战场上的士兵扮演电影角色的幻觉。20世纪60年代以来，随着电视的普及，士兵可以通过电视看到自己作战的场面。战争新闻报道与影视片的相似在某种程度上强化了士兵演电影和"作秀"的意识[1]。"正因为电影总是想去制造常规观念的世界，所以，常看电影的人也会把外部世界当成他刚刚看过的影片的延伸"(霍克海默：141)。电影实际上给人们制造了一个虚拟现实，让人们生活在幻觉中。迈克尔·黑尔在新新闻体作品《新闻快报》里指出，一些士兵模糊了电影与现实的界限。对他们来说，生活犹似电影，战争仿如电影。有的士兵如果看到有记者在摄影，就会表现得勇猛异常，在战场上毫无掩护地冲锋陷阵。他仿如一名演员，不是在参加战斗，而是在拍电影。他们实际上把战争当作了电影，在头脑里演绎着自己的电影。他们似乎没有意识到战争与电影的区别：真正的战争没有剪辑，如果你死了，就真的死了，从你的伤口里流出来的不是拍电影时用的颜料，而是真正的、鲜红的、火热的血。

影视作品定格了英雄的形象，一些士兵因天真地模仿影视里的英雄而无端地丧失了年轻的生命。有的士兵拒绝匍匐前进，躲避敌

---

① 越战的电视新闻报道宛如是把二战片的场景从欧洲和太平洋战区移置到了越南。一名妇女就抱怨过越战的电视新闻报道，说"她分不清二战影片和越战的战斗镜头之间的区别。'它们看起来都一样'"(Emerson：11)。

人的炮火，因为他看过的所有电影都告诉他英雄是不会匍匐前进的。他高喊："我是海军陆战队的士官。我不会用肚子爬着前进"（Caputo：159）。结果却身负重伤，再也无法站起来。在斯蒂芬·赖特的《绿色沉思》里，怪人温德尔·佩恩是 1069 情报队的摄影员。他以战场为电影场景，让士兵做演员，把战争当剧情。他会指挥士兵像演员一样做出种种动作和姿势，来配合他摄像。实际上，越战时期，电影、电视摄影师到部队摄影时，让士兵弄虚作假，假装对敌射击，似乎已成为一种惯例。大部分士兵也难以摆脱上镜、当一回演员的诱惑，都愿意听从摄影师的指挥，因此作秀已司空见惯。温德尔在自己受伤临死前，还不忘指挥战友格里芬把自己死亡的过程拍下来，扮演了自己电影作品里的最后一位角色。这些士兵明知战争不同于电影，却宁愿生活在美好的幻觉之中。他们在摄影机前表现神勇，似乎是为了观众，为了别人去表现，但实际上却是为了自己。士兵表现"英勇"是希望把自己认同于银幕里的那些英雄，获得他们的认同，并以此来获得银幕前所有观众的认同，获得整个社会的认可。这正显示了影视文化的强大影响。越战作家及记者黑尔看到这些"因来越南前看了 17 年战争片而永远逝去的孩子们"时，无比痛心："我们都看了太多的电影，在电视城里呆得太久"（Herr：209）。

来到越南后，士兵们发现自己非但不能成为所向披靡、英勇无畏的战斗英雄，也不可能给越南人带去自由与民主。如果说他们的到来给越南人的生活带来了什么不同，那就是制造了更多的孤儿、寡妇和灾难。然而，一些士兵即使意识到这一点后，仍难以摆脱当明星的诱惑。在加斯塔夫·哈斯福德的小说《短刑犯》里，士兵们争相和越南孤儿照相，好把照片寄回家乡，在报纸上登出来。照相时，他们摆好姿势，举起一块橡胶假糖递给孩子。在场的一名士兵尖锐地指出："你们这些家伙可能杀了这孩子的亲人，但在你们的家乡，你们却是有着金子般心灵的强壮的海军陆战队士兵"(Hasford：56)。这些吝啬得甚至不愿给孩子们一块真正糖果的"高尚士兵"把这样的照片寄回家乡、并刊登出来后,还会给更多的年轻人制造幻象。

然而,战争残酷的现实最终还是打破了许多曾经豪情万丈的年轻人的幻想,击碎了他们佩满奖章、荣归故里的英雄梦想。美军士兵发现根本不能像电影里那样与敌人短兵相接,尽显英雄气概。战斗中,他们还发现手榴弹并不是像电影里那样用牙咬掉引火线,他们也不能像电影里的英雄那样毫无顾忌地冲锋陷阵。久而久之,他们不再渴望做英雄,他们所渴望、所祈求的只是能活着回国。战争的现实让他们意识到,约翰·韦恩式的英勇和所有那些影片表现的英雄主义都是虚幻,年轻人被吸引到军队和战场,然后又被无情地推出梦境,推进血淋淋的现实。这时,他们会深切感受到影视文化只给观众制造了一场幻象的越战,不会再把影视里的那种战争当作他们的战争和他们正在经历的现实。如果说,没有经历战争残酷的士兵尚且天真,那么,真切体会战争的士兵则最终在炮火中成熟起来,这时,"他不再需要一个外在的认同点,因为他已经实现了自我认同——他'已经变成了自己',变成了一个自主的人"(Zizek：110)。他们从影视文化的"属民"成长为独立自主的"主体",不再需要从电影、电视里寻找英雄和模仿的对象。他们以天真和理想为代价,换取了对残酷现实的理解,从而抛弃影视文化制造的英雄梦想,开始勇敢地直面现实。

正因为士兵们认识到电影的欺骗性,所以后期的越战叙事作品常有对英雄主义影片的批评。加斯塔夫·哈斯福德笔下的士兵把电影《绿色贝雷帽》斥为"一部讲述热爱枪战的好莱坞肥皂剧"(Hasford：38)。小说中,在观看该影片时,看电影的士兵肮脏不堪、着装凌乱、胡子拉碴,而约翰·韦恩饰演的越战士兵则英俊潇洒、军装笔

挺、皮鞋锃亮。银幕内外的士兵形成了强烈的反差,难怪士兵会大声
嘲笑影片对越战理想化和浪漫化的处理。影片中的一个人物鼓励士
兵们说:"首先杀死该死的越共 …… 然后回家。"看到这里,"海军陆
战队的观众哄然大笑。这是我们很长时间以来看到的最滑稽的一部
电影"(Hasford:38)。或许正是因为意识到"越共"杀之不尽,回家
的日子遥不可及,士兵们才对这部反映英雄主义的影片嗤之以鼻。
电影结尾处,约翰·韦恩领着一名满怀希望的越南孤儿,面朝东方,
走进灿烂的"夕阳"①。士兵们再次放声大笑,影片里的激情豪迈和温
情脉脉与现实里的丑陋卑劣和残酷无情有着天壤之别。士兵们对影
视文化的态度已从入伍前的崇拜和羡慕转变为此刻的讥笑和嘲讽,
他们在银幕前爆发的笑声蕴涵着深深的辛酸与无奈,因为,经历过战
争的士兵都知道影视文化制造的幻象世界在现实中是多么不堪
一击。

第四节   文学作品:一种思维和视角的模式

政府、传媒、影视都影响着人们建构一场想象的越战,文学作品
也从另一侧面帮助人们去想象越战。一本书有时可能给人们制造一
种思维或视角的模式。20 世纪 50、60 年代美国关于东南亚的文学作
品通常具有强烈的意识形态倾向,影响着美国读者审视越战的角度。
克莱夫·克里斯蒂认为:"为了完成对抗共产主义,承担世界秩序维
护者的新责任,美国人必须重新采用最初建立美国的传统革命理念
和边疆价值观。总的来说,20 世纪 50 年代美国关于'印度支那'的文
学,热烈呼吁美国直面它在太平洋和亚洲历史命运的挑战,直面威胁

---

① 影片《绿色贝雷帽》结尾处这一技术上的失误,曾多次遭到嘲笑。

这一命运的共产主义全球意识形态力量的挑战。呼吁美国人走出遏制政策封闭的堡垒和战后自我陶醉的郊区生活,接受他们作为公民的使命"(Christie:37)。一些文学作品反映了美国人渴望担任世界警察、世界救星的热切愿望,反映了那个年代多数美国人在冷战中对抗共产主义的决心,因而在读者中广泛流行。这种流行反过来又更深地影响着美国人担任世界警察和救星的愿望,给人们提供了一种并非客观的思维方式和审视越战的视角。

一、《丑陋的美国人》

20 世纪 50 年代反映美国在东南亚的小说中,最有影响的当数威廉·莱德勒和尤金·伯迪克合著的《丑陋的美国人》①。小说描写法国在越南奠边府大败期间,美国在东南亚各国驻外工作人员的经历。作品虚构了一个名为"萨克汉"的"印度支那"国家,表现了美国官员的官僚作风,批评他们只频繁地参加鸡尾酒会,阿谀奉承到访的高级官员,而没有真正去做有益于当地人、从而也有益于美国整个全球战略的工作。与此同时,小说赞扬了一些外表丑陋的普通美国人,他们主动与当地人接触,真正地做实事帮助他们,从而建立起他们对美国的信任。作者表示,这样的美国人才是美国需要派到国外的工作人员。小说出版后,当即引起巨大反响,在政界也颇有影响。据说艾森豪威尔总统读了此书后,命令立即对援外项目进行调查。很多民主党的领袖也用该书作为 1960 年竞选和反对共和党的武器。1959 年初,《纽约时报》星期日版刊登一则新闻,称"四个杰出的美国人",包括时任参议员的约翰·F·肯尼迪,给每位参议员赠送了一本《丑陋

---

① 《丑陋的美国人》最早于 1958 年在《星期六晚邮报》连载,5 个月内重印 20 次,连续 78 周在畅销书排行上榜上有名,共售出四百多万册,成为美国历史上最流行的一本书,并于 1962 年被好莱坞改编成电影(Hellmann, 1986:15)。

的美国人》(Hellmann,1986:17)。

　　小说发表之际,正值苏联率先发射了人类第一颗人造地球卫星,美国人为美国在世界上的领先地位深感担忧。小说对美国海外政策失败的批评顺应了公众的心理,这是它得以畅销的原因之一。虽然小说批评了美国援外工作存在的种种问题,虽然作者大谈如何帮助亚洲人提高生活水平,但作者的目的归根结底是为了在世界上更好地宣扬美国的意识形态,促进美国帝国主义的扩张,在冷战中与苏联抗衡。显然,他们的出发点绝不能用无私和高尚等字眼来形容。亚洲只是他们控制全球的跳板和工具而已。在小说中,美国驻萨克汉大使麦克怀特在致国务卿的信中写道:"许多小战斗都是在会议桌前、亚洲的稻田里、村民的会议上、学校里进行的,但更多是在人们头脑里进行的。只有极少时候,这些战斗才会演变成激烈交锋。但这些小战斗却会决定我们的生活方式是被更多的人接受、坚持,还是被消灭"(Lederer & Burdick:267)。换言之,为了让亚洲人接受美国的生活方式和意识形态,为了美国势力在全球的扩张,美国人才想方设法去"帮助"亚洲人,让他们接受和"热爱"天真可爱的美国人。美国人的这种愿望在小说的最后一段里得到了最充分的表现:

　　　　我们发现,在整个亚洲,美国的道德观和伦理观受到人们的尊重和推崇,一旦有可能,就会有很多仿效者。我们在帮助亚洲走向自给自足的同时,必须用事实来表明,美国仍然是自由的美国,是充满希望和知识的美国,是法制的美国。如果能做到这一点,我们将立于不败之地(Lederer & Burdick:285)。

　　一切的一切都是为了美国赢得世界,获得在冷战中的胜利。尽管他们在考虑如何帮助亚洲人,但实际上却只是在考虑如何以最有效的方法,让亚洲人成为听话而顺服的附庸。

　　《丑陋的美国人》没有促使美国大众思考是否应该到东南亚去开

辟新边疆，而是思考如何开辟新边疆。作品越过"为什么要做"，直接跳到"如何做"这一问题上。20世纪50年代的美国人把开辟新边疆当作一件天经地义的事业，根本想不到去问为什么。青少年读者更是如此。小说引导青少年去思考如何做救星、当英雄，却回避了为什么要去做救星、当英雄的问题。正如约翰·赫尔曼所说，人们"对《丑陋的美国人》的广泛热情转化为对肯尼迪政府的支持，显然表明小说反映并激发了大量公众对越南有意识的关心"（Hellmann，1986：18）。《丑陋的美国人》向美国读者展现了一片可供他们开辟的新边疆。美国地理意义上的西部边疆早已消失，新边疆的提出，可以使边疆这一概念在隐喻意义上延续下去。在这种象征意义的边疆里，美国政府可以使它的传统价值复活，为其利益服务。正是由于美国在亚洲的政策和行动存在诸多不足，年轻人才有机会去施展自己的雄才大略。

评论家理查德·A·沙里文认为，《丑陋的美国人》是对英国小说《沉静的美国人》的重写，然而，"有意思的是，重写的不是故事本身，而是其背后的那段历史"（Sullivan：169）。《沉静的美国人》1955年在伦敦出版，1956年初在美国发行，旋即就被美国人斥为"反美"小说，斥责作者格林严重歪曲了美国人的形象，丑化了美国的意识形态。但格林本人表示，小说生动记录了50年代初他在越南采访时对美国人的印象："《沉静的美国人》可能比我的其他任何一本小说都有更多直接的报道成分。"（Christie：21）虽然"小说不能把1950年降临到西贡的、任何真正沉静的美国人赶出越南，但却试图以不那么直接的方式去影响历史——通过激起世界舆论反对美国卷入越南的方式"（J. Wilson：14）。格林的小说成功地让世界上其他人们注意到了美国在越南的行径，却没有把美国人自己从天真的梦想中唤醒。在1957年好莱坞根据小说改编的同名电影里，美国人大力修改情节，由英雄影星奥迪·墨菲扮演的派尔最后被描述成一个拓荒似的美国英雄：他为越南人的幸福努力工作，却在代表老派殖民主义者的福勒的挑拨和教唆下，受到越南人误解，并最终被害（Christie：61-63）。

　　从《沉静的美国人》在美国受到批评，而《丑陋的美国人》受到欢迎的事实，我们不难看出，20世纪50、60年代初，很多美国人还沉醉在意识形态的幻觉和梦想中。美国可能对世界和平造成威胁的这种想法还没有在大部分美国人的脑海里闪现过。像莱德勒和伯迪克这样的美国本土作家试图用自己的作品证明，格林对美国人的批评完全是空穴来风。虽然《沉静的美国人》和《丑陋的美国人》都对美国人提出批评，但两本小说却存在本质上的不同。前者批评了美国意识形态本身，对美国到越南的正义性提出质疑和谴责；后者则保留了对美国意识形态的赞同，认为美国到东南亚是毋庸置疑的需要，将之置于大背景后不做讨论，只对宣扬意识形态的具体方法提出了异议。前者从根本上对美国人的国民性表示质疑，后者则是以这种国民性为骄傲，只是提出了改进意见。然而，历史证明，《沉静的美国人》具有惊人的预言性①。格林的小说能神奇地预料此后20年美国在越南的命运，并不是因为格林有预言的神奇本领，而是因为他准确地把握了50年代美国普遍的国民性和美国的主导意识形态。《沉静的美国人》里的派尔、《丑陋的美国人》的发表与流行，以及后来的越南战争，都是这种国民性和意识形态向前发展的必然结果。美国人50年代的心态，使他们必然走向越南战争。《丑陋的美国人》和后来出现的如《绿色贝雷帽》这样的作品使人们对自己想象中的越战更加坚信不疑。短时间内，他们还难以走出想象的樊篱，难以走出柏拉图的山

---

① 评论家托马斯·迈尔斯在80年代就称赞格林"成功地对美国以后18年在印度支那的介入做出了象征性的预言"（Myers，1988：38）。

洞。他们还得依靠幻想去继续想象他们的越战。

二、《绿色贝雷帽》

1955年后，美国开始向南越派出少量军事顾问。肯尼迪入主白宫后，对特种部队情有独钟，指示特种部队士兵重新戴上一度停用的绿色贝雷帽。后来，帽子本身也成为特种部队士兵身份的标记，成为他们的骄傲。1961年，美国派出第一批代号为"绿色贝雷帽"的100名特种部队士兵到越南。罗宾·莫尔的小说《绿色贝雷帽》让无数年轻人对绿色贝雷帽萌生了无限的向往。小说刻画了美国特种部队士兵在越南战场的英勇行为和献身精神，充满了英雄主义和浪漫主义色彩，讴歌美国官兵为了世界和平，甘愿牺牲自己的幸福。标题中的"绿色贝雷帽"也成了他们的"红色英勇勋章"。

《绿色贝雷帽》是越战小说中为数不多的畅销书。小说在两个月内重印了120万册。1965年销售精装本共10万册，在畅销书排行榜上排名第五。小说吸引了很多美国青年报名参加特种部队，征兵处甚至在1966年的前4个月都不需要发出征兵卡。1968年，小说被约翰·韦恩改编成电影，更是极大地影响了美国人对越战的态度。尤其是在越战初期，小说让美国读者充满对越南的向往，渴望自己也能成为特种部队士兵那样的英雄，从而把美国国内对越战的舆论引向乐观的一面。由于小说对战争英雄主义和浪漫主义的宣扬，有意回避了美国政府对越南内政的干涉，美化了美军士兵在越南的所作所为，很多评论家批评《绿色贝雷帽》缺少历史和文化的深度，也缺少一种道德的视角[①]。

---

① 迈克尔·黑尔在《新闻快报》中甚至认为，《绿色贝雷帽》"并不是关于越南，而是关于圣莫尼卡"（Herr：188）。圣莫尼卡是美国的一个城市。黑尔此处或许是想说，小说没能反映美军在越南这一特定环境中的作战情况。

　　《绿色贝雷帽》具有典型性，表现了美国人快乐地沉浸在意识形态的幻象里，面对柏拉图洞穴里被歪曲的影子自得其乐。如同《丑陋的美国人》，小说把美国到越南的正义性和恰当性视为不言自明的真理，对越战的根源不加深入探讨。小说中的特种部队士兵也没有太多地为战争的目的自寻烦恼。无论是作者还是作品人物，仿佛都没有想过除了自由和民主之外，是什么别的原因（更真实、更迫切的原因）把美国特种兵带到了他们几乎一无所知、被称为"印度支那"的东南亚国家。

　　小说之所以能热销全美，是因为它迎合了当时人们对战争的想象。一方面是人们对二战的辉煌、光荣与胜利的记忆犹新，一方面是肯尼迪号召人们开拓新边疆的激昂言辞。新一代的美国人渴望有他们自己的伟大战争，渴望到东南亚的新边疆再现美国神话的辉煌。《绿色贝雷帽》一方面是美国意识形态和传统文化影响的结果，另一方面又成为宣扬意识形态和传统文化的工具，进一步影响着更多人。这样的文学作品能在美国公众之中产生如此巨大的影响，原因之一就是它是以文学的形式出现，给人以客观公正的幻觉。小说的第一句话就告诉读者："《绿色贝雷帽》是一本关于真相的书"（Moore：1）。它以事实为基础写成。莫尔告诉读者，他之所以用虚构的形式来写，是因为"以小说的形式，我能更好地、更精确地把真相表现出来"（Moore：1）。然而，莫尔看到的事物的真相显然带有自己的主观色彩和美国意识形态的色彩，无论他自己是否明确意识到这一点。

　　小说强调，美军到越南的目的是要教越南人自己打越南人：特种部队"到越南是为了把平民训练成与越共游击队作战的反游击队员"（Moore：11）。因此，他拒绝承认这是一场美国的战争："我们没有打仗……我们只是在越南人的战斗中给他们当顾问。这不是一场美国的战争。"对此，法国人赫尤却以毋庸置疑的语气驳斥道："这是一场美国的战争"(Moore：145)。即使美国人因意识形态的幻觉,相信美国只是去帮助越南人,但作为局外人的法国人却比美国人对越南战争有着更清楚的认识。赫尤还问美国人沙恩:"你们美国人为什么不远万里,来为这些人打仗? 他们不但偷了你们给他们的东西,还害怕为自己的国家战斗。"沙恩回答:"首先,我是一名职业军人,我听从命令,按命令行事。其次,我不希望我的孩子们在国内与共产党作战"(Moore：145)。沙恩的回答至少有三个方面的含义。首先,他默认了赫尤对越南人的评价,即他们是一帮"无耻、胆小之徒"①;其次,美国人为这帮"无耻、胆小之徒"作出了巨大的牺牲;再次,他承认美国人到越南更多地是为了自己的利益。如果说他们是为了保护"自由世界的疆界",那么,这也只是美国利益和霸权能自由延伸的疆界,是他们自己的自由世界,是以越南人和其他人民的自由为代价获得的自由世界。

沙恩的回答还显示,他根本没有意识到美军士兵在越南土地上的出现对越南人意味着什么。对他来说,美国人到越南来保护美国的国土安全似乎是天经地义的事。他似乎还为自己作出的巨大牺牲感动不已,认为越南人应该对他们感恩戴德,因为他们给越南人带去了他们仰慕已久的民主和自由。正因为如此,小说中一名少校才义正词严地批评一名违反规定的上尉:"你以为这顶帽子(贝雷帽)给了你擅自行动的特别许可,实施可能危及世界和平的作战计划吗?"(Moore：50)可以看出,这些美军士兵完全以世界警察自居,以维护世界和平为己任。但事实上,恰恰是他们在越南的出现,才恶化了东南亚的局势。莫尔笔下的南越军人不是贪污腐败,就是胆小无能、莽

---

① 显然,无论是赫尤,还是沙恩,都完全模糊了北越士兵与南越士兵的区别,模糊了一小部分贪生怕死的越南人与更多渴望独立的勇敢越南人之间的区别,而将所有越南人一概而论。

撞冲动，而南越人则都奴性十足，把美军当作救命恩人和救世主。小说人物在多处抱怨了南越军官的腐败、无能和缺乏责任心。南越政府似乎不值得接受美国人的帮助。美国人面对南越官员的不合作，仍然义无反顾地帮助他们，这更加显示了美国人高尚的道德观和对国际和平的责任感。

小说里，无论是当初的法国殖民者，还是现在的美国"顾问"，都认为他们给越南古老原始的乡村带来了活力和希望，带来了勇气和力量。美国人真是在帮助越南人赶上文明的步伐吗？其实，正如《丑陋的美国人》所表现的一样，他们关心的并不真是越南人的疾苦和生活水平的提高，他们对当地人的帮助更多地是为了实现美国的全球霸权。越战期间美军对越南的大规模轰炸才真正显示了美国人在越南的所作所为。

美国意识形态通过大量像《绿色贝雷帽》这样的文学作品，宣传了美国在越南的无私行为，渲染了越南人的野蛮、落后、奴性和懒惰。杰奎琳·劳森博士在谈到美国越战文学时，特别提到这一类作品："这些作品反思性不强，倾向于突出战斗经历，不注意通过这些经历来总结教训、得出结论，也没有把战争以任何有意义的方式与产生它的更大的文化力量联系起来。如果说的更严重些，这些作品歪曲了战争，给读者一个错误印象，以为越战主要包括一系列的'重大战役'和大规模的战略性行动。而且，很多作品还夸大其词，有强烈的种族主义和性别主义倾向。虽然这类作品质量并不高，但却值得一提，因为它们数量巨大，大多受军队读书社的支持，由流行的大众市场出版社出版，在书店很容易买到"（Lawson，1990：369-370）。这些作品里描述的越战恰恰吻合了普通美国人对越战的期待，帮助美国读者建构了一场想象的越战。

第五节 家庭、社会、文化、传统

美国政府、传媒、影视和文学作品都在帮助美国大众去想象越战。但为什么所有这一切因素都要引导人们以这种方式而不是以其他方式来想象越战? 其中除了政府庞大的意识形态国家机器之外,文化的因素也至关重要。任何人都不能离开他所处的文化环境。著名人类学学者露丝·本尼迪克在《文化模式》(Ruth Benedict, *Patterns of Culture*)中指出:"从未有人以原始的眼光看过这个世界。他看到的这个世界正是由一套明确的风俗、制度和思维方式改造过的世界。⋯⋯ 个体生活历史首先是适应由他的社区代代相传下来的生活模式和标准。从他出生之时起,他生于其中的风俗就在塑造他的经验与行为。到他能说话时,他就成了自己文化的小小的创造物,而当他长大成人并能参与这种文化的活动时,其文化的习惯就是他的习惯,其文化的信仰就是他的信仰,其文化的不可能性亦就是他的不可能性"(Benedict:2)。另一名人类学家莱斯利·A·怀特也认为,"每个个人都降生在先在于他而存在的文化环境之中。这一文化自其诞生之日起便支配着他,并随着他成长和成熟的过程,赋予他以语言、习俗、信仰和工具。简言之,正是文化向他提供了人之为人的那种行为的形式和内容"(莱·怀特:162)。人生来便处于一种先在的文明和文化之中,并受着这种文化的支配,对于人这究竟意味着什么?

美国文化是一种宣扬个性的文化,它鼓励人们独立思考。从以爱默生为代表的超验主义起,就倡导个性生活,推崇精神解放,提倡独立思考,鼓励人们做一个不墨守成规的人。但这种个性是在一定允许的范围之内的个性。由于人们自出生起,就被投入到一个特定的"文化磁场"之中，因此，个人的所作所为、所思所想并非由个人决定，而是由他所在的文化环境决定。"还没有人能够作为独立、自主的有机体而进行人之为人的思维、行动和感觉，他只是作为社会文化系统的一个部分才能从事这些活动"（莱·怀特：166）。人是他所在社会的产物，从来就不曾完全属于过自己。他的所思、所为都完全沾染上他所处文化的色彩，在无意识中被所在的文化支配和操纵，而自己却浑然不觉①。

　　家庭是社会的细胞，孩子对社会传统、伦理和习俗的了解首先是从父母那里学到的。社会的传统也首先通过父母传递给孩子。"为人父母就是扮演世界建构者和世界保护者的角色……父母给孩子提供融入社会的环境，并担任某一社会全部世界的传播者。""文化的延续性不仅要求给年轻人或入会者解释该文化的信仰，还要求成功地证明那些信仰的正确性和重要性，并由这些最终将负责维持该信仰系统的人把信仰内在化"（Lewis：43）。在由父母和孩子组成的小型社会里，父母的言行传递、反射着外面大社会的价值观念。如同政府是大社会的权力机构一样，父母是家庭小社会的权威。父母面对面的讲述和日常生活中的潜移默化，其影响有时比书本和电视更为深远。最后，孩子渐渐感觉不到父母和外界的影响，将这套价值观念完全内在化，视作他自身的一部分。至此，他已融入了他所处的"文化磁场"。因此，父母对孩子的影响至关重要。美国是一个历史不过二百多年的国家，美国人民为自己短暂的历史感到骄傲，因为作为新的迦南，他们的国家最少受到欧洲传统文化的影响，也最少受到那些陈腐观念的制约。但在其发展过程中，美国仍然发展、建立起了一套让美国人引以为骄傲的美国传统和美国神话。父母是向孩子们传播

---

① 本书前文所论及的意识形态对人们的影响也是文化影响的一部分。

美国文化和神话的启蒙老师。越战期间，父母传播的战争观影响深远。

　　第二次世界大战对越战士兵的父母这一代的影响如同越战对他们的影响一样深远。20 世纪 50 年代的孩子，从小就沉浸在二战胜利的气氛中，陶醉于美国人高贵的自我形象，呼吸的空气里似乎也弥漫着美国人高人一等的味道。他们模仿流行的西部片和战争片里的英雄，玩着战争游戏。孩子们把自己装扮成拓荒时期的祖辈，去追杀印第安人；或装扮成二战期间的父辈，去消灭纳粹和日本人。在孩子们的游戏里，就像父母给他们讲述的故事和电影里的情节一样，"美国大兵和牛仔（白人美国人）总是能战胜邪恶和野蛮"（D. Anderson：14）。对大部分美国人来说，美国人自己也可能是邪恶的，这一想法根本没有在他们的脑海里闪现过。他们在自己创造的美国神话里快乐地进行着他们正义的战争。父辈对子孙重复自己的战争故事，一方面是努力证实他们的战争是正义而令人骄傲的，一方面也渴望让父辈的梦想与向往在儿孙中延续。

　　文化的延续要求不断有人志愿为之效力，父亲就负有向儿子传递这一信息的责任。男人似乎都有一个真正的或象征性的成人入会仪式，它是一种标志着从少年向成人转化的社会仪式，同时，"它作为一种象征体系，可以多方位地用来表达诸如从无知到有知，从世俗到神圣，从生到死再到永生的超越运动"（查·埃克特：192）。人类学家又把入会仪式称为"成人礼"。这一仪式旨在考验男孩的忍耐力，保证他对集团的忠诚，并维护成人世界的权威。入会仪式仿佛是父亲在告诉儿子，你必须经历我曾经历过的苦难与艰辛，才能成为像我一样伟岸的男人。20 世纪 50、60 年代的美国父亲似乎在告诉他们的儿子：你的入会仪式就是参加战争，像我们打第二次世界大战一样，去打你们的越南战争。去了战场，你就是真正的男人。

　　父辈战时的旧物使孩子感受到战争的伟大、光荣和诱惑,成为传递美国文化这一传统的最好工具。越战叙事文学中,无论是士兵的口述,还是虚构的小说,很多士兵都是玩着父亲二战的勋章长大的。一名士兵在采访中谈到:"从小我就被洗脑了。我父亲在二战中是南太平洋战区的海军陆战队士兵。虽然他没说什么,但从二年级起,我就有了他海军陆战队的网眼皮带和徽章"(Baker:29)。著名越战小说家蒂姆·奥布莱恩儿时也与伙伴们玩打仗游戏,用父辈二战中穿过的军装、戴过的头盔、用过的饭盒,把自己全副武装起来,"然后,我们就是我们的父亲了,在冈部湖畔和高尔夫球场的平坦处杀日本佬和德国佬。我用手指摸父亲的战斗奖章,顺势偷了一颗小小的战斗星,放在自己的衣兜里"(O'Brien,1979:20-21)。这些蕴涵着光荣的奖章给予了新一代无数的梦想。奖章无声的在场甚至比任何大声的宣扬给予孩子们更大的冲击。孩子以父亲为榜样,从父亲用鲜血换来的奖章里看到了父亲的期待,也看到了社会提倡的价值观念和生活方式。

　　即使父亲战死疆场,孩子们永远没有机会看到他,其影响也依然强烈。他的缺席促使孩子们思考父亲为什么不在场,而父亲透过时间和空间向他的凝视,吸引着孩子更加热切地去探寻父亲的脚步。小说《伤亡统计》里,士兵瑞德的父亲是牺牲在朝鲜战场上的海军陆战队士兵。瑞德对父亲的所有印象都来源于照片。他看到照片里的父亲在胳膊上有一个刺青,便依样文了一个,希望通过相同的文身与早已逝去的父亲建立起某种冥冥中的联系,感受到父亲试图穿越时空向他讲述男人的秘密。最后,像父亲一样,瑞德也加入了海军陆战队;像父亲一样,他也战死沙场。这次,他倒在了越南。

　　詹姆斯·韦布的小说《火力场》最集中地说明了父子血缘的纽带对孩子的影响。如同作者韦布,主人公小罗伯特·E·李·霍奇斯来自一个传统的军人世家，他的祖辈曾参加自独立战争以来的每次战争。在他出生前，父亲就死在了二战时期的欧洲战场。他对父亲的了解完全来自奶奶的讲述。从小，他便渴望能像父亲一样驰骋疆场，成为一名英雄。霍奇斯认为他对战争的向往来自父亲的遗传："是你的血液给了我这种肯定。"他说："父亲，我也会和你有相同命运吗？我不害怕，也不想有，但我并不怕。你和所有其他人教给了我，男人最高贵的时刻是在火力场上。对此我深信不疑"（James Webb：25）。他对父亲的向往是对历史、对过去、对传统的渴望。从小，祖母就给他讲述祖上的霍奇斯们在拓荒时期和各个战争时期的英勇行为，并强调，这些已被淡忘的历史"如果不传给他，就会消失"（James Webb：29）。因此，霍奇斯除了要到战场上成长为男人和英雄，还背负着更重要的使命，那就是继承、发扬、延续这些历史传统。聆听了祖母15年这样的教诲，这样的信念在霍奇斯的心里"深深地扎了根"，"成为他的宗教"（James Webb：33）。因此，"越南是必须完成的任务，是责任。不是为了越南，是为了荣誉，更多地是为了小镇广场上的一席之地"（James Webb：35）。他梦想"会在小镇的广场占据一席之地，把名字镌刻在巨大的纪念石碑上。也许，他会在周末一边抽着烟、一边挠着伤疤，年幼的男孩则敬畏地看着他"（James Webb：34）。他还会把历史和传统再传递给那些敬畏地看着自己的男孩们，完成他在历史链中的责任。越南不仅可以让他成为英雄，获得他渴求的荣誉，还能让他延续英雄的神话，占据历史中的一页。所以，虽然"他并不急着要拯救越南人，也不乐意在北越人的枪口下度过一年，但他认为，无论如何，一个人不能选择自己国家的敌人"（James Webb：35）。因此，他义无反顾地去了越南。

对这些渴求荣誉、渴求延续美国神话和传统的年轻人来说，美国人究竟为什么到越南，究竟给越南人带去了多少伤害并不重要。可以说,越南只是他们的假想敌。他们真正的敌人存在于自己的头脑里。这是一场为了战斗而进行的战争,一场美国文化为了延续文化而制造出来的战争。对霍奇斯这样始终对美国文化传统坚信不疑的年轻人来说,即使他们真正去了越南,越战也从来不曾真实过,也从来只存在于自己的脑海里和想象中。在霍奇斯的成长历程中,家庭、祖母和早逝的父亲,通过不同的方式把美国文化传递给了他,并期待他去做一个传承者。最后,他也的确"把自己献祭在文化的祭坛上",完成了入会仪式,成为一名像父亲一样的真正男人,被他所在的社会和文化接受(James Webb:33)。在为守卫一辆被废弃的坦克付出生命后,他还成为他的遗腹子心目中的英雄。英雄的神话似乎还要代代相传。他遗留下的儿子还会用同样的方式去想象他的先辈,想象自己将要经历的战争,想象为了延续这一神话和传统将要制造出来的战争。

　　然而,并不是所有的美国年轻人都乐意"把自己献祭在文化的祭坛上",他们对美国文化狂热崇拜英雄的传统感到疑惑,对战争感到惶恐,对越南感到不安。然而,犹豫不决之时,仍然是文化、是传统、是历史把他们推向了越南。人生来便降临到一种特定的文化中,伊格尔顿曾指出:"进入文化既是我们的辉煌也是我们的灾难"(特•伊格尔顿,2002a:85)。他认为,文化不仅向我们传递文明,也给我们戴上桎梏。人类社会建立在契约的基础上,其立足之本就是要求这个社会中的每个个人放弃一定的自由,遵循共同的规则,以换取相对的安全、宁静和相互的保护。久而久之,每个社会都会形成一套相对稳定的传统、伦理和习俗来制约每个个体,规范他们的行为。作为社会动物,人类需要在同类中生活,寻找认同、温暖、承认和保护。为了在这个社会立足,人必须遵循这些传统、伦理和习俗;否则,轻则得不到社会其他成员的尊重和爱护,重则得不到他们的保护,甚至陷入被孤

立、被唾弃的境地。这是大多数人都不愿意得到的结果。因此,

> 社会最重要的功能是规范化。关于这一点的人类学前提
> 是,人对意义有一种渴求,这种渴求似乎具有本能的力量。人生
> 来就不得不把一种意义秩序强加给现实。但是,这种秩序则是
> 以将世界结构秩序化的社会活动为前提的。个人若是脱离社会
> 就会面临无数他仅靠自己是无法应付的危险,甚至是自身毁灭
> 的危险。脱离社会,也会给个人造成无法忍受的内心紧张,这种
> 紧张源于人类的社会性这一根本的事实。但是,这种脱离的最
> 大危险乃是无意义这一危险。这种危险是最可怕的噩梦。陷入
> 这种危险,人就陷入一种混乱无序、麻木不仁和疯癫狂乱的世
> 界。现实和身份就将被扭曲成无意义的恐怖形象。正是在避免
> 这种迷乱恐怖的极端不健康状态的意义上,生活于社会之中就
> 是健康的。失范之令人无法忍受,以至于人们宁可去死。反之,
> 为了追求在一个规范的世界中生存,也许要以各种牺牲和痛苦
> 为代价,甚至以生命本身为代价,如果个人相信,这种最大的牺
> 牲具有规范意义(尤·哈贝马斯:156—157)。

正是为了在社会之中生存,避免混乱和无意义的生活状态,人们才总
是尽量去满足社会为其规定的义务和责任。在美国,从殖民时期的
"五月花号"契约开始,就要求人们共同遵循契约;在现代社会,则要
求他们努力做一个好公民。

越战期间,由于处于战争的特殊时期,社会更要求人们去履行义
务。长一辈的人们感到自己已经历了考验,度过了从少年到成人的
转变,他们还完成了自己的历史使命,参加二战,尽了保卫国家的义
务,现在轮到年轻人去经受考验了。因此,当孩子们为上战场而犹
豫、胆怯时,父辈们便会鼓励他们去迎接挑战,接受命运的考验,要求
他们去经历男人成人仪式中必须的考验。理查德·柯里的小说《致

命光》的主人公在收到征兵令时,感到无比迷茫,"在沉默的延伸中,被心灵深处、含糊的渴望吓住了"(Currey：15)。父亲安慰他："总的来说,这不错。小孩子会从中学到一些东西,看到你们在其他任何地方都看不到的东西"(Currey：17)。父亲甚至告诉儿子："'服役时,你会发现自己的乐趣。'他看着我,好像握着一个秘密"(Currey：18)。这是男人间的秘密,男孩发现这个秘密的唯一办法就是去亲历战争。解开这个秘密后,他才能从男孩变成男人。父亲不但告诉儿子,战争是男人的秘密,还告诉他战争更是男人的责任和荣耀："我们所有人都有比自己更重要的责任"(Currey：80)。"你去是因为你想去,这样做是正确的。你因为穿了军装而感到骄傲"(Currey：17)。在父亲这样的劝说下,儿子没有理由不去参加战争,也没有勇气选择逃避。同样,在女作家博比·安·梅森的小说《在乡间》里,父亲也全力赞成、鼓励儿子去越南,因为"军队会让他成为男人"(Mason：149)。在蒂姆·奥布莱恩的小说《林中湖》中,"约翰·韦德走上战场是出于爱的本质。不是想要伤害别人或被别人伤害,不是想要成为好公民、英雄或正人君子,只是为了爱和被爱"(O'Brien, 1994：59-60)。他渴望得到父亲的赞许和母亲的赏识。而父母代表的则是美国社会和文化的价值理念。儿子渴望得到父母的赞许实际上是渴望得到他所在的整个美国文化对他的行为的赞许和肯定。

　　然而,父母向儿子传播文化的同时,也给他戴上了桎梏。有的士兵倍感无奈："每一次爆发战争时,我父亲家族里的一些男性总是去参加。没有人对我灌输这一点,但人们对过去非常在意。在我成长的过程中,人们经常并不隐晦地说起：'这就是男人在人生中该做的。'我对这一浪漫的战争观毫无清楚的认识,却像所有人一样,成为它的受害者"(Baker：33-34)。还有的士兵坦言："不是我真的想去,但我发现战争进行时自己正当年,我知道自己必须成为其中的一部分。这是我的命运。人们一直期望我这样做"（Baker：30）。他生活在这个社会、这种文化中，除了投身战争，别无选择。不论情愿与否，他们最后都被美国文化和传统送到了越南。到了越南，很多士兵却发现战场上的一切与父母讲述的大相径庭。一名士兵说，父亲给他的第一封信全是关于父亲因他到越南而如何地感到骄傲以及要求他履行自己的职责。他自己也感觉信心百倍。但 8 个月以后，他表示："回家后，我要拼命控制自己，不去宰了那个该死的家伙"（Herr：29）。正是因为父亲灌输的幻象让他到越南经历了噩梦与幻灭，他才产生如此强烈的冲动。而一手给他制造幻象的父亲只不过代表了美国传统文化而已。

对于美国文化制约越战士兵思想的描写最深刻的当数蒂姆·奥布莱恩。在自传《如果我死在战区》里，他详细描述了接到征兵令时的矛盾心理："我那时相信，现在仍然相信，战争是错误的。由于它是错误的，由于人们因之丧命，所以它是邪恶的"（O'Brien，1979：26）。尽管如此，奥布莱恩却感到来自多方面的压力："在这之上堆积着小镇、家庭、老师、大草原的全部历史。这些东西像磁铁一样，朝着这个或那个方向用力 …… 最后，起最终作用的不是理智，而是引力"（O'Brien，1979：27）。由于所在文化磁场的强烈引力，年轻的奥布莱恩感到自己除了应征入伍，别无选择："小镇矗立在那里，在玉米地里伸展开，望着我，老妇人和乡村俱乐部男人的嘴准备着寻找我的错误。这不是一个父亲的儿子有时能逃避监督的小镇，不是明尼阿波利斯，不是纽约。而且，我还欠大草原一些东西。21 年来，我在其法律的庇护下生活，接受教育，吃它的食物，饮它的清泉，在夜里安然睡眠，在高速路上驾驶，呼吸着它的空气，沉湎于它的富庶中"（O'Brien，1979：27）。这就是文化给予人们的压力。虽然年轻的奥布莱恩意识到这种文化作出的选择是错误的，但作为该文化的受益者，他却不能反抗这些错误，只能去执行错误的决定。他是"父亲的儿子"，是美国的儿子，是美国文化的儿子，他只能服从美国、美国文化为他作出的选择。更由于在大草原的小镇上，这些传统的观念更加根深蒂固，文化的压力像密不透风的墙一样笼罩着年轻人，使他们不可能像大城市里的年轻人一样逃避战争。最后，士兵来到越南，"不是因为他们对这一事业的信心，不是因为意识形态，而是害怕社会的谴责 ……（而是因为）害怕逃避战争就是逃避成年……害怕承认我们不是阿喀琉斯，害怕我们不勇敢，不是英雄。我们来到这里，被抛到我们认为正确事件的对立面和荒谬的一面"(O'Brien，1979：45)。年轻的奥布莱恩渴望能逃避不值得他为之卖命的邪恶战争。他甚至准备好了一切——钱、护照、地图、周密的计划——准备在周末逃走，但最后却缺乏勇气："我没法让自己逃跑。家庭、故乡、朋友、历史、传统、恐惧、困惑、被流放：我不能跑。…… 我是个懦夫，我感到恶心"(O'Brien，1979：73)。对于他所处的文化来说，奥布莱恩是英雄、勇士，因为他勇敢地接受了挑战，去参加了战斗；但对自己来说，他是懦夫，因为他没有勇气反抗他明知是错误的文化决定。

对勇气含义的思考一直贯穿着奥布莱恩的所有作品。《追寻卡西艾托》和《他们携带之物》都表现了士兵上战场的矛盾和对勇气的思考。《追寻卡西艾托》的叙述者伯林在想象中追捕逃兵卡西艾托，并跟着他穿越欧亚大陆，一直逃到象征和平的"光明之都"巴黎。但伯林最后从幻想中清醒过来时，只能承认自己永远也不可能当逃兵，因为他是一个社会的人，他无法面对逃跑后将被社会遗弃的现实。在他到达巴黎后，与他同行的越南姑娘莎肯·奥·万劝他与她一同离开，去过普通幸福的生活，但伯林拒绝了："我的责任是对于人民的责任,不是原则,不是政治,不是正义"(O'Brien,1978:322)。尽管有时他也渴望与莎肯·奥·万一同离开,追寻宁静的生活,但却发现"你不能甩开这一切,现实总是抓着你"(O'Brien,1978:311)。他不愿逃跑是因为爱那些爱他的人,因为他不愿被孤立:"我害怕逃跑,害怕被孤立,害怕那些我爱的人们会如何想我,害怕失去他们的尊重,害怕失去名誉,失去父亲、母亲、乡亲们和我朋友们眼里的名誉"(O'Brien,1978:322)。他又接着说:"是社会的力量,是社会可能带来的后果的威胁,阻止我彻底地与之决裂。……我们都想和平,我们都渴望尊严和家里的宁静"(O'Brien,1978:323)。美国文化却阻止他享受宁静的家庭生活。为了在这个文化中立足,获得尊严和名誉,他除了把自己供奉在文化的祭坛上,别无选择。

正如奥布莱恩在短篇故事集《他们携带之物》中所描写的,这些20岁左右的年轻小伙子对死亡有着与生俱来的恐惧,"他们害怕死亡,但更怕表现出这种恐惧"(O'Brien,1991:19)。这比对死亡本身的恐惧可能更甚。他们对被社会孤立的恐惧压倒了个人对生命的渴求和对死亡的恐惧。他们"去杀人,死亡,因为不这样做,便会很尴尬"。他们"不梦想光荣与荣誉,只是为了避免因耻辱而脸红"。他们在战场上死去是为了不在社会上因羞愧而难以生存。事实上,"他们是因为太害怕了,而不敢成为懦夫"(O'Brien,1991:21)。他们其实也有在战场上逃跑、吓呆或躲藏的本能,但作为社会的人他们又不能这样做,而必须把这种恐惧掩藏起来。这给了他们最沉重的负担。他们为了在这一"规范的世界"中生存,不得不付出沉重的代价,哪怕是生命,他们也别无选择。

奥布莱恩的作品生动说明了个人在家庭、社会、文化和传统的巨大压力下的渺小和无能为力。评论家托马斯·迈尔斯高度赞扬了奥布莱恩的成就:"奥布莱恩历史性的胜利在于他在神话面前失败了,他不能把传统规则与当前情况联系起来，成为他最闪光的时刻。"
（Myers，1988：82-83）美国传统文化对传统、英雄、荣誉、责任的宣扬
和推崇，在越战期间似乎变了味。但越战期间的年轻人最终还是勇
敢地起来反抗窒息的社会和文化，在 20 世纪 60 年代声势浩大的反
文化和反战运动中喊出了他们的心声。

第三章

解构想象的越战

和平与优雅曾统治这方土地

天使敞开着大门

现在,和平已死

天使逃亡

优雅做了忙碌的妓女

——(Wright:47)

　　年轻的士兵带着对越战的想象来到越南,曾以为可以去实践想象中的光荣和伟业。然而,战争残酷的现实让他们不得不面对梦想破灭的现实,曾经在想象中一片玫瑰色的越战竟然血迹斑斑,曾经在想象中愚昧落后的越南人民竟然显示出惊人的智慧和刚强。他们梦想的越战被现实击得粉碎。士兵们渐渐从梦中醒来,面对战场上支离破碎的梦境。以前,他们对政府宣传、新闻报道、影视文化、文学书籍和传统文化宣扬的越战深信不疑,现在,则发现这一想象的越战原来是那么的虚伪和丑陋。他们发现孕育其越战梦想的所有宣传都只是美丽、豪迈的谎言,而他们还曾经那么热切地把这些谎言当作真理,那么热切地渴望去寻找真理。他们痛苦地醒来,决心不再被谎言欺骗,不再被允诺迷惑,他们决意勇敢地面对现实,面对既不美丽也非豪迈的真理。他们在痛苦中解构以前想象的越南,把那些玫瑰色的梦想撕成碎片,向没有经历战争的人们宣讲战争的虚无与残酷,向没有到过越南的人们讲述越南人民不屈不挠、顽强抵抗的精神。他们要向美国政府大声说出被欺骗的感觉,向人们披露想象中的越战具有的虚伪性,向把他们推向战场的人们讲述战场的残酷无情和血雨腥风。在战场上,他们失去了以前的天真,或愤世嫉俗,或消极沉沦,或愤然反抗,以不同的方式解构着美国人眼里这场想象的越战。

第一节　新新闻体与越战

越战期间,人们了解越南最直接的途径就是通过新闻报道。越战结束多年后,越战期间的新闻报道仍然是一个热门话题。人们不断总结新闻报道对越战的影响和越战对新闻报道的影响。2003 年当美国对伊拉克发动第二次战争,战地新闻报道再次成为热门话题。2003 年 4 月 6 日的《纽约时报》刊登题为"战地记者:英雄时代终结?"一文,指出:"越战引起了美国国内普遍的不满并改变了人们的观点,甚至战地记者的角色也发生了改变,怀疑取代了团结,记者也专门挖掘战争矛盾,而不是发现战斗英雄。""把战地记者看成英雄的年代已经结束。他们是希望继续成为战争的宣传者、神话制造者,还是充当那些战争发动者的应声虫,要由他们来拿主意。"①如果说,在 1967 年前,很多美国记者在充当政府的应声虫,那么,1967 年后,尤其是 1968 年 1 月北越发动春节攻势后,很多记者开始站到了反战的立场,反抗政府和传统的新闻报道对新闻的操纵②。

福柯认为:"话语并不是始终如一地屈服于权力,如同沉默一样。

---

① 《参考消息》,2003 年 5 月 5 日,第 9 版。

② 这一时间的划分是根据一次会议上众多学者的公认。1983 年 2 月 6 日至 9 日,南加利福尼亚大学新闻学院举行了一次有关越战新闻报道的学术会议,许多新闻记者和传媒学者都认为 1967 至 1968 年间,美国国内对越战的态度开始发生变化,新闻报道同样反映了这一变化。

我们必须承认在这一复杂的过程中,话语既可以是权力的工具和权力的结果,也可以是障碍、绊脚石、反抗点和相反的策略的起点。话语传递着、产生着权力;它强化了权力,但也削弱了其基础并暴露了它,使它变得脆弱并有可能遭受挫折。"(米歇尔·福柯,1999c:87-88)如果说,在越战早期,新闻报道为美国政府营造了一个有利的舆论氛围,为政府在越南推行战争起到了推波助澜的作用,那么,在越战后期,新闻报道开始揭露权力机构的虚假性和欺骗性,在很大程度上成为其绊脚石。难怪威斯特摩兰将军指责报刊和电视对春节攻势的报道歪曲了真相,把北越军事上的失败变成了他们"心理上的胜利"(Karnow,1997:558)。英国记者罗伯特·埃勒根特甚至宣称:"在现代历史上,战争的结果第一次不是由战场决定,而是由印刷的报纸尤其是电视屏幕决定。"(Elegant:145-146)尽管这一说法遭到了很多战地记者的反对;但越战期间,新闻报道对战争和公众舆论的巨大影响却是不争的事实。战争后期,新闻界的报道解构了以前人们想象的越战,对人们了解越战起到了重要作用。

解构想象的越战,最直接有效的方法就是改变传统新闻报道的方法和策略。20世纪60年代蓬勃兴起的新新闻体便是一个有效的方法①。按照新新闻体代言人汤姆·沃尔夫在其极具影响的《新新闻体选集》(Tom Wolfe, *The New Journalism*: *With an Anthology Edited by Tom Wolfe and E.W. Johnson*)中的阐述,新新闻体就是记者在报道时,以真人真事为基础,但采用小说的一些技巧,包括从传统的对话到现代主义的意识流等小说特有的手法,对事件进行生

---

① 新新闻体又被称为"辅助新闻"、"饱和报道"、"偏袒性新闻报道"、"参与式新闻报道"、"地下新闻报道"、"高等新闻体"、"文学新闻体"、"通俗社会学"、"非虚构小说"、"近小说"、"事实的文学"、"非小说性虚构作品"等(parajournalism, saturation reporting, advocacy journalism, participatory journalism, underground journalism, higher journalism, literary journalism, pop sociology, nonfiction novel, near novel, the literature of fact, non-novelistic fiction)。

动的叙述和分析。可以说,新新闻体是新闻报道与小说技巧的一种结合。沃尔夫在选集的"序言"里总结了新新闻体的特点。首先,新新闻体着眼于场景的描写,它对一个一个的场景进行细致的描写,以此来展开故事。其次,详尽记录对话,以此更生动地刻画人物。再次,采用第三人称的视角,而不是传统新闻报道的第一人称,以走进人物内心,与人物共同感受事件。最后,描写细节,烘托气氛。约翰·赫罗威尔在他的《事实与虚构:新新闻体和非虚构小说》中又补充了两条。一是内心独白,直接描写人物的思想和感受;一是塑造人物,把人物的性格和轶事融合到一个报道里(Hollowell:26)。

　　新新闻体与传统新闻报道的根本区别在于他们看待世界的方式。传统新闻认为,世界就是客观的外在世界,可以通过实在物体来描述。新新闻体则认为,真正的世界并不是外在的、物化的,而是内在的,取决于人的感受和情绪。因此,新新闻体注重走进人物内心,描述人物的内心世界,通过人物的眼睛来观察世界。新新闻体着力表现的不是传统意义上的"真理",而是人们的体验。他们认为,人之所以为人,不仅仅是因为人能思考,更在于人能感受。因此,对人的感受、直觉、内省的描写远多于对所谓思想和观点的陈述。他们相信,如果能分享人们的感受和情感,就能更好地理解其经历和体会。这样,运用新新闻体写作的记者很注重参与到人物的生活中去。他们不仅注意与人物交流,体会人物的内心感受,还注意观察人物的举止,聆听人物的语言,努力再现现实生活中的对话。

　　新新闻体的出现招来了传统新闻主义者的批评和攻击。他们批评新新闻体抛弃了新闻的客观性,对事实肆意歪曲。传统的新闻报道讲究严格的客观性,要求记者把事件双方的观点进行冷静的陈述、客观的分析,避免进行价值判断,也避免使用任何带感情色彩的形容词。传统的新闻报道十分依赖官方的新闻发布会,而且似乎往往从极其隐秘、不为普通读者所知的途径获得新闻。然而,在阐释学流行的 20 世纪 60 年代,学术界经历了西方文学研究上的语言学转向,人们意识到,即使是传统的新闻报道也不可能完全客观,因为作者总是要选择报道的事件、报道的角度、报道的方式乃至报道的语言。所有这一切都与作者的主观性密切相关。另外,用语言表现事实这一行为本身就会受语言的限制,因为作为能指符号,语言很难把所指的内容客观、准确地表达出来。"根据后结构主义理论,人类的语言体系是不可靠的,它并不是像人们以前想象的那样是一种透明、纯净的媒介,可以真实、客观、准确地再现客观现实,而是一套人为建构的、武断的、不稳定的文学符号系统,可以被人任意操纵、扭曲"(李公昭:385)。因此,解构主义者认为,已没有一个客观存在的真理和事实,只有通过语言建构的事实;任何记者,甚至是任何精密仪器都不可能巨细无遗地记录下一个事件的方方面面,因此,所谓的客观也无从谈起。新新闻体的出现和发展正是建立在对传统新闻报道的解构之上。

与传统的新闻报道不同,新新闻体一出现就带有鲜明的个人色彩和主观色彩,这与 60 年代反传统文化运动和反权威的思潮十分合拍。此前的新闻报道俨然以权威和消息灵通人士的面目出现,并以权威的语气陈述事件,不允许人们怀疑它的客观性和真实性,体现出一种十足的语言霸权。新新闻体却对这种权威和霸权提出了挑战。它不像传统新闻报道那样注重有身份的新闻发布官的发言,也不强调寻求新闻中对当事双方平衡的报道。它着力挖掘记者个人与事件和其中人物的关系。评论家赫罗威尔特别指出,新新闻体的一个显著特点,即记者与他所描述的事件和人物的新关系反映了社会新的态度和价值(Hollowell:22)。在新新闻体作品里,记者不再是冷静、客观、不带感情的报道者,而是与他所报道的人物有着紧密关系、对之赋予深切同情和理解的人。他不求显示自己无所不知，是事件的内幕人；相反，他往往把自己放在与读者一样不知情与平等的地位，与读者一同探究事件的根源和秘密，在作品中表现了对事件从无知到了解的过程，并在这一过程中，挖掘表面现象后的根源，去发现一个与"宏大叙述"和"客观真理"相对的新的叙述方式和真理版本。通过看似主观的描写，记者试图表现一种更高、更真实的"客观性"，或者说是寻求表现一种比传统新闻报道"更大的真理"（Weber：35）。

　　新新闻体可以说是 20 世纪 60 年代美国文化的产物，而在这一时期进行得如火如荼的越南战争更是给它提供了一片发展的沃土。越战是美国历史上很特殊的一场战争。它自身的特殊性与 60 年代的"文化气候"相结合，导致了新新闻体与越战的关联。对越战的特殊性，我们或许可以从以下几个方面认识。首先，越战与以往战争最大的不同在于它是一场传媒广泛介入的战争。此前，对战争最及时的报道主要来自各大报纸。但 60 年代以来，随着电视的普及，人们可以通过电视获得更及时、更直观的消息。由于图片对视觉造成的冲击和随之带来的"客观性"，人们很习惯把电视里的新闻当成客观的现实。这对报刊的新闻报道提出了严峻的挑战。报刊为了生存，不得不革新报道的手法。因此，以反映个人或士兵内心感受的新新闻体作品便崭露头角。然而，一方面这是传媒广泛参与的战争，另一方面美国政府又以各种手段控制着电视传媒的宣传报道。由于用视频报道的电视新闻受到严密封锁，难以反映越战的真实面目，以文字为工具的报刊新闻环境相对宽松，便显示了它的优越性。同时，看似冷静客观的传统新闻报道让人难以深入了解越战，60 年代初崛起的新新闻体以它深入人物生活和内心世界的特点获得了人们的青睐。此外，1968 年初北越发动的春节攻势给美军造成惨重损失后，美国人才惊讶地发现，以前电视里关于美军在越南接连取胜的报道有过多虚假夸大的成分。这时,人们自然希望读到不同于传统官方新闻的报道。所有这些都为新新闻体对越战的报道创造了良好的条件。

其次,越战正逢美国反文化运动的高潮和后现代主义蓬勃发展的时期,人们对此也抱有不同于以往战争的态度。虽然从内战开始,美国战争文学就对战争的本质提出质疑,但在越战时期,这种质疑却达到前所未有的公开化和普遍化。许多人对传统战争中宣扬的荣誉、勇气和尊严等传统美德公开表示怀疑。政府的宣传不再能被公众不假思索地加以接受。因此,越战期间,美国国内爆发了规模空前的反战、反征兵游行示威;而在越作战的士兵也对他们个体的价值进行了比以前更多的思考。这种对权威的质疑和反叛、对传统战争观念的解构也是后现代主义的显著特点。新新闻体解构了传统新闻(包括战争)的宏大叙述和官方的刻板陈述,转而注重表现作为独立主体的士兵。在这方面,新新闻体的文体与后现代主义思潮相契合,与越战期间人们的思想相一致,这可能也是它在 20 世纪 60、70 年代受欢迎的一个原因。

再次,越战在美国历史、军事、政治上有着其独特性。大量史实表明,在这场未宣过战的战争中,之所以从肯尼迪、约翰逊,到尼克松的三任总统都坚持派兵越南,除了政治目的外,还因为美国人所谓的骄傲和自尊。美国难以接受一场没有以自己的胜利而告终的战争结局①。因此,英国历史学家阿诺德·汤因比把越南战争的根源总结为:"骄傲,个人的和国家的骄傲。"(Archer:48)为了虚无缥缈、所谓美国式的骄傲,美国把成批成批的青年送到越南战场,推进地狱之门。这些真相,作为政府传声筒的传统新闻报道根本不可能予以反

---

① 　正是为了这种骄傲和自尊,尼克松才反复强调要寻求"体面的和平"。汤因比认为这几位总统的想法是这样:"(越战)是个错误,是不道德的,对我们是灾难性的。但美国从没输过战争,我们决意不输掉这场战争"(Archer:48)。

映；同时，传统新闻报道也不可能向美国公众真实地展现战争中的普通士兵。而新新闻体讲究深入第一线战场，通过报道美国在越南的真实情况和美军士兵的内心感受，在戳穿美国无往不胜的神话的同时也解构了这种美国式的骄傲。从这层意义上说，新新闻体更为客观地反映了越南战争。

越战的独特性必然促使作家去寻找一种新的、更能表现这种战争独特性的写作方法。越南战争"不能由任何一种传统的战争小说或电影的范例来讲述"(弗·詹姆逊：70)。新新闻体为表现这场特殊的战争提供了一个新的范例。越战也给新新闻体提供了一个发挥的空间。因此，把对越战的描述与新新闻体结合起来也是必然的结果。沃尔夫甚至认为"所有关于这场战争的最优秀作品都是用新新闻体或自传的形式完成的"(Wolfe：101)。诺曼·梅勒以反战游行示威为背景的《夜幕下的大军》(Norman Mailer, *The Armies of the Night*)就是新新闻体与越战题材结合的一个典范。

《夜幕下的大军》以1967年10月一支浩大的反战、反征兵游行大军向五角大楼进军的历史事件为背景。作品分为两部分，分别题为"作为小说的历史"和"作为历史的小说"。这也作为全书的副标题赫然印于书的封面。梅勒显然是在试图打破历史与虚构的传统界限。他想说明小说和历史在这里几乎融为一体，难以区分。作品既可以被视为小说，也可以被当作历史。在这里，梅勒对传统历史著作一直自诩的客观性提出了质疑。历史都是由有主观性的个人写成的，历史著作也自然带有个人的主观性，每个人对同一事件都会有不同的陈述。因此，梅勒认为，在某种意义上说，所谓"客观"的历史与虚构的小说并没有本质上的区别。通常，历史是由官方书写的，传统的新闻传媒实际上是官方历史的代言人。梅勒在小说里批评了传统新闻报道对事实的歪曲。

小说写道:"各种新闻媒介围绕进军五角大楼事件所作的宣传造就了一片模糊的森林,挡住了历史学家的视线,而我们的小说则提供了看清事实真相的可能性。"[①](Mailer,1968:231)这里,梅勒显然是在批评传统新闻报道的片面性和含糊性,以及其对事实的掩盖乃至歪曲。在谈到示威大军的确切人数时,梅勒指出新闻报道中的偏见:"根据纽约四月大游行的经验,大致可以用这样一个方法来计算:警方的估计数乘以四后就比较接近实际数字;左翼的估计数则需要除以二点五才和实际数字大致相当。这样,一个拥有二十万人的示威队伍会被警方说成五万,而到了示威组织者的嘴里,就变成了五十万"(Mailer,1968:257-258)。这一切都说明传统新闻中数字的无意义和报道的荒谬。正鉴于此,梅勒才对传统的新闻报道提出怀疑,并指出小说比新闻报道更真实地反映了事实。他所说的"小说"就是以新新闻体手法创作的《夜幕下的大军》,正因为作品给人们"提供了看清事实真相的可能性",才得到众多好评,出版当年就荣获普利策非小说奖和全国图书奖,成为新新闻体发展的一座高峰。

另一部反映越战的叙事作品《新闻快报》同样因其采用的新新闻体手法,在出版后好评如潮,在美国引起巨大反响,并于当年获得美国全国图书奖非小说类的提名[②]。迈克尔·黑尔曾于1967至1968年间以《士绅》杂志的记者身份前往越南。作品通过对战争反复的回忆,表现了作者反复经历的从无知到成熟的过程,从而获得对越战愈

---

① 译文参考了任绍曾的译本《夜幕下的大军》,南京:译林出版社,1998。

② 菲利普·贝德勒在第一本越战文学评论的专著中高度评价《新闻快报》:"关于越南我知道'最真'的书是……迈克尔·黑尔的《新闻快报》"(Beilder,1982:xii);《赢者与输者》的作者格洛丽亚·爱默丽生赞扬黑尔在描写战争时,成就超越了斯蒂芬·克莱恩;汤姆·沃尔夫认为《新闻快报》可以与德国作家雷马克的著名一战小说《西线无战事》相媲美;《亡命之徒》的作者罗伯特·斯通则"相信在所有作家对所有战争的描述中,这是最优秀的个人日志"(Ringnalda,1998:100)。

加深刻的认识。作者的回忆就是全书的结构。作品第一章名为"吸入",表现黑尔来到越南时的情景;作品结束时,黑尔带着对越南的沉重的记忆回到了美国,他能呼喊出的只有:"越南,越南,越南,我们都到过那里"(Herr:260)。因此,这一章题为"呼出"。一吸一呼、一去一回,构成了一个完整的结构,不仅是黑尔实际上的越南之旅,也是他的心路历程,更是很多越战老兵的切身感受。《新闻快报》是新新闻体作家群引以为自豪的一部代表作。沃尔夫和 E·W·约翰逊早在 1973 年选编的《新新闻体选集》中,就选入了当时尚未成书的《新闻快报》中的部分章节。沃尔夫赞扬道:"我认为没有人像黑尔那样把握住了越南战争独特的恐怖。小说家显然没有"(Wolfe:101)。许多评论家也纷纷撰文指出黑尔对传统新闻报道的反叛和与新新闻体的密切联系①。

黑尔指出:"在能了解到任何东西之前,先得抛掉许多过去学过的东西"(Herr:210)。黑尔的意思是,要了解越南,人们需要首先解构意识形态灌输给他们的战争观,摒弃传统对战争的浪漫主义态度,抹掉脑海里既有的观念,即阐释学意义上的"前理解",才能以客观的、不带偏见的态度去了解一个真正的越南和一场真正的越南战争。而这种"前理解",就是人们在各种因素的合力下想象出来的越战,包括我们在第二章里提到的政府的意识形态宣传、新闻报道、影视文化、文学作品和传统文化。这些因素中,传媒的新闻报道对人们了解越战有着最直接的影响。因此,黑尔认为,要真正了解越南战争,必

---

① Thomas Myers 在 *Walking Point*:*American Narratives of Vietnam* 中,Mattew C. Stewart 在 "Style in Dispatches:Heteroglossia and Michael Herr's Break with Conventional Journalism"中,Donald Ringnalda 在 "Unlearning to remember Vietnam"中,John Hellmann 在 *Fables of Fact*:*The New Journalism as New Fiction* 里的第六章 "Memory,Fragments and 'Clean Information':Michael Herr's Dispatches"中,都针对黑尔对传统新闻报道的反叛和与新新闻体的密切联系进行了论述。

须先解构传统新闻报道。

为此,黑尔首先解构了官方所依赖的信息。他指出,那些信息及其赖以存在的基础是多么的不堪一击。比如,军方极度信任、依赖地图,总是指着地图向国人解释,部队又向前推进了多少公里,又占领了多少北越的村庄和城市。但在作品的开篇,黑尔就不无讥讽地指出:"现在是 1967 年底,甚至最详细的地图也不能提供更多的信息;读这些地图就像在努力读懂越南人的脸,而那则如同读风一般"(Herr:3)。正像最详细的地图也不能反映越战的实情一样,传统的新闻报道同样不能让人们了解越战。这其中很重要的原因是新闻报道采用的语言。黑尔在《新闻快报》里多次对传统新闻语言提出批评:"所有来自越南的简报,无论何种级别,听起来都像是部分的组合,语言像是化妆品,但使用的结果却只能让美貌消逝。由于大部分报道都是用这种语言炮制出来的,或是以这些术语隐含的战争观为出发点,因此,正如不可能通过阅读报纸来了解越南是什么味道一样,人们也不可能通过报纸了解越南的真实情况"(Herr:92-93)。

人们对新闻语言的疑惑,是因为越南战争是一场矛盾的战争。作为美国输掉的第一场战争,它"要求读者接受一些明显的矛盾说法:为了记录事实,我们首先要改变它;为了记住战争,我们必须重新发明它;最后,为了建立一个可信的公众记忆,我们必须先探索并标出个人记忆里每一个想象的角落"(Myers,1988:146)。一方面,人们意识到语言无法真实地描述越南战争;另一方面,人们又不得不用语言来描述。越南战争不能用视频被动地记录下来,也不能用中性的语言呈现出来,更不能按传统的客观方法来研究。它只能用一种特殊的语言、一种特殊的方式来表述,新新闻体就是一种选择。詹姆逊认为《新闻快报》最突出的特点是作者对语言的革新："这部作品语言上突出的革新至今仍可认为是后现代的。…… 以往叙述模式的崩溃，以及任何共同语言的崩溃是书的主题之一，也许可以说是开辟了一个全新的反思天地"（弗·詹姆逊：70）。比如，评论家弥尔顿·贝兹就注意到，《新闻快报》中存在大量没有谓语动词和主语的句子，似乎作者在以令人喘不过气来的方式叙述（Bates，1996：242）。正是因为战争中很多事情同时发生，士兵或记者根本无暇去分辨、整理，黑尔才运用这样的句子结构表现越战的混乱和缺乏逻辑。

为了解构传统新闻报道，黑尔首先需要深入了解越战和士兵，所以，他走进士兵的生活，与他们进行交流和沟通。他采访时，从不携带照相机，士兵们都感到不可思议。在他们看来，记者的工作就是用相机把他们看到的、他们认为有新闻价值、有可看性、有卖点的场面拍摄下来。而黑尔则侧重与士兵交流，与他们建立友谊，观察、了解他们的生活、战斗和思想。正是通过这种独特的采访方式，通过与士兵朝夕相处，黑尔才走进了士兵的内心，真正理解他们的生活，开始能听懂他们之间的谈话，读懂他们心灵的语言。因此，他对越战的报道才有独特的深度。

然而，作为记者，黑尔一方面与士兵密切接触，一方面又注意与他们保持距离，以便更好地观察。他这样描绘自己与士兵们的关系："我尽量与他们紧密地站在一起，但不成为他们中的一员；然后，我又尽量往后站，但又不离开地球"（Herr：67）。这正是对新新闻体手法的生动陈述，既融入人物的生活，又保持局外人的清醒认识。所以，当士兵们说他们到越南是为了"杀越南人"时，黑尔才能这样对自己定位："这并不适合我。我到那里是为了观察"（Herr：20）。但在越南战场上，黑尔不可能总是保持记者的超然独立。在战争达到白热化时，如北越发动春节攻势那一天，他很难再保持局外人的清醒："我不是报道者,我已经成了一名射手"(Herr：68)。这时,他意识到自己在越南的身份颇具有讽刺意味:"我去那儿是为了报道战争,但战争却淹没了我。"①(Herr：20)

　　正是因为战地记者不可能保持绝对的冷静,所以,他们需要在一段时间后,对所见所闻进行反思,才能获得对事件更加深刻的认识。黑尔说:"只有在事后,或许是多年后,你才可能了解你现在看到的东西;而且,还有很多东西根本不能进入内心深处,它们只能储存在眼里"(Herr：20)。传统新闻报道讲究及时性,黑尔周围的许多记者每天都要赶出一篇稿子,这样的新闻自然容易流于表面。新新闻体则不以时效性取胜。黑尔与他供职的杂志达成协议,在越期间,他没有按时交稿的任务。他写作时,自然从容自如。他所经历的越南战争经过时间的沉淀和岁月的思考,再写出来,就具有传统新闻无法企及的深度。

　　详尽记录对话,以便更生动地刻画人物是新新闻体的另一大特点。黑尔通过与士兵的密切接触,生动地记录下他们独特的语言和对话。这种对话不用普通的语言或书面语,而是极具士兵特色,带着鲜明的时代特点和越战特点。例如,士兵被称为"grunt",而不是通常的"soldier";士兵阵亡,是"被废了"(wasted),而不是"被杀了"(murdered 或 killed);身负重伤是"fucked-up",而不是"mangled",等等。此外,许多士兵在越南经历了生生死死后,很想把自己的感觉描述出来,但又不知如何描述,因此,常常只会情不自禁地说:"该死,他妈的。"有时,这样的语言会"在一句话里出现五次,就像标点符号一样"(Herr：56)。显然,在战争极端恶劣的环境中,士兵已失去了正常运用语言的能力,只能通过重复同样的语句来陈述心中不同的感

---

①　黑尔在原文中运用了一个双关语"I went to cover the war and the war covered me",嘲讽了他作为记者这一身份在越战中的尴尬。

受。听者则必须通过当时的语境来揣摩话中的含义。在战争的特定环境中,似乎所有的语言、所有的表达都枯竭了。在某种程度上,是战争导致了语言的枯竭。因此,传统新闻报道只"冷静地"陈述战况的做法显然不能适应越南战争的实际情况,而强调个人交流和关注人物内心世界的新新闻体却发挥出自己的优势。在人物的语言不能准确表述内心感受时,便需要记者进入他们的内心世界,发掘他们的内心感受。

在探索士兵的内心世界时,黑尔注意到内心思考过程中的零乱、片断与随意等特性。初读起来,他的作品似乎缺少把片断信息连接起来的一条主线,让人如入云雾之中,不知所措。故而,评论家威尔逊抱怨《新闻快报》由一个个片断构成,它"缺少一个整体结构,事实上否定了结构的可能性,这些片断难以阐释,不易发现意义"(J. Wilson:45)。但这正是黑尔的独特之处。他运用片断、不连贯,甚至零乱的情节,就是为了表现越战"零乱"和缺少整体结构的特点。他在一次访谈中甚至表示:"我想让人们感到困惑,这样他们就不会过于自我陶醉"(Donald J. Ringnalda, 1998:107)。他写作《新闻快报》的一个目的也是为了把人们从幻想中惊醒,让他们注意到越战本身的混乱和缺乏逻辑。因此,《新闻快报》里的叙述并不集中于某一主题,或某一中心故事,情节也没有传统意义上的开端、发展和结局,而是随着黑尔的目光和思绪任意闪现。比如,书中一名士兵给黑尔讲述了这样一个故事:一支巡逻队上山巡逻,只有一名士兵回来,但还没来得及告诉别人到底发生了什么事,就已倒地身亡。故事戛然而止,作者也没有追叙"接着如何? 为什么?"等传统新闻报道必须回答的问题,因为真实的战争和生活即是如此。

黑尔努力呈现越战的另一种方法是事实与虚构的结合。传统新闻报道讲究严格的客观性,要求与事实吻合。但在越战期间,由于政府的严密控制,许多事实是不可能报道的。新新闻体虽然与新闻报道密切相关,但却是一种新的文学形式,因此允许一定程度上的虚构①。所以,它能反映一些虽不是严格意义上的事实、但比传统新闻报道的事实更真实的现实,因而,新新闻体致力于表现"更大的真理"。黑尔曾表示"《新闻快报》里的很多部分都是虚构的","很多新闻材料都被我弄混了……比如,什么部队在什么地方"(Donald J.

---

① 关于新新闻体究竟是传统新闻报道的发展,还是一种新的文学体裁,一直是众说纷纭。盖·泰勒斯(Gay Talese)、赫罗威尔乃至沃尔夫等人都倾向于认为,新新闻体仍属于新闻报道的范畴,它只不过采用了一些新方法而已。另一些评论家却认为,"新新闻体"是一错误的命名,因为它既不新,也非新闻报道。新新闻体的某些特征可以上溯到英国作家丹尼尔·笛福在 1721 年发表的《大灾年日志》。詹姆斯·鲍斯威尔(James Boswell)在《约翰逊传》(*Life of Johnson*,1791)中对约翰逊博士言行的描述也显然与新新闻体有相通之处。在美国,马克·吐温的《密西西比河上的生活》和斯蒂芬·克兰恩的《红色英勇勋章》里就已经有了新新闻体的影子。在 20 世纪,更是有不少作家和记者,如海明威、约翰·赫西(John Hersey)等,在写作中都或多或少带有在 60 年代才蓬勃发展起来的新新闻体的特点。约翰·赫尔曼在著作《事实的寓言:作为新小说的新新闻体》(John Hellmann, *Fables of Fact: The New Journalism as New Fiction*)中提出,新新闻体归根结底应是一种虚构的文学形式(the genre of fiction),因为它像其他文学作品一样,它所有的外部描写都是为了表现人物的内心世界(Hellmann, 1981:27)。

笔者同意把新新闻体看作一种文学形式。新闻报道有很强的时效性。过了事件发生的热点时间,新闻报道几乎就失去了价值和可读性。但新新闻体作品并不是以它的及时性取胜。相反,它往往是在事件已发生过一段时间后才写出来,而且,我们在多年后再读新新闻体作品,仍能感受到事件的震撼力和人物的真实。实际上,我们在阅读新新闻体作品时,更多地注意了它的文学性,而不是新闻性。文学就是要反映人们在特定环境下的独特感受。作为一种为适应现代生活而诞生的新的文学形式,新新闻体在这方面为文学的表现提供了一片新的天地。

另外,尽管新新闻体表现的似乎是真人真事,但在作品里,却时常有小说式的虚构和近似漫画般的描写。诺曼·梅勒的《夜幕下的大军》里,就有大量对梅勒本人和其他一些知名作家,如德怀特·麦克唐纳、罗伯特·洛厄尔和保罗·古德曼等人的漫画式描写。迈克尔·黑尔本人也表示《新闻快报》里有虚构部分。因此,我们认为,新新闻体与其说是新闻报道,不如说是一种与新闻报道密切相关的新文学体裁。

Ringnalda,1998：108)①。他正是利用了新新闻体可以虚构的特点,通过把事实与虚构结合起来,把事件的人物地点移花接木,却又保留事件的核心内容,这样,既避开美国当局的新闻检查,又给人们刻画了一个虚虚实实但又入木三分的越南。比如,美军士兵终日生活在炮火与死亡的阴影下,虽不到二十岁,却似乎历尽沧桑,眼神里流露出的只有倦怠和恐惧;激战中,因伤亡过多,居然没有足够的运尸袋,有的士兵死后,竟然曝尸野外达两个月之久;有的还没死,却被卫生员误装进了运尸袋;战斗中,由于缺乏及时的医药护理,士兵们有时只能狠心开枪杀死无法救治的受伤同伴;美军误打自己的军队,等等。这类事实传统新闻都不可能予以充分披露。只有新新闻体以其可以虚构的特点,避开当时的新闻限制,借虚构的名义来表现真相,让读者了解这些可能是虚构却比事实更真实的事实。因此,我们才可能得知被官方称之为"英勇的抵抗者"的海军陆战队官兵原来在溪山被围长达 76 天之久;了解到在美军眼里,越南人只不过是动物,美军带给他们的不是希望与民主,而是伤害。

　　传统新闻报道本身难以对传统新闻的种种局限进行披露。只有新新闻体以反传统、反权威和局外人的姿态,才能对之进行剖析与批评。黑尔在《新闻快报》里专辟一章"同事"来描写记者,说明新闻记者和新闻报道在越战中的特殊地位。虽然记者对人们了解越战起着至关重要的作用,但并不是所有记者都有严肃的职业态度。有的记者并不到实际的战场去获得第一手资料,只根据官方在新闻发布会上提供的信息,做一些不痛不痒的报道。黑尔批评这样的记者到越

---

① 黑尔在接受采访时说:"我多次说过,《新闻快报》里的很多部分都是虚构。这些年来,我一直告诉人们《新闻快报》有它虚构的一面,但他们感觉被欺骗,心都碎了,好像它不再是真的。我从来没把《新闻快报》看作是新闻。⋯⋯ 但书里并不缺少兵营里的故事"(Donald J. Ringnalda,1998：108)。

南只充当了录音机,只报道了军方想让他们报道的事件。他们来仅仅是为了寻求事业发达的机会,而不是为公众提供真实的新闻。

也有一些记者感到,无论如何努力,如何诚实,他们的报道总是不能完全反映战场的真实情况,"他们最好的成果也被淹没在各种新闻、事实和越南故事里"(Herr:217-218)。他们意识到传统的新闻写作不再能真实地反映这场异于传统战争的战争。这时,他们所能做的仅仅是"把美国这十年来最深远的事件化为最易理解、最易交流的事物,把其中最明显无误、无可否认的历史化为一段秘密的历史"(Herr:218)。他们遗憾地发现自己并不能真实、全面地反映这段对美国社会、生活、文化有重大影响的历史。正鉴于此,一些不知情的士兵把战争归罪于传媒,认为如果没有传媒的卷入,压根儿就不会有这场战争。有的士兵对记者也产生了各种偏见。然而,我们应该意识到,并不是所有传媒、所有报纸杂志都有披露真相的自由。我们在第二章就详细论述了政府对新闻报道进行的严密封锁。记者对能报道什么、能报道多深入,完全没有决定权。一旦作出了比正统电视新闻节目更为客观的报道,他们也只能忍痛割爱,因为他们所供职的新闻机构会拒绝采用。

战争的话语权既不掌握在参加战斗的士兵那里,也不完全由报道战争的记者们掌握,甚至还不掌握在军方的新闻发布官那里(因为他们也同样受到政府的限制),而是由政府和军方牢牢控制着。他们决定官方的发言措辞,决定想让美国国内公众听到的消息。对普通公众而言,他们生活在一种虚拟现实中,他们对遥远的越南只能用政府提供给他们的、政府希望他们知道的信息进行想象。在军方每天例行的新闻发布会上,"发言官使用着已不再通用的语言,那些句子在理性的世界里已不包含任何希望"(Herr:214)。记者对这些发言提出尖锐的质疑,抱怨他们永远无法从官方的新闻发言人那里听到任何有价值、有意义的消息。比如,官方把士兵刚到战场的恐惧委婉地称为"环境不适症";把 1967 年称为"有进展的一年",尽管在 1968年初北越就发动了让美军始料不及的春节攻势;同样,美军遭受惨重损失的溪山战役和北越春节反攻,却得到了高层官员乐观的描绘。

实际战况与高级官员的描述相抵牾,使记者与官方之间产生矛盾。记者认为"官方简报对你理解战争通常只起了照明弹对夜间视觉所产生的作用"(Herr:149)。因为他们听了官员们的陈述后,却不知所云。一切矛盾的焦点似乎都集中在了高级官员身上。但黑尔却清醒地指出,代表军方和政府发言的高级官员事实上也是政府的傀儡,他们并不能在新闻发布会上说出自己真实的想法。因为职务的关系,他们只能当政府的应声虫。那些敢于说出真实想法的军官当即就被剥夺了发言权①。所以,真正的矛盾与其说是军官与士兵、军方与传媒之间的矛盾,不如说是政府与普通军人、政府与传媒、政府与普通公民之间的矛盾。无论是军官还是士兵,都是棋子,都是工具,都是政府可以随意牺牲的炮灰。无论是高级军官、普通士兵,还是新闻记者、普通公民,都得受到政府的控制和约束。

黑尔指出,越南战争犹如一朵毒花,"在西贡,就像是坐在一朵有着一段有毒的历史的有毒花朵的卷曲的花瓣里,它在根部就已经中毒"。西贡"吸入历史,却吐出毒气、秽物和堕落"(Herr:43)。传统的新闻报道只让读者看到了它的绚烂,而黑尔采用的新新闻体手法才让读者注意到它在根部的毒素。战争初期,在传统新闻报道虚假的光环下,这场打得轰轰烈烈、国人们一直以为凯歌高奏的战争就像一朵绚丽的花,吸引人们注目;只是战争失败的结局才让人们意识到

---

① 黑尔注意到,在新闻发布会上,大卫·朗兹上校经常显得麻木、胆小、低调、困惑,甚至愚蠢,但黑尔在采访他时,却发现他是名勇敢的军人,有见识,重感情。他之所以在新闻发布会上如此表现,是因为有难言的苦衷。

这朵花原来早已从根部就中了剧毒,根本不可救药。黑尔采用新新闻体写作,就是为了让公众深入根源,了解聚集在这朵美丽的鲜花根部的毒素。这也正是《新闻快报》一书的价值所在。

第二节 天真的失落

越战经历是一段让美国越战士兵失去天真、从幻想走向幻灭的历程。他们的越战经历就如剥洋葱的过程,士兵们最初对之充满好奇,渴望了解里面到底包裹着何物。但当他们眼含热泪,把幻想一层层剥开,把天真一片片扔去,把痛苦一丝丝体会后,却发现在最中心等待他们的只是一团弥漫着梦魇的虚无。

很多越战叙事作品描述士兵在战争中失去天真的过程时,都不约而同地采用了成长小说的模式。成长小说通常反映年轻的主人公在一个恐怖、异化的世界里寻找意义与身份的经历,通过经历危险而被成人世界接受。成长小说是自荷马以来的战争小说作家都钟爱的一种形式,这是从男孩到男人的成长过程。然而,大量的越战叙事作品却是对传统成长小说的颠覆,因为主人公在越南发现的不是战争和生活的意义,而是战争和生活的无意义。最终,主人公发现他们在越南所有的牺牲、所有的痛苦、所有的磨难,都是一个炫目的谎言。正如评论家杰奎琳·E·劳森博士所指出的那样,传统"成长小说从纯真到老练的过程在(越战)叙事作品中被颠覆,取而代之的是从天真无邪到玩世不恭的可怕变化"(Lawson,1990:372)。主人公原本渴望通过到战场作战而被带入成年男人的社会(initiation),但最后,他们的经历却被证明是"反成人礼"(de-initiation)。年轻的主人公追寻身份的努力被战争粗暴地打断,把他们从梦幻般的少年猛地推入中年,甚至老年。在《战争的谣言》里,卡普托谈到他在越南前三个月的经历:"从时间上说,我大了三个月,但从情感上说,则是 30 年。我年过 50,正是人生最压抑的时期,朋友们相继死去,每一次死亡都提醒着自己死亡的临近"(Caputo:192)。美国越战士兵是美国战争史上最年轻的士兵,平均年龄仅有 19.2 岁,因而被一些评论家称为"青少年战士"①(Lawson, 1988:27)。杰奎琳·E·劳森博士则称越战士兵是"老孩子":他们的真实年龄尚小,正是青春勃发的岁月,但感情和精神却陷入迟暮之年的痛楚、凝重和死气沉沉之中(Lawson, 1988)。

美国年轻的越战士兵在情感、心理上更加脆弱,易感受到战争的伤害。他们的梦想在战场上灰飞烟灭,他们想象的越战在现实面前更是彻底地分崩离析。他们曾认为越南是可以让他们建功立业的新边疆的幻想破灭了,他们曾以为可以帮助南越人民走出水深火热的幻想破灭了,他们曾以为能够在战场上成为英雄、成为男人的幻想破灭了,他们曾以为自己高尚无私正义的幻想破灭了。让一切幻想成为泡影的不仅是北越士兵神出鬼没的袭击,不仅是越南丛林炎热酷暑的笼罩,不仅是陷阱地雷阴沉沉的等待,还有美国政府的虚伪和欺骗,还有军队的官僚与专制,还有国人与家人的冷漠、误解和敌视。他们的幻灭从踏入军营的那一刻便开始了。

一、新兵训练营:梦魇开始的地方

蒂姆·奥布莱恩认为:"为了理解在美莱雷区里发生的一切,你必须先了解一些在美国发生的事。你必须了解华盛顿的路易斯堡②,

---

① 这不禁让人联想到在《五号屠场》(Kurt Vonnegut, *Slaughter-house Five*)中,库特·冯内古特把二战士兵称作"童子十字军"。只要记住越战士兵的平均年龄比二战士兵还小 8 岁时,我们就能更好地想象这些"青少年战士"是如何在越南丛林中作战的。

② 这里指路易斯堡的新兵训练营。

你必须了解一种被称作基本训练的东西"(O'Brien,1979:40)。美国军队总会对刚进入军营的士兵进行基本训练,让他们熟悉士兵的技能,掌握枪械设备的操作,但更重要的是转变士兵的思想,把他们从天真无知的平民转变成国家和军队的杀人机器。在新兵训练营里,士兵必须经受肉体和精神的双重考验。正如加斯塔夫·哈斯福德所述,许多美军新兵训练营是"给假装强悍、勇敢得疯狂的人准备的为期八周的大学,训练营建立在岛上的一片沼泽地里,险恶得如同郊区的死亡营"(Hasford:3)。许多越战叙事作品都描写了美国军队恶魔般的体制、高强度的训练和残酷暴虐的训练军士,因为是这一切让士兵渐渐成了杀人机器。在训练营里,新兵如果不能成为杀人机器,就是没能经受住成人社会的考验,缺乏他们渴求的男子气概。

基本训练的目的是让士兵通过学会遵守纪律、服从命令、团队合作等军队的基本准则,最终转化成战争机器上一个可任意替换的零件。通过对新兵几乎非人性的训练,军队摧毁了他们原有的价值标准,让他们按军队的要求,重新确立新的价值标准。在很多越战叙事作品里,军训教官都对新兵进行疯狂的折磨,新兵则似乎总是处于饥饿、困乏、劳累、疲惫和恐惧之中。新兵对这些教官恨之入骨,但同时也意识到:"他是邪恶。他不代表粗暴的军训教官,他代表的是军队;他就是魔鬼"(O'Brien,1979:49)。这些残酷的教官是军队的代理人,他们试图宣扬的是美国军队独特的规范和价值体系。《短刑犯》里的教官格海姆上士告诉来巴里斯岛训练营的新兵:"如果你们这些女士离开这个岛,如果你们新兵训练熬出头来,你们就将成为一件武器,成为死亡部长,为战争祈祷,并因此感到自豪。那一天到来之前,你们就是垃圾,是渣滓,是世界上最低等的生物。你们甚至不是人,你们只是一堆在水中和地上的臭大粪而已"(Hasford:4)。新兵们发现"挨打是生活在巴里斯岛上的家常便饭"(Hasford:7)。他们甚至不属于自己:"海军陆战队士兵不能未经允许就死去;(他们)是政府的财产"(Hasford:13)。

让新兵心甘情愿地接受军队价值标准的一个方法,是把合格的标准士兵与成熟的男人形象等同起来。很多士兵来军队前都受到父辈的教导、传媒的宣传,相信军队是一个可以让人成长为男人的地方。为了被成年男人社会接受,他们必须忍耐军队各种的折磨。"新兵训练营强迫新兵完全放弃自我,把个性倒退回到婴儿原初的状态。在训练的前几周,既对新兵进行身体上的惩罚,又对他们进行言辞上的阉割"(Lawson,1988:29-30)。在大量越战叙事作品里,教官经常把新兵称作"女士"、"姑娘"、"娘们":"好了,女士们,你们看起来像堆狗屎。现在我们来做些体育锻炼"(Baker:39)。"你们这些蛆在这里不会有任何乐子。…… 好了,女士们,以后我说话,你们去执行。你们这些蛆中间,10%的活不下来,10%的会开小差、自杀或干脆疯掉。"(Hasford:5)如果教官发现两名士兵单独交谈,则会嘲讽他们:"两个大学的娘们,躲在营房后面亲热,嗯? …… 你是个娘们,嗯?你害怕打仗,该死的娘们? 你知道我们怎么对付娘们吗,嗯? 我们操她们。在军队里,我们就是操她们,修理她们"(O'Brien,1979:54)。罗恩·科维克在自传《生于七月四日》里,也描写了教官对士兵进行人格上的侮辱和贬低:"你们这些他妈的平民就是蛆,你们一无是处,明白吗? 我想杀了你们,你们这80个人,80个年轻暖和的身体,80个甜蜜的小女士,我想让你们这些蛆今天知道,你们属于我,在我把你们变成海军陆战队士兵以前,你们都将属于我"(Kovic:77)。渴望成长为男人的新兵被军训教官剥夺了作为男人,甚至作为人而存在的权利,他们被嘲笑为女人甚至是蛆。以教官为代表的军队正是首先在语言和思想上把新兵阉割,然后才告诉他们,要重新成为人,成为比他们以前更刚强的男人,他们必须咬牙坚持,通过艰苦残忍的训练。

　　新兵要成为合格的士兵和阳刚的男人,就必须表现得像个男人。军队告诉新兵,在军队里,在战争中,最具男子气的行为是杀人,是奉行刺刀精神。多部越战叙事作品都谈到了所谓的刺刀精神。教官经常要求士兵大声回答什么是刺刀精神,士兵则必须齐声大吼:"刺刀精神是杀人,杀人!"(O'Brien,1979:51)教官问:"为了生活,我们要做什么?"士兵则应回答:"杀人! 杀人! 杀人!"(Hasford:17)许多教官除了训练士兵的基本军事技能外,还强调士兵在野外和战场的生存能力。因此,偷窃、抢劫、杀人的本领也是他们训练的一部分。教官明确地告诉新兵,刺刀训练的目的是"为了唤醒(士兵)杀手的本能。杀手本能会使(他们)无所畏惧,像动物一样富有侵略性"(Hasford:14)。为了培养新兵杀人的本能,教官甚至让全体士兵一起大喊:"埋伏是杀人,杀人是乐趣"(Caputo:36)。士兵们意识到:"认识到这一点很重要,如果我们要在战斗中生存,就必须利用我们杀手的本能"(Hasford:13)。这里强调的杀人其实有两个层面的意义。首先,士兵要在战场上生存,他必须保护自己不受敌人的伤害,因此,他必须学会杀人,这是被动地杀人;其次,军队强调敌人的邪恶和自己的高尚,为了拯救世界,赢得战争,他们必须主动地杀人。

　　军队在把新兵转变成杀人机器的同时,还努力让他们保留以前对战争的幻想和渴望。一方面是让他们仍然对成长为男人抱有幻想,一方面则大量宣传,强调越战对美国安全的重要性和美国在越南的无私目的,并把北越描绘成一个恶魔统治的法西斯国家。斯蒂芬·赖特的小说《绿色沉思》里军训教官的一段训话非常具有典型性。上尉把胡志明与希特勒相提并论,教导士兵:"我们目睹的,当然是河内共产党独裁政权试图通过武装侵略,公然推翻西贡民主政权的举动"(Wright:9)。然后,他援引美国政府的多米诺骨牌理论,告诉士兵,越南与美国的安全紧密相连,如果越南的伤口感染,恶化溃烂,必然最终影响到美国的健康。同时,他努力强调美国的无私:"当然,我们不寻求任何个人的好处"(Wright:10)。最后,还不忘提醒新兵他们作为军人的职责:"作为身着军装的士兵,你们的任务不是质疑政策,而是执行命令"(Wright:10)。上尉的话不仅是提醒,还是威胁,向新兵暗示军人的职责和义务,暗示他们如果不执行命令,军队自然会有一套体制来处理、惩罚他们。训话结束后,士兵观看了介绍越战的影片,阿道夫·希特勒和胡志明的身影开始在他们的脑海里重叠在一起,更加坚定了新兵要去越南杀人的愿望和决心。

基本训练将士兵驯化成为战争机器上的一个零件。卡普托在书中写道:"到了第三周,我们都学会了不假思索、迅速一致地服从命令。每个排都从一群个体转变成了一个整体:一个我们仅充当零件的机器"(Caputo:10)。一名士兵说:"训练完后我回到家中,家人不能应付我。我女朋友说:'哦,哇,杰米,你这么爱国。你从哪里来?他们剪掉了你的头发,还掏空了你的脑子'"(Baker:46)。另一名士兵说:"在整个过程的最后,你觉得自己是在地球上行走过的最坏的东西。当他们在结业典礼上把你叫做海军陆战队士兵时,你眼含热泪。你被彻底洗了脑"(Baker:40)。这名士兵是为失去曾有的纯真而流泪,为步入一条前途扑朔迷离的道路而伤感。虽然士兵并不甘沉沦于军队的压抑,但此时此刻,他们别无选择,只能把个性、纯真、疑惑、真情埋藏起来,在军队里随波逐流、听天由命。

然而,并不是所有新兵都能顺利地通过训练,也不是所有新兵都乐于接受军队思想的灌输。因家庭、社会和文化的压力才应征入伍的蒂姆·奥布莱恩在训练时,瞧不起那些很快适应军队生活并自得其乐的士兵:"我不喜欢他们,没有理由去喜欢他们。对那些新兵来说,这来得太容易了。他们不仅很好地适应了,还因基本训练而茁壮成长,以为他们正在成为男人。…… 我对这些新兵的恨更甚于对征兵者的恨。但我恨他们所有人,强烈的、悲哀的、猛烈的恨"(O'Brien,1979:40-41)。尽管如此,奥布莱恩也只能按照军队的要求进行操练。那些不能达到军队要求的士兵在训练营里的日子则更加艰难。加斯塔夫·哈斯福德《短刑犯》里的士兵伦纳德·普拉特就是新兵基本训练典型的牺牲品。

伦纳德·普拉特是一名天真而笨拙的新兵,无论他怎么努力,总不能达到训练标准,经常受到教官格海姆拳脚相加。格海姆甚至把伦纳德的头按到有尿的马桶里。虽然伦纳德夜里会偷偷哭泣,但白天"他比我们任何人都更努力",毫无怨言地重复操练(Hasford:7)。尽管如此,他的操练水平并没有提高。后来,格海姆会因为他一个人的错误惩罚全班。其他新兵开始对他心生不满。一天夜里,新兵在伦纳德头上蒙上毯子,把他暴打一顿。如果说伦纳德尚且能忍受格海姆军士对他身体和精神的暴虐,却难以承受同伴们的敌视和被抛弃的事实。从此,以前甚至在睡梦中也总咧着嘴笑、快乐的伦纳德变得极度沉默寡言。到了训练的第七周,伦纳德已"能完成命令,但他再也不是排里的一员了"。"他使用武器时无懈可击,但他的眼睛却像是灰蒙蒙的玻璃"(Hasford:18)。沉默的伦纳德不再渴求从同伴那里找到温暖和安慰,只在晚饭后抚摸他心爱的步枪,悄悄地对它说着情话。在训练结束的结业典礼上,伦纳德被授予步枪能手的称号。就在这时,他举枪射杀了军士格海姆。这时,他"咧着嘴对我们笑了,这是死亡的脸上最后的笑容,是头骨可怕的咧嘴笑"(Hasford:31)。然后他把枪口塞进嘴里,开枪结束了自己年轻的生命。

伦纳德的故事深刻地揭示了军队的专制独裁和对人性的扼杀。在这个"险恶的死亡营"里,为了与其他士兵共处,为了免遭惩罚,士兵们不得不遵循军队的规则,学做一个"非人",学当一名杀手。伦纳德最初是个天真快乐的男孩,即使被格海姆殴打,仍然会咧着嘴快乐地笑。但教官的残酷虐待和其他士兵的敌对情绪让他感到被歧视、被抛弃、被孤立。在孤独的绝望中,他尽管成了一名优秀士兵,但以前纯真的快乐与生活却无可挽回地消逝了。军队的规则最终压垮了他,让他疯狂。他的悲剧反映了美国军队扼杀人性的本质。

　　早在士兵入伍时,军方就已经初露专制独裁的本质。在收到征兵令时,有的士兵明确地告诉军队他不相信政府,不相信那套体系,不愿到越南打仗。但军官会直截了当地告诉他:"你要不举起右手(宣誓入伍),要不就坐牢。两者选一,马上决定"(Baker:42)。军队似乎给了人们一种选择的权力和自由,但这种自由形同虚设。这不由让人联想到齐泽克对选择自由的一番论述:

　　　　在主体与主体所从属的社会的关系中,总是存在着这样一种被迫选择的悖论——此刻,社会对主体说:你有选择的自由,但前提条件是,你必须选择正确的事物;比方说,你有选择签署或不签署誓言的自由,前提条件是,你要作出正确的选择——签署它。如果你作出了错误的选择,你就会失去选择的自由。这一悖论出现在主体与主体所从属的社会的关系层面上,这绝非偶然;被迫选择的情形存在于下列事实之中:主体必须自由地选择他已经从属的、独立于他的选择之外的社会,他必须选择那些已经提供给他的事物(Zizek:165)。

　　这正是美国政府和军方对美国年轻人的选择悖论:你有选择焚烧征兵卡、逃避服役的自由,但如果你作出这样的选择,你就会被送到法庭,因为你自由地选择了错误的一边。因此,"关键在于,其实他所处的位置从来都不是出自他自己的选择,但人们总是这样对待他,好像他已作出了选择"(Zizek:165-166)。这些收到征兵令的年轻人面临的正是这样一个选择:他们除了选择应征入伍,别无选择。

军方还以各种手段欺骗新兵,让他们安心在军队服役。军官对一名信仰伊斯兰教的士兵许诺:"告诉他们你是穆斯林,他们就不会送你到海外了"(Baker:42)。然而,这名士兵最后还是被送到了越南。军方告诉所有的新兵,"只有17%的会到越南,而这之中,又只有11%的会直接参加战斗"(Baker:40)。实际情况是,训练结束时,受训的200人,除了三人因伤病幸免,其余的全都去了越南。在训练营里,军队还对士兵宣讲越南的种种好处:"听着,那里相当文明,你会有游泳池、快餐店和其他这类设施"(Baker:45)。然而,事实正与他们许诺的相反。军队的一切许诺就是为了把士兵哄骗到越南,而"一旦你降落(在越南)了,军队就不再照顾你,不过问你在哪里睡,睡了没有,怎么吃,何时拿到装备"(Baker:55)。他们的任务是把士兵推向战争,一旦上了战场,就不闻不问,任由士兵自己把握命运。

新兵训练营是士兵噩梦开始的地方。虽然很多美军士兵依然相信他们的国家、政府和父辈为他们作出的选择,希望通过承受非人的训练来展现自己的刚强和毅力,然后到越南真正地建功立业,成长成熟;虽然入伍前的幻想还在脑海里闪烁,但在残酷的训练中,他们已经感受到军队对个性和人性的压抑和漠视,开始对政府和军队的诚实和可信度产生了怀疑。他们对即将到来的越南之行少了些期盼,多了些惶恐。他们想象的越战仍然存在,却已蒙上了一层阴影,似乎不再那么光明,那么辉煌。士兵们开始更谨慎地看待他们的军旅生涯。只有在他们到越南与死神面对面后,想象中灿烂无比的越战才开始完全瓦解。

二、死神之吻:英雄神话的解体

美军士兵到了越南,现实与想象的巨大反差让他们无比惶恐。来到战场,就意味着面对流血和死亡,意味着士兵要拿出非凡的勇气来面对、接受这一切。没有经历战争的士兵都认为他们不缺乏英雄的气魄。然而，到了越南，他们才认识到自己的怯懦，也体会到了恐惧、勇气、懦弱、生存、残暴、无助、孤独、苦难和友谊等抽象词语的含义。渐渐地，他们失去了原有的天真。正如卡普托认识到的："更重要的是，在一个通常认为我们自己是不朽的时代，我们懂得了什么叫死亡。每个人最终都失去幻想，平民是多年来渐渐地失去，而我们的幻想却顿然消失，在几个月内，我们从男孩成为男人，又过早地步入了中年"(Caputo：xiii)。美国越战叙事文学生动地描述了被死神亲吻后，士兵们的英雄神话终于在越南被瓦解，他们开始认识到自己并不是什么刀枪不入的勇士，而是一个害怕死亡、懂得恐惧的普通人。

　　初抵越南，新兵们充满了"愉快的武士精神"，好像在扮演"自己战争影片里的主角"(Caputo：106)。然而，他们很快就发现打仗不是拍电影，战场"与他们在学校里说的一点儿都不一样"(Heinemann，1986：211)。刚进营区，他们就看到装甲车排成排，上面机枪挺立，"对着最近的树，对着灌木丛中可能的部分，对着最近的稻田埂"(Heinemann，1986：5)，对着可能出现危险的地方，似乎任何地方都可能有敌人冒出来。还未遭遇敌人，新兵就已经感受到战场隐藏的种种杀机和危险。小说《肉搏战》里的多齐尔刚到连队，老兵克罗斯就告诉他，在越南，首要的任务是生存：在整个越南，没有一寸土地"值得用炸药炸毁，没有。这儿方圆五六千里的地方，除了我脚下的方寸之地，没有什么值得我战斗，没有什么人值得我去为之战斗"(Heinemann，1986：19)。这是一个老兵对新兵的教导，告诉他这是一场为了自己生存而进行的战争，别的一切都不重要。此时的新兵尚不理解这席话，只有在他亲历战斗后，才能体会到其中蕴涵的真理。

　　到越南的多数士兵在经历了第一次炮火后，就会深深体会到死亡的威胁,不再把战争看作是有趣的冒险。越战中,平均年龄只有19.2岁的美军士兵只是还没完全长大的孩子,以前根本没有严肃思考过杀人与被杀。一旦面对死亡,他们往往会手足无措,发现"真正的现实比想象的更混乱,但不像想象的那样英勇"(Caputo:128)。一些士兵原以为打仗"就像是杀只松鼠一样。(他们)去那里时,才刚刚学会怎么擦屁股呢"(Mason:171)。来到陌生的越南,他们"好像是一只在峡谷里瞎眼的动物,独自在风景线上,根据脚在水中的感觉沿着一条静静的河流行走"(Currey:152)。战斗中,炮弹不会因为你年轻,因为你对将来有宏伟美好的计划,因为你有所爱,或者你并不是军人,就不会打中你。士兵们必须意识到,战斗中的错误不能用橡皮擦修改,如果死了,就永远地死了,无可更改。一名士兵在谈到地雷时说:"(它)让你大脑紧张,这比对死亡的恐惧更甚。这是确定性和不确定性荒谬的结合。你确定的是每天都在雷区走动,每天都在经过那些东西;不确定的是你的每一个行动,每一次移动身体重量的方式,或坐下的地点"(O'Brien,1979:127)。地雷静悄悄地埋在地下,像阴森森的死神等在那里,等着那些冒失鬼和倒霉鬼前去送死。士兵们则必须拿出十二万分的小心,必须注意迈出的每一步的轻重和落点,防备碰着的每一个物体,因为,稍有不慎,就意味着生与死的不同结局。这些曾经充满幻想的年轻人来越南时,以为自己是来保卫家园,捍卫正义、民主与和平。到达后,却发现他们唯一要做的是在杀人的同时不被人杀掉。

众多美国越战叙事作品都生动地描绘了美军士兵面对死亡时的感受。想当英雄的罗恩·科维克来到越南,发现战场并没有想象中的那么辉煌。他在一场激烈的战斗中受伤,无法移动自己的双脚,感到无比恐慌。这时他不断地告诉自己:"我要活下来"(Kovic:16)。此刻,生存成了占据他头脑的唯一想法,周围的其他士兵也同样如此:

　　我周围的士兵都在尖叫："哦，上帝，带我离开这儿吧！""救命！"他们尖叫道。哦，耶稣，简直像个孩子，不像海军陆战队士兵，不像海报上画的那样，不像入伍那天那样神气，这可是真正的战争。"妈妈！"一个已没有了面庞的士兵叫道："哦，我不想死！"另一个年轻的男孩一边用双手捧着肠子，一边叫着："哦，别！哦，不！哦，上帝！哦，救命！妈妈！"(Kovic：16-17)士兵们本来渴望来越南成长为男人，但最后却被炮火变成了无助的孩子。只有在这时，他们才意识到以前想象的一切都是虚幻。

　　同样，《肉搏战》中，第一次与敌人交火时，多齐尔感到既害怕又震惊："他们就要在这里杀死我。不是一点点死去，不是一片片地把我撕裂，而是让我当即死去并消逝"(Heinemann，1986：44-45)。他第一次感到死亡离他这么近。但他又不能尖叫，必须把从心底涌起的尖叫和恐惧压下去，因为"如果我尖叫，他们会杀死我"(Heinemann，1986：46)。这时，他能做的只有胡乱地向敌人开火，不是因为对他们有仇恨，而仅仅是因为"他们要杀我"。另一名士兵也坦言，第一次参加战斗时，他甚至不知道在做什么，也不知道在向谁射击，"我甚至没看清我杀死那个人的脸。我只不过是个手里拿着枪、吓得要死的家伙罢了"(Currey：86)。这也是大部分美国越战士兵的真实写照。在战场上，他们早已忘却了约翰·韦恩式的英勇，脑海里的唯一念头就是"我要活下去"。这一念头支撑着所有的越战士兵度过了那漫长的365天。然而，并不是所有的士兵都那么幸运，能平安回国。战斗中身负重伤的一名士兵在绝望中泪水涟涟地问多齐尔："上帝，多齐尔，我们必须得打吗？……是吗？手榴弹打在我的脸这边……痛，像被棒球打了一样。……你被棒球打过吗？多齐尔？我以为应该死了。我应该死了，不是吗？"(Heinemann，1986：243，省略号为原文所有)年轻的士兵在临死前也不明白为什么会有这场战争，他为什么会死在越南这片陌生的土地上。

战斗让美军士兵惊恐不已,战场上死神的无处不在,让士兵们噤若寒蝉。"死神对我们说话。死神想告诉我们有趣的秘密。我们可能不喜欢死神,但死神喜欢我们。越共虽很厉害,但从不撒谎。枪弹道出真理。枪弹从来不说:'我只是开玩笑。'战争很丑陋,因为真理可能很丑陋,而战争真实"(Hasford:98)。夜晚在潜听哨里站岗的士兵更是强烈地感到这种真实的恐惧①。在潜听哨里的那一夜,士兵会听到无数想象的或真实的北越士兵移动的声音,又听到炮弹在周围爆炸,让他们的神经紧紧地绷紧。一夜的恐惧无眠,一夜的心惊肉跳,仿佛死神就在身边对他们耳语。第二天早晨从潜听哨里出来时,他们的"眼睛睁得那么大,好像他们看到了什么会一直带到坟墓里的东西"(Heinemann, 1986:229)。这就是战争的噩梦,这场噩梦将一直陪伴他们走到生命的尽头。

在与死神真正亲吻时,美军士兵表现出对生命极度的留恋。在奥布莱恩的《他们携带之物》里,戴维·詹森和李·斯特拉克是好朋友。俩人庄重地签了一份协议:任何一人若受伤导致终生残废,严重得必须在轮椅里度过余生时,另一个应把他打死,让他免受更多的痛苦。他们找了证人,严肃地发了誓。后来,斯特拉克踩了地雷,失去了一条腿。但已经奄奄一息的他并不想死,反复恳求詹森:"别杀我。"他要詹森发誓不杀他,并强调医生能治好他的腿:"他们能把它接上,真的。并不那么糟糕,不可怕"(O'Brien, 1991:72)。但他终因失血过多而死。

---

① 美军部队在野外露宿时,在大部队宿营前方几十米处,一般都设立潜听哨,以便尽早得知夜间欲偷袭敌军的行踪,通过无线电及时向大部队报告。潜听哨往往意味着孤立无援和更大的危险。在越战叙事文学中,常有作品表现士兵在潜听哨里有风声鹤唳、草木皆兵之感,内心无比恐惧。

在奥布莱恩的另一部作品《追寻卡西艾托》中,主人公伯林也深刻体会到死亡的恐惧。到战场的第一天,他就目睹战友被吓得心脏病发作死亡。这一事件及此后战友的相继死亡给刚到战场不到半年的伯林留下了刻骨铭心的印象。他不愿回想这些血淋淋的现实——"为了情感的生存,他必须学会遗忘"(McWilliams:191)。这是另一场战斗:意识与潜意识的战斗。意识不断压制一些记忆;但潜意识里,这些记忆又顽强地冒出来,左右着他的思想,使这些事件在伯林的脑海里变得纷杂混乱起来,让他难以解开这团纠缠在一起的麻。因此,在伯林的回忆中,时间概念极其混乱。由于战争的残酷和终日的疲惫,他甚至无法记清战友死亡的时间顺序①。评论家迪恩·麦克威廉姆斯在《奥布莱恩〈追寻卡西艾托〉中的时间》一文里,试图把事件按发生的实际顺序整理出来,即区分叙述学意义里的叙述时间和故事时间,却发现困难重重。小说时间上的混乱正是叙述者伯林思绪混乱的生动写照,战场上无处不在的死亡使他失去了清晰思考的能力。

《追寻卡西艾托》中,伯林反复回忆了战友的死亡,呈现出叙述学学者热奈特所说的"重复叙事"②。伯林共有 8 名战友死在战场。小说的开篇就给我们列出一张阵亡名单:"这是个糟糕的时期。毕利·波尔·瓦特金斯死了,弗伦奇·塔克也死了。毕利·波尔是因恐惧

---

① 在伯林的叙述中存在诸多自相矛盾之处。在第 30 章里,伯林回忆第一个死的是毕利·波尔,接着便是如迪·查斯勒。但后来,在描写弗伦奇·塔克、伯尼·林恩和佩德森的死亡时,查斯勒却冒了出来讲话。更有意思的是,在伯林的回忆里,佩德森和伯尼·林恩竟彼此目睹了对方的死亡。在想象中追随卡西艾托前往巴黎的部分,同样存在时间混乱的问题。如全班人于 12 月(第 21 章)乘坐火车从孟加拉的吉大港前往德里,而从德里前往阿富汗时,却回到了 11 月份(第 27 章)。

② 法国叙述学学者热拉尔·热奈特在《叙事话语》中研究了文本中故事时间和叙事时间的关系,区分了 3 个概念:时序(order)、时距(duration)、时频(frequency)。这里所说的"重复叙事"属时频范围。所谓的时频主要指发生过的故事在叙事中被叙述的次数,即"故事重复能力和叙事重复能力的关系"(热·热奈特:13)。

而死,在战场上被吓死了,弗伦奇·塔克被射中了鼻子。伯尼·林恩和锡德尼·马丁死在地道里。佩德森死了,如迪·查斯勒死了。巴夫死了。瑞迪·米克斯死了。他们都在死亡之列"(O'Brien, 1978: 1)。伯林反复回忆了这些人的死亡。这一重复说明了战友之死对伯林的巨大影响。据笔者的不完全统计,在伯林的回忆中,重复频率最多的是在战场上第一天被吓死的毕利·波尔,至少有24次;重复最少的是仅与他们共处12天的瑞迪·米克斯,但至少也有4次;其余人的死大都被重复10次左右。

伯林念念不忘毕利·波尔的死亡,是因为该事件对他心灵产生的巨大震动。毕利·波尔在战场的第一天就因惊吓过度,心脏病发作而死。这一触目惊心的事实给了伯林心灵重重的一击。刚到战场的伯林,知道自己与毕利·波尔一样害怕战争,害怕死亡,也有可能像毕利·波尔一样被吓死(事实上,他也因恐惧而尿湿过裤子)。所以,他不断提醒自己不要去回忆毕利·波尔被吓死的情形:"假装他没有看到毕利·波尔在战场上被吓死"(O'Brien, 1978: 209)。"他使劲不去想……"(O'Brien, 1978: 210)然而,毕利·波尔死亡给他留下了刻骨铭心的印象,根本无法忘却。不经意间,比利·波尔的死便会从记忆深处冒出,在脑海里浮现。所以,当伯林回忆起毕利·波尔的死时,常常(至少有13次)会想起他是被吓死的这一事实;而在提到别人的死时,则往往忽略死因,只是用"某人死了"这样的句子一带而过。

这种重复叙事的方式与《第二十二条军规》中约瑟夫·海勒对斯诺顿之死的描写如出一辙[①]。斯诺顿之死对尤索林的冲击,如同毕

---

① 越战文学中,受《第二十二条军规》主题和写作技巧影响的作品还很多。对某一事件的重复叙事除了在《追寻卡西艾托》中出现外,在罗恩·科维克的《生于七月四日》等作品中也同样存在,显然是受到海勒作品的影响。为此,John Clark Pratt 特意撰文 "Yossarian's Legacy: *Catch-22* and the Vietnam War"进行论述。

利·波尔之死给伯林的冲击一样深远。尤索林反复回忆斯诺顿之死,开始只是不断地提到他的死,但随着每次回忆,尤索林回忆起的细节就越多。这种反复提及,不仅给读者带来悬念,也强化了这一事实在读者头脑中的印象,让读者深入尤索林的矛盾心理:既不断回忆这一事件,又极力逃避这种回忆。由于不愿面对血淋淋的现实,所以他每次回忆都回避了最血腥的部分。只是到了小说临近结束时,才详细描写了斯诺顿死时的具体情况。伯林也是如此。毕利·波尔之死反复在他脑海里闪现,但他又极力逃避回忆,因此不断压制这些画面在脑海里的出现。只是在最后,当这些画面再也无法压制时,便如火山喷发般地涌现出来。读者才得以了解毕利·波尔死时的详情,从中体会到此事件对伯林的深远影响。

毕利·波尔的死还让伯林意识到自己不可能成为英雄。伯林既是小说的叙述者,又是普通美军士兵的代表。他对战争也有过一些浪漫的幻想,希望通过自己的英勇作战,成为传统意义上的英雄,回国时,给父亲带去一些沉甸甸的奖章。但毕利·波尔被吓死的事实让他深深感到,自己对死亡有着同样强烈的恐惧。他意识到自己的胆怯,意识到自己很难成为他理想中无畏的英雄。所以他不断提醒自己不要去想毕利·波尔的死,因为越想就会越强烈地意识到自己的胆怯和恐惧,从而导致精神上的崩溃。

在《帕科的故事》里,海涅曼同样解构了士兵们曾有的英雄梦想。故事里的帕科经历了让他终生难忘的恐惧和孤独。恶战之后,全连其他92名士兵均已阵亡。帕科永远也忘不了他独自一人躺在战友的尸体丛中,被烈日暴晒两天的情形。他苏醒过来后,想听听有没有呼救声,可周围一片寂静,其他92名战友悄无声息地躺在他的周围。"他躺在那里,因为疼痛,几乎一动不动"(Heinemann,1989:19)。两天后,终于被人发现时,伤口处已布满了蛆虫。就连照顾他的医生也难以承受,表示宁愿坐牢,也不愿再当医生,不愿再目睹战场上的血腥,不愿再接触人类自己一手酿成的悲剧。同样的情形在梅森的小说《在乡间》里重现。美军士兵因为恐惧而挤在一起,但地雷和无数从天而降的手榴弹炸死了很多士兵。士兵埃米特被压在一个同伴的身体下。敌人过来查看时,他佯装死去,才幸免于难。第二天,确信敌人走远后,他才起身查看,看到周围全是死尸,更让人难以忍受的是尸体发出的气味:"那种味道,死亡的味,无时无处不存在,甚至在你吃饭时,就像你在吃死亡一样"(Mason:223)。死神的擦肩而过和近在咫尺的低语让他们战栗不已,死亡的沉重让所有士兵彻底失去了当英雄的幻想。

　　战争的恐怖和残酷一点点地剥去士兵的天真,整日与死亡并行更让他们陷入深深的焦虑。很多年轻的士兵从未想过死亡会离他们这么近。即使他们来越南前想象过死亡,但想象中的死亡与战场上真实的死亡也相距甚远。他们以前了解到的死亡和杀人是从影视作品和卡通画上了解到的。"美国青少年乐意以传媒表现的理想化方式光荣牺牲,即快速、干净、无痛地死。他们显然不乐意像在现实的战场上那样死去"(Lawson,1988:32)。越南战场上漫长、肮脏、残酷、痛苦的死亡让他们措手不及。熟悉的朋友相继死去;一起长大的弟弟身负重伤,又聋又瞎;身边的战友被烧得面目全非,收集起来的尸骨还不到 20 磅重;一夜恶战,清早敌人尸横遍野,清点人数,竟有500 具尸体:"装甲车和树林间杂乱的草丛里,躺着一堆堆的尸体,死人乱七八糟地堆在一起;这里有 6 个、8 个或 10 个,在倒下的已无树皮的树干后又躺着三四个,那里又有十余个,血迹一直延伸到丛林里。一具尸体靠在树上,一只手捂着肚子,另一只放在胸口,坐在一堆黏黏的黑色污物里。一个年轻的士官 …… 说他看到那人一直爬到那里"(Heinemann,1986:236)。"成千上万的死人游行队伍不断地走来"(Heinemann, 1986：252)。"大地因 B-52 轰炸机的轰炸而颤抖……这样的日子持续了一周。地面飞舞着苍蝇,总是嗡嗡作响,散发出丛林的恶臭,渗出浓重的死亡味道。它渗入了衣服,渗进了眼睛,掺在了食物里,像尘土一样沾在了皮肤上"(Heinemann, 1986：253)。这种死亡的味道深入他们的灵魂,挥之不去。战斗结束后,《肉搏战》里的多齐尔试图回忆起已离去的同伴:"阿提夫、斯泰肯、惠斯克·J、格兰杰、特罗布里奇、沃尔瑟斯、威利、那个工程师、埃迪,一直到丹诺、杰内克和被命名为'追牛号'的装甲车,还有很多,很多,直到我再也想不起来,不得不停下来"(Heinemann, 1986：269)。评论家理查德·A·沙里文指出:多齐尔把死去战友的名字一个一个地记起,"既表现了他害怕不能生存下来的恐惧,也表现了他因以如此大的代价生存下来感到的内疚"(Sullivan：163)。的确,多齐尔感到无比的自责。他责问自己:"杰内克开着车四处寻找地雷的时候,我为什么他妈的坐在营地里?"(Heinemann, 1986：268)

　　美国越战叙事文学还描写了美国军人的另一种死亡。在战场上,如果说敌方导致的死亡尚属正常现象,那么,死在自己战友手下则让很多人难以承受。《追寻卡西艾托》里,美军士兵用手榴弹炸死马丁中尉一事让士兵伯林感到无比痛苦。锡德尼·马丁从西点军校毕业,严格执行军队制定的各项规章制度。按规定,发现地道时,要先派人进地道检查,再炸掉。但进去检查意味着巨大危险,谁都不愿去,都希望直接炸毁地道。但马丁坚持按"标准操作程序"进行。为此,弗伦奇和伯尼两人在几分钟内相继丧命。士兵们极为不满,在奥斯卡的唆使下,密谋在马丁检查地道时,把他炸死在里面。在场的每个人都摸了摸奥斯卡的手榴弹,以示同意。但小说的叙述者伯林在回忆这部分时,表达十分含糊,从未明说要用手榴弹把马丁炸死在地道里,对扔手榴弹的具体行动更是只字未提。在谈到马丁的死时,伯林只是轻描淡写地说他死在了地道里；而在谈到炸死马丁的阴谋时，只引用奥斯卡的话："麻烦，这个人总是在找更多的麻烦。"(O'Brien，1978：160)"锡德尼·马丁找麻烦，我想他终于找着了。"(O'Brien，1978：235)伯林不愿回忆起这段往事是因为这与他所受的教育和道德观念相悖①。如果说，战友毕利·波尔被吓死，只是给伯林带来精神上的压力的话，那么，马丁的死则给他带来道德上的阴影，甚至意味着他以往道德价值的失落。毕利·波尔的死只是让伯林意识到自己无法成为想象中的英雄，而马丁的死则告诉他，他连过普通人生活的想法都无法实现。伯林所渴求的只是普通人的普通生活，只是"平凡的东西，和平与宁静。这就是他所想要的全部"(O'Brien，1978：124-125)。合谋炸死马丁则剥夺了他过平静幸福生活的权利。这一沉重的道德十字架将永远挂在他的脖子上，使他永远无法像从前那样轻松地生活。

《短刑犯》同样生动地表现了战争中的另一种残酷，士兵不得不枪杀同伴。美军士兵在阴暗的丛林里遭遇狙击手，却只闻枪声，不见其影。北越狙击手先打伤排头兵艾丽丝，又分别射中前去营救的卫生员和新兵。这时，大家都明白狙击手故意不打死他们，好吸引其他士兵前去营救，再将之分别击毙。牛仔是班长，他命令"笑客"把班里其他士兵安全带出丛林。然后，明知是九死一生，但为了尽到班长的

---

① 在潜意识里，伯林极力试图将这段记忆抹去。因此，他在回忆前几个月的事件时，竟然记不清马丁被炸死的月份："然后——然后九月。他记不起九月。他想了想，但九月里发生的事却一件也没有。记清事情真是不容易。"(O'Brien，1978：49)对马丁究竟是何时死的，评论家迪恩·麦克威廉姆斯认为他是在八月底死在"湖区"的(McWilliams：190，191)。但笔者认为他对这一事件时序的重构似乎值得商榷。在众人合谋炸马丁的第 35 章里，伯林是四级专业人员，而不是以前的一等兵。而在后面的第 39 章里，伯林从一等兵晋升为四级专业人员，对他的考核是在九月(O'Brien，1978：267)。可见，马丁之死是在伯林提升之后，即九月。这也是伯林为何不能回忆起九月发生事件的原因。

职责,他自己仍然徒劳地试图去营救其他几名伤兵,却很快被狙击手打伤。这时,为了避免更多的战友伤亡,他不得已开枪击毙卫生员和新兵,又开枪把呻吟着的艾丽丝打死。正当他举枪准备自杀时,狙击手打伤他的手,手枪掉到了地上。这时,其他士兵面临着艰难的抉择:是徒劳无益地前去营救,再牺牲一个生命,还是抛弃他们朝夕相处的同伴。"笑客"阻止了要前去营救的士兵,自己举枪打死他在越南最好的朋友牛仔,然后带领全班人员离开。这种情况下杀死牛仔,是保存其他士兵生命的唯一办法,也是牛仔要求"笑客"这样做的。而海军陆战队引以为骄傲的神话"海军陆战队士兵从不抛弃伤员",在现实面前显得那么苍白无力。这就是残酷、丑陋、真实的战争。这一事件将永远是"笑客"心里抹不去的阴影。小说结尾处,"笑客"还得指挥其他士兵继续前进。"我们把大脑放到脚里,把所有精力集中到下一步,再走一步,再走一步 …… 我们使劲不去想任何重要的事,我们使劲不去想没有放松,回家还有很长的路"(Hasford：180)。他们无法预料昏暗的丛林里还有什么在等待他们,也不知道明天他们是否还能活着划去日历上的又一天。他们只知道迈着双脚,再走一步,再走一步①。

在越南,很多士兵感到"压抑、绝望,陷入了恐惧的深渊。很多焦虑不是由北越部队或丛林生活引起……焦虑并非源于远离父母妻儿、家庭朋友,而是因为他们根本无从控制生活,而在越南,能否控制

---

① 《短刑犯》始终没有给读者一点希望,一线光明。小说的沉重真实地再现了战争的沉重。只有沉重的笔触才能真实揭示越战噩梦般的现实。小说的语言比较克制,叙述者"笑客"常常只描述事件,不轻易表露自己的感情和思想,因此有评论家认为《短刑犯》缺少对战争意义的反思(如 Tobey C. Herzog 在 *Vietnam War Stories：Innocent Lost* 中的论述)。但反思其实蕴藏在了对事件看似不动声色的描述里。叙述者克制的语气表达了他对这场灰暗、毫无希望的战争彻底的绝望,表达了他对想象的越南的无声嘲讽,对他们身处黑暗的深处感到的巨大恐惧。

似乎是生存首要的标准"(Del Vecchio：109)。可怕的是,大部分士兵根本无法控制生活和战争,就如他们无法拒绝死神之吻一样。战斗中,战友被敌人打死,让士兵感受到自己的脆弱;战友因惊恐被吓死,让他们丧失了英雄的幻想;而一些战友被另一些战友杀害,让他们不仅对英雄、还对生活失去了幻想。这是一段渐渐堕入黑暗深处的历程。士兵们必须暂时遗忘,才不会被眼前死亡巨大的漩涡淹没。他们必须压抑真情的流露,把善良、同情、恐惧埋藏在心底,让自己表现得像个对任何事都毫不在乎、麻木不仁甚至残暴成性的老兵。因为只有这样,他才能承受死神的亲吻,才能在这个非人的残酷环境中活着走出去。渐渐地,他们不仅被别人伤害,也开始学会伤害别人,踏上了走向黑暗深处的不归路。

三、堕入黑暗的深处

越南战争让美军士兵认识到自己带给越南人民的不是所谓的民主与自由,而是更加深重的灾难。他们杀戮平民,焚烧村庄,向庄稼投毒,使树木枯萎,让青翠的山岭布满弹坑,使肥沃的良田寸草不生。士兵个人的英雄神话与美国民族的英雄神话,都在越南土崩瓦解。士兵渐渐被战争淹没,善良的人性被一层层剥落。他们最终变得野蛮而残忍,堕入了现代社会黑暗的中心,身体和精神遭受到双重的蹂躏和磨难。美国越战叙事文学通过描写美军士兵因战争丧失人性、堕入黑暗深处的过程,解构了曾让所有美国人骄傲的民族神话,也解构了人们想象的越战。

很多士兵抱着善良的愿望来到越南。赴越前,他们相信:"司令命令我们来保护自由,让越南人能像美国人那样生活。只要美国人在越南,越南人就有无所畏惧地表达他们政治信仰的权利"(Hasford：138)。美军士兵因而往往以为自己"是这个国家的客人,我们来这里是为了帮助这些人。我们被大量灌输了'帮助'的概念。这是一种肯尼迪式的……难以置信的理想主义。……我们都有强烈的大哥哥情结，每个人都给孩子们一些食物。"(Santoli：32)。他们还相信，来到越南是"为了给越南人树立榜样，树立世界上最伟大、最现代化、开直升机的军队的榜样"(Halberstam：146)。二战后的美国人有着太多的自信。有的士兵天真地相信，"他们脚下站着的土地仅仅因为自己站在上面，就永远是美国的一部分"(Caputo：27)。无独有偶，另一名美国人甚至宣称："你站在哪里，美国就站在哪里。哪里有美国小伙子，哪里就有自由"(Emerson：114)。即使在越战后期，很多人对战争表示反对和厌倦时，仍有士兵表现出强烈的使命感，认为美军士兵必须留在越南，因为"如果我们离开，就是不道德的。一旦我们表现得不道德，我们就会丧失精神，在荒野中流浪"(Del Vecchio：147)。有人说："我们来不是为了征服，而是为了援助。我们来是为了保证安全和独立，为了结束冲突"(Del Vecchio：563)。有的士兵甚至为越南人的不领情恼火万分："我们来这里是为了帮助他们，但这些越南人真是愚蠢，他们不能明白是一个伟大的人民想帮助一个弱小的人民。……总得有人向那些穷人展示更好的生活方式"(Baritz：20)。

很多美军士兵还沉浸在这种幻想中时，大卫·哈伯斯塔姆就已开始质疑越战。他1967年发表《炎热的一天》，在当时被"很多评论家攻击为反战小说"(J. Wilson：55)。在小说1984年新版的后记中，哈伯斯塔姆写道，他希望该书"小而真实"，能"描绘战争的挫折和空虚"(Myers，1988：42)。他认为美国人在步法国人的后尘，重复法国人的错误。小说试图揭示政府宣传的越战具有的虚假性，指出美国既不可能重现传统美国神话的辉煌，也不可能去拯救越南人。他警示依然沉浸在美国神话中的人们，如果美军继续留在越南，他们将会陷入一场恐怖的噩梦。在小说里，他批评了美国政府"制造"大批甘愿为它服务的年轻人："他们读了所有的宣传和历史书,完全被这些宣传洗脑,深信他们不是吸血者,不但不是,而且还是救世主"(Halberstam:138)。老军官博普雷用吸人血的蚂蟥比喻在越南的美国军人,嘲笑那些相信国内宣传的美国蚂蟥们,他们在骨子里以为自己"来这里是拯救生命"(Halberstam:138),实际上却是在吸越南人的血。战争的现实很快改变了天真的美军士兵。他们被残酷的战争震惊,最终不自觉地背弃了拯救越南人的理想,反而成了伤害他们的帮凶。

　　士兵们愕然地发现越南人恨他们:"我没想到会被人恨,没想到会被他们恨"(James Webb:90)。美军士兵被告知:"你们来这里就是要杀越共"(Caputo:119)。他们发现,"我们把越南从那些住在这里的人们手里拯救出来更好。当然,他们得爱我们;如果不爱,我们就会杀了他们"(Hasford:93)。他们帮助南越的前提是南越政府甘作傀儡,否则,他们只会被当作美国霸权路上的绊脚石被除掉。开始时,士兵们还将信将疑,"新兵们说他们来越南仅仅是因为士兵的职责,为了保护自由"(Hasford:159)。但他们的天真和骄傲很快就会被残酷的战斗击得粉碎。

　　战争的血腥让所有初到越南的美军士兵触目惊心。在《战争的谣言》中,卡普托看到老兵拿着从敌人头上割下的鲜血淋淋的耳朵四处炫耀时,感到十分震惊。他震惊的不仅是这一暴行,更多的是惊诧于说着英语的白人居然也会如此残忍。初来战场的士兵原本也如孩童般天真,谁都没有杀过人,谁都不愿去杀人。然而,杀人似乎有惯性,一旦开始,就很难停下。他们渐渐发现,"在战争中,你只做你必须做的,然后忘掉它。有点像拉了屎再把它吃掉"(Huggett:261)。那些老兵只是一面镜子,从中新兵们看到了以后的自己。正如一名老兵所说:"你会发现世界上最残忍的东西就是平均年龄只有19岁的美国男孩"(Caputo:137)。这些天真可爱的大男孩很快都被战争变成了野兽,变成了战争机器、杀人机器。

　　小说《短刑犯》生动地表现了美军士兵因残酷的战争而丧失人性的场面。士兵铁人把坦克开得飞快,压死一个骑在牛背上的小女孩。他非但不以为然,反而责怪女孩没有及时躲开,挡住了坦克的行驶。战争使他失去了起码的怜悯和人性。绰号为疯狂伯爵的士兵声称,自己杀死的"一半是平民,另一半是水牛"(Hasford:87)。他还夸口:"我们说过要把他们炸回石器时代,我们没有撒谎"(Hasford:89)。这正是美军士兵在越南的所为。他们找不到北越士兵,分不清北越军人与平民,发现"在这个狗屁世界里,怪物永生,而其他人死亡"。因此就不加区别地滥杀(Hasford:158)。绰号为艾丽丝的士兵专门砍下阵亡北越士兵的双脚,收藏在背包里。另一名士兵把北越女狙击手的头砍下,拽着头发拿给所有人看。小说叙述者"笑客"最初目睹这一切时,感到无比震惊与恶心。但随着时间的推移,他对战争有了新的领悟。他"第一次杀人后,开始理解并不需要理解一切。你做什么,你就是什么。这一刻的洞见会被以后的事件挡住。没有什么洞见可以改变我所做过的冰冷、黑暗的事实"(Hasford:133)。他意识到自己和美军行为的罪恶,知道无论自己如何后悔,无论自己做什么,都无法抹去曾经犯下的罪恶。他意识到曾有过的生活已随风逝去:"我用炮弹来定义自己,鲜血已玷污了我曾以为所有事件都有快乐结局的扬基歌梦想"(Hasford:133)。

　　真实的战争不像政府宣传的那样只有英雄、伟绩和鲜花,美军士兵也不像政府许诺的那样"不可能不人道"(Hasford:58)。随着战争的深入,美军士兵犯下越来越多的暴行。"这不是欧洲时期的普通战役,而是一场在没有规则、没有法律的蛮荒之地为生存进行的战争;在这场战争中,每个士兵为了自己和周围人的生命战斗,不在意因何个人目的杀了谁,也不在意用什么方式杀了多少人,他们蔑视那些试图在野蛮的战争中,装腔作势地把文明战争的规则强加给他们的人,那些试图使原本非人性的战争人性化的人"(Caputo:229)。战争的本质就是使一切非人化,就是"有组织的屠杀"(Caputo:230)。美军士兵对敌人的仇恨不是因为政治信仰的不同,而是因为北越士兵"想把我们全杀了"(Heinemann,1986:235)。士兵们想为逝去的战友报仇,"在学着去恨"(Caputo:110)。焦虑、紊乱、自责、内疚、恐惧,使一个个原本天真的士兵不得不变成残暴的野兽,只有这样,他们才能在地狱般的战场上生存下去。

不仅如此,美军士兵还学会了以各种方式折磨敌军俘虏,并以此取乐①。他们在俘虏身上绑上炸药,然后,"在爆炸前,用现金打赌哪个尸体会蹦得最远"(Wright:84)。他们把香烟放到死人的嘴里拍照,把一罐面条放到早已失去生命的人的手指里。他们把瓶子放在俘虏的头上,用枪打碎瓶子,把俘虏当场吓昏,大小便失禁。他们把刺刀递给俘虏,用刀尖顶着他的肚子,劝他自杀。他们扛着受伤的俘虏行军,累了时,就直接把俘虏扔到水里,一边高兴地看着他在水里挣扎,一边评头论足。军方似乎也鼓励士兵"割下耳朵、鼻子和那家伙的阴茎。如果是女的,就割下她的奶子。我们被鼓励做这些事。军官期望你这样做,否则你就不对劲。…… 这证明你是个优秀的士兵"(Baker:84)。在军官的默许甚至鼓励下,士兵们会犯下难以想象的暴行。在《帕科的故事》里,美军抓住一名年仅十五六岁的少女,因怀疑她是越共,全连士兵将其数度轮奸后,又开枪把她打死。此时,大家都意识到这是一个罪恶的时刻:"我们看看她,又看看我们自己,不停地吸气,知道这是邪恶的时刻,我们再也不能像以前一样生

---

① 2004年5月,美军士兵虐待伊拉克战俘的"虐俘门"事件再次令全世界震惊,媒体指出美军虐待战俘并不新奇,一切只是朝鲜战争和越南战争的延续。而美国对虐俘事件的新闻限制,也让人联想到越战时期的美莱事件。

活了"(Heinemann，1989：185)。小说生动地说明了"人在给别人施加痛苦时，自己也必然会遭受同样的痛苦"(Nicosia：98)。当他们不把越南人当作人时，实际上也把自己非人化了。他们在摧毁别人的同时，也在把自己推向黑暗的深处。

在《肉搏战》中，给多齐尔深刻印象的是他杀害一名年轻俘虏的事件。一次，美军士兵受到北越狙击手的袭击，数人死伤。最后，他们抓到一名俘虏，一个十三四岁的男孩，多齐尔心中涌起强烈的愿望想杀死他："我想把那张平滑、自鸣得意、斜眼的脸打成肉酱，变成飞沫"(Heinemann，1986：220)。他终于开枪打死那个男孩后，心中的仇恨似乎还难以消除："他活着时我恨他，现在我恨他的尸体。"然而，事后多齐尔却受到良心的折磨，仿佛看到了自己的坟墓。他感到自己像个疯子，挥舞着复仇的刀剑，"快速地（对敌人）砍过去，直到再也举不起胳膊，直到无处落脚，只能踩到尸体上。圣诞节后的那天，我俯视着一个受伤的羸弱男孩，看到了他的坟墓和我的坟墓，也看到了我周围那些人的坟墓"(Heinemann，1986：220)。此时，多齐尔意识到他曾经拥有的美好都被埋葬到了黑暗的坟墓里，再也见不到灿烂的阳光。士兵还能认识到自己的邪恶，是因为他们并非天生嗜血成性的杀手。他们从小受到的博爱教育与战场上的疯狂残杀形成鲜明对比，这种反差使他们陷入激烈的内心冲突，使他们更强烈地意识到自己在战场的堕落，也为这种堕落感到自责和受折磨。

与残杀北越士兵相比，让士兵堕入更深的黑暗深处的，是在战争中滥杀无辜平民。在游击战中，美军士兵难以区别善意和恶意的越南人。看起来善良纯朴的越南人处处对他们打冷枪。原本天真可爱的小孩也可能引导他们步入死亡的陷阱。一些美军士兵击毙夜晚前来偷袭的敌人，清早却发现偷袭者竟然是几个月来，每天笑容可掬、毕恭毕敬给美军士兵理发的那个越南人(Baker：109)。渐渐地，士兵们甚至能看到"卖可乐的女孩眼里隐藏的愤怒"（O'Brien，1979：75）。在他们看来，"没有可靠标准区分漂亮的越南女孩和顽固的敌人；她们通常是同一个人。部队在作战中踩上一个又一个的地雷，随着每一次的爆炸和背叛，挫折感和愤怒就不断加剧，一张张东方的脸开始看起来完全相似，黝黑而充满敌对情绪，A 连因仇恨而沸腾着"（O'Brien，1979：119）。最后，他们开始怀疑所有人，把愤怒和仇恨转嫁到无辜平民身上，对越南人不加区别地进行屠杀（如"美莱事件"）。恰如一名士兵所言："你分不清谁是敌人，你不得不去杀妇女儿童。虽然你不想这样做，这样做后你会感到后悔，但如果你不这样做，你会更后悔。这就是该死的真理"（Baker：213）。

太多的怀疑之后，美军士兵对越南的困惑转化成憎恨。他们渐渐失去原有的满腔豪情，开始对越南人进行疯狂的报复性伤害和杀戮。有的士兵甚至认为："如果不能掠夺发财，战争有什么好处？我们能得到什么好处？"（Wright：31）于是，他们杀老虎、射大象，用虎皮做地毯，以象牙换金钱。还有士兵振振有词地称："如果我们不能枪杀这些人，那我们还他妈的来这里干什么？"（Herr：29）于是，他们开始放任自己，烧杀淫掠，无恶不作。这时，他们已彻底抛弃了保卫民主自由的理想："×他妈的自由。…… 你以为我们是为了自由来杀越南佬的吗？别开玩笑了，这是屠杀"（Hasford：159）。当两名士兵被地雷炸死时，士兵们"把拳头挥向离他们最近的越南人的脸，那是两个住在这个有罪村庄里、惊恐不已的妇女。最终放了她们时，却拽下了一把又黑又密的头发。"（O'Brien，1979：122）他们到村庄里搜寻"越共"不果时，也常会迁怒于无辜的平民。拉里·海涅曼的《肉搏战》里，士兵怀疑一老妇人家里藏有北越士兵，但遍寻无影，于是就纵火烧屋，开枪打死她赖以种地的水牛。"那个下午，除了老妇人外，我们抓了 3 个活的。我们放火烧了他们的屋子和干草堆，炸了防空洞,把牲畜杀死或赶走,抓住或杀了我们能找到的所有人"(Heine-mann,1986:111)。所有这一切暴行的原因只是因为"她是越南佬,屋子是越南的,水牛是越南的水牛"(Heinemann,1986:110)。士兵奎因每次开装甲车经过村庄时,总使劲按喇叭,把牛吓得掉到沟里。一老妇愤怒地冲他们挥舞拳头。第二天,奎因再开车经过她家时,扔了一颗催泪弹,把她的房子烧成了灰烬。然而,对于自己的邪恶和残暴,奎因却毫无愧意:"那烧成灰的房子总会引人发笑。每次我们看到它时,奎因都会禁不住大笑"(Heinemann,1986:130)。

在《战争的谣言》中,美军士兵到村庄搜查时,不仅放火烧毁北越军队存贮的物资,还烧毁了无辜平民的房屋。他们甚至没有意识到自己在做什么:"我没有报复的感觉,更没有后悔或遗憾。我甚至不感到生气。看着人们尖叫着跑向燃烧的家,我们毫无感觉"(Caputo:285)。面对老人"为什么,为什么"的质问时,他们没有内疚,也没有同情。"我们通过折磨他人,转移了自己的痛苦。但这种轻松却又不可避免地伴随着内疚和羞愧"(Caputo:305)。对于自己的所作所为,他们自己也感到恶心:"对这一切,我恶心透了,恶心战争,恶心战争让我们产生的变化,恶心我们自己"(Caputo:305)。美军士兵之所以对自己感到厌恶,是因为存在着多重的自我:一是以前天真无知的自我,二是现在残忍冲动的自我,三是战后理智冷静成熟的自我。正在叙述故事的卡普托是成熟、冷静了的卡普托,他透过时空重新审视当年的自己,从而对自己的越战经历有更清醒、更深刻的认识①。以前天真无知的自我早已消逝,不复存在,取而代之的是为了生存和

① 菲利普·卡普托1965年3月随第一批美军作战部队来到越南,在越南16个月的经历给他提供了写作回忆录《战争的谣言》的主要素材。60年代末退伍后,他在《芝加哥论坛报》担任记者。此后他又回到越南,报道西贡沦陷情况。卡普托作为士兵和记者的双重身份让他对越战有更深入的洞见。

报复而盲目烧杀毁灭的卡普托。但他从小受的教育又不允许他在放火杀人中找到乐趣和荣耀,这种矛盾使他厌恶自己,也使他难以摆脱战争噩梦①。

战场上无以计数的暴行甚至令有的士兵精神错乱,斯蒂芬·赖特《绿色沉思》里的怪人克莱普尔就是一个例子。初到越南,他天真单纯,从不抽烟、喝酒、嫖妓。由于略通越语,他被调去做翻译,审讯俘虏。审讯过程中,他震惊地目睹了美军和南越士兵对俘虏的折磨,他"从未听过这样的叫声,在电影里也没听过。声音甚至穿透皮肤"。但雷利上尉劝慰他:"想想我们拯救了的生命"(Wright:107)。上尉的逻辑很清楚,因为我们拯救了生命,那么,我们在审讯时伤害、折磨几个人并不算什么。上尉甚至声称:"这些人是用竹子做的"(Wright:109)。言外之意,他们根本不是人,或者不是能与美国人相提并论的人。目睹这一切后,他"似乎从噩梦中醒来,发现自己来到一个完全陌生的环境"(Wright:234)。这是一种被移置的感觉。美军士兵从温馨甜蜜的家乡来到残酷无情的战场,仿佛被连根拔起,失去了生长的沃土。为了不上战场直接作战,克莱普尔与军队签订合同,自愿延长一年服役时间。然而,最后他还是被派到丛林的战斗部队去当他根本不能胜任的翻译。丛林里的经历让他更加孤僻,甚至不再与人说话。后来,他居然神秘地失踪,消失得无影无踪。就在大家快把他遗忘时,却偶然在一个床头柜里发现了他,这时,他已经因为一周水米未进而气息奄奄。战友们最后一次听到克莱普尔的消息是,他和一群大脑受伤的士兵一同被送到日本冲绳的美军精神病院,在那里,如同士兵特里普斯喜欢戏谑的那样,"他可以坐在壁橱

---

①　科尼利厄斯·A·克罗宁认为,《战争的谣言》中有三个卡普托:经历越战的卡普托,正在叙述的卡普托,后悔没有带书来越南和在越南讨论文学的卡普托,而第三个卡普托又存在于另外两个之中(Cronin, 1988:76)。

里,往鞋里流口水,度过战争剩余的时间"(Wright:238)。

战争让士兵们意识到:"战争中,一个人不必非要被杀或受伤,才能成为伤者。生命、视力、肢体不是他唯一会失去的东西"(Caputo:207)。他们会"失去一些朋友和以前对战争根源的大部分信念"(Caputo:215),还会失去他们的天真、纯洁、信念和对美好人生的向往。最后,他们会自问:"像我这么爱国、守法、信教的美国青年,是怎么被送到越南来屠杀无辜平民的?"(Bates,1996:235)士兵们意识到,他们是这一切灾难直接的制造者。虽然他们只是美国政府和军队的棋子,但毕竟是他们在投下汽油弹,是他们在开枪杀戮越南人,是他们在纵火烧毁他们的家园,毒死他们的庄稼和森林。在伤害别人的同时,他们也在伤害自己。一名士兵说:"我感到最糟糕的是自己的人性和价值观受到质疑,我曾以为自己是道德之士、正义之士的信念受到了挑战。我被剥去了一切伪装,发现自己只是一个像其他人一样的野蛮人"(Baker:215-216)。

《肉搏战》里的多齐尔也谈到战争对士兵的改变:

> 战争对你起作用,直到你成为它的一部分,然后,你开始对战争起作用,而不是它对你起作用。你变得极为卑鄙,不是开玩笑的卑鄙,不是电影里约翰·韦恩式的卑鄙,而是真的卑鄙。你志愿去执行奇怪的任务,那些阴森森的夜袭战,用手榴弹和刀枪把自己全副武装,在路上放枪,仅仅为了听到枪声在耳边嗡嗡地响起,跑到路边的村庄,差点就射中那些越南佬,大笑着把空弹盒扔向乞讨食物的越南孩子。我喜欢到自由射击区,因为我们可以杀任何移动的东西。我想做的就是杀人、杀人、放火、强奸、抢劫,直至片瓦无存(Heinemann,1986:278-279)。

在美国越战叙事作品中,对美军士兵暴行的揭露比比皆是,并且通常都强调了士兵沉重的内疚和后悔。科尼利厄斯·A·克罗宁在论文"背离的分界线：越战文学里的暴行"（Cornelius A. Cronin，"Line of Departure：The Atrocity in Vietnam War Literature"）中，细致而精辟地分析了美军士兵在越战中失去自控后的暴行所蕴涵的社会、文化原因，及其与二战士兵暴行的对比。克罗宁认为，二战文学里也不乏对美军士兵残暴杀戮俘虏的描写，但其作者显然希望读者将之看作是战争中发生的不幸，但却属常规的事件；而越战作家，如海涅曼、奥布莱恩，则把此类行为视作暴行。其实，越战士兵的这类行为像二战中的一样，也是战争中发生的不幸但却属常规的事件。二战士兵的暴行与越战士兵的暴行，不同的不是行为的本质，而是犯下暴行的士兵对此的态度。克罗宁认为，二战士兵倾向于把自己看作是被动的、受战争和社会操纵的棋子，因此，二战的老兵作家习惯于把愤怒发泄到社会上，士兵在战争中的一切罪行都是美国社会一手造成的，他们只不过是在执行美国社会的决定。如果二战关注的是集体的邪恶，越战似乎更关注个人的邪恶。越战老兵作家倾向于把战争中所有的过错归咎于个人。克罗宁区分了两个概念："社会化的战士"和"英雄的战士"。社会化的战士是英雄战士的对立面，其价值"由杀人的具体行为确定，由更具体的杀人数量确定"。在这里，"追寻英雄的崇高目的让位于培养杀人和生存的训练"（Cronin，1991b：214）。他认为，自文艺复兴以来，所有士兵都是社会化的战士。二战士兵可能根本没有意识到自己是社会化的战士。而对越战士兵来说，重要的不是他们是社会化的战士这一事实，而是他们强烈地意识到自己是社会化的战士，"因此，当他卷入某一暴行时，他的反应比行为本身更重要"（Cronin，1991b：214）。越战士兵清楚地意识到自己是社会雇用的杀手，应为自己的邪恶行为负责。因而他们比以前任何一次战争的士兵都进行了更多的内省和反思。

美国越战叙事文学对美军士兵的暴行表现出显著的内省特点，

这与越战的独特性密切相关,尤其是与越战中美军的轮换制度相关。在美国历次战争中,士兵都是随所在部队一同前往战场,最后随部队返回。但越战中,每名士兵服役仅一年(海军陆战队 13 个月),期满后,由另一名士兵替换回国。当士兵独自来到一个全新的连队、全新的环境、全新的战场时,他心中的孤独和疑惑可想而知。他必须先熟悉周围的战友,再熟悉危机四伏的战场。一年后,当他刚刚开始熟悉一切时,又将独自告别刚熟悉的战友。整整一年中,他都似乎是孤身一人,在陌生、变幻莫测的环境中战斗。周围的战友也在不断地变化,有的永远地死去,有的服役期满回国,又有新的不断加入。战友在变化、战场在变化,不变的只有战场上的险恶和他们独自一人作战的孤独感。在这种情况下,他们很难像二战士兵那样完全融入自己所在的部队,将自己视作那个"大家庭"中的一员。他们更像是独立的个人,孤独地在打他们一年的仗。因此,他们往往比美国历次战争中的士兵都孤独,也往往会把战场上的暴行和罪恶归咎到自己头上。

同时,像二战这样的常规战争往往可以以前线的推进、是否夺下某一具体的阵地或城市来作为判断胜负的标准。二战中的士兵常常会把自己首先看作攻城拔地的英雄斗士,即使在这过程中杀死了敌人,也只是辉煌战役中不可避免的"不幸事件"。而越战作为游击战,判断胜负的重要标准则是"伤亡统计",即消灭了多少敌人。越战中,杀人越多就是越优秀的士兵,杀人越多会得到越多的奖励。因此,回国后的越战士兵往往会把自己看作是双手沾满鲜血的杀手。同时,越战作为游击战,让美军士兵难以分清敌人与平民,这也使许多士兵都怀疑自己曾在有意或无意之中杀害了无辜平民,从而陷入更深的自责。正因为如此,越战文学才呈现出强烈的内省特点。作家们清楚地意识到他们所描述的事件具有的残暴性,他们希望读者也能意识到这些残暴事件给士兵带来的巨大负面心理影响。越战文学中大量描述老兵回国后生活的作品,也生动地展现了老兵对自己在战争中所犯暴行的反思,表现他们在黑暗深处的痛苦挣扎。

四、两条阵线的战争

美国历史学家洛伦·巴里兹指出:越战"是一场有两条阵线的战争,一条在越南,另一条在华盛顿"(Baritz:234)。华盛顿的美国政府和五角大楼置士兵的安危于不顾,制定了各种不合理的制度与政策。作为官方代理人的军队各级指挥官也因其腐败和无能,给在越作战的美军士兵造成了伤害。很多美军士兵甚至感到,他们真正的敌人与其说是北越士兵,不如说是美国政府和美国军队。如果说,士兵们在越南战场意识到自己的怯弱胆小、不能成为传奇的英雄,还只是因为战争原本就不是创造英雄的地方,如果说,他们在越南成为失去自控的杀手,堕入黑暗的深处,还只是因为所有战争都意味着对人性的泯灭,如果说,美国在越南的失利还只是美军战略和战术上的失误的话,如果说,士兵在越南战场穿过一条黑暗恐怖的隧道后,若还能感受到政府和军队的关心体贴,他们至少还会感到一丝暖意,感到战争至少还有那么一点意义,那么,美国政府和军队成为士兵最大的敌人,则使士兵对越战失去了最后的一点幻想。他们想象的越战土崩瓦解后,遗留下的残砖烂瓦,最终也因士兵对政府和军队的失望而成为齑粉,连重建幻想的可能都不复存在。

军队内部存在的种种腐败现象,使在战场作战的美军士兵感到既无奈,又愤慨。在前方作战的同时,士兵还要应对来自军队和上级军官的明枪暗箭。军队中的一些人与唯利是图的军火商狼狈为奸,置士兵生死于不顾,购买了大量劣质炮弹。哑炮、坏炮全都是"制造商的错误。那些公司在乎什么? 有政府的合同。你可以把一根线染黄,当作金链卖给军队"(Wright:23)。一些军队内部人员也做起了发财梦。詹姆斯·韦布在《火力场》里描写一名负责后勤的军士克扣军粮。军队每天给每名士兵供应一罐啤酒，一瓶苏打水，他将之克扣下来，卖到黑市，中饱私囊。

华盛顿五角大楼对驻越兵力的分配导致了种种腐败和官僚作风的滋生。据统计，1963 年，直接参加战斗的美军兵力占驻越美军总兵力的 29％，到 1976 年，只占 14％。与之相对的是二战中占 39％，朝鲜战争末期占 34％。1968 年美国在越参战兵力最多时的 540 000人中，只有 80 000 人上前线直接作战（Baritz：302）。大批兵力滞留后方，导致人浮于事，官僚作风也应运而生。一些士兵深切地体会到，"士兵唯一、真正的敌人是后方指挥官无聊枯燥的感觉"（Wright：96）。因为他们感到无聊时，就会制定各种不切实际的规章制度和作战计划，迫使士兵完成不必要的任务，经受无谓的危险。菲利普·卡托普在《战争的谣言》里生动记叙了美军存在的种种官僚作风。士兵从战场回来，不论他们多么疲惫，多么想躺下去美美地睡一觉，尼尔上尉都会命令他们打扫卫生，为的是让营院一尘不染。有的军官不顾战场上的恶劣条件，仍然要求士兵着装整洁，武器铮亮。而这一切仅仅是为了博得上级视察时的一句赞扬。士兵受伤，生命垂危，要求直升机运送伤员时，后方却要求他们先报伤员的姓名、序号等程序上的资料，而不关心是否以最快的速度把伤员运到医院，让他们接受及时的救治。尼尔上尉为了上报更大战绩，规定如多杀越共，可以多得到一份啤酒和喝啤酒的时间。士兵们感叹："我们已完全失去了一年前崇高的理想主义。我们会为了几罐啤酒和喝啤酒的时间而去杀人"（Caputo：311）①。

---

① 我们还应注意的是，菲利普·卡普托是 1965 年 3 月第一批到达越南的美军士兵。作战初期，美国就这样鼓励士兵大量杀戮所谓的"越共"，实际上，任何死去的越南人都被他们称作越共。在战争进一步恶化时，这种现象更加普遍。

卡普托的上司尼克森上校是个橄榄球迷,他要求卡普托每天清早告知他前一天普尔彩票的结果。一个大雨滂沱之夜,卡普托外出执行任务,早晨没能按时报告上校比赛的结果。上校因而大发雷霆:"你听着,卡普托先生! 你清早要首先把这件事做好。清早我想知道的第一件事是谁赢了这周的普尔"(Caputo:215)。上校显然把橄榄球置于了战事之上。《战争的谣言》中最惊心动魄的一幕可以说是尼克森上校对四具北越士兵尸体的处理。四名北越士兵被杀,尸体被运回进行登记,以表明美军的战绩。但在登记完后,上校却不让把尸体拉走,而是让士兵列队参观,因为"这里的战斗不多,他想让他们习惯看到血"(Caputo:173)。就这样,四具尸体在七月正午炎热的太阳下,散发着越来越强烈的气味。参观完毕,尸体终被运走。正当大家都松了一口气时,上校得到将军要来视察的消息,又立刻派车去追运走的尸体,把已埋下的尸体再次挖出,用水冲洗掉泥土,再供将军参观。参观时,大家都不得不小心翼翼地避开地上流淌的血水。卡普托感叹,四具尸体遭受的噩运"嘲弄了我在高中和大学里听到多明我会和耶稣会牧师讲授的天主教教义,即,人的身体是神灵的圣堂;人是上帝按照自己的模样塑造出来的;要尊重死者"(Caputo:179)①。这难以让士兵相信这些受尽磨难的尸体曾是神灵的圣堂。

　　一方面是对琐事的关注,一方面则是对士兵生死的漠然置之。一名上校因损失多辆坦克,感到十分恼怒,厉声斥责下级:"我不在乎你的手下会怎样,但我不想再丢掉一辆坦克"(Baker:171)。对他而言,坦克显然比士兵的生命更重要。损失了坦克,他在上级面前难以

---

①　多明我会和耶稣会都是基督教的分支。多明我会又称布道兄弟会,天主教托钵修会主要派别之一,由西班牙天主教修士多明我 1215 年在法国图卢兹创立。耶稣会是天主教修会之一,1534 年由西班牙贵族罗耀拉·依纳爵所创,会规强调绝对忠于教皇,无条件地执行教皇的所有命令,反对 16 世纪欧洲的宗教改革。

报告;损失了士兵,则只是因为他们自己在战场上应变不力。同样,在奥布莱恩的自传里,一名士兵身负重伤,需及时运到医院救治,否则就会有生命危险。当时,营长正坐着直升机在上空巡逻,指挥战斗。当地面人员请求用他的直升机运送伤员时,他先问降落区是否安全。当感觉有潜在危险时,便拒绝降落,理由是他需要继续在空中指挥战斗。险情过后,他才降落,把已死的士兵运走。后来他居然还因此获得了对他的晋升至关重要的杰出飞行勋章。

军官对士兵生命的漠不关心还表现在机械地执行军队制定的标准操作程序,而不考虑战场的实际情况。一次巡逻中,美军的装甲车陷入泥泞,遭到了北越军队的枪击,车上的士兵纷纷跳下来。这时,装甲车开动,机械地按照标准作业程序,试图开出泥泞地,先往后倒几步,再往前开。在倒车的过程中,因士兵陷在泥浆里,躲避不及,压伤几人,压死一人。如此情景让美军士兵感到无比恐慌,很多人纷纷扔掉武器和步话机,自顾逃命。战斗结束后,士兵们在泥浆里摸寻被压死同伴的尸体更是如同经历噩梦一般(O'Brien, 1979: 153)。

军官在战场上部署时从不以人为本,在后方则殚精竭虑,一心只想获取奖章,为自己的晋升铺平道路。格洛丽亚·爱默生在其著作《赢者与输者》(Gloria Emerson, *Winners and Losers*)里,谈到越战期间军队存在的腐败时指出,大量存在高级军官伪造假证人、假证言,以获取奖章的现象。奥布莱恩也尖刻地指出美军颁发奖章时的怪现象:"我们给阵亡的士兵和指甲受伤的士兵同样授予紫心奖章;铜星奖章用于表彰勇气,但通常授给知道如何游说的军官"(O'Brien, 1979: 178)。

士兵们来到越南后还发现,他们的提升与实际能力并没有直接联系。"在一个每个人的档案都几乎相差无几的时代,事业的成功要看许多小事,如声音的高低,微笑时的表情,还有模样。在军队里,你千万要记住这些"(Wright：93)。能否讨上级的欢心几乎成了晋升的唯一标准。一名上尉曾这样评论营长："他头脑里总是装着任务，准备以最高的技能去完成任务。他的任务是提升"(Baritz：305)。《绿色沉思》里的霍利少校在岘港的主要责任就是与将军下棋,并频繁陪将军到日本与其家人度假。果然,他很快荣升为情报大队队长。为了继续博得将军的好感,他还得绞尽脑汁揣摩将军的心思。在作战计划讨论会上,每位军官的首要责任不是谈论自己认为最合理、最科学的作战计划,而是挖空心思去"猜测藏在将军口袋里的那张纸上写着的"作战计划(Wright：136)。谁能第一个说出将军的计划,谁就能获得将军的青睐,谁就更有机会获得提升。这样,军官制定的作战计划完全没有从战场的实际情况考虑。错误或不完善的作战计划也就必然导致更多士兵的伤亡。难怪一些士兵会说："我更多的是在与军官作战,而不是与越共。……因为我可以尽量避开越共,却必须提防军官,因为我肯定,他们将使我们送命"[1](Santoli：191)。

　　华盛顿五角大楼制定的轮换制度不能最有效地发挥士兵的经验,鼓舞士气,在实战中直接造成了更多士兵的伤亡,加深了士兵对军队及其不合理制度的怨恨。人们通常认为,经验丰富的士兵在战争中贡献会较大。越战中的情况却并非如此,"那里,'正规军'比那些被迫进入这一事业的业余选手打的仗更少"(Emerson：255)。职业军人很少到战场的第一线,被驱赶到最前线的通常都是被征入伍的年轻新兵。由于赴越士兵通常只服役一年,因此常常在刚熟悉战

---

[1]　美军内部存在的种种腐败在美国其他战争的文学作品中也有生动反映。一战小说《K连》(William March, *Company K*)生动描述了军官无视士兵感受,折磨、报复士兵的现象。约瑟夫·海勒的《第二十二条军规》更是深刻剖析了美军的腐败。最典型的例子是卡思卡特上校和科恩中校为了赢得上级赞扬,自己获得提升,置下属的生命于不顾,把飞行员需执行的飞行任务从 25 次一直提高到 80 次。

场时就被轮换回国。一名士兵感到十分茫然:"在服役的最后阶段,我刚刚知道在丛林里做什么,知道在战斗中该做什么时,就被轮换回国了。如果我刚开始熟悉丛林,真的知道该如何做,而又被轮换回国,这有什么好处? 替换我的是个像我当初一样,对战争一无所知的新兵。当他对一切熟悉起来时,也会被另一名新兵换走。难怪我们从来不能在一个地方站住脚"(Santoli:36)。每年被轮换来的新兵还得像以前的老兵一样用鲜血和生命去积累对他用不了多久的经验。

军官的轮换制度同样导致了更多士兵的伤亡。在《逆火:美国文化如何把我们带到越南,使我们如此作战的历史》一书中,洛伦·巴里兹分析了美国政府存在的根深蒂固的官僚体制。虽然总统每四年换一届,但官僚机构的 99% 的人却仍居原职。总统的命令和部署并不都能得到执行。越战中,虽然美国总统渴望取得战争的胜利,但各级官僚机构及其工作人员却由于种种原因,并没有一丝不苟地执行总统的指示。美国军方一方面为了自己的利益,另一方面也因为其他机构的限制,也没能按总统设想的那样作战。导致的结果是,美国军队似乎并不着急尽快结束越战,军官的轮换比士兵更频繁。越战期间,平均每名军官在部队任职 5.6 个月。分析发现如果营长的作战经验少于 6 个月,该营每月会丢掉 2.5 名士兵的生命;如果营长的作战经验多于 6 个月,每月则丢掉 1.6 名士兵(Baritz:308)。军官的临场指挥紧密关系着士兵的生死存亡,缺乏经验的军官往往会让士兵更多地暴露在危险之中。为此,一些士兵在头盔上写下四个 U 字母(UUUU),意为"不合格的人领着不情愿的人,为不领情的人做着不必要的事"①,以示不满(Baritz:314)。

---

① "the unwilling, led by the unqualified, doing the unnecessary, for the ungrateful."

　　美军士兵在越南面临着两条阵线的战争。如果说,正面北越军队的攻击,士兵们还能设法阻止的话,那么,后方第二条阵线的战争不仅让士兵防不胜防,还让他们身心俱疲。在谈到越南战争的教训时,约翰·哈特·伊利认为,整个美国统治阶级要为美国在越南的灾难负责。首先,是冷战时期的美国总统决定卷入战争。其次,存在着"立法上的投降",即"权力分离、相互制约与平衡的系统消失了"。再次,他们对美国人民普遍采取了隐瞒甚至欺骗的手段(Ely:ix)。人们不难发现,越战是"一场白人发动、黑人进行的战争;一场富人发动、穷人进行的战争;一场老人发动、年轻人进行的战争"(Fitzger-ald:422)。洛伦·巴里兹分析发现:"穷人,无论是白人、黑人,还是西班牙人,被征兵和送到战场的可能性是富家同龄孩子的两倍。经济地位的差别比种族更多地决定了谁去打仗,谁去送死。当然,有色人种因为更贫穷,他们去打仗和死亡的机会也更大"(Baritz:284)。在美国,教育仿佛是地位的标志,在芝加哥附近的一项调查显示,越战中,教育程度低的人的死亡几率比教育程度高的人高出三倍。哈佛大学约有五分之四的学生获准延缓服役,而工人阶级的孩子有五分之四被送到战场。黑人士兵被送到第一线作战的人数比例远高于黑人士兵在军队的比例(Bariz:286)。

　　可以说,越战是美国强势群体强加给弱势群体的一场战争。年轻人、穷人和不富有的黑人,成为掌权的老人、有发言权的富人和主流白人的牺牲品。统治阶级和强势群体,为了自己的利益发动了战争,让不可能从战争中得到任何好处的人们去作战,他们则坐收渔利。士兵只是战争机器和杀人机器上可以随意、随时替换的零件,是战争中被人操纵、被人随意移动的棋子。从这层意义上说,越战美军士兵真正的敌人不是北越军队,而是美国政府和统治阶级。士兵们可以用枪炮对抗北越军队,却不能用同样的武器对抗美国政府。第一个勇敢报道"美莱事件"的记者赫西尖锐地指出，美军士兵像越南人一样，也是受害者，"真正的坏人是像麦克乔治·邦迪、像麦克纳马拉、像肯尼迪、像约翰逊这样的人"[①]（D. Anderson：63）。

第三节 士兵的反抗

《第二十二条军规》是越战期间在美军士兵中广为流行的一本书。"在越南，他们都知道这本书的名字。即使没有读过约瑟夫·海勒的小说，也没有人会笨得认不出《第二十二条军规》的简略本。它意味着疯狂、贪婪、群交、白痴、闹剧和军队"（Emerson：216）。这部小说出版于 20 世纪 60 年代初期，"小说家具有独特的远见，预示了由越南战争引起的道德厌恶感，甚至绝妙地预示了逃兵逃往中立国瑞典的事件"（莫里斯·迪克斯坦：106-107）。美国批评家莫里斯·迪克斯坦谈到该书成功的原因时指出："此书之所以在大众中取得成功，是因为 60 年代人们普遍厌恶包括军队在内的我们的许多最最神圣不可侵犯的社会机构；而我们的领导人对此作出的回答却是强化那些恰恰是首先激起这种厌恶感的东西，特别是我们社会生活中的欺诈、虚幻和操纵的性质。正如对反战抗议的回答是战争升级，而解决轰炸失败的方法是更多的轰炸一样，人们要求在公开辩论中多讲真话，得到的结果却是更多的舆论控制和更大的谎言。约翰逊政府顽固不化地坚持颠倒黑白，说战争升级实际上是寻求和平，并且胜利在望"（莫里斯·迪克斯坦：117）。正是由于《第二十二条军规》深刻地披露了美国军队近乎疯狂的制度对士兵的无情压制，而这种压制和疯狂在越战期间得到了淋漓尽致的发挥，小说才成为 60 年代最受

[①] 麦克乔治·邦迪原为哈佛大学教授，1961—1966 年间任肯尼迪和约翰逊两届政府的国家安全顾问。麦克纳马拉于 1961—1968 年间任美国国防部长，后因越战辞职。

欢迎的一部作品。

《第二十二条军规》中,军队制度的"疯狂产生了一种自卫性的反疯狂,一种集体求生的心理"(莫里斯·迪克斯坦:114)。被压制的士兵不堪忍受军队疯狂、荒谬、虚伪和独裁的制度时,总会以各种疯狂的方式进行反抗,为自己挣得一小片生存的空间。

> 哪里有权力,哪里就有反抗。然而,或应该说因此,这种反抗在权力问题上从来没有处于局外位置。是否可以这样说,人们始终处于权力"之内","逃避"它是不可能的,权力问题上没有绝对的外界,因为无论如何人们必须遵循法律 …… 权力关系的存在取决于各方的反抗力 …… 根据定义,(反抗)只能存在于权力关系的策略领域。但这并不意味着它们只是一个反应或反响,只形成权力这一基本统治的侧面,而这侧面终究是被动的,注定要不断地被击败。……它们在权力的所有关系中是独特的,它们是权力不可缺少的对立面(米·福柯,1999c:83)。

越战期间,美军士兵的反抗同样无处不在。士兵的反抗不仅是无奈中的被动之举,也在一定程度上对权力形成冲击,迫使权力在一定范围内进行妥协。

越战的一个独特之处在于,当它还在进行之际,就遭到了美国国内的强烈反对。这在美国战争史上几乎是绝无仅有的。国内的反战呼声自然也冲击着即将奔赴越南、正在越南、已从越南返回的士兵。越战士兵比以往任何一次战争的士兵都对战争进行了更多的思考,表示了犹豫、怀疑和反对。从第一批美军士兵到达越南之时起,反抗就是越南战争的一个永恒主题。尤其是在越南经历了噩梦般的战争,在黑暗的深处艰难行走,却迟迟不能见到政府和军队屡屡许诺的"隧道尽头的光明"时,美军士兵以各种方式表达着他们对美国政府和军队的不满和抗议。这些经历了战争和幻灭的士兵,用自己的故事和行动告诉人们，以前人们认识的越战与现实的越战之间存在着巨大差距。所有的反抗都向美国政府和军队表达了士兵对战争的厌恶，对政府和军队的失望。士兵们希望通过反抗来解构美国政府和军队一手制造出来的想象的越战，让美国读者看到战争的残酷、美国政府和军队的虚伪和无能，向人们呈现一场更为真实、更为客观的越战。通过反抗，士兵们还告诉人们，他们并不乐意做美国传统意义上的英雄和勇士，他们在越南苟且偷生，梦想的只是逃离罪恶的深渊。

一、奇特的防御策略

（一）开玩笑

战争压抑而灰暗，越南战争尤其如此。在压抑、紧张、危险而又单调的战斗中，士兵们需要用各种方式调剂生活。开玩笑、讲笑话是他们的一个选择。不少越战文学评论家都认识到开玩笑对美军士兵的重要作用。马克·贝克认为："迟疑不决的笑是一种自卫，是试图虚弱地假装与邪恶保持距离的方法。如果致命的滑稽剧可以只在漫画中出现，那么人们可以更久地拒绝承认存在不人道的阴影，个人的痛苦也可以埋藏得更深一点"（Baker：188）。笑可以让士兵暂时拒绝直面邪恶和死亡，把自己包裹在一个并不结实的壳里，暂时忘记外界的血雨腥风。

玩笑是士兵在越战的绝望中面对死亡惨淡的笑，是他们试图保护自己不被邪恶吞噬、不被死亡淹没的一个策略。一名士兵在接受马克·贝克的采访时说："你发现对着死亡笑，是笑你活下来了。你面对了死亡，对付了它，战胜了它。突然，这只是个笑话"（Baker：89）。之所以是个笑话，是因为这其中没有任何可以让人欢欣喜悦之处。它只是士兵面对死神时发出的黑色的笑。笑话只是无奈之中的唯一选择。士兵们讲的笑话并不都新奇幽默，常常只是陈词滥调的老笑话,但说者与听者似乎都会心领神会地捧腹大笑。这时的笑话与其说是为了幽默和取乐,毋宁说是为了缓解士兵的紧张情绪,掩饰他们内心的恐惧。所以,士兵在面对每日无处不在、无时不在、难以预测的危险时,常抱着玩笑的态度。一名士兵说:"我是那种爱开玩笑的人,只要我们抓住了一个狙击手,就会把头盔挑在步枪上。会做任何事来打破生活的单调"(Baker:92)。

在谈到自己的越战经历时,奥布莱恩说:"这就是我们谈论它们(地雷)的方式:怪异地大笑,或轻率地咯咯笑。这很滑稽,很荒谬"(O'Brien,1979:129)。这些怪异、滑稽、荒谬的笑显示了士兵内心深处的恐惧。他们在越南土地上的每一步都有可能踩上地雷,这种恐惧比与敌人正面交火更可怕。笑声能缓解他们的恐惧,但恐惧的笑声却只能是怪异的、滑稽的、荒谬的,因为笑声也难免会流露出他们的胆战心惊。他们对恐惧都讳莫如深,不能直接谈论,因为恐惧在越南、在战场是一种忌讳。然而,恐惧又确确实实地存在于每个人的心里。他们只能用另一种方式来谈论它,这就是笑话,因为"恐惧也是禁忌。它当然可以被提到,但提到时一定要耸耸肩,咧嘴笑一笑,并表现出放弃。这样才能显示出勇气。我们不能直视恐惧和死亡,至少,在战场上不能"(O'Brien,1979:141-142)。当威胁太直接、太普遍时,直接谈论恐惧只会导致士兵陷入更深的恐惧。

在小说《追寻卡西艾托》里,士兵毕利·波尔在上战场的第一天,就因恐惧而心脏病发作死去。这一事件给了同为新兵的伯林巨大的冲击。伯林知道其实自己同毕利·波尔一样害怕战争,害怕死亡,他也有可能像毕利·波尔一样被吓死。为了掩饰内心深处巨大的恐惧,他只能像其他士兵一样开毕利·波尔的玩笑。这样,"别人开毕利·波尔的玩笑时,他会笑笑,他不会再害怕"(O'Brien,1978:211)。"他们开毕利·波尔的玩笑时,他会笑笑,好像那很好玩"

（O'Brien，1978：212）。正是因为内心极度的恐惧，在一次夜晚行军时，伯林在想到毕利·波尔的死时，才会反常地咯咯笑个不停。同样，在《林中湖》里，有的士兵在战场上目睹到太多的尸体，"像个无助的孩子，笑得停不下来"（O'Brien，1994：214）。显然，这是一种歇斯底里的笑。在玩笑之间，士兵们学会了装得更坦然、更勇敢地接受他们不愿接受、面对他们不愿面对、可每日又必须面对、无法回避的死亡。

　　士兵们的这种伪装有时的确能暂时缓解他们内心的焦虑、紧张和恐惧，暂时忘却战争，忘却死亡。菲利普·卡普托曾说，一个士兵"连珠炮似的笑话让我们大笑，使我们不去想我们要到哪里去。也许，他也在试图让自己不要去想"（Caputo：247）。在"越南与约翰·温思罗普的社区观"一文里，欧文·W·吉尔曼曾指出玩笑对越战士兵的功能："为了面对死亡和随之而来的焦虑，越战士兵只有开玩笑这个防御机制。在战争中，开玩笑提供了一种维持生命的系统，分享玩笑则组成了一个孤注一掷的社团。然而，开玩笑引起的却是黑色的笑声，不确定的笑声 —— 意在把死亡排斥在外的笑声"（Gilman，1991：136-137）。这黑色的笑声是士兵保护自己的本能反应，也是对政府和军队的一种反抗。虽然士兵通过黑色的笑声表达了自己对政府和军队的不满，但笑声中，"这种玩世不恭的态度也掩盖着它自己的多愁善感，因而是悲观失望的感伤主义者的明显特征"（莫里斯·迪克斯坦：100）。笑得最开心的人，是最悲观的人；笑得最灿烂的人，是最恐惧的人。这种黑色的笑在加斯塔夫·哈斯福德的《短刑犯》里表现得最为深刻。

　　在小说《短刑犯》里，叙述者绰号为"笑客"（Joker），即爱开玩笑的人。他爱讲笑话，就是为了让自己能冷静地面对战争，面对死亡。他喜欢另一名叫作牛仔的士兵，因为他总是能理解他的笑话，认为牛仔"有一种幽默感,在这样一个地方这是无价之宝"(Hasford:10)。人不能总是高度紧张,总需要放松,否则最后都会像奥布莱恩笔下的毕利·波尔一样被吓死。而讲笑话就是战场上难得的放松时刻。正是因为牛仔理解"笑客",理解他讲笑话是为了放松,而不是幽默,所以他们才成为最好的好朋友,形成了特殊的默契。

　　然而,随着战争的恶化,士兵们的笑声变得越来越沉重,正如菲利普·K·杰森在《行为与阴影:美国文学文化中的越南战争》一书里所指出:"随着小说的进展,笑客的幽默感变得越来越怪异,是对着绝望阴沉的笑。"(Jason,2000:20)评论家托马斯·迈尔斯在《排头兵:关于越南的美国叙事文学》里认为,"理解哈斯福德作品的关键,是认识到对他和他的叙述者来说,士兵社会里的笑话是一种保护措施,旨在保护陷入困境、被勉力支撑的一种历史姿态,但在小说的最后,它最终在人性的感情和脆弱面前彻底崩溃。"(Myers,1988:117)在《短刑犯》的最后,牛仔身负重伤,躺在离美军士兵不远处不能动弹,成为北越狙击手引诱美军士兵前去送死的诱饵。"笑客"为了全班士兵的生命,不得不亲手举枪击毙他最好的朋友。临死前,牛仔大叫:"我从来都没喜欢过你,笑客。我从来不觉得你有趣。"(Hasford:178,着重号为原文所有)牛仔在临死前打破了他和"笑客"一直心照不宣的默契——他们都清楚地知道他们的笑话只是绝望之人的强颜欢笑,因为他知道所有伪装的勇敢在死神面前都不起作用。此刻,"笑客"看着子弹射入他最好朋友的体内:"砰。我往下看了看短短的金属管,看到我的子弹进了牛仔的左眼。我的子弹穿过他的眼窝,进入充满液体的眼穴,穿过膈膜、神经、血管、肌肉组织,穿过有三磅灰色、黄油般松软的高蛋白肉的毛细血管,那里脑细胞像宝石在闹钟里一样排列着,托着一个成年男性人类的每一个想法、回忆和梦想。"(Hasford:178,着重号为原文所有)此时,看似冷峻的"笑客"比其他任何士兵都更难过。他和牛仔曾用于防御的开玩笑策略被彻底瓦解，留给他的只是永远的梦魇。子弹穿过了牛仔的脑部，却将永远地停留在"笑客"的脑海里，直到他把它带到坟墓，带着它走向早已在那里等候他的牛仔。

当开玩笑这一道防线被击破后，士兵们就只能带着恐怖的沉默注视着死亡，看着死亡的阴影越来越大，直到把他们完全笼罩，完全吞噬。

（二）巫术与宗教

美国越战叙事文学中，美军士兵对死亡的忌讳还表现在他们谈论死亡时的用词上。他们不愿谈论死亡，是因为"谈论死亡会带来坏运气，会让本身自然会实现的预言最终实现。死亡是禁忌，因此'被杀'被说成是'被废了'"（O'Brien，1979：141）。菲利普·D·贝德勒在越战文学评论的开山之作《美国文学与越战经历》一书中，总结了越战士兵对死亡的各种称呼："人们不是死去，而是被'被敲'（dinged）、'被灌'（waxed）、'被废'（wasted）、'被干掉'（zapped）、'断气'（snuffed）、'被射'（greased）、'被麻翻'（lit up）、'被打飞'（blown away）"（Beidler，1982：6）。避而不谈"死"（die），也是士兵们试图把死亡拒之门外的徒劳之举。

在越南，美军士兵多用绰号称呼对方。"你不直接称呼那人的名字——他只是小孩，或水牛，或灰狼好友，或吠狗好友，或巴尼好友，或者，如果那家伙冷淡而讨厌，他就只是史密斯，或琼斯，或罗得里格斯"（O'Brien，1979：84）。同样，在《短刑犯》里，出现在越南战场上的几乎所有士兵都没有真实姓名，叙述者"笑客"全以绰号称呼战友：牛仔、椽木人（Rafter Man）、野兽之母（Animal Mother）、艾丽丝（指一强壮黑人）、辣椒小贩、代托纳之鸽、疯狂伯爵。爱讲笑话的"笑客"（Joker）也一直没有透露他本人的真实姓名。《火力场》里的情况也一样,士兵们分别被称作蛇人(Snake)、参议员(Senator)、炮弹(Can-nonball)、假冒者(Phony)、装袋工(Bagger)、野人(Wild Man)等。甚至连队里每来一名新兵时,蛇人斯内克就想着要给他取个恰当的绰号。在死亡成为禁忌的时候,人们总是用各种奇特的方式来自我保护。有时,这些方式可以是巫术,也可以是迷信,还可以是宗教。著名人类学家詹·乔·弗雷泽在巨作《金枝》中,提出的"交感巫术"包含了一种"接触律",指的是一个人能通过某个具体或抽象的物体来对另一个人施加影响,只要那人接触过该物体,不论该物体是否为该人身体的一部分。在原始部落中,人的姓名被看作一个人的重要组成部分。许多民族忌讳说出自己的真实名字,担心他人施加巫术和魔力,加害名字的主人。美军士兵大量使用绰号,似乎是在潜意识中希望通过这种原始的习俗保护自己不受伤害。

人类学家马林诺夫斯基认为,"许多文化特质和习俗都具有心理功能,特别是减少恐惧和焦虑的功能。…… 巫术的功能就在于保障人们可以控制未知的或危险的力量和环境,并赋予人们自信心,采取更有实效的行动来解决面临的问题"(罗·墨菲:56-57)。当人们绝望,感到无力控制自己的生活和生命时,他们往往会求助于巫术与迷信。在人类学家研究的原始部落里,人们通常有两种不同类型的仪式:庆典(圣礼)与巫术,"前者是表达享受和谐之快乐的仪式,后者则试图对异己力量加以利用,或至少保护自己不受其敌意的侵害。"(菲·惠尔赖特:25)美军士兵对绰号的执著显然是把绰号当作保护自己的巫术。这种简单的巫术仪式让他们感到暂时躲开了危险和死亡,从而在某种程度上减轻了士兵们的焦虑。巫术给士兵一种心理暗示,他们受到了一种神秘力量的保护,从而使他们在面对危险和死亡时,具有更大的信心。

士兵除了大量使用绰号这一颇具巫术特色的方式外,还"戴上会带来幸运的各种饰物:珠子、项链、纪念品、象征物、戒指、写上女朋友名字的战地小帽、戴像束发带一般的围巾"(Emerson:194)。很多人还会出于迷信不吃某种食物,因为他们相信若食用了那种食物,当天战场上就会有人阵亡。所有这一切都表现了士兵在越南如履薄冰的心情。

原始部落的巫术发展到西方文明社会就演变成了宗教。与用巫术保护自己有异曲同工之妙的是士兵在死亡边缘对宗教的笃信。不少士兵把《圣经》放在怀里,希望上帝能通过《圣经》的存在保佑他们。尤其是如果《圣经》偶然挡住了射往士兵胸口的子弹,士兵们对《圣经》就更加迷信。在战场处于完全无助的状态下,一些早已疏远教堂的士兵也会开始祷告。《第13个山谷》里的新兵切里尼"在来到边远的战场前,已多年不曾祷告过。现在他使劲地祈祷,努力回忆起孩提时代的每一段祷词,默默地口诵出来"(Del Vecchio:302)。的确,"在单兵坑里,谁都不是无神论者,你也会祈祷"(Hasford:65)。战争让士兵感到不能控制自己的生命,万分无助时,只能向上帝祈求。然而,他们会很快发现上帝并不能保佑他们,不能给他们平安与和平。无论士兵们如何祈祷,炮弹都会无情地扔下,地雷都会照样响起,士兵们都生活在恐怖的深渊、黑暗的中心。恰如一名士兵所言:"你可以把心献给基督,但你的屁股属于军队"(Hasford:19)。无论你如何虔诚地相信上帝会拯救你、保佑你,哪怕是把灵魂供奉给上帝,但美国政府和军队掌管着你的身体,它们可以随时夺取你的生命。

(三) 白日梦

在大量美国越战叙事作品中,想象与白日梦是士兵在战场上抵御恐惧感的另一种方法。在每日的血腥成为单调的节奏后,士兵努力想象一些与战争无关的事,想象回国后的事,以转移目前的注意

力:"我们想象轮换回国后要做的事,想象在高中初识女人前愚蠢的
欢呼雀跃,想象着饥渴,想象在中国香港和澳大利亚的休假,想象我
们如何连喝可口可乐都上了瘾,想象在汽车电影院里看玛丽·琼
罗·顿科罗奇演的电影时,从牙缝里把爆玉米的壳吐出来,想象因没
写信而必须捏造的借口,尤其想象我们每个人日历上距离回家的天
数"(Hasford:151)。士兵之所以沉湎于想象,是因为"我们想着不
那么重要的事,就不会想到恐惧,不会想到因受伤而带来的恐惧,不
会想到在意料之外到来的杀伤性地雷或狙击手的子弹,不会想到孤
独,从长远来看,这更危险,有时还更伤人。我们把思想锁定到昨天,
因为痛苦和孤独在那里已被审查过,或把思想置于明天,因为在明
天,痛苦和孤独都被轻松地删除,更多的是,我们把思想集中到脚上,
双脚也有了它们自己的生活和思想"(Hasford:151-152)。他们可以
想象一切,但唯独逃避思考战争的核心,避免提醒自己已处于黑暗的
深处,否则来自黑暗深处的巨大压力将把他们压垮。

　　通过白日梦,士兵们既能暂时忘却身处的战场,还能学会在现实
中更好地保护自己。白日梦是处于睡眠与清醒中间的一个精神状
态。德国心理学家弗洛姆在《梦的精神分析》里曾指出:"我们在醒觉
状态中,思想及感觉主要是对挑战产生反应——控制我们的环境,改
变环境,防护自己以免遭它的伤害的作用。觉醒的人的任务就是求
生存,它受支配现实的法则所控制。这就是说他的思想属于时间和
空间的逻辑法则"(弗洛姆:18)。而在睡眠状态,人们"自由自在,比
醒着时刻更自由。我们不必再承受工作的重担,不必再实施攻击或
防卫活动,不必再注意和控制现实。我们不必再注意外在世界,只观
察自己的内心世界,孤高地只思考自己"(弗洛姆:19)。处于两种状
态之间的白日梦既有人们在睡眠状态中自由思考、关注内心世界的
特点,也有在清醒状态中保护自己、求得生存的特点。因此,做白日

梦的士兵常常既天马行空地胡思乱想，又在胡思乱想中思忖如何在现实中更好地生存。蒂姆·奥布莱恩笔下的士兵伯林就是一个极好的例子。

《追寻卡西艾托》是对伯林白日梦的记录。他一边凌乱地回忆战争的经历，一边在想象中追捕逃兵卡西艾托。整部小说中，他都处于半梦半醒的白日梦状态，并常常把过去的经历与白日梦中的想象融合起来。他对追寻卡西艾托的想象虽然奇特怪异，但却根植于过去的经历中。如他最奇特的想象是全班人员掉进一个又深又黑的洞。这显然是源自于他们搜查地道的经历。过去的经历流动到将来，并影响着伯林对将来的想象。他对将来的建构实则基于对现实的思考，进而影响到他在现实中的选择。在一次访谈中，奥布莱恩指出，"想象中追寻卡西艾托的旅程不仅是一种精神逃离战争的方法……也是一种自问的方法，'我应该仿效卡西艾托吗？我应该跟他离开丛林到巴黎吗？我这样能保持自尊吗？'"（Schroeder：138）因此，小说的主题是"我们如何运用想象来处理周围的事，不仅在心理上，更重要的是在哲学和道德意义上的思考"（Schroeder：139）。

通过白日梦的想象，伯林对自己有了更清醒的认识。在白日梦中，他意识到，如果逃跑旨在求得内心的安宁和快乐的话，那么，即使到了巴黎，他也不可能获得这种快乐和宁静。因为尽管他也渴望离开战场，去追寻宁静的生活，但最后却发现自己无法承受因背叛社会而可能面临的孤立境地，发现自己无法摆脱现实和社会的约束。正是伯林看似荒谬的白日梦，帮助他认清现实中的自己，知道自己永不可能像卡西艾托那样逃离战场。伯林对过去混乱记忆的整理帮助他更勇敢、更理性地面对残酷的过去。对将来的想象一方面有助于他归整过去的记忆，另一方面也促使他在现实中作出抉择。

士兵通过白日梦，暂时逃离了现实的残酷，神游于精神的家园。

有的士兵通过白日梦,学会了在现实中如何更好地面对现实。然而,无论士兵们如何保护自己不被战争的幽灵吞噬,所有这些奇特的防御策略、防御机制,在战争残酷到极点时,都失去了作用。最终,士兵们只能把他们的不满和抗议公开表达出来。

二、头盔上的抗议

越战的种种残酷和血腥让美军士兵震惊、恶心、绝望。他们把对战争的疑虑和失望的情绪写在头盔和衣服上,形成了越战中一种特殊的"头盔文学"①。在众多美国越战叙事作品中,头盔文学在美军士兵中广为流行。士兵的头盔和衣服是越南战场上天然的公告牌,上面有"女朋友的名字、卡通、图画、家乡、和平标志、花朵、每天画去的日历、任何可以想到的口号和脏话"(Huggett:356)。美军士兵写在头盔和衣服上的话语表达了他们的复杂心态,大致可分为四类。(1)脏话;(2)面对死亡的态度;(3)士兵对自己的邪恶和战争的残酷的嘲讽;(4)美好的愿望。

美军士兵不绝于耳的脏话,表达了他们对战争的失望。不仅士兵的头盔和衣服上满是脏话,整个战争文学,尤其是越战文学,也充斥着各种脏话。尤其是那些对士兵语言作生动描述的作品,更是脏话不绝于耳。士兵们成天把"该死"(damn)、"狗屎"(shit)、"操"(fuck)、"靠"(suck)等被莱昂内尔·特里林称为"四字母词"的脏话挂在嘴边。这些脏话到底是什么意思呢?在论文"霍尔顿与脏话的政治学"中,程巍谈到脏话"fuck"一词时认为,这种脏话"是'非语言',不指向具体意义,或者说它的意义正是没有意义,是废话。这个

---

① "头盔文学"一词,乃是笔者根据所谓的"厕所文学"、"课桌文学"等术语杜撰。笔者从越战叙事作品中收集了美军士兵在头盔和衣服上写的一些话语,将之收在本书的附录1里,可供查阅。

独立使用的语气词没有主语,也没有宾语,有时甚至不起强化语气的功能,纯粹成了一种身体快感"(程巍:46)。这些在话语里反复出现的"废话",是因为在战争极端恶劣的环境中,士兵已不能用普通的、正常的语言来描述感受。在战争的特定环境中,似乎所有的语言、所有的表达都已枯竭。是战争导致了语言的枯竭。士兵似乎是在通过不断重复相同的、没有意义的词汇来表达他们对战争的态度:越战就像这些随处可见、没有意义的脏话一样没有意义。

除了动词的"fuck",越战叙事文学中大量出现对该词的变异用法,如"fucking","motherfucker","motherfucking",使它由动词转化成"名词化的语气词,丧失了与现实的指涉关系或意义。动词的名词化是日后的一种语言趋势,它体现了语言的物化或零散化,即总体性的瓦解,也体现了行动意志或能动性的衰落"(程巍:47)。这些新造的词语同样没有任何意义,只是表现了士兵对传统语言的失望,因为他们发现传统的语言不能表达自己对越战的失望和憎恶,只有通过新造词语,解构传统语言,才能表达他们对传统文化和正统文化的抗议。同时,通常认为只有下层社会才说脏话,而代表美国主流白人文化和正统文化的中产阶级是不会满口脏话的。在越南的美军士兵,因为被送到遥远的越南打一场缺乏道德支持的战争,常常感觉被主流社会抛弃和欺骗,沦落成为"边缘人"。当他们在战场上因恐惧而瑟瑟发抖、因杀人而噩梦不断时,国内却掀起了声势浩大的反战活动,把他们斥为"杀孩子的人"。士兵们感到无比惶惑,不知怎么做才能得到国内同胞的肯定。惶惑之余,他们只能把不满和愤慨通过为中产阶级所不齿的脏话表达出来。

20世纪60年代正值美国反文化运动掀起高潮,年轻人渴望用任何方式表示对社会和传统的反叛。他们从说脏话中找到了叛逆的快感,找到了表露对美国社会和政治环境不满的方式。小说《在乡间》

里,一名越战老兵的遗腹女在追寻父亲的故事时,产生了说脏话的强烈冲动:"实际上,在今年夏天以前,山姆从来不骂人。但现在,她想放任一下。她内心有太多的邪恶和坏的东西,说句脏话感觉真好,哪怕只是不出声地说"(Mason:8)。在《伊甸园之门:六十年代美国文化》里,莫里斯·迪克斯坦指出:"在六十年代年轻造反者的'脏'话、丑态百出的性活动以及个人标新立异的种种现象中,我们也能辨认出同样的戏剧效果,同样的意味深长的嘲讽。是的,那是一种自我表现,但是这种自我表现的方式再次证明,个人的事务是有政治内容的",(莫里斯·迪克斯坦:267,着重号为原文所有)。

美军士兵把这些脏话醒目地写在头盔和衣服上,就是想无声地把他们对战争、对社会、对美国文化的失望之情向世人表述。他们想通过这种含蓄的方式告诉所有人,他们为在毫无意义的越战中作战感到心灰意冷;他们为自己被美国主流文化抛弃、孤立而感到不满;他们想用这些脏话嘲讽以温文尔雅、高雅不俗自诩的中产阶级,以及美国的整个政治环境。

战争之所以残酷,是因为它随时都可能夺去士兵的生命。美军士兵同样把他们对死亡的恐惧写在了头盔上。"别开枪——我就要回家了"、"别打我"、"易碎品:小心轻放"等标语表达了士兵对生的渴望。这些标语与其说是对敌人的请求,不如说是对上帝的祷告。既然敌人的子弹不长眼睛,他们只能寄希望于上帝的眷顾。活着是士兵唯一的目标和动力。他们为还能感受到生命而暗自庆幸:"这一天真棒。我很高兴自己还活着,没有受伤,很快就能回国。对,我在一个混蛋世界里,但我还活着。我不怕"(Hasford:77)。活着成了最大的真理,以前崇高的理想早已不复存在。在北越士兵神出鬼没地袭击时,他们根本无从把握自己的命运和生命。他们希望头盔上的话语能保佑他们度过艰险的岁月。

与希望得到保佑的祷词相对的，是表达无惧死亡的口号："如果你不怕死，你就永远不会"。或者嘲弄死亡的口号："如果你能看清这句话，你就他妈的离死不远了"；"如果我死了，把我头朝下埋葬，这样全世界都可以亲我的屁股"。当无法控制死亡时，他们只能用这种看似玩世不恭的态度来抵御死神。

美军士兵还通过头盔嘲讽了自己的邪恶和战争的残酷。为了在战场上生存，士兵不得不去杀人。然而，杀人并没有给他们带来任何愉悦和快乐，他们有时觉得自己就是邪恶的化身，因此利用头盔标语进行自嘲："虽然我在死亡之谷里穿行，但我不怕邪恶，因为我就是邪恶。"或者是，"虽然我穿过死亡阴影之谷，但我不怕邪恶，因为我就是山谷里最卑鄙的混蛋。"通过对《圣经》的戏仿，士兵在嘲讽自己的同时，也表达了对上帝的失望。他们没有试图把自己装扮成正人君子，因为战争完全打乱了正义与道德的概念。面对死神和战场上的残酷，他们必须比死亡更可怕、比残酷更残酷。这看似玩世不恭的话，实际上表达了士兵深深的无奈和激烈的内心冲突：在没有上帝眷顾的日子里，他们想活着走出战场，付出的代价必定是天真、善良和正义。

在嘲讽自己的同时，一些士兵还深刻地嘲讽了伪善的美国文化："我们不是美国的儿子——我们意在割取敌人首级"。这不仅是对自己残忍的认识，更是在谴责伪善的美国文化。最初到美国的白人是为了宗教的自由，基督教也成为美国生活重要的一部分。基督教教义教育人们要爱自己的邻居，被人打了右脸时，要把你的左脸伸过去；但与此同时，美国政府却要求年轻人去杀越南人。诸如"爱你的邻居——杀越南人"、"为耶稣杀越共"等头盔标语反映了很多年轻士兵的极度茫然：他们究竟应该按基督教教义去爱越南人，还是按战争和军队的游戏规则去杀越南人。他们感叹自己生来不是为了去爱人,而是为了去杀人。"生来为杀人"、"生来为掀起灾难——问问妈妈"等头盔上的标语,无情讽刺了以文明人自居的美国人。美国人并不比其他民族更文明、更进化,他们一面斥责别的民族是嗜血成性、杀人无度的野蛮人,一面却把自己的年轻人训练成杀手,以解放者、拯救者的姿态,去杀戮遥远国度的人民。对美军用武力赢得所谓和平的企图,士兵们更是在头盔上讥讽这是"通过火力优势取得和平"。一名美国军官就曾义正辞严地声称:"为了拯救槟椥,我们必须先毁了它"(Archer:47)。退休的空军将军柯蒂斯·勒梅在作为华莱士的竞选伙伴时也表示,他结束越战的计划是"把他们炸回石器时代"(Archer:67)。在《短刑犯》里,叙述者"笑客"不无讽刺地称:"美国海军陆战队士兵彻底解放了顺化,把它夷为了平地"(Hasford:122)。士兵们无情嘲笑美国政府和军队冠冕堂皇之辞的同时,也指出美军在自由和平的幌子下,给越南人带去了深重的灾难。士兵们通过这些写在头盔上的标语表达了他们对美国政府和军队、美国文化的谴责和抗议,解构了人们对越战抱以的美好幻想。

美军士兵还把美好的愿望写在头盔上。每日与炮弹同行、与死亡亲吻的士兵,对战争感到极为厌倦,也早已失去对战争的任何幻想。他们向往和平、渴望真爱。因此一些士兵在头盔上写道:"和平、和平、和平"、"爱、爱、爱"。三个叠词让人感受到士兵渴望结束战争、回到家乡的强烈愿望。

很多士兵在头盔上写上家乡的名字。"家。在说这个神奇的词时,大家都带着极大的敬意:人人都回家,我要回家,回到另一个世界"(Heinemann,1986:277)。然而,在越南,很多士兵却"不再知道家在哪里"(Heinemann,1986:172),因为他们清楚,自己在越南的所作所为背离了父母对他们的教育和期望。他们不再是以前那个天真纯洁的孩子,而是沾满了鲜血、代表着邪恶的老兵。《肉搏战》中,多齐尔因战争变得残暴而邪恶,临回国前,他无奈地感叹:"我再也回不了家。我只是想看它一眼。我发誓,我不会说什么,我只是想再看它一次,想闻它一下,轻轻地摸它一下,把耳朵放在上面,听它轻轻拍打的声音"(Heinemann,1986:279)。他们只能靠读信来感受家里的气息,所以,"读信的时光总是既美好又难受,你反复读了二遍、三遍或四遍后,感到的满是孤独、激动和梦幻般的眩晕"(Heinemann,1986:132)。他们把家乡写在头盔上,也是为了让家乡的美好提醒自己,不要走得离家太远。即使这样,多齐尔在快回家时却感到:"我没有离家更近,只是更远。一张张脸都模糊了。…… 所有那些熟悉的东西,厨房的味道,老朋友简单的话语,我都够不着"(Heinemann,1986:280)。《短刑犯》里的士兵也发现"家不会再在那里,我们也不会再在那里。战争会寄居在我们每个人的头脑里,像一个黑色的螃蟹"(Hasford:176)。战争使他们彻底成了流浪者,他们徘徊在家的周围,却再也无法进去。

在越南,士兵最大的愿望当然是尽快地安全回国。所以,头盔上印得最多的是一个被称为"短刑犯"(short-timer)的日历。日历上有365天,标志着士兵们要在越南度过的每一天。每过一天,士兵们便会将头盔上的日历画去一天。随着日历上的日子一天天减少,他们距离回国的日子也越来越近。小说《短刑犯》里的牛仔,说他"做的就是数日子,数他的日子"(Hasford:95)。这种"短刑犯"的日历当然最强烈地表达了士兵对战争的厌倦和对和平生活的向往。有意思的是,士兵在画去日历时,不是从1画到365,而是反过来,从365画到1。这样,日历就能清楚并直观地显示,他们还要在越南呆多少天才能够回家。唐纳德·林格纳达指出:"这是一个试图抹去完全异化的现实的过程。因此,越南的经历是一个渐渐减少的长度,不是体积,不是年代,也不是持续期间。这是一场时间与不祥的空间之间一场伤脑筋的战斗。隐喻地说,士兵们就是每日数着自己刑期还剩下多少天的犯人,或者更糟糕的是,祈祷着能延缓死刑的执行"(Ringnalda,1988:31)。哈斯福德的小说《短刑犯》的题目也因此具有双重含义:指美军士兵在越南的特殊日历,也暗指士兵如同日夜盼望着刑满释放的囚犯。每个人都精确地计算着自己回家的日子,算着他们还有多少天才能离开越南这个绿色的大监狱,回到国内。这也是为什么几乎所有的越战叙事文学中,士兵都会特别关注这个小小的"短刑犯"日历的原因。读者会经常听到某个士兵兴奋地对其他士兵说:"我就快回家了。"所有这一切,都反映了士兵渴望离开越南这个"监狱"的急切心理。

美军士兵通过独特的头盔文学反映了他们对战争的厌倦和对安宁生活的向往。这些戴在头上的移动标语是士兵们对美国政府和军队的抗议,抗议美国政府和军队无端把他们送到越南战场做杀人机器;抗议曾被美国政府和军队描述得天花乱坠的越战,原来是一场泯灭人性、给美军士兵带来噩梦、给越南人带去灾难的战争;抗议美国文化伪善地鼓吹博爱自由,却又剥夺了美军士兵爱的能力和越南人根据自己民族的意志自由选择政府的权利。如果说这些戴在头盔上的抗议还是含蓄而温和的抗议,美军士兵们还有更激烈的抗议方式,表达对战争的厌恶和对政府与军队的不满。

三、绝望中的消沉

士兵们对战争感到麻木时,希望能完全忘记战争。然而,仅靠讲笑话、做白日梦,并不能让他们摆脱战争的噩梦。很多士兵在绝望之中选择了一条自我沉沦之路,不仅沉湎于酗酒和滥交中,让酒精麻痹神经,让妓女麻痹肉体,还染上了毒瘾,希望让毒品来麻醉自己的心灵。无法掌握自己命运的士兵只能用这种消极的方式表达着对战争的抗议。越战期间,美军的吸毒现象极为普遍。小说《在乡间》里的一名士兵坦言:"1969 年后,全军都因吸毒而晕沉沉的"(Mason:78)。1971 年的一次调查显示,29％的驻越美国军人吸毒。26％的人回国后继续吸毒(D. Anderson:216)。斯坦利·卡诺在其记录越战历史的巨著《越南:一部历史》(Stanley Karrow, *Vietnam: A History*)中也谈到,据美军驻西贡指挥部的调查,1970 年,约有 6.5万名士兵吸毒。士兵们发现越南到处都有人卖毒品,大麻、可卡因、海洛因,无所不有。甚至军营里也有人公开兜售。10 美元就能买烟头大小的一瓶纯海洛因。液体鸦片、苯丙胺、麦角酸二乙基酰胺等迷幻药更是随处可买。一名飞行员回忆说,几乎所有人,包括军官,都在吸毒。一些士兵甚至在头盔上写上"上校抽大麻"、"爱被麻醉了"等字样。

在越战叙事作品里,毒品具有突出的地位。评论家威廉姆·博伊德认为:"在越战的象征里,毒品与 B-52 轰炸机、汽油弹、自由开火区和越共占据了同样重大的地位"(Boyd:468)。为什么在越战和越战叙事作品里吸毒现象如此普遍?士兵为何沉湎于吸毒?官方的研究认为,吸毒与士兵的"无聊、孤单、焦虑和挫折"感有关(Karnow,1997:646)。士兵们在身体疲惫时,想抽烟;郁闷孤独时,想抽烟;情绪紧张时,想抽烟;在把尸体装进运尸袋里,感到恶心时,想抽烟;得知昔日的好友阵亡时,更想去抽几口烟,因为烟是他们在越南的慰藉。吸毒更是士兵逃避噩梦的办法,他们在绝望中只能麻醉自己。一名士兵杀害了一整个越南家庭:父亲、母亲、三个孩子、奶奶、叔叔、婶婶。"他把每个人都杀了。他说两年后才意识到自己做了什么。他只好吸毒"(Mason:171)。"在那边,几乎所有人都吸毒,因为孩子们来到战场,然后被手榴弹炸飞,没有人看了后能承受得住"(Emerson:91)。于是,他们只能靠吸毒,靠麻醉自己来忘却杀戮、忘却死亡,忘却丑陋的现实。

　　毒品会让人产生美妙的幻觉,把他们带到天堂,忘却身处的越南。在拉里·海涅曼的《肉搏战》里,老兵克罗斯向新兵多齐尔传授吸毒的感觉:"这是东方一种富有异国情调的快乐。它能让矮个子看过篱笆,让高个子看到云里,让胖子爬过纱门。它能让梦境更美,让噩梦消逝。它能治愈心痛、眼疾和丛林里的皮肤病,以及其他乱七八糟的病 …… 毒品是我的小伙伴"(Heinemann, 1986:17)。士兵们这样描绘毒品:"可卡因是在越南的休整假期,是头脑的蜜月"(Wright:125)。大麻则有无与伦比的效果,"可以提高人的容忍度,在人身上似乎制造出空调一样的好效果——他不能确定到底是心理作用还是机能作用——但有时他感到飘飘欲仙时,光本身会散落成无数的微粒,像沙子散落时闪烁的光芒。世界像刚劈开的岩石一样闪闪发光"(Wright:210)。在抽大麻时,士兵可以产生各种各样的幻想:幻想与亲人重逢,幻想成桌的美味佳肴,幻想性爱。大麻似乎让世界变得更美好,让越南变得更易承受。吸毒可以麻痹人的神经,让士兵们进入一个迷幻的世界,忘却眼前的战争,忘却生命可能随时消逝的残酷。只有这样,他们才能保持精神的正常①。

　　毒品除了让战争变得更易承受,似乎还有驱魔的奇特作用。一名南越军官告诉不愿抽大麻的克莱普尔,不抽大麻烟是错误的,因为越南有太多早逝的战争冤魂,他们没有家园,流离失所。这些鬼魂想进入美军士兵的大脑里,在那里安家。而抽大麻能驱走鬼魂,所以美国兵应该"不停地抽烟,否则最糟的麻烦会来找你"(Wright:233)。

————————

① 不仅美军士兵需要毒品帮他们解愁,北越士兵同样也需要毒品,帮助他们忘忧。越南人保宁从北越士兵的视角写作的抗美小说《战争的悲哀》里,也有一段主人公对吸毒的描写:士兵"吸烟是为了忘记每日地狱般的生活,忘记饥饿与苦难,也是为了忘记死亡。更重要的是,完全忘记明天"(Bao Ninh:8)。

吸毒还能加深士兵之间的友谊。新兵们初来乍到时,老兵会递给他们一支大麻,"大麻从一只手传到另一只手,很快,小屋里充满了漂动的烟雾,烟卷被打开、点燃、吸入的气味非常清晰"(Wright:28)。烟卷像是连接友谊的手,把这些原本陌生的士兵连在一起。在战争这个特殊的环境里,原本素不相识的士兵会结成紧密的联盟,互相支持、互相帮助,共同抵抗死神的侵袭。刚来的士兵可能还不习惯抽大麻,但很快就会适应。他会发现,如果不抽大麻烟,就会被孤立,被视为局外人,被排斥在越战士兵这一特殊的社团外,被认为是不可依赖的。《绿色沉思》里的士兵克莱普尔不愿吸毒,遭到其他士兵的嘲笑,找不到可以倾诉的朋友。他紧张焦虑的心情得不到缓解,精神上承受着巨大的压力,因此变得越来越沉默寡言,最终精神崩溃,不得不在精神病院度过余生。

越战让美军士兵认识了毒品,士兵又将毒品和毒瘾带回国内。在越南时,士兵们日夜盼望早日回国,早日摆脱越南噩梦一般的生活。但回国后,却发现伤痛无处不在。国内并不是他们以前想象的天堂,不是他们的避风良港。毒品是一条纽带,把在越南的他们与回国的他们联系起来。如果说,他们在越南吸毒,是因为他们不得不吸毒,是在战场的环境中被迫的选择;那么,回到国内,他们重新拿起烟卷,则是因为国内的精神荒原让他们无所适从。《绿色沉思》的主人公格里芬到越南后开始接触毒品,回国后,战争的阴影并不能消散,城市的喧嚣似乎是越南战场的延续,处处是吸毒的嬉皮士,处处是精神颓废的人们。格里芬在喧嚣的城市里找不到回家的感觉,他的心仍在漂泊,仍需要大麻和海洛因的麻醉。重新染上毒瘾后,他不得不一边种植罂粟,一边向心理医生咨询,调节心理,以期恢复正常的生活。

美军士兵普遍吸毒这一现象与 20 世纪 60 年代美国国内的反文化运动密切相关。50 年代的垮掉派是 60 年代青年运动的先驱。垮

掉派运动否定传统价值观,强调人们要"做你自己的事⋯⋯现在就
做!"(Archer:76)在《难以置信的 60 年代》(Jules Archer, *The In-
credible Sixties*)一书中,历史学家朱尔斯·阿彻指出,60 年代的年
轻人本来对肯尼迪和他的新边疆充满了希望,随着肯尼迪的被刺,他
们又把希望转移到约翰逊的"伟大社会"的计划上。但随着越南战争
的不断升级,和罗伯特·肯尼迪与马丁·路德·金的被刺,他们对这
个充满暴力的社会无比失望,因而模仿垮掉派,用独特的方式向社会
表达不满与抗议(Archer:77)。叛逆青年继承垮掉派的衣钵,形成
了 60 年代的反文化现象,其核心是反传统、反权威。"激进的年轻人
不追求事业成功和传统价值,却支持从传统体制中'脱离'出来。不
强调纪律和控制⋯⋯ 而强调感觉、解放、开放和自由。"(Ronda:
291)这些叛逆青年似乎反对老一辈赞成的一切价值观和生活方式。
通过蓄长发、留胡须、穿超短裙等老一辈反对的生活方式,表达了与
传统决裂的态度。事实上,他们并不一定认为蓄长发、留胡须、穿超
短裙,在视觉上有美感。只是因为老一辈反对,他们就赞成。对此,
社会批评家玛丽亚·曼内斯精妙地指出:"如果成年人更喜欢长发,
年轻人很可能就会自己把头发剪短。显然,他们唯一难以容忍的是
(成年人)的赞同"(Archer:77)。

　　同样,因为老一代反对年轻人吸毒,年轻人也把吸毒看作对老一
代、对过去、对传统和权威的一种反抗。哈佛大学社会学学者布鲁
斯·杰克逊认为:"使年轻人尝试大麻最主要的一个原因是,老一辈
总是就这一话题对他们撒谎"(Archer:81)。年轻人认为,老一辈人
一边禁止年轻人吸毒,一边自己却喝酒、抽烟,这与吸毒并没有本质
上的不同,甚至可能比大麻更易上瘾,更有害。最初,年轻人吸毒是
表达独立、叛逆的一种姿态。渐渐地,他们却陷入吸毒的泥潭,难以
自拔,最终被毒品吞噬。根据阿彻的统计,1958 年,全美因吸毒而被

捕的人不到一万人,到了 1968 年,这一数字就升到 16.2 万,还有更多吸毒者没被警方发现。此外,被捕者的年龄也大幅度下降。1958年,只有 35％的被捕者低于 25 岁;而 1968 年,低于 25 岁的却几乎高达 75％(Archer:82)。美国越战士兵中吸毒的流行是国内吸毒与反文化现象在越南的延伸①。

美军士兵沉溺于毒品之中,用这种消极的方式表达着在绝望中对战争和军队的反抗。在一定范围内,军队可以容忍这一现象,但前提则是,在战场上,他必须履行作为士兵的职责。军队以容忍的方式消解了士兵的反战姿态,使之成为形式上的过场,因为,他最终还是得作为战争机器、杀人机器上的一个零件,为机器的转动出力,否则等待他的只有军事法庭的审判。然而,并不是所有士兵都只是消极地反抗,仍然有一部分士兵采取更积极的方式,直接表达着对战争的不满和厌倦。

四、正面的反抗

在战争漩涡里挣扎的美军士兵通过各种方式进行着反抗,从被动的防御,到含蓄的抗议,到绝望中的自我麻醉。当这种种方式都无济于事时,士兵会用更激烈的方式,正面表达对战争的不满。在战争和军队中,没有话语权的士兵只有通过极端的反抗,才能保全生命,让自己的声音被军队注意,被世人听到。

为了能活着回国,有的士兵想方设法使自己离开战场。他们拒绝服用军队发放的药片,希望能染上疟疾,从而达到回国的目的。有

---

① 越战期间,很多黑人士兵同样受反文化尤其是民权运动的影响,在战场上呼吁黑人与白人士兵平等。越战中,黑人士兵到第一线作战的比例远高于他们在全军人数中的比例。他们还很难获得到后方做后勤工作的机会。白人士兵欺负黑人士兵的事件也屡屡发生。本书在此不作详述,留待以后做进一步研究。

的士兵一有机会,就拼命挠自己的皮肤,最后,终于"患上"一种医生难以解释的"皮肤病",只好被送回国治疗。还有士兵用自残的方式成功逃离越南。如果士兵在战斗中受伤,伤势严重得足以让他永久地离开战场、但又不会带来生命危险或终身的严重残疾,士兵们就会欢呼雀跃,称之为"千金难买的伤口"。

　　然而,并不是所有士兵都能以这些方式回到国内。留在战场的士兵会用其他办法反抗战争,方式之一是拒不服从指挥,对军官的命令置若罔闻,对军队的规定熟视无睹。初到越南时,奥布莱恩便在一天夜里遭遇敌人炮击。这时,军官命令大家做好战斗准备。当他迅速穿戴整齐,跑到外面,却发现其他士兵并没有出来。他们最终出来时,却都只穿着短裤,拎着啤酒瓶,抗拒军官的命令。

　　当感到军官对自己的生命造成直接威胁时,有的士兵会枪杀军官。事实上,越战期间杀害军官的事件并不罕见。一些评论家指出,用手榴弹炸死军官(fragging)的事件 1969 年前鲜有发生,官方也无任何记载,而 1969 至 1971 年之间,此类事件陡增。在越南平均每年发生 240 起,其中 11％是致命的(Griffith:156)。1969 年至 1972 年间,国防部承认有 788 起炸军官事件,还不包括未经证实的(Baritz:315)。士兵杀害军官最直接的原因是军官的无能和指挥不力,白白断送士兵的生命。《第 13 个山谷》里,D 连因连长奥黑尔的无能和错误,伤亡惨重。军官布鲁克斯对手下说:"如果你遇到像奥黑尔这样的指挥官,就把他废了"(Del Vecchio:435)。《火力场》里的霍奇斯到战场后,终于明白了士兵为何要炸死军官:"不是为了报复……　而是出于自我保护"(James Webb:80)。士兵们不愿为了无能的军官无谓地葬送生命。如果军官给他们的生命带来威胁,那么,他就是敌人,是比神出鬼没的北越士兵更直观的敌人。奥布莱恩的作品里也不乏士兵杀害军官的事件。他的自传记载道,一名上校屡屡让士兵作战,引起士兵的愤恨。后来他被工兵炸死,士兵非常高兴,还一起唱歌庆祝。另有一名史密斯上尉指挥不力,不得人心,"黑人士兵恨他,说肯定会有人往他的单兵坑里扔手榴弹,这只是时间的问题。我们都很小心地不靠着他睡"(O'Brien,1979:157)。

有时,军官的过分官僚和专横也会给自己招来杀身之祸。一名士兵在外长时间执行任务,极度疲劳,回来后军官仍然命令他马上集合训练。士兵忍无可忍,开枪打死军官,然后径自回去睡觉(Santoli:83)。在《火力场》里,士兵菲尼带着"满不在乎的笑容"(James Webb:141),用手榴弹炸死了专横跋扈的军士奥斯丁。另一名令人生厌的克西少校总是在夜里前来抽查士兵,给他们下达一些不必要的命令,遭来怨恨。一天夜里,他又来检查时,士兵"野人"乘着夜色,假装射击前来偷袭的敌人,朝克西两腿一边开了一枪。士兵们暗自窃喜。然而,克西伤愈归来后,便伺机报复,总给仇恨他的士兵分派最危险的任务,导致多名士兵无谓死亡。这使士兵们意识到炸死一两个讨厌的军官并不能真正解决问题。斯内克说:"干掉我,干掉你,干掉所有人,这不是办法。"绰号为"炮弹"的士兵更是一针见血地指出:"干掉克西,干掉奥斯丁,干掉上校,如果我让你烦了,干掉我。你不可能把世界上所有人都干掉"(James Webb:131)。因为官僚和腐败渗透到了军队各阶层,霍奇斯"在海军陆战队里就已遇到过十几个克西这样的人"(James Webb:129)。显然,士兵不可能靠杀几个军官来彻底消除美军根深蒂固的官僚体制。即使他们能杀掉几个腐败无能、利欲熏心的军官,也还会有更多像他们一样的军官被派来填补空白。

当各种反抗都不能奏效时,有的士兵会干脆一走了之。不知是巧合,还是受了《第二十二条军规》的启发,越战期间,很多美军士兵纷纷逃往中立国瑞典。曾一度,"瑞典出现了500名逃兵"(Emerson:

171)。据洛伦·巴里兹介绍,越战期间,"逃兵比例在 1965 年至 1971 年间增加了 468%。"其中,陆军 1967 年发生 27 000 起逃亡事件,1970 年 76 634 起,海军陆战队则有 6% 的逃兵率(Baritz:314)。一名逃兵谈到他逃跑的原因:"因为我知道得太多,我们这儿所有人都知道得太多"(Emerson:171)。另一名逃兵说:"如果不是亲眼见到,你根本猜不出军队的邪恶。最让我不安的是军队是建立在仇恨上的"(Emerson:171)。的确,军队鼓动士兵带着仇恨走上战场,去消灭他们根本不了解的敌人。他们在军队所知道的一切超出了他们的承受能力,最终不得不选择逃亡。

在《追寻卡西艾托》中,蒂姆·奥布莱恩生动描述了是战争的残酷把士兵最终推向逃亡的道路。书名人物卡西艾托是个像《第二十二条军规》里的奥尔那样看起来笨拙愚钝的士兵。他天真开朗,同伴们则认为他木讷呆板。他"一直很傻,甚至在好日子里也是傻的"(O'Brien, 1978:8)。他似乎置身于战争之外。当别人都在为是否要炸死那个总是要求他们在炸地道前先去勘察一番的马丁中尉而激烈讨论时,他却独自坐在填满雨水的炮弹坑里钓他永远也不可能钓上来的鱼。别人炸死那个讨厌的中尉后,他只是淡淡地耸了耸肩,微微一笑,说了句"令人难过",然后就继续在炮弹坑里认真地钓鱼(O'Brien, 1978:248)。"他严肃地钓着鱼。他钓鱼时没有丝毫的急躁和倦意。他从炮弹坑的各个方向钓鱼,不论深的还是浅的,都没有放弃"(O'Brien, 1978:249)。通过把注意力集中在毫无意义的钓鱼上,卡西艾托在努力忘却战场上的残酷,忘却杀戮同伴刻骨铭心的痛。

然而,合谋炸马丁事件还是在看起来傻傻的卡西艾托的精神和道德上产生巨大的震撼,并最终导致了他的出走。但作为叙述者的伯林或许并没有意识到,也从未提及马丁之死与卡西艾托出走之间的因果联系。在一次访谈中,奥布莱恩明确指出这是他故意留下的一个空白,旨在让读者自己去思索,自己去作出判断(Naparsteck:134)。从作品看,有一点伯林是清楚的,即卡西艾托的出走不仅仅是因为怕死:"你不能把他看成是懦夫,你不能说他是被吓着了才逃跑的"(O'Brien,1978:15)。从伯林观察到的蛛丝马迹,我们还是能判断出,卡西艾托的逃离是出于对战争泯灭人性的失望,对道德沦落的绝望。因为当他最终离开部队后,同伴们看到的只是他在山中"一张快乐的脸"(O'Brien,1978:11)。这是他在摆脱战争和屠杀后,发自内心深处的快乐。卡西艾托离开战争后,战争的焦虑也随之离开了他,快到达老挝边境时,他"轻松自如,看起来像个平民。双手插在衣袋里,耐心、平静,毫无惧色"(O'Brien,1978:13)。这是他终于找回自我、找回个性时的平静和沉稳。伯林最终意识到,卡西艾托的逃离非但不是懦弱的表现,反而是他智慧和勇气的体现。他意识到了战争的无聊、残酷、虚伪和欺骗性,最终选择永远地离开战争,而不是听从政府的安排,甘愿为没有意义的战争充当炮灰。

　　其他人虽然也想当逃兵,却缺少卡西艾托的勇气。"伯林想,如果有勇气,他甚至也可能加入进去(卡西艾托的逃跑),但这正是令人遗憾之处,令人难过之处,他可能"(O'Brien,1978:24)。甚至在伯林的幻想中,他们也只是带着追捕逃兵的任务才跟随卡西艾托一直到了巴黎,虽然,最后连他们自己也弄不清究竟是在追赶逃兵,还是在跟着逃兵一起逃跑。此时忐忑不安的伯林希望他们永远追赶不上卡西艾托,这样就可以跟随卡西艾托一起离开越南战场。在他的想象中,卡西艾托就像是一个"向导",带领他们离开越南,离开满是噩梦的东南亚(O'Brien,1978:61)。

　　即使在想象中的逃跑,也有人畏惧退缩。快到老挝边境时,士兵哈罗德·墨菲说他们的行动无异于逃兵："逃跑,就是这个词,像这样逃掉,这显然是逃跑。我说,在事情变得更糟时,我们还是转回去吧"(O'Brien,1978:36)。墨菲与其说是对军队有着强烈的责任心,不如说是惧怕当逃兵可能面对的后果。正如班里的卫生员佩雷所认为的那样,普通士兵根本不关心战争的目的和正义,他们关心的是如何在炮火中生存下去。他认为士兵们总不时地想到开小差,但最后又没有付诸于实施,不是因为战争是正义的,而是因为他们的自尊和恐惧(O'Brien,1978:200-201)。

不但许多士兵没有勇气选择当逃兵,那些勇敢地选择逃亡的士兵,在逃亡的过程中也承受着巨大的压力。在"逃亡:反抗越战的一种形式"(Clancy Sigal, "Desertion as A Form of Resistance to the Viefrom War")一文里,克兰西·西格尔认为"逃兵的生活十分艰难,不同寻常,只有不同寻常的人才能承受。他必须拥有意志、决心、勇气和高度的自我理解"(Sigal:69)。虽然他们出于理想主义、反战、人道主义,甚至恐惧等因素的考虑,逃离了战场,但他们仍然不可避免会受到社会舆论的压力,会因他们从小受到的关于责任、义务、爱国等教育而导致良心受到谴责。他们所承受的压力可能比选择留在战场上的士兵更大。他们不仅有着对战争噩梦般的记忆,还有背叛亲人、背叛国家的沉重负担。逃亡士兵的家人也感到巨大的压力。一位父亲认为,那些儿子战死在越南的人们更容易面对、接受失去儿子的事实,他们的生活会更容易走上正轨;而儿子逃亡在外的父母亲则总有一种"他们的儿子一直失踪"的感觉(Emerson:126)。父母的心会一直牵挂着漂泊流浪在外的儿子,不仅为流亡国外、不能回家的儿子担忧,还要承受来自邻居和社会的巨大压力,一直生活在战争的阴影中①。

无论哪种方式的反抗,都让美国越战士兵感到无比疲惫,只想早日摆脱一切回国。他们希望回国后,就回到了宁静的港湾,回到了温暖体贴的人们中间。然而,他们会失望地发现,战争的噩梦一直尾随他们回到国内,国内也远非想象的那么美好。他们还将在国内的荒原里继续踟蹰前行。

第四节   回国后的幻灭

美军士兵日思夜盼,终于盼到他们在越南的 365 天结束,盼到可以回国、回家的那一天。他们满怀期望地登上"飞回天堂的大鸟",却失落地发现,国内已不再是他们记忆里、想象中的那个家(Baker:261)。他们曾想象美国国内是一片乐土,是疲惫身心的避风港。回到国内,他们却发现国内不是乐土,而是精神的荒原。走出飞机,没有鲜花和欢迎的人群等待他们;走在街上,没有崇敬的目光注视他们,相反,处处感受到的是冷漠和敌视。在越南,北越士兵把他们当作敌人乃是情理之中;但在国内,自己的同胞还把他们视为敌人,则让他们感到难以接受。越战老兵一边受到战争梦魇的侵扰,一边还不得不抵挡来自国人的伤害。渐渐地,战前活泼开朗的年轻士兵,回国后往往变得沉默寡言、性格孤僻。他们被排挤到社会的边缘,成为自己家园里的边缘人和隐形人。

---

① 1974 年 9 月 16 日,福特总统宣布特赦令,对 1968 年 8 月 4 日至 1973 年 3 月 28 日期间逃避兵役者和军队的逃兵进行赦免。根据福特的特赦令,有 137 000 人符合赦免的条件,而真正需要赦免的人却有 750 000 人。并且,赦免程序复杂而繁琐,真正获得赦免的人远少于申请的人。特赦令颁布六个半月后,赦免委员会宣称共收到 16 500 件申请,但仅处理了 65 件(Emerson:132)。

一、家园里绽放的毒之花

活着回国是美军士兵最大的心愿,也是他们在越南最大的胜利。很多士兵直言不讳地说:"在越南的技巧就是离开越南,我不是指装在塑料运尸袋里离开,而是活着离开,这样,我的女朋友拉我时,我会知道"(O'Brien,1979:141)。这一信念支撑着他们熬过越南的种种艰难困苦。当这一天终于到来时,他们感到无比的喜悦和激动。拉里·海涅曼的《肉搏战》里的士兵多齐尔即将回国时,感到一阵狂喜:"这是一种强烈而喜悦的感情。…… 我想我再也不会体验到那一刻身体上那种难以思议的快乐了。我真的活过来了"(Heinemann,1986:297)。无论如何,从越南战场的梦魇里走出来,毕竟会让任何人都欣喜若狂。然而,这段回家的路却会很漫长。多齐尔在走下飞机的舷梯时,感到"我的下半生都得从那几级台阶上往下走"(Heinemann,1986:299)。他得用一生的时间整理思绪,抹平战争的创伤。

虽然回到了家,士兵们却感到家似乎更加遥不可及,他们的心灵只能在虚无中漂泊,因为此时,他们感到自己无比肮脏,不仅是身体上的,还是心灵上的:"我觉得自己总是很脏,皮肤粗糙、滑溜溜的,有东西总是痒,总是油腻腻的。这不是因为我工作时沾上了油,而是什么内部的东西"(Heinemann,1986:280-281)。在越南一年的经历彻底改变了他们,以前那个天真的少年消逝了,取而代之的是一个见证甚至参与了残酷与血腥的老兵。他们渴望家里的慰藉能让自己彻底放松,慢慢治愈战争的创伤。

士兵们"本以为回国后会成为战斗英雄"(Baker:269)。然而,他们在国内遇到的最常见的问题是,你杀了多少妇女儿童。他们被一些人称作"法西斯分子"(James Webb:226),被更多的人称作"杀孩子的人"。他们强烈地感受到人们对他们的侧目和冷漠。一名刚回国的士兵穿着军装走在伯克利的大街上，感觉自己"像个光顾地球的火星人。每个人都看着你，发表着各种各样的评论。人们朝你吐唾沫。走在街上比走在越南战场上还更可怕。在越南我还有武器可以保护自己，但他们却拿走了武器。这些人看起来似乎比越共更想杀我"（Baker：270）。越战老兵在越南经历了生死轮回，难道回国后还要面对另一个战场吗？老兵们感到遭受了双重伤害，一名老兵无比愤怒："有人在拆我们的台。有人在背后捅我们。参加和平斗争的普通人不理解。当兵时，我们被军队从背后捅了一刀。回到美国，我们被爱和平的人们从背后又捅了一刀。我们被尼克松总统从背后捅了一刀。他在讲废话。亨利·基辛格谈论和平与结束战争。所有这一切都是废话"（Baker：289）。

老兵们成为美国这场争议最大的战争中最大的牺牲品，无论是支持战争还是反对战争的人们都一致指责越战老兵。支持战争的人们因自己想象的越战破灭而痛心疾首之时，似乎把越战的失败完全归罪于赴越作战的士兵，认为是他们输掉了越南战争，没能让美国神话在越南续写。反对战争的人们则把越战的一切人道主义罪恶和灾难都归罪于老兵，指责他们是杀人者，是纵火者，是灾难的制造者。在战场时，士兵们感到受了美国政府和军队的欺骗；回到国内，又感到受了美国社会和美国文化的欺骗。他们被一部分人驱赶着上战场，如果不去，就会被指责为懦夫和逃避责任者；回国后，他们却又因为上了战场，被另一部分人（甚至是相同的人）指责为杀人者。当初，人们积极鼓动年轻人参军入伍时，说战场是孕育英雄的温床；等他们战罢回国，却愕然发现人们已改变了对英雄的定义。很多人认为那些逃避兵役的人才是真正的英雄，而那些被送到越南去的，只是一群杀人者罢了。老兵们感到极度的失落和惶惑。他们被美国政府和军队送上战场，去打他们不理解、不情愿、不乐意打的一场战争。他们只不过是战争机器上一个可以随意替换、随意抛弃的小零件。然而，回到国内，这些无足轻重的小零件们却要独自为整个越南战争的失利负责，为美国政府和军队在越南战场犯下的滔天大罪负责。他们感到无所适从："为什么我们会受到这样的对待？你尽了责任，没有跑到加拿大，没有假装头痛逃避参军。…… 你做了别人要求你做的，而且做得很好"（Baker：276）。但人们却没有因此赞扬你，反而因你出色地完成了他们要求你完成的事情而憎恨你。"人们不理解，他们因你去过那里而恨你，好像你应该为去过越南而感到内疚"（Baker：264）。一名老兵感到难以置信："我回到国内，看到人们因越南而骚动。人们因美国大兵在越南而痛恨他们。他们在责备我们。我简直要发疯，不能相信这一切"（Baker：288）。老兵们之所以不能相信他们看到的一切，因为他们不能相信"这就是我为之流血的人们吗？为什么没有人告诉我？"（James Webb：228）

　　老兵们回国后感到无比茫然，还因为战场上的规则完全不同于美国国内社会的生活规则。在战场上，杀人是保护自己生命的手段，是"为国效力"的表现，杀人者也是英雄。但在国内，杀人则是人性灭绝的表现，杀人者也只有牢狱之灾等着他们。两种完全不同的价值标准让士兵感到无所适从。勇敢的士兵在战场上被军队授予各种奖章，奖励他们英勇杀敌，他们通常也受到同伴的尊敬和赞扬。回到国内后，同样的行为则被认为是滔天大罪，同一个士兵则被人们唾骂为"杀孩子的人"。战争与和平是迥异的两个世界。在这个世界是正常的，在另一个世界则是荒谬的。在这个世界是勇敢的，在另一个世界则是罪恶的。越战期间，美军士兵把美国国内称作"the world"，把越南称作"in-country"。相对美国国内这个现代文明的大都市、大世界来说，越南只是贫穷落后的乡间。它是文明"世界"的反面，如同一片未开垦的原野，隐藏着各种潜在的危险、堕落和残酷。两个世界有着完全不同的价值观,讲着完全不同的语言。在原始的乡间为着生存而值得称许的行为,在文明的世界可能就被视作大逆不道。在两天之内,士兵们从一个世界走进另一个世界,如何能适应这种转变?尤其是当人们缺乏宽容的态度时,他们感到的茫然可想而知。

老兵们最大的伤痛不是战场上流血的伤口,而是国内人们给予他们的精神伤害。这是被背叛的痛楚,被抛弃、被误解的悲哀。在自传《生于七月四日》里,罗恩·科维克生动描绘了他受欺骗的感觉和越战老兵回国后感到的失落。科维克在越南受伤后,身体自胸部以下全部瘫痪,只能在轮椅里度过余生。然而,他却没有得到美国政府和军队的应有照顾。在医院里接受治疗时,受到了非人的待遇:手术不及时,被单脏了不能及时换掉,大小便失禁需要护士帮助时,无论怎么按呼叫器,都没有人来。科维克感到极度失望,他为美国失去了四分之三的身体,但国内的人们却不理解他作出的牺牲,漠然视之。他感叹:"我们从来就不明白,政府如何不停地要钱买武器,而让我们躺在自己的污秽里"(Kovic:39)。他感到自己被欺骗:"我把死去的阴茎献给了美国,把没有知觉的年轻的阴茎献给了民主。……我把死去的阴茎献给了约翰·韦恩、赫迪·杜迪,献给了卡斯蒂格利阿,献给了理发师斯巴基。没有人告诉我,我从战场上回来时,会没有阴茎"(Kovic:112)。他把自己的生命和身体献给了美国,却没有得到应有的回报。人们不能理解他们,有人甚至粗暴地说:"越南对我和其他人没有任何意义。你可以带着你的越南滚开了"(Kovic:130-131)。他发现原来自己像是个被利用的工具:"对他们而言,[他]从来都只是一个东西,一个套上军装,被训练来杀人的东西,一个穿过绞肉机的东西,一个用来制作肉末的廉价的不名一文的小东西"(Kovic:166)。科维克对政府、军队、国人感到极度绝望,别无选择,毅然加入了反战行列。他参加各种集会,大声呼吁人们反对战争,反对越战。然而,他的反战行为仍然没有得到很多人的理解。在美国社会里,他仍然只能孤独地为越战付出代价。直至 2005 年 9 月,年近花甲的他还积极参加反对布什向伊拉克增兵的游行。

粗暴对待越战老兵并非个别现象。詹姆斯·韦布的小说《火力场》里的古德里奇是一个很有趣的人物。他是哈佛大学的学生。越战期间,哈佛大学是反战的重要堡垒。入伍前,古德里奇便对战争持反对态度。由于阴差阳错的原因来到越南后,他时时自问:"这到底有什么意义? 这是疯狂"(James Webb:117)。战场上的种种残酷使他"相信事物的随意性。像存在主义一样。毫无意义地遭受苦难。如果有意义,也只是在遭受苦难的过程中"(James Webb:118)。他发出痛苦的呻吟:"我在地狱,我在地狱,我在地狱,我在地狱"(James Webb:151)。"任何人要死的原因仅仅因为我们在这里。这就像一个瓶子里的两只蝎子。他们在相互残杀,但仅仅是因为他们在瓶子里"(James Webb:201,着重号为原文所有)。在古德里奇看来,美军士兵到越南去打仗,去杀人,不是为了什么政治理想,而是因为他们的敌人恰好是越南人。正因为如此,古德里奇拒绝对敌人开枪。在一次夜袭中,士兵听到有敌人靠近,举枪准备射击。忽然,出现在他们眼前的是一个几岁大的女孩,古德里奇急忙按下身旁战友的枪口。就在这时,小女孩不见了,出现的却是一名北越士兵。敌人先击毙了古德里奇身边的战友,又打断了他的一条腿。为了营救受伤的古德里奇,士兵斯内克也付出了生命的代价。战争的残酷让古德里奇意识到士兵无法选择自己的战争和敌人。在战场上,他们必须为了自己的生命去消灭敌人的生命。这不是因为士兵天性的残酷,而是战争的本质使然。

回国后,古德里奇拖着残腿回到哈佛继续学业,成为哈佛大学一道奇特的风景线,也成为其他学生眼里的怪人。学校组织反战示威时,希望他能以老兵的身份去做反战的发言。古德里奇对那些大声叫喊"胡志明要赢"的学生呼吁："该是停止杀戮的时候了。"但他又批评这些学生："你们有多少人会在越南受伤？我从来没在越南看到你们任何人。我看见的是 …… 卡车司机、煤矿工人和农民。但我没见到你们。你们在哪里？在逃避兵役体检吗？如果战争结束了，你们会在意什么？你们又不会受伤"(James Webb：409，着重号为原文所有)。古德里奇似乎想表明，哈佛的学生和国内公众没有去过越南，他们根本就不懂得越南，也没有资格对越南事务指手画脚。国人针对越战老兵、措辞强烈的反战标语，如"嗨，杀小孩的人，杀你们自己吧，不要杀越南人"等，实际上是在把战争和越战的过错归罪于士兵(Del Vecchio：291)。他们只盯着在越南实施具体杀人行为的士兵，而忽视了在背后诱使、强迫士兵去杀人的美国政府和军队。只有越战老兵才明白自己为何在战场上成为杀人者，他们清楚是美国政府和军队把他们推入这一两难境地。由于国人们没有意识到美国政府和军队是战争幕后真正的指使者，他们才把对越战的所有不满发泄到老兵身上，使之成为替罪羊。

老兵回国后，发现国内一些人对老兵公开表示敌视，另一些人则试图对战争保持缄默，因为战争的结局打破了他们曾经想象的辉煌越战。把年轻人送到越南战场的父辈们大多经历了二战，他们对二战期间，美国在军事上的强大和胜利、在道义上的正义和无私还记忆犹新。他们曾希望越战士兵能在越南再塑美国和美军的辉煌和光荣，再次强化世界各民族对美国人无往不胜、崇高伟大的印象。然而，越战的惨痛失利把他们从幻想推到现实。他们不相信美国居然也会输掉战争，不明白为什么越南人对美国式的民主和自由不感兴趣，为什么越南人如此仇恨试图拯救他们的美国人。更让他们感到震惊的是，他们曾以为美国人正义无私，比其他民族更文明进步，但越战却显示，美军大兵居然也会犯下滔天大罪,犯下令人发指的暴行,会在越南烧杀淫掠,伤害无辜,摧毁越南秀美的山川。越战有太多让美国人不能理解、不愿理解、不能相信、不愿相信的事实。随着老兵的陆续回国,老兵在美国国内的存在更是无时无刻不在提醒着他们越战失败的现实。他们唯独希望通过保持沉默,让越战的尴尬在沉默中从他们的记忆甚至从美国历史上渐渐消逝。因此,老兵回到国内,发现人们对越战避而不谈。"谈论越南就像在餐桌前放屁,人们都尴尬地看着别处,好像什么也没有发生过。"(Baker:292)老兵们发现自己是忠诚的,而他们的国家却不是,国家背叛了他们:"你为之牺牲的国家希望忘记你在其中牺牲的那场战争"(Caputo:223)。一名老兵说:"回到美国后,我感到震惊,不是因为没有人在乎[越战],而是因为甚至没有人谈论它"(Baker:314)。

如果说,对于亲历了战争的老兵来说,越战是他们生活中的一场噩梦,那么,对没有参加战争的美国人来说,越战只是发生在电视屏幕上的一部恐怖片,他们可以用缄默来隐藏尴尬和遗憾。一名老兵难以理解国人的沉默:"问题在于,没有人真正在乎。他们好像认为如果他们去做自己的事,他们就能忘掉这场战争。""他们的态度是,忘掉曾有的龃龉病痛"(Huggett:241)。他们希望忘掉后,越战就会好像从未发生过。一名老兵愤慨地说:"他们一成不变,依然生活在以前的环境中,抱着以前的想法。对他们来说,没有时间的流逝,就像我从来没有离开过。但我确实离开了。我不再是以前的我了"(Baker:264)。一名老兵在谈到越战的"进步性"时,不无讽刺地说:"由于我们有了越战,就有了更多的人工作。有更多的工作是因为有些家伙不能(活着)回来,这就是我们所说的进步。"他接着指出,"在他所在的城市里,人们不讨厌战争,他们只讨厌失业"(Emerson:89)。

美国政府拒绝承认老兵因战争遭受了身体和精神创伤,加深了国人对老兵的误解。直到 1983 年,美国老兵管理部门才勉强承认老兵因越战可能患有精神障碍,包括焦虑、噩梦、恍惚、情感麻木、暴力倾向、因杀人或活着回来感到的内疚等。该部门认为 300 万名在越南服过役的美国军人中,约有 50 万名遭受了精神创伤。但根据治疗病人的专业人员在 1990 年的估计,数字应超过 80 万(D. Anderson:13)。美国政府既不愿正视老兵隐形的精神伤痛,也不愿承认他们身体上的伤痛与越战有关。越战期间,美军用直升机在越南的山川稻田池塘喷洒了大量毒剂,意在使越南森林消失,农田绝产,无洁净水饮用,从而达到瓦解越南人的斗志,迫使北越人投降的目的。然而,大量的毒剂在毁坏越南的自然和生活的同时,也伤害了美军士兵的身体健康。越战结束后,很多老兵因遭受一种被称作"橙剂"的化学武器的侵害,染上各种疾病,有的还遗传给孩子,让他们生来残疾。让老兵们感到失望和愤怒的是,政府拒绝承认他们的患病与橙剂的使用有关,拒绝给他们提供援助。在女作家博比·安·梅森的小说《在乡间》里,老兵埃米特脸上长了很多疙瘩,外甥女山姆怀疑他是在越南受了橙剂的感染,劝他去看病。但埃米特拒绝去看医生,也不愿加入这类游行,他说:"我们绝不会因为橙剂,从政府那里得到什么。他们总是想方设法证明橙剂对你有好处,就像一种橙汁饮料"(Mason:59)。"埃米特对政府很失望。觉得他们对发生的事根本就不清楚"(Mason:77)。当他最终拗不过山姆,去看医生时,花了不少钱,但医生却只让他多洗脸,还说"他见过很多老兵,有着各种各样的抱怨。他说他们想把脚趾头痛到发烧起的水疱这一切症状都与橙剂联系起来。他笑话（埃米特），说只不过是神经紧张罢了"[1]（Mason：
75）。政府不愿承认老兵的疾病和死亡与橙剂有关，人们又抱怨老兵
的抱怨太多。连 19 岁的女孩山姆都注意到人们对老兵不够关心：
"人们期望他们（老兵）表现得像所有人一样，但他们做不到。……
美国毒害了自己的士兵。我想象不出为什么你还想保卫这样的国
家"（Mason：87）。政府这样故意忽视越战老兵因战争遭受的创伤，
是想在某种程度上减轻越战在美国的负面影响，从而给人们造成这
样一种假象：美国并没有因为越战遭受太大冲击。人们故意忽视越
战老兵，也是在给自己制造一种假象，安慰自己，美国人可以远离
越战。

　　正是政府和国人对越战老兵的忽视和不公，才把他们进一步推
到黑暗的深处，使他们看不到一点光明和希望。失望的老兵无奈地
感叹越南甚至比国内更好：在越南，"你参加战斗，能准确地看到谁是
谁。那里没有虚饰，全是真实的，我做过的最真实的事。而此后的一
切完全是多余的。…… 人们不理解，他们因你到过那里而恨你，就
像你应该因到过那里感到内疚一样"（Baker：264）。最后，老兵们自
己也会感到"羞愧，因为美国的每个人都因美国大兵到过越南而痛恨
他们。［他们］只能试图把自己藏起来"（Baker：289）。渐渐地，越战
老兵被人们边缘化，生活在美国社会被人遗忘的边缘，成为美国社会
的隐形人。

　　越战老兵本以为家乡盛开着灿烂的鲜花。回国后，人们对越战

---

[1]　同样的事件在 1991 年的海湾战争中重演，无数士兵遭受贫铀弹的危害，身体严重受
　　伤，政府却同样拒绝承认这一切与战争有关。因此，在 2003 年美国即将对伊拉克发动
　　战争、增派大量士兵前往海湾之际，许多参战士兵提前到精子库储存精子，因为他们担
　　心战争中的化学武器会对他们的身体有所伤害，使他们回来后不能再生出健康的孩
　　子。见埃伦·加梅尔曼，"美军士兵先留'种子'再上前线"，原载美国《巴尔的摩太阳
　　报》，见《参考消息》，2003 年 1 月 29 日第 5 版。

老兵的敌视和冷漠让他们意识到,鲜花并不属于他们。即使有鲜花,也是毒之花,散发出来的毒素只会渐渐让老兵们窒息,失去生活的希望。最后,越战老兵不仅发现越战是一场无尽的噩梦,还发现对他们而言,美国社会还是一个噩梦笼罩的现代荒原。

二、荒原里的另一场战争

对许多美军士兵来说,越南只是一个记载了美国人梦碎的伤心之地。在越南,士兵曾把家乡想象成一片乐园,希望自己能在家乡和亲人的包容和慰藉里,渐渐抚平战争的创伤。回国后,他们却发现,美国国内是一片荒原。他们原以为回到国内,就可以远离越南战争的噩梦,远离战争的恐怖。然而,战争的阴影又尾随他们回到国内,他们还得在国内的精神荒原里与战争的噩梦继续作战。

(一)《绿色沉思》:城市荒原

在1983年发表的小说《绿色沉思》中,斯蒂芬·赖特生动反映了越战老兵在美国社会这片荒原里的另一场艰苦战争。赖特1969年12月至1970年11月在越南担任情报官,《绿色沉思》便是根据作者的这段经历写成,描写了1969情报大队在越作战的情况,以及叙述者格里芬回国后的生活。作品中次要情节繁多,常常会相互纠缠,多方位、多角度地展示了战争带给人们的种种创伤和磨难。评论家约翰·A·格卢斯曼指出:"《绿色沉思》是关于秩序的崩溃、控制的失控和人物的堕落。它多角度地传达了越战经历的片断性和战争的破坏性后果"(Glusman:468-469)。

小说通过15段题为"绿色沉思"的引子,向读者展示了城市荒原的主题。这些引子分散在小说各部分,与正文看似不相关,却有着深层次的内在联系。开篇的第一段"绿色沉思"引子是罂粟的自白。它向读者述说周围恶劣的环境:"从窗台望去,景色不敢让人恭维:灰暗的天空,无光的太阳,被煤烟熏黑的地上布满生锈的电视天线,城市里没有收获的庄稼,下面,只是墙罢了,是坚固而死气沉沉的混凝土。"整个城市没有一点生机,完全是一片荒原。罂粟感到自己被移植、被流放:"这就是他们说的背井离乡的含义,被放逐到五层楼上的一个陶罐里,离没有被水泥浇注的地方最近也有一英里半。我冷。我隔着玻璃晒太阳,从水管里接受甘露。"它感叹"植物也不自由",最后它只能呼救:"救命,我的茎开始枯萎"(Wright:3)。感到寒冷的不仅是罂粟,还有所有从越南回来的老兵和在街头流浪的人们。开篇的引子奠定了全书灰暗的基调,描绘了越战老兵回国后噩梦般的生活。

《绿色沉思》中的 15 段引子多与罂粟有关。赖特这样选择显然是希望用罂粟及其代表的毒品,把越战与美国社会联系起来。城市的喧嚣似乎是越南战场的延伸,老兵们在喧嚣的城市里仍找不到回家的感觉,他们的心仍在漂泊,仍需要大麻和海洛因的麻醉。格里芬虽在越南战场幸存,回国后,却"被城市的腐朽包围,陷入混乱、可怕的记忆里"(Myers, 1988:199)。他像幽灵一样在阳光下发抖,感觉不到温暖,体会不到光明。他发现:"这些日子每个人都会受伤,事故、疾病、器官老化,谁都没有恰当的保障。生存太昂贵,死亡反成了一种奢侈。"(Wright:319)赖特想说明,对越战老兵来说,美国社会如同一片精神荒原。正如托马斯·迈尔斯在《排头兵》里指出,赖特通过把荒原的意象从越南延伸到美国,试图说明越战与战后美国社会之间的文化延续,指出战争不是美国历史的一次失常,而是当前美国文化的反映(Myers, 1988:199)。

战争改变了格里芬。战友特里普斯对他说:"战争让你变了样。让你变得不正常。让你彻底变了样。你去那里后,就与以前不一样了。对,你现在简直是一团糟"(Wright:143)。格里芬也坦言他处在"一个伤害的世界里"（Wright：143）。他感到自己完全变了："战争是真实的，但他不是。就好像是记忆，他最深层的自我意识就像一盆不温不热的水，几乎每天都有成块的石头掉进去，溅起巨大的水花，他的过去和生活都溢到了油布地板上冷冰冰的黑白格子里"（Wright：193）。现实则是一片混乱，他感到周围全是鬼魅。女友休伊在墙壁上画了很多道家的符保护他，"这些是道家的辟邪物，古老的符咒。一个挡住魔鬼，一个重建秩序，一个引导那些在异乡漂泊的亡灵找到回家的路，一个让大脑宁静，保护你不受伤害"（Wright：73）。然而，即使这样，格里芬仍受着折磨，甚至在白天都产生幻觉。心理医生办公室的墙壁也让他感到压抑，让他想起弹坑。为了调整心态，格里芬在家种了许多植物，几乎把房间变成了花园。他在地板上铺满泥土，种上花草。在这样的环境中，他似乎又能重新呼吸了。格里芬还与休伊依照"古代的农业仪式"，在铺着泥土的地板上做爱。这让人自然联想到詹·乔·弗雷泽在《金枝》里描写的古时人们的祈丰仪式。喧闹的城市像一块贫瘠的大地，没有生机，没有收获。人们在田地里做爱，就是希望通过性交带来土地的肥沃和庄稼的丰收，带来丰收、富饶和幸福。格里芬希望通过这个仪式，给他的小花园，给这个死寂的城市带来一丝生气与活力。然而，他还是感到绝望："我没救了。我是颗坏种子"（Wright：311）。这个城市里没有适合他生存的土壤。

　　"绿色沉思"的第五段引子通过罂粟的自白，充分表现了格里芬和其他人的绝望情绪："我把化学喷剂像雨水一样吸了进去，独自坐在一小块土壤的中间，土壤因我滴下的毒汁而发黑、贫瘠。我独自坐着，一棵没有经济价值、没有装饰用处的植物，只需要最少的营养，每年结出猥亵的果实，散发过敏的花粉，是一棵孤单的花，有着血红花蜜的白色花冠，每个月只在月亮的黑暗处绽放一次"（Wright：85）。

在格里芬居住的城市和美国社会中,人们丧失了与自然和土地的直接亲密接触,只能通过人工的手段获取养分和阳光。在隔断与自然的直接联系后,植物会渐渐枯萎,人们也会感到失去依靠和根基。格里芬在美国城市因失去与自然的接触而感到的无根和漂泊,其实是越战的延续。越战期间,因大量使用直升机、各种精密武器和先进的技术,美军士兵缺乏对他们作战的自然和环境的了解。先进科技的运用截断了士兵与大地的联系,使他们必须像一棵无根的植物,在异乡的土地上孤独地作战①。

小说除了格里芬,还有众多人物,他们也处于近乎疯狂的边缘。其中有总怀疑部下要杀他的昆比少校,有沉溺于黄色笑话的将军,有奇怪的刑事调查官员,有把战场当摄影棚,甚至拍下自己死亡情形的摄影员,有煽动黑人士兵反战情绪的种族分子,还有举止怪异的士兵。战争和军队造就了这些疯人和怪人。然而,战争的疯狂并没有随着战争的结束而结束。士兵们回到国内,战争的阴影也随之而至,疯狂还在继续。格里芬的战友特里普斯在越南时,上士安斯丁杀了他心爱的狗,他一直耿耿于怀,回国后还念念不忘要杀他。他甚至产生幻觉,觉得安斯丁无所不在,疯狂地追杀和他相像的人,成为一名战争疯人。而格里芬回国后则感到生活毫无意义,终日在街头漫无目的地闲逛,坐在垃圾桶上观望过往行人。他把自己"包裹在一团烟雾里,看着光亮,讲述远古时期奇怪的战争故事"(Wright:8)。

格里芬希望通过种植植物重新建立与自然的联系。但他所生活的城市却不能提供他渴求的阳光雨露。这时,他就只能希望离开城市,到乡间去。特里普斯也曾谈到离开城市的渴望:"有一天我要转身离开这个城市,一直走到有一大片空地的地方,那里有高远的天

---

① 对先进科技妨碍美军士兵理解越南的大地,我们将在第四章里进行更详细的论述。

空,我要挖一个洞,坐在里面休息,只久久地听心脏在耳朵里跳动。没有喇叭声,没有噪音,没有该死的鬼鬼祟祟的人"(Wright:114)。他相信只有离开城市这个嘈杂之处,才能寻求到心灵的宁静。然而,无论是格里芬,还是特里普斯,还是其他的人们,都不能逃离这个干涸的城市,这片没有生机的荒原。他们只能在高楼大厦和钢筋混凝土中寻找绿洲,寻找未来,寻找希望,寻找生命①。

（二）《亡命之徒》与海洛因：为伊消得人憔悴

在罗伯特·斯通的小说《亡命之徒》里,同样是毒品把越南与美国社会紧密地联系起来。小说1975年获美国全国图书奖,1978年又被拍为电影《谁能让雨停下》,在美国风靡一时。小说描写美国记者康弗斯60年代末到越南采访。到越南后,他结识了女记者查米安,查米安要求他把3公斤纯海洛因带回美国,交给在那里的朋友。事成之后,他可以分得巨额报酬。康弗斯为丰厚的报酬打动,对以前在海军陆战队的朋友瑞·希克斯许以重金,请他把海洛因转交给康弗斯在加利福尼亚的妻子玛吉。但是,希克斯刚把海洛因带到加利福尼亚,就被为政府缉毒警察服务的两个歹徒发现,但这些政府职员自己也贩卖毒品。由于不愿把海洛因交给他们,希克斯和玛吉被迫携带海洛因南逃,开始了他们痛苦的旅程。他们的逃亡经历构成了小说的主体。康弗斯刚从越南回国就立刻被歹徒控制,并被迫前去追捕逃走的希克斯和玛吉。在与歹徒进行的拼杀中,希克斯为保护玛吉受伤,最终因伤口和过度疲劳死去。康弗斯扔下海洛因,自己与玛吉驱车继续逃亡。

小说销量并不太大,在越南展开的部分也不多,但一直得到评论

---

① 然而,即使是那些逃出城市,来到小镇与乡村居住的老兵,仍然发现精神荒原的存在,他们仍然无法逃避战争的噩梦。这在《帕科的故事》、《在乡间》、《林中湖》等小说中均有表现。

家的极力称赞,被认为是反映越战的力作。小说虽然没有正面描写越战的战斗场面,但它用流行小说的模式,深刻地揭示了越战给美国人的生活、心理和精神带来的巨大影响和冲击。小说指出,越南没有给美国制造一个荒原,也不是越战老兵把越南的荒原带回美国,越战只是最强烈、最突出地反射了美国社会业已存在的荒原。美国社会的荒原不是因越战而存在,而是因越战让更多的美国人所认识。这一主题从康弗斯和希克斯回国后的遭遇得到反映。"回到家的康弗斯和希克斯没有开始从一个可怕的历史时刻中恢复,而是与(这一可怕的历史时刻)国内的变体开始新的遭遇,该变体被表现为这一痛苦更深重的不同版本"(Myers,1988:199)。两人回国后,不仅没有在家园里感受到阳光,摆脱在越南笼罩他们的疲惫和罪恶,反而发现美国国内的人们比他们更深地陷入了以海洛因为象征的颓废和罪恶之中。国内的人们不仅没有劝告他们自动放弃海洛因,反而因他们拥有海洛因而疯狂地追杀他们,目的不是让海洛因远离美国的家园,而是将之据为己有。回到家园的康弗斯和希克斯在海洛因统治的美国社会里随波逐流,继续沉沦,完全迷失在美国社会的荒原里。

美国人只有通过越战经历,才能更清楚地认识自己。主人公康弗斯一度"把到越南的旅程看作是海明威式的、到充满暴力的边疆进行再生的文化翻版",希望能到越南这个动荡的边疆获得新生(Hellmann,1986:141)。然而,越南只是让他更加堕落。如果说康弗斯在赴越前,还尚存一点道德感和正义感的话,那么他在越南的生活则使他认识到自己彻底丧失了良知和责任感。在越南,他发现自己原来就是行尸走肉:"从某种意义上说,他发现了自己。他是个颤抖着的柔软无壳的东西,被包裹在 160 磅流汗的粉红色肉里"(Stone:24)。在书中,越南象征了美国社会存在的暴力和非人性,它"是一个每个人都能发现自己是谁的地方"(Stone:56)。康弗斯说:"在我们来这里之前,我们不知道自己是谁。我们以为自己是别样的人"
(Stone:57)。如果美国人曾生活在自己的幻想中,那么,越南战争无
疑把他们推出幻想,让他们清楚地认识自己和美国。无论是在越南
的还是在国内的美国人,都通过越南战争这一残酷的现实,看到他们
真实的自我。

正是因为康弗斯目睹了美国在越南的战争,他的道德才进一步
沦落,并同意帮助查米安走私海洛因。美军猛烈轰炸北越用于运输
的大象,理由是大象为北越运输物资,因此大象也是敌人。康弗斯想
道:"如果世界要容忍被飞机追杀的大象,那么人们也自然地想通过
吸毒获得高峰体验"(Stone:42)。既然美国政府可以轰炸无辜的大
象,人们也有足够的理由沉湎到毒品的虚幻世界里。这一疯狂与吸
毒因果关系的混乱逻辑非常具有讽刺意义,说明了美国社会的混乱。
人们目睹政府和军队丧失理性后的疯狂,感到无比失望,从此也自甘
堕落。

在越美国人的经历折射了美国国内许多人的生活。越南成了
"现代社会的隐喻,每个人都生活在暴力与死亡之中,迷失在毁灭的
边缘"(J. Wilson:65)。"越南只不过是美国文化风景一个最明显的
变形,不分青红皂白的暴力、道德堕落、社会分裂等特征,在官方关于
战争天衣无缝的叙述后面溃烂,也成为美国生活的一个主要特点"
(Myers,1988:198)。早在希克斯回国前,他就警告过康弗斯:"最
好小心点,国内现在很怪"(Stone:57)。希克斯回国后,更清楚地看
到在美国社会,"我们是每个人的肉"(Stone:110)。人们在肉板上无
助地等待着别人来宰杀。在绝望中,他们只能转向毒品,以求得精神
上的麻痹。康弗斯的妻子玛吉就是一个典型的例子。她不能在社会
中找到自己恰当的位置,对生活曾抱有的希望也在现实中全都化为
乌有,只能在毒品中麻醉自己,完全陷入虚无主义。绝望中,她甚至

说:"我要祈祷上帝向我们所有人投炸弹——把炸弹投向我们,投向我们的孩子们,把我们全部消灭。这样我们就不再会需要这样,或需要那样……"(Stone:231)

海洛因成为贯穿全书的线索。它是美国和美国人道德沦落的象征。在《美国小说:1940-1980》中,弗雷德里克·K·卡尔指出:"在《亡命之徒》里,斯通需要给越战寻找一个隐喻,某些可以把美军士兵在越南的体验带到平民生活的象征或中心意象。在这层意义上说,它是战争小说;不是直接攻击战争……而是把战争带到我们更大的想象之中"(Karl:113)。作者斯通找到的这个隐喻就是海洛因。《亡命之徒》便是用海洛因作为象征,来表达这一代人在越战和毒品的双重包围下,体验到的一种无处不在的空虚、寂寞和无聊。正是这一普遍弥漫的虚无主义,才使那么多人都孤注一掷地想拥有毒品。海洛因也因此成为美国社会腐败堕落的最好象征。斯通在描写康弗斯拎着装有 3 公斤海洛因的包时,多次夸张了他吃力的样子:"他拿着它,用前臂支撑它的重量。感觉它出奇的重。3 公斤"(Stone:13)。"箱子的重量使他比以前更加毫无节制地出汗,肩膀因调整姿势而疼痛"(Stone:19)。"他痛苦地提起包……胳膊和肩膀因为包的重量完全麻木了……累得几乎感觉不到恐惧"(Stone:49-50)。仅仅 3 公斤的海洛因显然不可能就让他如此劳累,斯通似乎是在暗示,偷运海洛因这一决定像是道德上一块沉重的巨石,压得康弗斯喘不过气来。最后,康弗斯无奈地告诉希克斯:"我永远在背着它。"(Stone:50)他永远也无法摆脱这一道德的沉重包袱,一方面是因走私海洛因带来的道德压力,另一方面是因道德沦落导致的恐惧。恐惧是康弗斯生活的核心和基础,"是他感知自己灵魂的中介,也是他证实自己存在的公式"(Stone:42)。因为对他来说,

"我怕故我在。"(Stone：42)这对笛卡儿"我思故我在"的滑稽模仿也反映了以康弗斯为代表的美国人精神生活的空虚和混乱。他们因海洛因而堕落，因堕落而恐惧，因恐惧又进一步用毒品麻醉自己。最后，他们完全被这一恶性循环左右。但同时，他们又害怕失去恐惧感，因为"在无恐惧的状态中，要思考诸如未来等问题是极其困难的"(Stone：176)。这种恐惧感或许正表现了很多美国人在社会生活面前无所适从的茫然。

海洛因把越南的时局混乱与美国国内的精神错乱联系在了一起。罗伯特·斯通在接受查尔斯·鲁亚斯的采访时，曾这样评价海洛因：

> 那不止是一种道德败坏的表现。你如果想提炼出人的一切欲望，从中得到一个范例，那玩意儿就会是个样板。它使脑子里那享乐的神经中枢活跃起来。那是纯粹抽象的欲望。它代替了金钱、性和同伴。那是一种具有魔力、效力强大的物质，传说是神祇赐予的一件礼物，而且也是一种诅咒。那是一种充满自身神秘的物质。你如果读过那些瘾君子的诗作，就会发现他们既热爱海洛因，又惧怕它。他们谈论它就好像在谈论上帝似的。那是大写的'海'（海洛因），一种爱和崇拜的混合物，这真是太可怕了（查·鲁亚斯：261）。

书中的宗教领袖迪特尔曾一针见血地评论包裹着海洛因的包："这里面包裹着的全是肮脏与鲜血，全是幻觉和虚假的需要，是备受折磨的人类的无知，是地狱！"(Stone：312)尽管是肮脏，是鲜血，是幻觉，是虚假，是无知，是地狱，但书中几乎所有的人物都想拥有它，占有它，护住它，想靠它发财，靠它实现生活的意义和存在的价值；他们为了它不惜铤而走险，跨国走私，亡命出逃，拼命追赶，甚至死于非命。海洛因似乎成为他们生活中的唯一目标。

当这一目标本身就代表着堕落时,所有的努力就具有强烈的讽刺意味,并直指美国社会。

小说的主题还可以从斯通在扉页引用的康拉德《黑暗的深处》中的一段话看出:"我已目睹了暴力的魔鬼,贪婪的魔鬼和欲望的魔鬼……这些是强壮、精力充沛的红眼魔鬼,它们摇摆着、驱赶着人们……当我站在山腰时,我预见到在那块土地令人炫目的阳光中,我会结识一个优柔寡断、假装弱视的魔鬼,它掠夺成性,愚昧无知,缺乏怜悯心。"这个魔鬼可能就是海洛因,就是毒品,就是人们在生活中的茫然,就是没有目标的生活,就是缺乏意义的存在。在一定程度上,这或许就是美国现实生活的真实写照,也是越南战争让美国人注意到他们生活中存在的荒原。当他们看到一个个鲜活的生命在瞬间灰飞烟灭时,看到无辜的人群在炮火中徒劳地四处狂奔时,看到他们亲自送到越南的年轻生命静悄悄地躺在灵柩或骨灰盒中回来时,他们还能感受到生活的真谛和意义吗? 毕竟,在生与死的碰撞中,愿意当死狮的人还是少数,大多数人还是宁愿选择当活着的狗,或许这时他们只能在海洛因中找到最好的解脱①。越战让美国人更强烈地意识到业已存在于他们社会里的荒原。在这片广袤无垠的荒原里,任何人都无从逃匿。而饱受战争噩梦折磨的越战老兵就更难躲避这片荒原里的各种鬼魅。

---

① 姚乃强教授曾对《亡命之徒》的书名作过如下解释:"小说的英文原名是'Dog Soldiers'。'Dog'(狗)在这里是一个隐喻,指的是那些被越战、毒品、暴力的伪善等变得颓废、失落和幻灭的人们。他们不知道为什么活着。他们信奉的原则是'好死不如赖活着'。作者引用《圣经》'传道书'第九章中'活着的狗胜于死了的狮子'一语来作诠释。作者在行文中巧妙地把英语中'Soldier'(士兵)一语当动词用,意指这些家伙为了苟且偷生,就可以不顾一切地干下去"(姚乃强:92)。

三、边缘化与沉沦

老兵回国后，很多人渴望能尽快融入美国正常的生活，过上普通人的平常生活。马克·贝克在采访越战老兵，为写作《越南：士兵讲述的越南战争》准备资料时，很多越战老兵都对他表达了这样的意愿，请他一定要在书中告诉读者，并不是所有越战老兵都是精神病患者，都有暴力倾向，都举止怪异，很多越战老兵回国后调节得也很好，他们有体面的工作、幸福的家庭，虽然越战是一个难以抹去的创伤，但他们能带着创伤在国内重新开始新的生活。正如小说《在乡间》里的老兵杰米所说："我们需要被听到，这样，这种事就不会再发生。我们想让所有人知道老兵并不是失败者"（Mason：59）。几乎所有越战老兵都表达了强烈的愿望，希望恢复正常生活，也为之付出了巨大努力。然而，他们的这种努力又产生了多大效果？

在美国普通公众的心目中，越战老兵到底是一个什么形象？一名老兵的自白或许回答了这一问题："我注意到，人们对待我时，好像我很滑稽，好像我是个精神病，好像我是个有暴力倾向、智力迟钝的孩子"（Baker：275）。在很多美国人看来，不只是这位老兵，越战老兵似乎个个都是精神病患者："每个人总是认为步兵木讷不堪。每个人都这样，除了那些曾经当过步兵的人"（Del Vecchio：121）。公众对越战老兵形成的"刻板印象"，并不完全是空穴来风。很多老兵因为经历了战争，难以忘却战争的血雨腥风。尤其是刚回国时，常常会在生活中表现异常。其实，对一个经历了生与死的人来说，这些表现完全在情理之中。只要他们回国后，受到家人和国人的安慰，战争的创伤总能慢慢治愈。然而，许多人对老兵采取了冷漠、敌视或敬而远之的态度，他们向越战老兵传达了这样的信息："我们都知道你当过杀手，你有点奇怪。我们不信任你，不完全信任，因为你经历了那场可怕而悲惨的经历"(Baker：276)。正是由于美国公众没有以宽容的态度对待这些疲惫的老兵,没有给他们时间从战争的阴影中走出,一些越战老兵才更深地沉沦在越战的阴影中,表现得更加异常。最后,他们在越战的梦魇和国人的敌视与冷漠的双重压力下,被流放到社会的边缘,沉沦在越战的泥潭里,反过来进一步加剧了人们对越战老兵的偏见,使他们陷入一种恶性循环,在自己的家园里堕入噩梦的深渊、黑暗的中心,成为美国社会的怪人、畸人、隐形人。

(一)蒂姆·奥布莱恩:被阻塞的交流

蒂姆·奥布莱恩在反映战后老兵生活的小说中,非常关注老兵与人们交流的困难。通过小说人物,他想努力说明,老兵回国后,渴望与人交流,但由于人们并不乐意聆听他们的倾诉,最终陷入了无人交流的尴尬境地。越战期间,美军制定的轮换制度使得被轮换的美军士兵往往会在两天内,从血雨腥风的越南猛然回到宁静的家乡,环境的巨大反差和国人对战争的无知让他陷入交流的困境①。士兵孤单地上战场,孤单地回家乡,孤单地生活在一个人们对战争一无所知的环境中。他渴望交流的欲望只能一再落空,心中战争的阴影因而越来越大、越来越重,渐渐地把他完全笼罩起来,压得他无法自由地喘息。奥布莱恩的《他们携带之物》里的诺曼·鲍克就是这样一个被冷漠环境窒息的越战老兵。

像所有士兵一样,鲍克渴望得到亲人的理解。他说:"如果我可以许一个愿,我会希望我爸写封信给我,说即使我没有赢得任何奖章,也没关系。但我老爸却不谈别的,整天谈论奖章。他简直等不及

---

① 以往的战争中,士兵都是随着部队一同到前线,一同回到后方;经过一段时间的调整后,才告别战友返回家乡。这样的安排让士兵在战时总是有熟悉的朋友交流心事,战后,有知己的战友交换对战争各种美好或丑恶的看法。有交流就有释放,士兵就不会长时间独自沉湎于战争的创伤之中。而越战士兵则没有这样的战友可以交流。

看到我的奖章"(O'Brien,1991:39)。在战场上,鲍克并没有收到他所盼望的信。因此,尽管他在战争中获得了 7 枚奖章,却无法从这些奖章中得到任何安慰。越战让他最难忘的不是这 7 枚奖章,而是让他失去获得银质奖章的那个机会与朋友基奥瓦之死。一日,因天色昏暗,连队在农民的干粪坑里宿营。半夜,暴雨淹没了这个粪坑,基奥瓦在睡眠中渐渐沉入粪坑。当时,鲍克正在基奥瓦的旁边,他试图去拉他,但终因臭味太浓和心中的恐惧放了手,眼睁睁地看着基奥瓦的头淹没在粪池里。战后,他不断受到良心的折磨,想对别人讲述这个故事和他的感受。他想说,如果他当时勇敢地抓住基奥瓦的手,他就可以救得基奥瓦,并获得银质奖章。但鲍克真正在乎的并不是银质奖章,而是对基奥瓦的内疚之情。他想通过讲述这个让他失去获得银质奖章机会的故事,表达对基奥瓦的愧疚。然而,在他所居住的小镇里,却没有人愿意聆听他的故事。

　　鲍克回到家乡后,发现没有人对他的故事表示兴趣。他反复表达了这种遗憾:"如果莎拉没有结婚,或者他父亲不是那么狂热的棒球迷,就会有时间谈话了"(O'Brien,1991:160)。"很遗憾马克斯已走了。很遗憾父亲有他自己的战争,现在宁愿保持沉默"(O'Brien,1991:166)。曾经可以倾吐心事的女友已成为别人的妻子,有过战争经历的父亲再也不愿提及战争,愿意倾听他故事的儿时好友马克斯已经死去,现实生活中没有愿意听他倾诉的对象。鲍克渴望讲述一个战争故事,但越战"却不是一场可以讲述战争故事的战争,也不是一场可以谈论勇气的战争,小镇里,没有人愿意知道那可怕的粪臭。他们想听到好动机、好行为的故事。但这也不能怪小镇,真的。小镇小巧而富有,有着整洁的房屋和各种卫生设备"(O'Brien,1991:169)。小镇的人们习惯了安宁、整洁的生活,他们的安详生活与越南战场的艰苦相差巨大。他们有意、无意地忽视越战的艰苦和失利,甚至忽视越战在他们生活中确确实实的存在。有时,人们只是出于好心,小心翼翼地不在鲍克面前提起战争,似乎是怕伤害他。鲍克说:"我并没有觉得有谁对我不好,除了有时人们表现过于和蔼,过于有礼貌,好像他们害怕可能会问错误的问题"(O'Brien, 1991: 179,着重号为原文所有)。人们刻意回避越战这个敏感的话题,似乎是为了保护越战老兵脆弱的神经,实际上却是拒绝倾听他们的心声。最后,鲍克发出痛苦的呼喊:"问题是,没有地方可去。至少在这个恶心的小镇里没有。总的来说,我的生活,我的意思是,几乎就像我在越南被杀死了⋯⋯很难描述。基奥瓦被废的那晚,我好像也跟着沉到脏水里⋯⋯感觉好像我还陷在粪池里"(O'Brien, 1991: 177)。

找不到人倾诉的鲍克,只能开着车,围着小镇旁清澈的湖水一圈圈地行驶,在脑海里不断对别人讲述他的故事,并不断斟酌着措辞。然而,湖水的洁净并不能冲洗掉粪坑的污秽,战后生活表面的宁静也没有让他躁动的心平静下来。鲍克始终没有摆脱战争的噩梦,也没有找到倾诉的对象。他不能适应各种工作,也不能静心学习。绝望中,心中的话无法吐露的压抑最终把他推上上吊自杀的绝路。

鲍克的要求其实很简单,只是希望能有人能倾听自己的故事,听他道出对基奥瓦的愧疚,让他的良心得到安宁。讲故事是很多老兵理清对战争混乱的记忆、平息不安心灵的方法,这也是越战后出现了很多老兵作家的原因:"对很多越战老兵而言,写作战争是康复路上的第一步"(Lawson, 1990: 367)。他们纷纷用笔讲述自己的故事,通过讲述自己的天真、天真的失落、在战争中的恐惧、懦弱、残暴和罪恶,使胸中的郁闷、压抑和罪恶感得到释放,从而渐渐走出战争的阴影,融入正常的美国生活。他们的故事不一定要非常精彩,措辞不一定要非常华丽,结构不一定要非常严谨,他们仅仅需要把自己的故事讲出来让大家听,让大家知道他在越南战场黑暗深处的旅程。所以,越战后涌现的大量老兵作家在文坛上通常是昙花一现,除少数几名老兵,大部分老兵只出版过一部作品①。但这一部作品就足以让他们倾吐出心中的战争故事。奥布莱恩在《他们携带之物》里谈到讲故事对老兵起到了心理治疗的作用:"讲故事似乎是个自然、不可避免的过程,就像清嗓子一样。这一方面是宣泄,一方面是交流,就像去抓住人们的衣服,向他解释我到底做了什么,我是如何让自己被带入一场错误的战争,我所有的错误,我看到的和做过的所有的可怕的事情。我过去不认为我的作品是一种治疗,现在仍然不这样认为。但是,当我收到诺曼·鲍克的信时,我意识到写作可能曾帮助我走出了记忆的漩涡,否则我可能会精神瘫痪,甚至更糟"②(O'Brien, 1991:179)。

对没有亲历过战争的人们来说,战争过于遥远,"就像古代洞穴人和恐龙一样遥远"(O'Brien, 1991:208)。一些越战老兵越是认为人们无法理解战争,就越不愿向他们讲述。最后,这种交流上的阻塞不仅会让自己遭受心灵的创伤,有时还会带来可怕的后果。奥布莱恩在《林中湖》里就描写了交流的阻塞导致的灾难性后果。

小说《林中湖》描写越战老兵约翰·韦德在战后步入政界,于1986年竞选参议员。本来他的支持率远高于对手,但最后却遭到惨败,原因是对手在报纸上披露,他曾参与"美莱事件",屠杀无辜的越

---

① 蒂姆·奥布莱恩、菲利普·卡普托、加斯塔夫·哈斯福德、拉里·海涅曼等为数不多的几位越战老兵作家都发表过一部以上的作品。

② 无独有偶,拉里·海涅曼曾在1991年这样描述自己的写作目的:"我最初想写作的冲动和雄心来源于想讲述战争故事这种难以抑制的欲望,没有任何修饰地讲述,没有政治上的含蓄,没有省略地讲述——这在现在听起来好像是陈词滥调,但在23年前,我的好友们却为了一个谎言而死去,所以,我觉得欠他们很多,要把故事直接地讲出来,平白无误地讲出来"(Heinemann, 1991a:85)。他试图通过小说来纪念死去的朋友,披露那个曾诱使他们到越南的谎言,讲述他们在越南经历的噩梦和体会的幻灭。通过讲述故事,他也得以向死去的朋友倾诉心事,从而得到一定的安慰。

南妇女儿童。事实是,在 1968 年 3 月 16 日发生的"美莱事件"中,韦德所在的 C 连对美莱村的村民进行了大屠杀。韦德虽然不愿参与大屠杀,但也在无意中枪杀了一名手持锄头的老农,后来还在"条件反射"下击毙了杀害许多越南人的美军士兵威德拜。事后,韦德主动要求延长在越南服役一年,因为他不能在"美莱事件"后马上面对国内的生活。回国前夕,他偷偷篡改了营里的花名册,把自己的名字从 C 连画到了 A 连。回国后,他很快与凯西结婚,却对"美莱事件"守口如瓶,把它当作最深的秘密埋在心里,没有对任何人吐露。他们的生活似乎平静而美满。只是在参议员竞选时,凯西才从报上看到丈夫的故事。但她仍义无反顾地深爱着他。竞选结束后,两人到森林里的湖畔度假。几天后凯西神秘失踪,韦德报警,搜寻一个月后无果而终。最后,韦德驾着小船也消失在了湖里。人们只能猜测他们到了哪里,他们是死了,还是活着;如果死了,是怎么死的,是不是凯西厌倦了生活,一人驾船出行,结果迷了路;是不是韦德用开水烫死了凯西,又将她沉入水底,等等。小说在最后也没有确切地说明凯西和韦德发生了什么。

摧毁韦德正常生活的直接原因是他曾参与"美莱事件"这段历史的曝光,但最深层的原因还是交流的被阻塞。如果他能与其他人、与妻子凯西交流,谈他的历史、他对战争的态度、他对"美莱事件"的看法、甚至他在"美莱事件"中的表现,可能在最后,他就不会因竞选的失败遭受如此巨大的打击。奥布莱恩在书中也反复提到他与凯西之间被阻塞的交流:

　　　　他们的问题当中,有一项就是这个——他们再也不谈话了。他们再也不沟通,再也不做爱。他们试了一次,就在来到此地的第二夜,然而他们两人对那夜都感到困窘。如今仿佛随时都在守卫自己的身体。他们永远小心翼翼,只在寻求安慰和亲近时,才触碰对方的身体。他们需要的是，她认为，是坦诚相待。谈谈他们从未讨论过的一切——信任与爱与伤害，他们最真实的感受。让他放开说。如果事情进行得顺利，如果她能鼓起勇气，也许到那时，她会冲口而出，吐露内心重大的秘密①（O'Brien，1994：112-113）。

由于韦德对秘密守口如瓶，凯西也找不到交流的机会。渐渐地，他们成为心灵上的陌路人。凯西神秘失踪后，她的姐姐指责韦德没有对凯西讲述在越南发生的一切，说如果那样，两人可以更好地沟通。韦德回答说："可是这种事没法坐下来就说个明白。我能告诉她什么？老天，我几乎不能……现在这件事看起来是非——清楚得很——但是当时一切事物都变得鲜艳而刺眼，朝着你冲过来。没有明确的边缘。许多闪光。像那种噩梦，你只想忘掉"（O'Brien，1994：186）。为了忘却，韦德只能"把自己埋葬在沉默中，隐藏邪恶的过去。你向所有人隐藏，不过大部分时间是蒙蔽自己。一点也不夸张"（O'Brien，1994：240）。

越战老兵的这种沉默是因为人们无从、无法或不愿理解越战。他们只能用沉默来隐藏自己，成为美国社会里新的隐形人。一旦这些新隐形人的真实身份被公布于众时，人们便会感到无比的恐怖："恐怖的感觉部分是因为顺安，部分是因为秘密本身、缄默和背叛"（O'Brien，1994：272）。从此，他们对越战老兵会有更多的偏见，完全把他们归入非正常人之列。他们没有意识到如果越战老兵能够与人们进行交流，如果人们乐意倾听越战老兵的倾诉，他们可能早就从战争的阴影中走出来，也不会成为美国社会里一道怪异的风景。是人们对越战的冷漠和敌视把越战老兵推向美国社会的边缘，是人们

————————

① 译文参考了台湾译本《郁林湖失踪纪事》（汪芸译）。

拒绝与这些边缘人交流才使越战老兵沉沦在战争的梦魇里,成为战争永远的受害者;而他们的沉沦和怪异举止,又使人们坚信,他们没有必要与这群怪人进行交流。奥布莱恩的作品从这一角度揭示了越战老兵在美国社会里梦魇般的生活,指出他们被认为是精神病患者不完全是越战老兵自己的过错,也不完全是越南战争的过错,美国社会和美国人对越战老兵的沉沦负有不可推卸的责任。

(二)《帕科的故事》:家园里的异己

继《肉搏战》后,拉里·海涅曼历时 8 年,写出了另一部反映越战的小说《帕科的故事》。小说描写越战老兵帕科带着对越南梦魇般的记忆,回到了国内,在各地流浪。他在一个小镇上暂时安顿下来,靠在饭店洗碟子维生。在发现周围的人们根本不能理解他,把他当作一个怪物时,他决定离开小镇,到西部去,因为"越往西走,废话就会越少"(Heinemann, 1989:210)。

主人公帕科在难忘战争噩梦的同时,还要面对现实生活。他在小镇的生活和在越南的战斗交织在一起,反映了越战老兵受到的双重伤害:战争给他们的伤害和回国后人们给予他们的伤害。旧的伤口再加上新的痛苦,给了帕科沉重的打击。小说行文舒缓从容,读起来,感觉像是在描写 20 世纪 20、30 年代的美国小镇。那应该是恬静、闲适、小桥流水般的生活。然而,故事却又是发生在 70、80 年代,人们还没有从越战的阴影中走出来。因此,小镇宁静的生活与人们对帕科的冷漠形成鲜明的对比,突出了帕科在这个看似单纯的生活环境里,独自与梦魇斗争的孤独和痛苦。拉里·海涅曼也通过帕科的故事向人们描述了所有越战老兵回国后的遭遇。

美国国内的一些人不仅对越战老兵表示不屑,甚至欺凌他们。帕科把身上所有的钱都交给一名汽车司机,请他把自己带到车费耗尽的地方。司机自恃见过很多从战场上回来的老兵,帕科看起来还不是情况最糟的一个："如果这是朝鲜战争，1953 年，他（帕科）会已经被埋在了地下；如果现在是 1945 年的夏天，他可能早就死了"（Heinemann，1989：39）。但现在是 20 世纪 70 年代，发达的科技和医学让帕科终于奇迹般地活着回来了。也许正因为如此，司机才感到不亏欠越战老兵什么东西，才可以随意占他们的便宜。他收了帕科的钱，为了自己能提前 30 分钟回家吃晚饭，把帕科扔在离小镇尚远的半路上，让他在暮色里一瘸一拐地步行到镇里。

　　身无分文的帕科急需找到一份工作和一处住所，却碰了很多钉子。小镇的人们不理解、也不屑于理解从越南回来的老兵。如同托比·C·赫佐格在《越战故事：天真的失落》里指出，小镇人们对越战老兵的态度是从无知和不信任、到嘲讽和完全蔑视（Herzog，1992：188）。有的人对越战完全无知，问"那是场什么战争？"（Heinemann，1989：75)有的人对老兵极不信任，"人们听了太多关于他们为何举止如此怪异的故事"（Heinemann，1989：84）。有的嘲笑，称帕科是"游手好闲的瘸子"（Heinemann，1989：65）。有的则是一脸的蔑视："他们这些越南回来的孩子一定认为你欠他们什么了，是吗？"（Heinemann，1989：85)几经周折，帕科最终在饭店找到了一份洗碟子的工作。饭店老板是二战老兵，他告诉帕科："年轻人，一旦做了该死的美军海军陆战队员，就永远是个倒霉的海军陆战队士兵"（Heinemann，1989：97）。他没有听帕科诉说他的故事，反而讲起自己二战期间在硫磺岛作战的情况。他的故事更使帕科想起自己在越南的战争。洗碟子时，战争的情形会情不自禁地浮现在他的眼前。每当他刚躺下，死在越南的 92 名战友的鬼魂就来找他，在他耳边低语。他时常听到周围充满奇怪诡异的声音，其实，那都是越南战场上噩梦般的记忆。在无数次梦中，他都被追赶着，不得不拼命逃跑。

　　如同许多越战老兵一样，帕科也为自己活着回国感到内疚。小说《在乡间》里,死里逃生的老兵埃米特与帕科有着同样的感受:"每个从越南活着回来的人似乎都把它看作个人的、令人尴尬的东西。外公说他们尴尬是因为他们输了战争,但埃米特说他们尴尬是因为他们还活着"(Mason:67)。这些老兵都有一种"幸存者的内疚":"幸存士兵有一种背叛同伴的感觉,因为让他们死去,而自己却活下来。……他感到让自己、而不是别人幸存是不合逻辑的,也是不对的。可以这样说,他被一种无意识的有机社会平衡的感觉限制,认为他的幸存是因其他人死亡才成为可能;如果他们不死,他就不得不死去;如果他没有幸存,别的一些人就会。他的罪过在于他以别人生命为代价买得了自己的生命。在某种真实的心理感觉上,他感觉是自己杀死了同伴"(Stewart,1991:174)。正是这种幸存者的内疚让很多越战士兵感到,幸存者的生活并不比死去的战友更轻松,他们一直生活在无比的压抑和尴尬中。死在越南的47 000名美军士兵好像无时无刻不在提醒他们,正是因为他们付出了生命的代价,其他士兵才得以活着回到国内。死去的战友在帕科的耳边低语,不断提醒他那些噩梦般的日子。正如小说封面题词所写,他是个"被越南鬼魂缠绕的鬼魂",常常处于恍惚之中。他渴望寻找到一种"可以让他生活下去的和平"(Heinemann,1989:174)。

　　生活中的帕科尽管努力调整心态,希望能过正常人的生活,但在外人看来,他仍是个拄着拐棍、浑身伤痕的怪人。一日,从隔壁女子凯瑟的日记中,他才终于知道自己在旁人眼里的形象:"他仿佛是个幽灵"(Heinemann,1989:206);"他面色苍白,腿又瘸,说真的,的确很丑。他蜷在床上……好像是从死神那里走来的人"(Heinemann,1989:207);他还会在梦中大叫:"别杀他!"应该说,凯瑟在日记里对帕科的描述基本客观公正,是一个陌生人对帕科的表面印象。但她的描述却与帕科死去的92名战友的描述相去甚远。小说的叙述者是帕科昔日的战友,对他怀有深厚的友情,叙述中必然带着同情的语调①。在他们的叙述中,帕科虽然被噩梦缠绕,但却一直在努力勇敢地面对生活。他们把读者的注意力更多地引向帕科的内心,让读者注意到帕科内心的坚韧,注意到他为适应战后生活而作出的努力和面对生活的勇气。但凯瑟的日记却从旁观者的角度描写了另一个帕科,一个看起来脆弱、滑稽、怪异的帕科,代表了小镇人们对他的真实看法。发现小镇人们不理解、不宽容的态度后,帕科最终决定离开小镇,到更远的西部去寻找自己的归宿。

在文章"对越南,我们将告诉孩子们什么?"("What Shall We Tell Our Children About Vietam", Heinemann, 1991b: 127)中,海涅曼指出,政府就像是父亲,士兵是儿子。儿子听从父亲的教导,上前线打仗,回来后,却发现被他们以为深爱着自己的父亲欺骗和利用了。这是一种很痛苦的感觉,但这也正是许多越战老兵被美国政府欺骗的感觉。托马斯·迈尔斯认为,《帕科的故事》并没有真正的结局,海涅曼批评了美国人"不愿、也无力去发现这些新的隐形人"(Myers, 1988: 224)。人们忽视了他们在战争中遭受的伤害和苦难,忽视了是美国政府和社会把他们送到越南去打仗、去杀人的事实。还有许多人不愿正视越战的失败,便故意忽视老兵的存在。老兵们则只能默默地独自承受战争的后果,在自己的国家却找不到回

---

① 《帕科的故事》的叙述方法独特新颖。海涅曼采用了被评论家认为是"具有冒险性的"叙事策略(Myers, 1988: 223)。小说的叙述者是在越南战场上死去的92名士兵,他们向一个名叫"詹姆斯"、身份不明的人讲述帕科在越南作战和回国后的故事。在连里其他92名战友都阵亡后,帕科奇迹般地活了下来。虽然顺利地回到国内,但其余92名战友的亡魂却始终缠绕着他,出没在他的周围。战友的声音也总是回响在他的脑际,不断对他低声耳语。92名死去的士兵不停地向詹姆斯述说他们在越南的故事,在故事中常常会直呼"詹姆斯",仿佛他们感到心里涌动着无数的话语,一定要找人倾诉。这一叙事手法突出了士兵渴望向人倾诉心中话语的需要。

家的感觉。对此,评论家路易斯·K·格雷夫不无嘲讽地指出:"你回到越南,你从越南人那里受到的欢迎,远胜于你回到美国时从美国人那里受到的欢迎,这在回国老兵中已成为陈词滥调"(Greiff:387)。1991 年,海涅曼在接受罗兰·鲍曼的采访时也认为,"像帕科这样的人真的没有任何地方可以让他留下来。他是自己国家里的异己"(Baughman,1991b:132)。小说的结尾仍没有给人希望。帕科还得往更远的西部去寻找自己的生活。尽管西部象征着机会,象征着新生活,但在美国已不再有边疆时,帕科还能找到自己的家园吗?等待他的可能还是失望,他还必须在黑暗和苦闷中继续探索。

　　像帕科一样,许多越战老兵也是自己家园里漂泊的幽灵,在一个不属于他们的时代身处一个不属于他们的美国社会。在分析老兵现象时,罗伯特·利夫顿指出,老兵"感到个人和社会秩序被颠覆,与人的联系被彻底破坏",很多老兵因此出现了"认同危机"(identity crisis)(Lifton:55)。从战场回来,老兵发现以前熟悉的环境似乎发生了根本变化,不再能找到自己以前的位置。正如一名海军陆战队士兵所言:"我们奔赴越南时,惊恐万分,孤单无助。我们同样孤单地回来时,却成为一个新世界里的移民,因为在越期间,我们所了解的文化已经消融,这一年里我们强烈感受的战争文化,又使我们回来时成为异己"(Baritz:317)。经历过越战的老兵已失去对战争、对美国意识形态的幻想,而国内的人们还或多或少地沉浸在意识形态的幻觉之中。毕竟,能跑到柏拉图洞穴外目睹事物真相的人只是极少数,大部分人依然沉浸在,或部分沉浸在洞穴里被歪曲的影像中。"当所有其他疯狂都被认为是正常时,疯狂便真的成了正常"(Karl:310)。同样,在柏拉图的洞穴里,当被歪曲的影像被视作真相时,真正的真相便沦为谬论。这使得洞穴里的人们把从洞外归来的人视为疯子和异端。这正是越战老兵在美国国内生活的写照。他们难以再像以前那样生活,而他们在越南的经历又不能被其他人理解。这使得越战老兵回国后成为自己家园里的异己,也给他们造成巨大的痛苦。

海涅曼把越战与美国的国民性联系起来,指出越战及其失利是美国人自大、自傲的直接后果。他在《帕科的故事》荣获美国全国图书奖的颁奖典礼上发言说:"我因为被操纵、被欺骗、被背叛,而感到愤懑。他们告诉我们这是一场正义的战争、正当的战争,但它不是。它是我参与过的最邪恶的事情。它是邪恶的,没有任何自我辩护可以改变这一点。我们让整个文化从根基开始腐蚀,有什么可能弥补这一点?最糟糕的是我们真的让自己堕落。我们扔掉了一些美好的东西,作为一个民族,我们把一些非常重要的东西浪费在越南,这与我们的良好自我感觉有关,我们都认为自己慷慨大方"(Lyon:116)。越战不仅让美国人目睹了自身的缺陷和不足,越战老兵回国受到的不公正待遇更凸显了很多美国人不愿正视美国民族弱点的事实。如果说,越战让美国人意识到他们丧失了一些美好的东西,那么,越战老兵遭受的不公正待遇则表明,很多美国人固执地拒绝承认他们曾经的堕落。普通美国人可以对事实视而不见,而越战老兵则需要付出巨大的代价,才能让自己在远离战场的家园内不被越战的漩涡吞没。

(三)《在乡间》:梦魇中的一丝光明

国人的敌视与冷漠深深地伤害了越战老兵,但也有一些美国人表达了渴望了解越战和越战老兵的愿望,从而在一定程度上帮助老兵更好地面对战后的生活。博比·安·梅森的小说《在乡间》便以刚高中毕业的 18 岁女孩山姆·休斯渴望了解越战为线索,刻画了人们眼里的越战老兵形象,描述了普通美国人对越战的无知和误解,表现了越战老兵渴望走出战争梦魇,开始新生活的努力。小说似乎还说明,只有在人们的帮助下,越战老兵才能渐渐走出战争的噩梦。

小说故事发生在 1984 年肯塔基州的小镇赫普维尔。山姆尚未出世,父亲就死在越南战场上。随后,她的舅舅埃米特·史密斯为了"报仇",也前往越南,但回来后却完全变了一个人,整天待在家里看电视,拒绝任何工作,全靠山姆的母亲艾琳照顾生活。艾琳新近结婚,随丈夫迁居莱克星顿。山姆则宁愿留下来照顾舅舅。这时,她产生了了解父亲、了解越战的愿望。她大量阅读有关越战的文献,与越战老兵交往,甚至试图与老兵汤姆上床,希望发现越战的真相,但却发现越战仍然难以理解。最后,山姆、埃米特和奶奶来到华盛顿越战老兵纪念碑。小说结束时,埃米特坐在越战老兵纪念碑下,开始从噩梦中醒来,"脸上慢慢绽放出灿烂的笑容"(Mason:245)。

赫普维尔是个传统、偏僻的小镇,人们对越战知之甚少。回国后的老兵成了小镇人们眼里的怪人。人们对埃米特有着各种各样的谣传和误解:"埃米特是镇里头号毒品贩子,埃米特与他外甥女一块睡,埃米特靠他姐姐生活,埃米特引诱高中女学生,他在越南杀过孩子"(Mason:31)。正是由于一些人缺乏宽容的态度,埃米特刚从越南回来时,还偶尔谈起战争,当他发现人们对他的故事不感兴趣时,渐渐地就缄口不言,开始走向自我封闭,好像"给自己挖个单兵坑藏了起来。仿佛敌人就在周围"(Mason:189)。"他藏起来,藏在他自己幻想的世界里"(Mason:211)。他自己也知道"我有些不对劲,我被毁了。就像丢失了心脏的中心,再也找不回来"(Mason:225)。

但是,《在乡间》也刻意表现了老兵们追求美好的一面。他们并不像一些人认为的那样,一味地沉湎于战争的阴影中,很多人都曾努力地重新生活。埃米特总是在寻找白鹭,一种他在越南的稻田里常见到的洁白鸟儿,这是他对越南"唯一美好的回忆"(Mason:36)。美丽的鸟儿会让他暂时遗忘噩梦的记忆,"如果他集中到一些有趣和惊险的事,如鸟的翱翔,他记忆里的痛苦就不会出来。他的脑子里就会全是鸟。全是鸟，没有回忆。飞翔"(Mason：139)。"如果你能想一些像鸟这类的东西，你就可以走出自己，不会感到那么痛"(Mason：226)。埃米特寻找白鹭，其实是调整心态、努力适应回国生活的举动。不仅是埃米特，很多越战老兵都努力让自己面对现实生活。老兵杰米说："有一段时间我希望忘掉一切，我不愿意去想什么是对的，什么是错的，该责备谁，以及所有那些问题。但是有一天我照镜子，看到一根白头发。那时在丛林里，我们都只是小孩子，现在我们长大了，该是我们对生活负责任的时候了"(Mason：60)。

也有一些人试图了解越战，了解老兵。然而，没有战争经历的他们即使付出努力，也很难完全理解老兵的痛苦。作为越战老兵遗腹子的山姆，小时候对越战毫不了解。父亲的死像一个遥远、缥缈而模糊的梦，她完全没有印象，也没有去想过父亲的死。直到渐渐长大，她才开始渴望了解父亲，了解越战。然而，令她沮丧万分的是，"没有人愿意告诉我那里到底像什么。我想知道那里到底像什么。丛林里有什么？"(Mason：189)其他人总告诉她，她不可能了解越战，因为她是女性，因为她没有参加过越战，因为越战与她没有关系。老兵彼特劝山姆："别再想越南，你不会明白它是什么样的，你永远也不会明白。你没有办法去理解它。忘掉吧"(Mason：136)。汤姆说："你最好还是别再问起战争了"(Mason：79)。埃米特也说："女人不在那里，所以她们不能真正明白"(Mason：107)。但山姆却坚持要了解越战。为此，她大量阅读有关文献，与老兵交往，向母亲、舅舅、奶奶询问情况，阅读父亲留下的信和日记。然而，这一切的努力只是让她意识到，她真的很难理解越战。父亲的日记真实地记录了他在越南的经历，读了后山姆却感到很失望："我恨他。他太糟糕了，他说起越南人和杀人的方式"(Mason：221)。但埃米特说："他可能就是我。我们所有人，都是一样。…… 你不可能做过我们所做过的，还为之感到高兴"(Mason：222)。山姆意识到她渴望了解的越战、老兵们缄口不言的越战,可能非常丑恶、非常残酷,是她不愿知道、可能也无法理解的事实。像她这样没有经历过越战的普通美国人,还没有做好足够的心理准备接受越战的残酷和血腥。

　　然而,山姆了解越战的举动却渐渐温暖了埃米特。他从山姆了解越战的努力中感受到,他们没有被完全遗忘,还有人在关心他们曾经付出的天真、曾经经历的噩梦。如果说最初是人们的敌视与冷漠把越战老兵推向自我封闭,那么,同样,只有人们的宽容与关心才能把他们从自我封闭中解放出来,让他们渐渐融入社会的正常生活。在山姆的提议下,山姆的奶奶、埃米特和山姆三人驱车前往华盛顿瞻仰越战纪念碑。参观越战纪念碑也成为所有人生活的一个重要转折点。出发前,埃米特特意带上他在陆军时穿的上衣,说是担心华盛顿冷。但"现在是夏天,山姆不相信他"(Mason：4)。或许,埃米特是期盼着在华盛顿看到越战纪念碑时,能穿上那件衣服,与死去的战友一道缅怀那段令人伤心而又难忘的日子。这一天终于到来时,在纪念碑下,山姆才意识到自己以前真的不了解越战:"她刚刚开始明白。她永远也不会真的知道战争中那些人发生了什么"(Mason：240)。但她毕竟比以前更了解越战、了解父亲和埃米特了。只有在这时,"她才了解到埃米特的煎熬,他这些年来的痛苦。他一直痛苦了14年"(Mason：241)。瞻仰越战纪念碑也让埃米特的心沉静下来,仿佛找到了归宿。山姆说:"我希望汤姆也能来这里。他需要到这里来"(Mason：241)。埃米特答:"有一天他会来的。杰米也会来。有一天他们都会来"(Mason：241)。

　　越战纪念碑之行似乎是一次具有魔法的旅程,能治愈越战老兵心灵的创伤。在《意识形态的崇高客体》中,斯拉沃热·齐泽克提出的两种死亡论为这种现象提供了理论支持。他认为,人要死两次,一次是真实的生物学死亡，一次是对真实死亡进行的符号化处理（如天主教中临死前的忏悔）（Zizek：135）。只有完成这两种死亡，一个人才可以说是真正、完全地死了。士兵们在越南的死亡是真实的生物学上的死亡。但由于战场的特殊环境，活着的士兵根本没有机会对真实死亡进行符号化的处理。死去的士兵被匆匆包裹到运尸袋里、用直升机运走后，活着的士兵总感到那些死去的战友还有一些事没有完成，还缺少某种仪式，因为他们感到战友的亡灵似乎还飘浮在空中，得不到安宁。多年后，当他们来到越战纪念碑前后，似乎才对阵亡越战士兵的死亡进行了符号化处理，使他们完成了两种死亡，让他们的灵魂也得到安息。死去的战友得到了安息，那些活着的越战老兵同样感到了却了在心中搁置多年的心愿。正如一名老兵所言："对我们无数老兵来说，越战纪念碑是个特殊的地方。……当我们来到那堵墙下，回忆往日的伙伴，给他们应有的评价，把他们从墓里拉起，再与我们的爱一同埋葬，我们才终于回到了家"（Broyles：74）①。因此，感受到亲人关爱的埃米特才在越战纪念碑下"慢慢绽放出灿烂的笑容"。

---

① 位于华盛顿的越战纪念碑上镌刻着所有阵亡越战士兵的名字。很多老兵在瞻仰纪念碑时，通常都会前去寻觅阵亡战友的姓名，表达他们的哀思。

第四章

神秘的越南

南海之帝为儵,北海之帝为忽,中央之帝为浑沌。儵
与忽时相与遇于浑沌之地,浑沌待之甚善。儵与忽谋报
浑沌之德,曰:"人皆有七窍,以视听食息。此独无有,尝
试凿之。"日凿一窍,七日而浑沌死。

——庄子《应帝王第七》

走笔至此,本书一直关注的是美军士兵,而越南战争中的另一
半,越南人民,却尚未走进我们的视野。在这一章里,我们将集中论
述美国越战叙事文学中的越南人民,以及为何会出现这种越南人民
形象。美国越战作家通过作品,解构了许多美国人曾经想象的越战,
努力向读者呈现他们所了解的越战。他们的确使美国读者对越战有
了比较清晰的了解。然而,这些作品呈现的是美国人和美国士兵了
解的美国人的越战,而对越南人的越战,他们仍然无法真正了解,因
为对他们许多人来说,越南人民和越南文化是难以理解的。一些越
战作家在作品中仿佛对越南了如指掌,他们描写的越南人显得愚昧、
落后、卑微、充满奴性。这些作品实则是一种独白型作品,作者缺少
与人物的沟通和对话,整部作品表现的全是作者的意识。即使作者
在表现越南人、越南人民,也是作者意识框架内的越南人,这些美国

作家笔下的越南人形象深刻地反映了美国人的自我和意识形态。还有一些作品既表现了美军士兵对自己想象的越战的幻灭,又实事求是地表现了他们对越南和越南人的困惑与无知。经历越战后,他们认识到以前对越南的想象过于天真,经常是出于自己的偏见。现实的越战虽然让他们对越南与越南人有了一定的认识,但由于各方面的原因,他们仍然无法真正了解越南、越南人民和越南文化,越南对他们仍然是个不解之谜。值得肯定的是,这时,一些作家不再目空一切,自以为高人一等,而开始承认对越南的不了解,并愿意表现出自己的迷茫。这时的越南虽然仍然出自想象,但与美军士兵和美国普通人最初想象的那个越南已有了天壤之别。

第一节　美国人凝视下的越南人

一、越南人的形象

越南人与美国人属于两个迥异的种族。种族理论把文化/自然的区分应用于两个种族群体。在一些白种人看来,白人通常代表着文化,黑人和其他有色人种则代表着原始蒙昧的自然,白人能发展文化并最终战胜"自然"。种族主义者常常强调两个种族之间的"差异"。索绪尔的语言学理论认为,差异之所以至关重要,是因为它关系到意义的根本。没有差异,意义就不存在。例如,没有与白对比,人们就难以知道黑的含义。同样,美国人通过自己与越南人的对比,能对白种人和黄种人有更清晰的概念。但与此同时,我们却面对着一种悖论:如果意义依赖于两者的差异,就容易产生二元对立。雅克·德里达就认为,几乎不存在中性的二元对立。他认为,二元中的一极通常处于支配地位,试图把另一极纳入自己的操作领域。"在二元对立的各极中始终存在着一种权力关系"(斯图尔特·霍尔:237)。美国人与越南人的差异对立显然不处于一个平衡的状态,在一些美国人的文学作品中,美国人无疑拥有绝对的支配权。他们在强调两者的差异时,都隐含着这样的前提:美国人是文明的、有文化的,而越南人是野蛮的。这种差异不仅是智力和文化上的,而且也是身体和生物学意义上的。一些白人一方面认为白色人种与文化相联系,他们无论是在知识、感情、还是社会生活方面都受文明的约束;另一方面,这些白人把其他有色人种与本能和自然相联系,认为他们缺乏理性,缺乏文明,缺乏完善的政府机构。

文化研究学者斯图尔特·霍尔指出,在对其他种族进行表述,即进行所谓的种族化表征(representation)时,典型的做法是把各种弱势文化"还原为本性,或使'差异'自然化"。即在表现不同种族时,强调种族之间的差异是自然形成的,正如黑人和黄种人的皮肤本身就代表着他们的落后与野蛮。这种自然化背后的逻辑是,如果白人与其他有色人种的差异是"文化方面的",那么这种差异就不是本质的,而是会发展变化的。有色人种可以通过发展自己的文化来缩小与白人的差异。但如果这种差异是天然所有的,那么"它们就远离历史,是永恒的和固定的。'自然化'因而就是一种表征策略,用来固定'差异',并因而永远保住它。"(斯图尔特·霍尔:247)

由于在两个种族的二元对立中,白人有着支配权,他们就有权力把自己的文化标准应用于他人,对弱势种族进行表述。因而在其话语里,弱势种族的文化与他们的自然本质变得可以互换,其外形特征成为他们的真实本质,并且他们无法摆脱这种本质。从这个意义上说,弱势种族的"生物学特征就是他们的命运"(斯图尔特·霍尔:249)。霍尔认为,有色人种的皮肤和其他生理特征就将他们的本质定型为懒惰、愚昧、无知、冲动、爱偷窃和欺骗人。同样,白色人种的生理特征也意味着他们生而优秀。在白种人与有色人种之间的二元对立中，权力明显偏向于白种人。显而易见，种族对立中的定型化呈现出福柯所谓的一种"权力/知识"的游戏。白种人拥有着权力，从而也有可能创造和阐释所谓的知识和真理。然而，这种定型化和白人的优越感在很大程度上只是一种幻觉，是白人自愿沉溺于自己的想象社会中、拒绝面对另外一个同样有着强烈主体意识、有尊严和情感的种族的表现，因而这种观点是极其荒谬的。在美国越战文学中，当美国人沉浸于这样一个"想象的社会"中时，他们对越南人的表述和描写显然就很难是客观和公正的。

那么，一些美国人是如何言说作为他者的"越南人"的呢？越南人在美国人的凝视下，呈现出一种什么形象呢？种族差异最明显的表征是身体的差异。由于美国人处于完全的主体地位，在美国人的凝视下，越南人丧失了主体性，他们的身体被种族化，身体的自然特征也被简化，成为其种族低劣性的体现。

美国士兵对越南人的称谓充分表达了他们对越南人的蔑视。美国士兵把越南人称为"gook"（黄种人）、"slant"（斜眼）、"slope"（斜眼），"dink"（越南佬）。这其中，前三个词是美国士兵用来泛指东方人。早在二战中，美军就用来指称日本人，在朝鲜战争中，用来指朝鲜人和中国人，在平时，他们还用来指香港人，在越战中，又用来指越南人（Lewis：55，56）。"gook"在《韦氏第三新国际字典（未经删节版）》中有两个词条。第一个词条里，释义为"对棕色或黄色人种的蔑称"。第二个词条里，第一个释义是"粘粘的物质"，第二个释义是"垃圾、污物、废物、废话"。虽然在第一个词条里注明该词"来源不详"，但人们总会不自觉地把两个释义联系起来。一些西方人眼中的东方人，污秽不堪，肮脏邋遢。显然，他们的身体之所以肮脏，很大程度上只是因为他们的皮肤不是西方人的白色。一些美国人自认为洁净整齐,作为他者的越南人自然就是肮脏的。因此,他们"肮脏的"身体也成了其鲜明的特点和代称。其实,无论是西方人的洁净,还是越南人的肮脏,都出于美国人在"想象社会"中的一种幻觉,是他们将自己的标准强加在越南人身上后,使用权力话语制造出来的"真理"。

"slant"与"slope"原本都有"斜的"之意,美国士兵经常称越南人为"斜眼"。这实际上是把越南人的"斜眼"与美国人的"圆眼"(round eyes)对立起来。当然,作为主体的美国人,他们的"圆眼"也处于中心位置,而越南人的"斜眼"自然被排斥到边缘。当"斜眼"成为对越南人的另一个蔑称时,他们身体的自然特点也被东方主义化,被定型化,意味着丑陋、原始与落后。

"gook","slant"和"slope"都是泛指亚洲人,而"dink"则专指越南人。该词在字典中有多种释义,其中一条是在粗话中指男性生殖器。在越战中,美国士兵出口成"脏",他们用该词来称越南人,是在贬低有独立意识的越南人,将他们简单地物化为身体器官,从而否定他们的人性与尊严。与之相对的美国人则拥有完整的身体和健全的心志。霍米·芭芭在《文化的定位》中指出:"黑皮肤在种族主义者的凝视之下裂开,被置换为兽行、生殖器和滑稽可笑的符号。"(Bhabha:92)法侬在《黑皮肤、白面具》中也有类似的言论:白人在看待黑人时,"不再意识到黑人,而只意识到阴茎;黑人被掩盖了,变成了一具阴茎。他就是一具阴茎"(Fanon:170,着重号为原文所有)。同样,在美国人的凝视下,黄皮肤的越南人也被分解得支离破碎。他们自身也与兽性和生殖器等同起来。在小说《绿色贝雷帽》里,许多越南人津津有味地围观一只发情的猴强奸母鸡,一旁的美国人则带着鄙视的目光看着这场闹剧。小说叙述者显然认为,美国人是文明的进步民族,不屑并蔑视这类低俗的事件。而越南人在围观时,已经沦为了动物。他们是未开化的野蛮民族,与野兽无异,才会沉溺于这种低俗的乐趣。

　　在美国士兵的凝视下,越南人所有异于美国人的生活习惯都被贴上"原始落后"的标签。越南地处东南亚,气候炎热。越南妇女长年在地里劳作,养成了嚼食槟榔的习惯,因为槟榔所含的汁水能滋润干燥的口腔,也能让她们精神振作。对越南人而言,"只有积极向上、意志坚强的(女)人才会有这一习惯",因为它表明这些妇女"独立、健康,有能力照顾好家庭"(Le Ly Hayslip:2)。由于长年嚼食槟榔,很多越南妇女的嘴唇、齿龈和牙齿被染成黑红色。许多越南妇女以有一副黑牙齿为骄傲,因为古代越南向来以黑为美。今天,槟榔已成为越南文化和民俗庆典中的一个重要组成部分。在很多越战叙事作品中,美军士兵都提到越南妇女嚼食槟榔的习惯和黑牙齿,却没有任何人去探问过其中究竟,只是将之简单地视为越南人原始落后的另一表征。而阻碍美军士兵去发现其中真相的原因是根深蒂固的种族优越感,使得他们不屑于去了解这一"低等种族"①。

　　与这种外形的简化相对应,越南人的本质也被固化了下来。如在小说《绿色贝雷帽》里,作者罗宾·莫尔笔下的南越军人要不贪污腐败,要不胆小无能,要不莽撞冲动。有的南越军官谎报士兵人数,冒领津贴。美国军人经常抱怨南越军人懒惰:"上帝,如果我们需要做的只是攻打越共,这场战争很快就会他妈的取胜。但我们的问题却是在我们自己营地里的越南人"(Moore:69)。他们认为正是南越士兵的懒惰与胆小,才导致美军的失利。同时,越南人还表现出对美国极度的依赖。美国飞机带着武器和物资到梅奥村里,全村上下欢欣鼓舞:"他们高昂的士气从他们放光的黑眼睛、咧嘴的笑容和轻快的脚步上散发出来"(Moore:169)。书中的越南人看起来全都没有

---

① 　站在越南人的立场上,如果以美国人的逻辑进行推演,是否可以说,美国人不断地嚼食口香糖也是其原始落后的一个表现呢。

头脑,没有主见,缺乏纪律,有的只是散漫、肮脏、奴性、依赖性以及对美国人毫无掩饰的敬仰和服从。

在美国士兵眼里,越南人犹如一群低等动物,缺乏精神和智力活动,缺乏"理性"的光辉。美国人与越南人之间的身体差异实现了自然化、定见化。在美国士兵的凝视之下,越南人的外在形象与内在本质被凝固下来,并画上了等号。他们的黄皮肤、斜眼睛、黑牙齿成了原始、无知、奴性、落后和懒惰的同义词。美国士兵一方面把越南人称为"gook"、"slant"、"slope"、"dink",一方面又称他们为"懦夫、小偷、骗子、懒汉、混蛋、老鼠、臭大粪"等(Emerson:121)。这些不同的称谓对他们都只有一个含意,即无论是外在形象,还是内在本质,越南人都无法与美国人相提并论,他们只是遥远而低等的"他者"。

二、主奴关系

在美国越战叙事文学中,越南人与美国人的形象为什么完全呈现一种二元对立呢?这其中作祟的关键就是一些人强烈的自我意识。

黑格尔在《精神现象学》里谈到自我意识时,指出存在着与自我意识相对立的一个对象。自我意识只有通过否定这一对象,才能确信自己的存在。虽然对方也是一个独立存在的意识,但自我意识"确信对方的不存在,它肯定不存在本身就是对方的真理性"。通过排斥一切外在于自身之外的意识,它肯定自身的真实存在。在它看来,对方是非本质的、具有否定性的。然而,由于对方也是独立存在的意识,因而这两个意识仿如狭路相逢的对手,互不退让,互不承认,只好拼死一战,以冲突决出高低,以实力判定胜负。黑格尔运用主人与奴隶的比喻,指出冲突的结果是,胜者成为主人,是独立的意识,即主体,而败者沦为奴隶,是依赖的意识,仅为对方而存在,即客体(黑格尔:116-131)。换言之,作为主人的自我意识以自己为中心,把所有外在于自己的意识都视为其"奴隶"（客体），并努力否定这些意识，以证实和肯定自己的存在。然而，无论是主人还是奴隶，其实都是独立的意识（即独立的主体），各自为了自己的存在，都想竭力否定对方。拥有话语权的主人能暂时把奴隶置于附属和客体的地位。而沦为奴隶的一方则伺机反抗，通过辛苦劳动，仿效主人，渐渐重新发现自我，即获得主体意识，并最终取代主人。

这一段有关主奴关系的论述着实精辟，实则奠定了后殖民主义理论的哲学基础。用主奴关系去解读 20 世纪的东西方文化关系，我们发现，在西方的文本中，西方就是主人，而东方则是奴隶和所谓的"他者"。原本有独立意识的东方在西方的凝视之下，成了映射在西方眼里的样子，从"主体－我"，沦为了"对象－我"，或"客体－我"，成了黑格尔书中的奴隶，丧失了主体的意识。当我们再用主奴关系去审视美国越战叙事文学，解读美国作家笔下的越南人，就不难理解为什么美国作家塑造了作品中的这种越南人形象。作为书写者的美国人显然掌握有话语权，视自己为有独立意识的主体，而把相对立的越南人视为依附的客体。同时，美国在政治、经济、军事上占有绝对优势，这也强化了美国人的主体意识。

在美国越战叙事文学中，越南人被粗暴地视为了奴隶，他们存在着的全部意义只是为了证实和肯定美国人的存在。不少美军士兵坦言："我们很多人忘了越南人也是人。我们没有把他们当人对待"（Baker：192）。从踏上越南土地之初起，美国人就认为越南人"懒惰、肮脏、不可信任、对生命的价值一无所知。尽管有与之相反的种种证据，但他们仍相信这些陈词滥调，说明这一切不是来自观察，而是来自想象"（Fitzgerald：297）。正是这种西方的主体意识，使不少美军士兵忽略了周围实实在在的越南人；也正是这种白人的种族优越感，使他们完全无视越南人的感情和尊严。

　　那么,那些美国人为何竭尽全力贬低越南人呢？在他们眼里,越南人为何呈现出这种原始、无知、奴性、落后、懒惰的形象呢？黑格尔指出,"自我意识只有通过扬弃它的对方(这对方对于它被表明是一个独立的生命)才能确信它自己的存在"(黑格尔:120)。作为主体的美国人,为了肯定自己的存在,必须要否定其客体。虽然他们意识到作为客体的越南人其实也具有独立的意识,但为了自身的存在,他们必须否定越南人的这种独立意识,必须简单地把他们物化为客体。因为"人们是在自我形象消极对立面的意义上构建相关他者形象的"(莱·塞格尔斯:335),那些美国人塑造的越南人形象不可避免地表现出对越南人的否定。人们常会把一些自己排斥的品质赋予他者,通过否定他者,强调自己的正面形象。在美国越战叙事作品中,读者在阅读越南人的同时,时时刻刻能感受到还有一个潜在的叙述者,以及叙述者凝视越南人的目光。叙述者常将越南人与美国人进行简单的二元对立,处处以高越南人一等自居,他带着高傲的神情审视、评判着越南人。叙述者讲述原始落后的越南文明时,读者感受到的是叙述者背后先进的美国高科技现代文明。叙述者评论越南人卑微、懒惰、无知、无能时,读者能感受到有一个与之对立的美国人形象:自尊、勤奋、智慧、聪颖。在谴责胡志明残暴、专制、独裁时,读者感受到的是叙述者对美国民主、正义和自由的信心。作为客体的越南人形象越低劣,就越能衬托出作为主体的美国人形象的高大。正是这样通过否定奴隶(客体),主人充分肯定并在某种程度上补充、外延了自身。这就是形象学所说:"我想言说他者,但在言说他者时,我却否认了他,而言说了自我。我也以某种方式同时说出了围绕着我的世界"(达·巴柔:124)。

三、东方主义

　　东方主义是形成越南人在美国越战叙事作品中刻板形象的另一

个因素。东方主义的实质就是西方凝视下的东方形象,它主要关注帝国主义和殖民主义霸权对话语和文本的共同生产。萨义德理论的哲学基础是黑格尔的主奴关系,即自我意识的排他性。同时,他结合福柯的话语理论与葛兰西的霸权理论,展示了西方从欧洲中心主义的角度,对沉默的他者、东方及其居民的知识进行生产的过程,揭开了东方主义者们宣称对非西方人获得客观知识的假面具,指出这是帝国主义用以修辞的惯例,是深置于西方人欲望深处的陈旧僵化的概念。萨义德提出"东方并非一种自然的存在",它"几乎是被欧洲人凭空创造出来的地方"(Said:4,1)。他在批判东方主义时指出,"东方学归根结底是从政治的角度察看现实的一种方式,其结构扩大了熟悉的东西(欧洲、西方、'我们')与陌生的东西(东方、'他们')之间的差异"(Said:43)。在美国越战叙事文学中,美国人对越南人的描写这种"对东方事物想象性的审察或多或少建立在高高在上的西方意识——这一意识的核心从未遭到过挑战"(Said:8)。他们在塑造越南人时,显然也夸大了两国之间的差异。之所以差异被夸大,是因为作为拥有话语权的美国人是戴着政治的、意识形态的眼镜去观察现实中的越南人,他们对越南人形象的塑造、对越南知识的生产服务于美国政治,服从于美国的意识形态。

美国越战叙事文学中大部分的越南人形象是按照美国社会的模式、完全使用美国的话语塑造出来的,大多与美国政府宣扬的意识形态暗合。意识形态是为了维护和保存现实。美国越战叙事文学中越南人形象的塑造也是为了证明美国卷入越南事务的正当性和必要性,将美国的价值观投射到越南人身上,改造、歪曲作为他者的越南人,从而消解越南人作为主体的存在。他者(越南人)的形象与这些叙事文学作品有意无意针对的读者群(即美国公众)的意识形态完全相符。

第二次世界大战后,东西方处于冷战之中,美国为了自身的利益,卷入了越南的冲突。在早期,美国政府告诉国内民众,美国到越南是为了帮助越南人,使他们能沐浴到民主与自由之光,生活得更美好。为了说服民众,美国政府必须向民众证明,越南人生活落后贫穷,越南人没有管理自己、拯救自己的能力和意识,无力创造美好生活。因而,越南人亟需一个更强大的民族对之施以援手。这时,美国人昂首出现,他们胸怀坦荡、正义凛然、急人所需、乐善好施,为越南人雪中送炭,给他们提供无私的国际援助,越南人自然应该对他们感恩戴德、言听计从。与之相对,越南人却懒惰松散、不思进取、大搞腐败。这就强烈地烘托了美国人的无私,强调美国人即使在艰苦卓绝的环境中,仍然信念执著,为了自由与民主,不轻言放弃。因此,通过美国国家意识形态机器的宣传,美国民众对越南人形成的"刻板印象"就是原始、落后、懒惰、无知、无能、充满奴性、忘恩负义。正如萨义德所说:"东方人的世界之所以能为人所理解、之所以具有自己的身份却并非由于其自身的努力,而是因为有西方一整套有效的操作机制,通过这些操作机制东方才得以为西方所确认"(Said:40)。这套操作机制就是所谓的意识形态,它深深地影响了美国人对越南人的认识和印象。

美国人之所以能够扩大东西方的差异,是因为身为作者的美国人掌握着话语的权力。正是由于作为"客体、卑微、落后、原始、愚昧"的越南人存在,才巩固和强化了美国人的主体。"殖民主义意识形态正是建立在这种对他者生理、精神低下或不正常性的错误证明之上的"(孟华:161)。正是由于"低下、卑微"的越南人的存在,美国人才能够宣称:如同马克思笔下法国革命的普通民众,越南人同样"不能代表自己,一定要别人来代表他们"(马克思:97)。从而,他们变成落后的越南民族的代言人,变成诠释越南文明的合法权威。"作者"(author)在英语中隐含有"有权威的个人"(authorial self)之意。正是作者成了权威(authority),他们才能在美国的越战叙事文学中表述缺席的越南人。美国强大的政治、经济和军事实力使得美国人的这种话语权变得毋庸置疑。有了话语权,他们就能创造所谓的真理,并将"真理"放大给公众观看,从而让这些真理深入人们的意识,成为知识的一部分。这些知识让他们相信美国相对于越南,的确是高高在上。美国人根本无需屈尊与之对话。因此,许多美国越战作家发表自己的意见,完全置越南人的真实感受于不顾。

四、消解

虽然在美国越战叙事文学中,相对于美国人,越南人是客体,是奴隶,但在现实中,越南人也是有独立意识的主体。如果我们阅读越南的文本,就会发现,在他们的文学中,越南人是主人,美国人则被置于客体和奴隶的地位。西方人因其外貌异于东方人,常被越南人当作怪物。越南村民常会嘲笑西方人走路姿势怪异,像越南故事里的怪物,即使是友好的西方人也让他们感到恐惧。一些越南人说:"在我们看来,所有美国人都一样,谁又记得他们发音奇怪的名字呢?"(Le Ly Hayslip:189)只有与对方有进一步的接触,他们才能把一个美国人从千千万万相似的美国人中区分开来,才能从一群抽象的人中分离出有个性、具体的个体。然而遗憾的是,战争往往没有给予人们了解对方的机会。这样,对方就永远地成为一个抽象、神秘、怪异的低等人。一名14岁越南女孩写的诗清楚地表明了大部分越南人对美国人的印象:

> 他们被称作"美"
>
> 我哥哥说意思是美丽
>
> 但他们并不美丽
>
> 他们毛茸茸的胳膊像猴子

　　他们高高的个子像没有枝条的树

　　他们绿色的眼睛像新年市场上

　　煮熟了的猪眼

　　他们的头发金黄,而不乌黑

　　他们的皮肤粉红,而非棕色

　　他们的汽车惊吓着街上的骑车人

　　他们飞着的机器和蜻蜓

　　向人们和牲畜投下死亡

　　让树叶凋零

　　在这里,美国人并不美丽

　　"但,在他们遥远的国家里

　　他们却很美丽"

　　我哥哥说。

　　　——(Emerson:242-243)

诗虽短,诗人也年幼,却包含了多方面的含义。首先,我们读到的是越南人眼里的美国人形象。正如越南人给许多美国人的第一印象一样,美军士兵的外貌给越南人的第一印象也是怪诞、异己、滑稽。他们引以为自豪的外形特征在越南人眼里被彻底消解。其次,对越南人而言,美国人的到来并不意味着所谓的民主、自由与和平。他们打扰了越南人原有的生活秩序,给越南带去了死亡和荒芜。最后,这名14岁的越南女孩已经敏锐地注意到美国国内普通公民对驻越美军士兵的浪漫想象。美国普通公民与越南人对美军士兵印象的迥然不同,是美丽与罪恶之间的悬殊区别。美国人作为主体时,他们美丽高大;但当沦为越南人的客体时,他们代表的却是罪恶。应该说,读到这首诗的美国人应该会感到一种震撼,因为它让美国人看到自己在越南人眼里的形象,认识到美军在越作战对越南人究竟意味着什么。

这首诗告诉美国人,在现实生活中,在许多越南人的眼里,他们的形象远非高大光辉。这促使美国人从越南人的角度审视自己,并重新审视他们曾经认为是卑微、充满奴性的越南人。

萨义德的论断——"东方过去不是、现在也不是一个思想和行动的自由主体"——在这首诗面前显得无比苍白(Said:3)。虽然在西方人的头脑和书本里,东方不是主体,但若我们跳出西方的思维方式,去审察东方,就会发现东方人同样也是有独立意识的主体,能够独立地思考和行动。虽然由于越南在政治、经济、军事等方面的实力,使得越南人在国际舞台上发出的声音没有美国人洪亮有力,但千千万万越南人共同发出的呐喊却不容忽视,并迫使美国最终撤出了越南。

第二节   美国人对越南人的误解

我他对立、主奴关系以及东方主义的思维方式使得美国人难以客观地审视越南人,同时,战争的硝烟模糊了他们的眼睛,正在进行的战争也使得美国人缺乏对越南文化的了解,难以理解越南人。一方面,很多美国人没有将越南的民族主义和共产主义区别开来,另一方面,战争剥夺交战双方交流的机会,这使得美国人对越南人有诸多误解和不解。

美军士兵误解越南人的一个重要原因是未能将北越人的政治立场与民族情绪区分开来。美军士兵一方面将所有越南人称为"gook"、"slant"、"slope"、"dink",另一方面又非常自然地将所有的北越人和同情北越的南越人称为"Cong"(越共)、"Charlie"(越共)、"VC"(Viet Cong 越共)、"Red"("赤鬼")、"Commie"("共匪")等。这些充满意识形态色彩的称呼对他们来说与充满种族偏见的称呼

(gook 等)没有区别。一名美军士兵坦言自己真的不知道在与谁交战:"对我来说,Charlie 就是北越和越共。我以为它们是一回事,直到那天晚上在电视里看到他们签和约,我才知道它们是两个根本不同的事物"(Emerson:180)。正是因为美国政府和军队用"越共"这一极富意识形态含义的词,取代了北越这一地理意义上的词语,才使得很多美军士兵难以区分越南人的民族情绪与政治立场。越南翻译看到美军士兵烧毁村庄时露出愤怒的表情,美军士兵据此断言他就是越共。他们实际上是把事情简单化了。一个越南人很可能对美军士兵的暴行感到愤怒,但同时他也完全可能不信仰共产主义。如同美国政府和军队刻意模糊的那样,许多美军士兵也想当然地把民族情绪、共产主义和政治立场混为一谈。

正如一些历史学家分析的那样,美国在越南失败,很重要的一个原因是因为美国混淆了共产主义与民族主义之间的界限。在《美国最长的战争:美国与越南 1950—1975》(George C. Herring, *America's Longest War:The United States and Vietnam:1950-1975*)一书中,历史学家乔治·C·赫林指出:"不管胡志明的意识形态如何,他在 1950 年就确立了越南民族主义的准则"(Herring:15)。越战时期美国国防部长麦克纳马拉的一名高级助手多年后也意识到:"美国在越南真正对抗的力量与其说是共产主义,毋宁说是当今世界最强的政治潮流——民族主义"(Karnow, 1997:518)。第二次世界大战以后,各殖民地国家纷纷起义,争取民族独立。一时间,民族独立运动在全球声势浩大地展开。被法国殖民的越南也加入这一席卷全球的运动,并成功地赶走法国殖民者。美国却接踵而至,越南人民自然不甘继续被他人奴役,抗法战争的胜利激励着越南人民继续抗击美军。民族主义运动在 60 年代方兴未艾,美国试图阻止这一历史必然趋势的企图必遭失败。对越南人而言,只有确保民族独立后,才可能再去确定保留何种具体的意识形态。没有民族独立,一切都是枉谈。正如一名越南人所说:"我的确为共产党工作,但我的出发点是爱国主义,而不是意识形态"(Karnow, 1997:39)。北越军队总司令武元甲在接受采访时也表示:"在我们整个历史中,我们最深的意识形态,人们最普遍的情感,是爱国主义"(Karnow, 1991:22)。

越战期间,北越政府用民族主义和爱国主义来抵制美国政府强调的意识形态宣传,使得这种宣传对越南人来说形同虚设。美国政府强调北越共产党对美国安全和霸权造成的威胁,误导了美国公民和士兵对越战性质的认识。许多美军士兵认为:"越共步兵坚忍不拔,会与战场同归于尽,他们狂热地信仰意识形态,因为他一步入军营就被洗了脑"(Halberstam:117)。与其说北越士兵被共产主义信仰洗脑,不如说他们更多地被民族独立、民族解放、民族统一的理想激励着。正是对民族独立和统一的向往,使得北越士兵勇猛无比。在美军和南越士兵还在安睡时,北越士兵就在思考、谋划、擦亮武器。他们会从任何地方冒出来,袭击美军士兵和南越士兵。相比之下,南越士兵则缺乏民族独立和统一的信念,因而显得无能、懦弱、缺乏信心。由于美国政府"坚持用意识形态代替真实情况,因而冲突的真正性质让所有人都大吃一惊"(Lewis:53)。而北越领导人完全抛开意识形态,只谈民族独立、民族解放和爱国情怀。北越人在民族独立的道路上选择了共产主义,这种选择附属于每个越南人心灵深处的爱国热情。尽管包括美国人在内的很多西方人认为胡志明是莫斯科的傀儡,但对广大越南人来说,胡志明首先是一名爱国者,然后才是共产党员。或许也可以这样表述,很多越南人像胡志明一样,是一名偶然成为共产党员的爱国者,而不是偶然成为民族主义者的共产党员。如果说党派信仰、意识形态可以随着宣传、思想发展而变化,那么,爱国主义和民族主义则是更多人们内心深处涌动、难以磨灭的情怀。第二次世界大战中，美国政府就正是利用珍珠港事件激起了美国人的爱国热情。越战中，北越政府也同样是通过激励越南人民的爱国热情和对入侵者的仇恨，才击垮了强大的美国军队的斗志。

尽管美国人一再宣称自己来到越南是为了把美国的民主与自由带给越南人，但越南百姓并不领情。一名越南妇女认为："我们没有民主的概念。对我们来说，'西方文化'意味着酒吧、窑子、黑市以及令人炫目的机器——很多都是毁灭性的。我们的想象中，资本主义世界里的生活疯狂、陌生而恐怖，除此以外，我们想象不出其他的"（Le Ly Hayslip：xiii）。对很多美国人来说，越战是民主对抗共产主义的战争，但对越南人来说，"这根本不是我们的战斗。怎么可能是呢？我们对民主知之甚少，对共产主义就更不了解。对我们大多数人来说，这是一场为了独立的战斗——就像美国的独立革命"（Le Ly Hayslip：xv）。另一名越南妇女指出："我认为美国人不理解在越南的战争，他们很多人也许认为他们的士兵在正义的旗帜下战斗，在对抗共产主义。如果美国人看到南方的越南人正在伤害美军士兵，他们就会更好地理解局势"（Emerson：105）。渴求独立自主的愿望让无论是南方还是北方的越南人都以不同形式反抗着美国人。

这种争取独立、抗击侵略的决心强化了越南人民在长期的殖民和战争中发展起来的民族自豪感。一名美国反战人士认为，美国的反战运动一直把越南人表现为受害者，这是错误的。他一直想让美国人看到，越南人不仅是受害者，还有强烈的民族自尊："他们爱他们的祖国、树木、诗歌、音乐、语言、食物"（Emerson：353）。这些美国人忽略了越南人也有自己的快乐、骄傲和尊严，根本不需要别人自作多情、一厢情愿地去拯救。在《炎热的一天》里，博普雷与南越士兵到一个村庄巡逻，空荡荡的村庄里只有一名瘦骨嶙峋的老人。老人自豪地宣称他从来没帮过法国人，无论法国人如何努力，他都从未给他们提供任何消息："他没有让法国人愚弄他"（Halberstam：186）。当得知又有新的敌人到来，他表示决不会帮助这些侵略者。老人显然已神志不清，他唯一清楚的是对法国人的仇恨，以及他为保持民族气节而做的努力与不屈不挠的斗争。他知道讲着奇怪语言的新敌人必然是国外的侵略者。不论他们是谁，他对他们的仇恨绝不会亚于对法国人的仇恨，因为他们使他的祖国失去了自由和独立。

正是因为美军士兵对越南的古老文化与国情缺乏足够的了解，才忽视了激励着越南人的爱国热情，忽略了越南人对民族统一和独立的渴望。

导致美军士兵只能想象越南的根本原因在于，战争剥夺了交战双方相互交流的可能。战争是两个政治实体之间的斗争，双方无任何感情、同情和认同可言。但具体实施战争的却是有感情、有个性、有生命的个体。政体为了发动这些有感情的个人为没有感情的政体参加战争，首先要做的是把战争非人化、非感情化、抽象化，使参加战争的个人相信他们是在与一群没有感情、抽象的对手在交战。所以，政府和军队在进行战争宣传时，从来都不针对交战对方的具体士兵，而只指向一个抽象的"敌人"。战场上的敌人都是抽象、丑恶、残暴的。士兵想象中的"敌人"其实是对方发动战争的那个政府，而不是组成对方军队的千千万万的士兵。但在具体的战斗中，他们往往会把对方士兵看作是对方政府的代表人或代理人，会把对对方政府的仇恨发泄在它的士兵身上。在消灭敌方士兵时，他们只知道自己是在杀抽象的敌人，而没有意识到他们杀的是像他们一样的普通人。战争的本质就是要剥夺对方士兵的个性和人性，要自己的士兵相信他们消灭的只是对方政府的军事力量。

如果战争一直像其发动者设计时所期望的那样，士兵就会永远陷于对这种抽象战争、抽象敌人的错误想象之中,他们也不会因为消灭了敌人而感到内疚。然而,事情往往并不按照政治家们的如意算盘发展。政治家们可以暂时把自己的士兵抽象为没有感情的战争零件,也可以把对方士兵妖魔化①,但他们无法让自己的士兵永远相信他们是在消灭没有感情、没有人性的战争机器。一旦士兵与敌人有了人与人之间哪怕是最初步、最表面、最肤浅的接触和了解,他们就不会再把对方看作非人。正如许多美国越战叙事作品描写的那样,最一开始,士兵只是机械地开枪射击,没有任何良心的负担,但当他们与敌人直面相对,看到对方也是一个活生生的人时,便开始感受到良心的压力。一旦士兵意识到正在与他们交战的"敌人"也像他们一样,是有妻儿老小、爱恨情愁、喜怒哀乐的普通人,他们就无法像以前那样坦然地面对杀人放火。他们从小受到的伦理道德教育会让他们陷入道德困境,使他们为杀人感到内疚和罪过,再也难以恢复以前的平静。

在自传《战争的谣言》里,菲利普·卡普托生动描写了年轻的美军士兵发现他们杀死的敌人也是普通人时的感受。他们杀死的那名越南士兵甚至比他们还要年轻,才15岁。这时的卡普托不愿知道被杀者的姓名:"我希望永远也不知道这个男子的姓名;我希望在想到他时,不是一个有姓名、年龄和家庭的人,而只是个死去的敌人。这样心里会好受些"(Caputo:120)。然而,他们在死去的敌人身上发现了他们亲人的照片和信,这让"我充满了矛盾。我们发现的东西使敌人有了人性,而这正是我不想看到的。如果意识到越共只是一具躯壳,而不是我想象中的神秘幽灵,那样会好受些"(Caputo:124)。

---

① 正如美军士兵相信胡志明是个十恶不赦的大恶魔一样,越南人也被告知美国人的邪恶和残暴,"有人向我们保证,我们的敌人无论得到何种下场,都毫不过分"(Le Ly Hayslip:40)。所以,这些越南人才会毫不犹豫地去消灭美军士兵。

正因为他们发现敌人也像他们一样有人性、有亲人，是一个具体的活生生的人，而不仅是抽象的敌人，才让他们失去了内心的平静。

在拉里·海涅曼的《肉搏战》里，士兵多齐尔详细地描述了美军捕获的北越俘虏："他沾满泥浆和血污的衬衫、长裤像破布条一样从他身上垂下来。他很小，甚至像个孩子，发型怪异——顶部蓄发，两侧剃光——脸上青一块、紫一块。血从头皮、前额、脸颊一直流到喉咙。血还从他的耳朵、眼睛和嘴里慢慢地、细细地渗出来"（Heinemann，1986：61）。这时，卫生员斯蒂皮克"拿出担架和毯子，把他（俘虏）放好，给他喂水，然后尽最大努力给他包扎。斯蒂皮克给他擦血污，缠绷带，同时又试图对他说话，轻轻的，如同在安慰一只受惊的狗，或一匹不安的马"（Heinemann，1986：61）。美军士兵其实并不都是杀人不眨眼的恶魔，他们并不都残忍无情。在没有生命危险时，他们与北越士兵之间的感情与普通人之间的感情并没有什么差异。虽然他们素不相识，虽然他们是交战的双方，但此刻他们同样都是人，都有着人类对受难同类共有的同情和怜悯。

然而，战争不允许他们对敌人表示同情和关怀。炮火摧毁了他们与北越士兵保持普通人之间美好感情的可能。寂静的夜里，这名俘虏的呻吟声开始暴露美军的行踪。这时，士兵克罗斯对卫生员说："让他安静。""要不让他别出声，要不开枪杀了他。"刚才还像朋友一样安慰俘虏的卫生员斯蒂皮克，此时则不得不给俘虏注射了过量的吗啡。"慢慢地，声音平息了下来，越来越轻，越来越轻，到最后只剩下把毯子拉平的沙沙声。"这时，新兵多齐尔甚至"感到肚子麻木了"。他抗议说："他受了伤，他是一名俘虏。"克罗斯向他解释，在战场上，自己的生命比别人的更重要："他在暴露我们的位置。…… 而且，他是一个越南人。…… 你听着，我给过墨菲机会，我也会给阿提夫机会，我还会给你机会，但是别叫我给越南人机会。听好了，多齐尔，比

待在这里更糟糕的事就是被杀死在这里。明白吗?"(Heinemann,
1986:63)蒂姆·奥布莱恩的《他们携带之物》也描述了同样的情形。
主人公蒂姆杀了一名越南人,他望着那名越南人的尸体,心中十分难
过,别的同伴都来安慰他说,如果他不杀那个越南人,越南人会反过
来杀了他:"基奥瓦想告诉我,那个人无论如何总得死去。他告诉我,
我杀得很好,我是个士兵,而这是场战争,我应该振作起来,不要再瞪
着眼傻看,要问问自己,如果情况颠倒过来,那个死去的人会做什么"
(O'Brien,1991:149)。这就是战争的残酷。每个人都必须为了自
己的生命去牺牲别人的生命。让美军士兵丧失人性的不是他们天性
的残暴,而是战争和战争的环境让他们别无选择。

　　战争剥夺了交战双方相互沟通的可能。不能与越南人直接沟通
是很多美军士兵不了解越南人、只能去想象他们的重要原因。因语
言不通,他们不能与越南人直接对话。虽然很多美军士兵有无数的
话想对越南人讲述,有无数的问题想向他们请教,但碍于语言的隔
阂,却无法沟通。《追寻卡西艾托》里的伯林望着一个受伤的越南小
女孩,感叹万分,心中萦绕着许多问题。但因为语言和文化的阻隔,
他只能在心中重复这些话语:

　　　　这些皮包骨头、目光茫然的人是谁? 他们想要什么? ……
　　那些小孩子们喜欢他吗? 那个戴着金耳环、眉间有丑陋疤痕的
　　小女孩,在他帮医生往她伤口擦碘酒时,她像他一样感觉到了他
　　的善意、温暖和辛酸吗? 除此外,这个女孩喜欢他吗? 上帝知
　　道,他心中没有恶意,除了好意没有别的目的。他希望她健康、
　　幸福。她知道这些吗? 她感觉到了他的同情吗? …… 她能把
　　他与战争分开吗? 哪怕是一小会儿? 她能看出他只是个从爱荷
　　华来的吓坏了的蠢小子吗? 她能感觉到同情吗?
　　　　……

　　他不知道在越南的词汇中,是否有爱或其他同义词,也不知道友谊是否可以传递。他完全不知道。他渴望被爱,他想让他们所有人都知道他心中没有仇恨。他应该告诉他们,一切都只是一场令人难过的误会——偶然、高层政治和困惑。在战争中他除了活下来外,没有别的愿望。……他陷入了一张强有力的网中,这张网像裹住美溪或品克村人的网一样强劲混乱。是的,他们被裹住了,他们受着折磨,的确如此。但是,上帝,他也同样被裹住,同样受了伤。他本该告诉他们这些。他不是暴君,不是猪猡,不是美国杀手。他是无辜的。是的,他是无辜的。如果他懂得他们的语言,如果有时间交谈,他本应该告诉他们,告诉那些村民,他不想伤害任何人,甚至是敌人。敌人! 一个肮脏的字眼。他没有敌人。他没有伤害任何人。如果他会说他们的语言,他就会告诉他们他有多么痛恨看到村庄被烧毁,痛恨看到稻田被糟蹋(O'Brien, 1978：265,着重号为原文所有)。

伯林还渴望在战后,能带上一名翻译,去寻找那个耳朵上戴着金耳环的小女孩,向她解释自己为什么会走上战场,告诉她很多美军士兵并无恶意。他们像越南人一样,也是战争的受害者。他会请求得到女孩和所有越南人的宽恕。

　　透过战火的硝烟,美军士兵对北越士兵还是有了一定的了解,因为他们同为士兵。一名美军士兵这样描述他在第一次战斗中与北越士兵交火时的感受："这家伙怎么敢向我开枪? 只要我能与这些向我开火的混蛋们谈谈,我们就会相处得很好,一切都会好起来。我有一种强烈的感觉,如果我能与这些人交谈,就会发现他们跟我一模一样,发现不是我们在开火,而是其他一些系统在操纵,我们只不过是这场混账事件中的棋子,相互践踏"(Santoli：55)。士兵们认识到："越南人也是士兵,像我们一样。他们像我们一样打仗。他们也有一些职业军人操纵他们的政府,就像我们也有职业军人操纵我们的政府一样"(Hasford:93)。他们意识到自己只不过是政府可以随意牺牲的棋子。政府不会同情士兵面对生命危险时的遭遇,但有着相同命运的士兵却能相互理解、相互同情。

第三节　神秘的越南人

虽然主奴关系、我他对立、东方主义以及意识形态的作用和战争的本质,使美国人难以正视越南人,无法客观、正面地去了解越南人,但越战的局势却迫使美军士兵多少意识到越南人作为独立主体的存在,认识到越南人的勇敢和坚韧。在美国越战叙事文学中,虽然鲜有对越南人的正面描写,也没有直接描写越南人英勇作战的场面,但读者还是能够感受到越战的失败迫使美国人去面对越南人并不软弱的现实。在贬低和辱骂越南人的同时,很多士兵会情不自禁地表达出对越南人的钦佩和尊重,因为他们是"弱小"的强大对手,既神秘又神奇,充满了智慧与韧性。

美军拥有世界上最先进的武器、最精良的装备,有号称最勇敢的士兵,在对抗越南这个被认为是"弱小、贫穷、懒惰"的民族时,却屡屡受挫,这使他们感到无比困惑。他们渐渐发现越南人不是想象中的那么无能、无助、懦弱、愚昧,发现越南人似乎根本不需要美国大兵前去拯救,反而不惜牺牲生命来抵抗这种所谓的"拯救"。越南、越南文化和越南战争令他们百思不解,现实中神秘的越南人似乎根本就不可了解。越战叙事作品生动展现了美军士兵对越南的困惑与茫然。在困惑与茫然中,他们模糊地意识到,与之作战的不仅是那些身材瘦弱、营养不良、武器粗陋的北越士兵,而是整个越南、越南文化和全部越南人。美军士兵并非在与一群散漫的原始初民作战,而是与一个坚强团结的民族国家为敌,在同一群自尊自爱的勇士交锋。

越战叙事作品中,美军似乎不得不与鬼魅作战,向幻影开火。他们看不到敌人,也不能把盟友与敌人、平民区分开来。与他们并肩作战的南越士兵看起来与北越士兵并没有什么不同。他们到村庄里搜查时,看到一张张沉默、冷漠、略含仇恨的面孔,难以分清哪些是平民,哪些是隐藏在内的越共分子。谁是敌人? 他在哪儿? 渐渐地,士兵们似乎意识到,他们的敌人就是脚下的土地,是秀美怡人的自然,是郁郁葱葱的丛林。沉稳宁静的大地,会忽然在他们的脚下爆炸;静谧的山林在夜的怀抱里,会忽然射出仇恨的炮火,把他们从夜梦中惊醒,或让他们长眠于并不安稳的梦里。这是一片陌生的土地,他们永远也不能理解的土地。那一个个沉默、矮小的人并不甘于沉寂,他们让深沉的土地说出了自己的话,说出他们要复仇的决心,成为美军士兵永远也不能忘却的梦魇。

美军士兵在越南的营院完全是美国兵营的缩影。虽然他们是在越南打仗,却生活在一个美国化的环境里,"实际上根本就没有离开过美国"(Wright:251)。在那里,除几个佣人外,其余的都是美国人。他们说美式英语,吃美式饭菜,读美国书,开美国汽车。一切都与在美国时相差无几。很多人发现,在越南那么久,他们对越南仍然一无所知。一名美军士兵生动地描述了美军身处越南村庄,却难以理解一切的感受:"整个村庄就在我们面前,但即使我们进入其中,一切仍然是不可理解的,我们从来就不能理解任何东西,或看到任何可以理解的东西,人们凝视着我们,仿佛我们来自火星"(Karnow,1997:482)。蒂姆·奥布莱恩在《追寻卡西艾托》第 39 章"他们不知道的事"里,也用抒情的语言精彩地叙述了美军对越南的困惑和迷茫:"他们不了解这些人,不了解他们的爱憎好恶。…… 他们不知道该信任谁…… 也分不清敌友,他们不知道这是否是一场深得民心的

战争。…… 他们不了解这里的宗教、哲学和正义的理论。…… 他们
(越南人)的情感、信仰、态度、动机、目的和希望,所有这一切 A 连人
都无从知晓。"(O'Brien,1978:263-264)小说叙述者伯林还有一连串
想不明白的问题:"他们是怎样藏起来的? 他们是怎样保持这么安静
的? 他们是怎么睡觉的? 他们是怎么融入大地的? 他们是谁? ……
他们能飞吗,真的能像鬼魂一样穿过岩石吗? 他们真的不在乎人的
生命吗? …… 哪些村庄有越共,哪些没有? 为什么所有村子都只有
老妇和孩子? 男人们到哪儿去了? …… 哪条路上有地雷,哪条没
有? 哪些水是下了毒的? 为什么大地如此令人生畏?"(O'Brien,
1978:85-86)越南、越南人和越南文化对这些美军士兵来说是一团解
不开的谜。

对越南人的不了解,不仅让美军士兵感到迷茫,还让他们近乎疯
狂。菲利普·卡普托和部队第一次来到越南村庄,心里因内疚而忐
忑不安,期待着村民能表现出恐惧或憎恨的情绪,期待他们挥舞拳
头,咒骂这些破坏了他们生活的美国兵。然而,除了孩子和妓女,似
乎谁都没有注意到美军士兵的到来和存在。年轻的妇女毫无表情地
给孩子喂着奶,村民们"只是站在那里,沉默着,一动不动,没有悲伤,
没有愤怒,没有恐惧。他们平静的凝视里有着 …… 同样的冷漠"
(Caputo:133)。村民们的沉默与冷漠甚至比恐惧、仇恨和反抗更让
美军士兵害怕。内心的恐惧转化成怨恨和愤怒,他们放火烧了村里
的房屋。但即使是看着自己的家园化为灰烬,村民也"没有怒目而
视,没有挥舞拳头,哭泣着跑来,要求赔偿。村民们什么也没做"(Ca-
puto:134)。无独有偶,在加斯塔夫·哈斯福德的小说《短刑犯》里,
坦克压死了一个小女孩,一个老人悲伤地哭泣着,其他"越南平民都
静了下来。又一个孩子死了。虽然这让人伤心痛苦,他们还是接受
了这一切"(Hasford:76)。这时,士兵们意识到,越南人经历了太多

的苦难,"各种疾病、庄稼歉收,尤其是无尽头的战争,赋予了他们一种接受我们所不能接受之事、承受我们认为不可承受之物的能力。他们的生存要求他们必须这样。就像巨大的长山山脉一样,他们忍耐着"(Caputo:134)①。

卡普托见到越南村民时,期望他们显露出恐惧、惊慌,甚至憎恨的神色,是因为他在潜意识里认为自己是主人,处于一个优势地位,因为他们掌握着生杀大权;与之相比,处于劣势的越南人则是低等的奴隶,应该怕他们。但他发现村民们没有表现出惊恐,反而极度平静地凝视着高大威猛、全副武装的美军士兵。这时,卡普托的内心却惊慌起来,发现自己高高在上的心理地位似乎受到了威胁,发现越南人没有甘于被凝视。在很多美国人的想象中,像所有东方人一样,越南人应该是"被观看或凝视"的对象,他们只是附属的客体。然而,这些普通越南人平静的凝视瓦解了美军士兵原有的傲慢态度。美军士兵模糊地意识到,这些越南人同样是有思想、有感情、有独立意识的主体,是美军的到来才破坏了他们原有的生活。

这些如大山般沉默的人们并没有永远地沉默下去。他们在沉默中蕴蓄着,把仇恨埋在脚下的土壤里,把愤怒撒到延绵的山峦中。他们的身影也消融在自然里,让美军几乎无迹可寻。美军发现,村里根本没有青壮年男子。普通的家庭由"孩子、母亲和年迈的祖父母组成。越南男子通常长到12岁,然后飞跃到60岁。中间年龄段的压根就不存在"(Wright:79)。士兵们向村民询问男人去了哪里,问大伯去了哪里,得到的只有一片沉默。"没有回答,没有村民的回答。直到我们被大伯的子弹打中,直到我们踩上他的地雷,才听到回答"

---

① 长山山脉沿越南、老挝边界蜿蜒南下,是东南亚地区的重要山脉。

(O'Brien，1979：120)。他们想还击时，却"没有敌人可以射击，只有篱笆、灌木和枯树桩"(O'Brien，1979：121)。年轻体壮的男人们都参加游击队、抗击美军去了。他们在稻田里、小径上埋下地雷，让美军士兵用一条条血肉横飞的腿把这些地雷一个个找出来；他们藏在丛林的阴影中，躲在黑夜的眼睛后，向茫然的美军开枪射击。他们沉默着，然而又用爆炸声、用机关枪向世界大声诉说他们要抵御外敌的决心。这种沉默与喧嚣的统一让美军陷入了无尽的恐惧中：他们寻找着、期待着敌人的出现，但敌人并不在他们寻找、期待时出现，却总会在他们最意想不到的时刻从意想不到的地方突然冒出来，向他们射击，然后又同样悄无声息地消失在茫茫夜色里。

批评家唐纳德·林纳尔达指出，越战中，地面属于美军，地下属于北越；白天属于美军，夜晚属于北越(Ringnalda，1988：38)。美军对地面进行狂轰滥炸；越军在地下埋地雷、挖防空洞。白天，美军到村庄、丛林巡逻；夜晚，美军开始休息时，北越部队开始对他们发动袭击。从梦中惊醒的美军士兵慌乱中向四处开枪，他们往往不知道敌人在哪里，是什么人，甚至不知道是否真的有敌人存在。他们似乎不是在与人类作战，而是在与幽灵、鬼魅和幻影交火。对此，小说《伤亡统计》里的美军士兵感叹："影子，影子，他们在与影子作战"(Huggett：286)。《战争的谣言》里的卡普托也惊呼："幻影，我想我们是在打幻影"(Caputo：58)。"这是一个幻影般的狙击手，整个部队都是幻影"(Caputo：63)。士兵们"在和无形的敌人打一场无形的战争。敌人像丛林里清晨的露水一样消失，只有在意想不到的地方才现身"(Caputo：95)。白天在地面作战的美军士兵只能想象夜晚在地下活动的北越士兵，直到最后离开越南，他们也只能在想象中与这些敌人对话。

与传统战争不同，越南战争没有传统意义的前线：哪儿都不是前

线,哪儿又都可能响起炮火。美军驻越总司令威廉姆·威斯特摩兰
将军奉行"寻敌歼灭"的战术(search-and-destroy),更把美军置于明
处,使越军隐于暗处,把战斗的主动权完全交给了北越军队。所以,
美军发现敌人似乎总在与他们捉迷藏。他们却只得日复一日地在烈
日下、暴雨中巡逻,寻找神出鬼没的敌人。一名士兵沮丧地说:"我可
以对付一个人,这是说,我可以在智力上与他对抗,求得生存。但是,
如果那人根本就不在那里,你如何对付他?"(Baker:111)尽管美军
士兵难以亲眼见到北越士兵,却能深切感受到他们的存在,这让他们
无比恐惧。他们只能凭直觉去感受这些神秘的敌人,只能从夜间衣
服擦在树叶上的窸窣声,或从草鞋踏在草上发出的沙沙声,猜测或想
象擅长夜战的北越士兵。《绿色沉思》里的美国将军一直在寻找北越
神秘的第五团,常神经质地自问:"它从哪里来? 到哪里去? 有多少
人? 有多厉害?"(Wright:48)然而,直到小说结束,将军也没有找到
这个在梦中也萦绕着他的神秘之团,反而是美军在意想不到的时候
遭到这个团的重创。

　　同样,奥布莱恩在自传《如果我死在战区》中谈到,他和很多战友
在战斗中没有开枪,因为他们"不知道朝哪个方向射击"(O'Brien,
1979:11)。在射击时,"没有目标,没有对着什么去瞄准。只是盲目
地为了射击而射击。像这样已经有几个星期了"(O'Brien,1979:
16)。他们像《绿色沉思》里的将军一样,寻找着北越神秘的第48营,
但"经常是越共找着我们,而不是我们找着他们。他们藏在普通人民
中间,藏在地道里,藏在丛林中。我们走着去找他们,跟随着神秘、幽
灵般的48营从这里走到那里,又从那里走回这里,再走到那里"
(O'Brien,1979:129)。

　　美军士兵对越南的土地也有着许多的迷茫。越南的丛林、气候
似乎都出乎美军的想象。在丛林里行军,美军士兵感到像是走进了

"上帝绿色的炼炉,走进了充满危险的敌对区"(Hasford:150)。在密不见光的丛林里,各种动植物都与他们为敌:"昆虫叮我们的皮肤,蚂蟥吸我们的血,毒蛇咬我们的脚,甚至猴子也向我们扔石头"(Hasford:150)。而树木和灌木会塞进枪管,缠住士兵的腰。有些士兵甚至认为这些树木就是文学作品中虚构的一种能行走、会伤人的危险植物(Wright:132)。在行军过程中,不时有美军士兵因炎热中暑,有时甚至丧命。士兵们惊恐万分,因为"好像太阳和大地本身都与越共联合,一起来磨炼我们,让我们疯狂,让我们丧命"(Caputo:106)。太阳成为美军士兵"最持久、最狡猾的敌人"(O'Brien, 1979:105)。的确,天气、大地与北越结成了坚定的神秘同盟,共同抵抗美军,让他们防不胜防。奥布莱恩笔下的一名越南军官道出了其中的真理:"[北越]士兵只不过是大地的代表,大地才是你真正的敌人"(O'Brien, 1978:86)。奥布莱恩小说里的美军士兵当时并没有理解这其中的深刻含义,这是作为作家的奥布莱恩回国后,经过数年的反思才发现的事实。的确,美军在越南真正的敌人不是别的,正是沉默的大地。这时的大地,不仅仅是自然山川,还蕴涵着越南上千年的古老文化,代表着大地母亲,默默地庇护在这片土地上生活了千百年的人们。它可以包容一切,又可以吞噬一切。它保护着自己的儿女不被敌人发现,又设置了无数陷阱,让敌人无时无刻不处于紧张和恐惧之中。美军士兵感到"陌生的荒野",对北越士兵而言,则如同生他、养他的母亲一般亲切熟悉,因为他们无数次地用双脚丈量脚下的土地,一步一步地走到作战地点,一步一步地与装备精良的美军周旋。他们与大地融为一体,可以随时从大地母亲那里得到力量、智慧和荫庇。

越战期间,美军展开了大规模的轰炸行动。大地被汽油弹炸得满目疮痍,到处散落着人体的残肢,处处是噩梦般的断垣残壁。在美军的狂轰滥炸下,有的村庄在几小时内就消失得荡然无存;一些小山头在三周内，就受到上亿磅炸药的轰炸，被炸得面目全非（Herr：146）。尽管如此，行踪不定的北越军队仍会在意想不到的时候冒出来。更让美军感到恐慌的是，敌人似乎总也杀不完、赶不尽。在《战争的谣言》里，卡普托和他的士兵们曾全歼了一个北越团。几个月后，他们发现又在与同一个团交战。敌人在这么短的时间内重新集结起来，让士兵们感到毛骨悚然，仿佛是敌人的魂魄不愿散去，前来向曾夺去他们生命的美军士兵索命。

导致美军士兵难以了解越南和越南人的一个因素，是美军在越战中大量使用以直升机为象征的高科技先进武器和设备。面对神出鬼没的北越军队，美军试图用高科技和先进武器与之抗衡。美国人坚信美国科技的优势是其民族独特性的一个标志。科技的强大使美国人一度相信他们在军事上是不可战胜的。1983年，剧作家阿瑟·米勒在一次讨论越战的会议上发言说："因为我们有相当优势的科技，那时我想我们会赢。我是美国人，我相信科技"（Salisbury：312）。

越战是美军第一次在作战中大规模运用直升机的战争。直升机在战斗中有多种用途："可以侦察，去搜寻越共；可以摧毁，从空中扔炸弹；可以是救星，运送伤员到后方医院；可以是灵车，把死者送回去；可以是地位的象征，是每个校官和将军的卡迪拉克车"（Hall：151）。然而，直升机既是美军士兵的朋友，也是敌人。先进武器和直升机的使用让士兵缺乏对大地的了解。由于有了直升机，士兵们不再需要徒步走到作战区域，直升机会把他们直接空投到指定地点；士兵受伤后，能在最短的时间被直升机送到后方医院；战斗结束了，又有直升机把他们运回营地。《裸者与死者》（1948）里描写的士兵用担架抬着受伤的战友穿过密林、跋山涉水、历尽艰辛的情景，不会在越战叙事文学中重现。

然而,美军所迷信的高科技带给他们的并不都是胜利。科技的运用让美军士兵产生过分依赖的心理,不能像北越士兵那样充分发挥人的潜能,充分利用自然的各种因素。没有先进武器,没有直升机,没有后方炮火支援,战斗就无法进行,士兵也没有了自信。对此,菲利普·卡普托这么说:"作为美国人,我们很自然地使用机器。但是飞机走了后,我们就被一片陌生的荒野震惊了"(Caputo:83)。卡普托还谈及美军士兵在直升机里的无助感:

> 直升机在危险的着陆区遭受袭击时,给士兵制造的精神压力远比常规地面袭击制造的压力强烈。战斗在封闭的空间进行,噪音、速度,尤其是完全的无助感。第一次时还有某种兴奋感,但此后,带来的就是现代战争引发的、不那么愉快的经历了。在地面,步兵还多少能控制他的命运,至少他有这种幻觉;但在遭受袭击的直升机里,这种幻觉都不复存在(Caputo:293)。

在《美国文学里的越南》一书里,菲利普·H·梅林指出,"对科技的强调把士兵与他正为之作战的人们隔离开来",导致美军士兵无法直接了解自己的敌人,只能去想象他们的存在,在一定程度上加速了美军在越南的失利(Melling:163)[①]。

美军试图用科技制服北越人,但北越人却利用自然来对抗美军的高科技。他们充分利用自然的各种因素与美军对抗。他们利用黑

---

① 在"直升机与尖竹桩:越战的中心象征"(H. Palmer Hall,"The Helicopter and the Punji Stick:Central Symbols of the Vietnam War")一文里,H·帕尔默·霍尔也表达过类似的观点。他指出,越战中,直升机是美军的象征,北越军队在越战早期的象征是尖竹桩,在春节攻势后,被地雷取代(Hall:151)。直升机代表美军的作战方式,美军士兵希望尽快结束战斗,早日回国;而埋设在地里的尖竹桩和地雷可以代表北越,它是耐心的象征,乐意打持久战。尖竹桩朝上指着,耐心地等着受害者;直升机则疯狂地飞来飞去,寻找难以捉摸的敌人。搭乘直升机的美军士兵只能去想象看不清甚至看不见的敌人。

夜的掩护作战，利用茂密的丛林、多变的地形与美军周旋。奥布莱恩曾这样描写美军士兵对黑夜中北越士兵的恐惧：

> 乡间似乎有些阴森森，黑暗里满是阴影、地道和燃烧的香火。大地里鬼魂出没，我们与之作战的部队并不遵循 20 世纪科学的规则。深夜，整个越南似乎都活了过来，发着微光。稻田里会摇晃着奇怪的影子，穿着拖鞋的黑人，在古塔里跳舞的精灵。这是个鬼魂出没的国家，越共是主要的鬼魂。他们夜间出没的样子。你从来就不能真正见到他，只是觉得你见到了。几乎是神奇的：出现，又消失。他可以融入大地，改变形状，变成树，变成草。他可以飘浮起来，可以飞，可以穿过铁丝网，像冰一样融化，无声无息地向你爬来。他让人害怕。白天，你也许不相信这些，笑笑就过去了，开着玩笑。但是在夜间，你就会相信。单兵坑里的人对此从不怀疑(O'Brien, 1991：228)。

一名美国中校坦言："一般说来，美国人似乎天生害怕黑暗，会尽量避免夜战"(Emerson：193)。北越人恰恰抓住了美军这一弱点，利用夜色的天然屏障对抗装备精良的美军，使他们无时无刻都如惊弓之鸟一般，提防随时可能出现的北越士兵。但让他们恐惧的是，一切都防不胜防。美军依赖的高科技、先进武器、现代战争装备，在越南的自然——稻田、丛林、山峦、黑夜里，纷纷丧失了作用。

正如自然是不可战胜的，北越人也同样不可征服。越战期间，美军扔下了无数炸弹、除草剂和去叶剂，给越南带去了毁灭性的打击。美国人的轰炸把北越变成了一片没有生命的荒蛮之地："除了炮弹坑，就没什么可看的。土地死气沉沉，看起来犹如麦片。没有鸟，没有树，没有人，没有稻田，没有花园，没有任何活动着的东西"(Emerson：225)。美军士兵从空中俯视越南的土地时，发现"炮弹坑像含泪的眼睛"一样望着他们(Wright：63)。然而，即使面对猛烈的狂轰滥炸,北越人仍然没有屈服。他们像埋设在地里的尖竹桩和地雷一样,静静地等待着他们不多的机会,等待敌人自投罗网,自取灭亡。同时,他们又不断积蓄着力量,为击溃敌人做各种准备。一些士兵惊愕地发现,"没有什么能阻止这些人,他们习惯炮弹坑就像美国人习惯超市一样"(Wright:57-58)。隐藏在丛林之中的胡志明小道同样令很多美军士兵大吃一惊。他们从直升机上看到的胡志明小道其实很宽阔,与地图上标的那条细细的线相差甚远。北越人沿着小道静静地行军,背负的物资压弯了他们的腰,他们对烧毁他们家园、炸毁他们农田、杀害他们家人的帝国主义侵略者充满仇恨,他们被这种仇恨激励着,被民族统一和独立的愿望鼓舞着。

唐纳德·林纳尔达指出,美国人之所以输掉越南战争,是因为他们一直错误地认为,北越与他们的区别是数量和程度上的区别,比如自行车与汽车的区别,但实际上他们的区别却是种类和性质上的区别。很多美国人认为越南人拥有的技术极其落后、微不足道,但"越共知道他们拥有另一种技术——即大地,他们有效地利用大地来对抗美国的技术"(Ringnalda,1994:8)。美国科技的基本原理是征服自然,而越南人则用自然来征服科技。北越最高军事指挥官武元甲曾大胆而正确地预言:"美国在他们军事力量最强大时会输掉战争,他们巨大的机器无法再转动。…… 我们会在他们拥有最多的士兵、最好的武器、最大的胜利希望时打败他们"[1](Ringnalda,1994:9)。

---

[1]　武元甲向《越南:一部历史》的作者斯坦利·卡诺解释:"我们不够强大,不能把50万美军赶出越南,但那也不是我们的目标。我们的目标是摧毁美国政府把战争继续下去的意志。威斯特摩兰错误地认为,他可以依靠优势火力压垮我们。…… 我们发动的是一场人民战争,一场全民战争,每个人,每支部队,无论大小,都被动员起来的群众支持着。因此,美国的先进武器、电子设备和其他装置都不起作用。尽管美国军事力量强大,但却错误地估计了军事力量的作用。战争有两个因素,人和武器。但是,最终决定性因素是人。人,人!"(Karnow,1997:20-21)

回答"共产党为什么好像总是知道 B-52 飞机什么时候会轰炸"的提问时,一名北越将军答曰:"这是我们的国家,树林和树叶是我们的,我们无所不知"(Emerson:155)。越南的自然和大地早已与越南人融为一个不可分割的整体,共同对抗着任何试图侵犯它的外来者;相反,乘着直升机打仗的美军却无法建立与越南大地的联系,输掉战争也是必然的后果。

直升机等高科技设备和先进武器的运用,进一步加剧了美军士兵与越南人的隔阂,使得神秘的越南人似乎更加神秘,难以理解的越南文化似乎更加难以理解。然而,北越人神出鬼没的战术让美军士兵领略到这个矮小民族的无穷智慧,并对他们另眼相看。尽管越南人和越南的大地对美军士兵仍然是个谜,尽管美军士兵需要透过战火的硝烟在想象中勾勒越南人,但毋庸置疑,越战让美军士兵深深感受到越南人民的机智勇敢。

在交战的过程中,美军士兵甚至还可能对北越士兵产生发自内心的尊重。在《新闻快报》里,迈克尔·黑尔就记录了美军士兵和北越士兵交战时棋逢对手的感受。一名北越狙击手不断袭击美军士兵,白天朝任何从沙包上露出的东西开枪,晚上朝他能看到的亮光射击。如美军士兵朝他开枪,他就会躲到洞里。美军直升机对他发射火箭炮,但美军一停止,他又冒出来开枪。后来,美军又对他发射了汽油弹,足足有十分钟,在他藏身的洞周围冒着黑色和橙色的烟,四周的土地再没有任何活着的生命。正当大家都以为他已必死无疑时,这名神奇的狙击手又冒出来对美军士兵开枪。这时,美军士兵都欢呼起来。"从此以后,谁也不希望他再出现什么意外"(Herr:125)。

一名美国老兵承认:"我们害怕北越士兵,我们也尊重他们。他们从来不会临阵脱逃,他们勇敢非凡,这些越共也很会设下埋伏"(Emerson:379)。这时的北越士兵不再是一个抽象的敌人,而是一个勇敢机智的对手。渐渐地,交战双方士兵之间会有一定的理解,正如一名美军士兵所言:"我们与北越士兵很亲密。我们互相杀戮,这毫无疑问,但我们很亲密。我们很坚定。…… 我喜欢这些共产党混蛋。我真的喜欢。士兵理解士兵。这是我们生活的伟大日子。……我们今天杀的人是我们将认识的最优秀的人。我们轮换回国后,会怀念周围有一些值得我们去杀的人"(Hasford:93)。然而,他们对北越士兵的了解只能局限在对对方作为士兵,而不是普通人的了解,战争使他们没有机会像普通人那样,以友好的方式更深入地去认识这些勇敢机智的北越士兵。美军士兵只能透过猛烈的战火去认识神秘的越南人。当他们透过战火的硝烟再次想象越南人时,出现在脑海里的就不会再是以前那种卑微、愚昧、奴性十足的形象。他们重新勾勒越南人形象时,将会更多地考虑越南人为民族统一和独立进行艰苦卓绝的反侵略战争时付出的种种努力。美军士兵无疑会更尊重他们重新认识的越南人,因为这是一群值得他们尊重的人。

第四节　越南人的缺席

在众多美国越战叙事作品中,越南和越南人处于尴尬的缺席状态。尽管战争发生在越南,敌人是越南人,盟军也是越南人,但在美国人的文学作品里,对越南和越南人的描写却寥寥无几。即使有那么不多的几笔,越南和越南人也总处于模糊暗淡的背景之中,读起来,不免给人雾里看花、水中望月的感觉。

在描写美军士兵到越南与越南人作战时,美国越战文学作家大多把焦点聚集在越作战的美军士兵身上,关注他们在越南的命运。然而,大部分作品很少关注越南当地人遭受的灾难和他们的感受。这是因为美国越战作家能深刻感受到美军士兵在战争中的痛苦,而越南人的痛苦却抽象而遥远,只存在于他们的想象中。林恩·汉利在著作《撰写战争:小说、性别与回忆》中认为,几乎所有越战文学和电影都要求读者或观众去同情美军士兵,从他们的角度考虑问题,考虑他们在越战中遭受的苦难:"在美国制造的一场战争中,美国人的苦难和残暴,被无端置于另三个国家的所有人之上,而它们在世界的另一端,从不冒犯别国"(Hanley:104)①。

　　人们在思考、审视问题时,通常都会从自己的角度出发。无论多么客观公正的学者在生产"知识"时,都无法脱离与其自身生活环境之间的联系。"对于一个研究东方的欧洲人或美国人而言,他也不可能忽视或否认他自身的现实环境:他与东方的遭遇首先是以一个欧洲人或美国人的身份进行的,然后才是具体的个人"(Said:11,着重号为原文所有)。人们无法把自己从其生活环境中剥离开来,他总会在有意或无意间与他所属的阶级、信仰体系和社会地位发生各种各样的关系。美国越战作家也是这样,他们在思考越战、越南、越南人和越南文化时,虽然有着各自不同的切入点和角度,有着各自的不同阐释,但都难以摆脱从美国人的角度诠释越战的大背景。他们描述的也不可避免地是美国人眼里的越南。一些到过越南、亲历过战争的作家,由于他们美国人,尤其是美军士兵的身份,使得他们的生活圈子里大多是像自己一样的美国人,难以有机会近距离地接触越南人,更谈不上深入的交流。因此,就不难理解以下现象:在笔者阅读过的美国越战叙事文学中,仅有一部作品的叙述者是越南人②。其他作品的叙述者都是美国人,无论他们是士兵、记者,还是普通人,都是从美国人的角度在观察越南、理解越南、描述越南。有些虚构作品中

①　这三个国家指越南、老挝和柬埔寨。越战期间,美国先后侵略这三个国家。
②　这部作品是罗伯特·欧伦·巴特勒1993年获普利策奖的短篇小说集《来自陌生山岭的香气》,后文将谈论该作品。

即使有越南人物出现,有越南人的心理活动和对话描写,也大多游离于美军士兵生活圈的边缘。

如果我们用巴赫金的复调小说理论来观照美国越战叙事文学,不难发现越战作品大多属独白型小说。巴赫金在谈到复调小说与独白小说时,指出,复调小说的主人公不能成为作者的传声筒,要与作者保持一定距离。"作者意识不把他人意识(即主人公们的意识)变为客体,并且不在他们背后给他们作出最后的定论"(巴赫金:26-27)。而在独白小说里,"主人公自我意识被纳入作者意识坚固的框架内,作者意识决定并描绘主人公意识,而主人公自我意识却不能从内部突破作者意识的框架"(巴赫金:7)。如果用黑格尔的自我意识与我他对立的观点来理解复调小说与独白小说,我们发现,在复调小说中,作者努力跳出自我意识,把作者本人和小说人物的声音都呈现出来。复调小说强调的是各种不同意识的同时存在,作者并不凌驾于小说人物的意识之上。相反,作者的意识与人物的意识平等,处于一种相互平等对话的地位。而在独白小说中,作者没有跳出自我意识,他与小说人物之间存在着一种"我他对立"的关系,或者说是"主奴关系",作者是主人,小说人物是奴隶,小说人物永远都是与作者对立的客体,小说也因而成为作者的"独白"。

巴赫金的复调理论也称为对话理论。"他的对话,不单指人际交谈,也包括思想歧义与文化消长"(赵一凡:280)。复调理论推崇各种不同意识和思想之间的交流。也只有在交流和对话中,才能发现真理。对话涉及我他关系,巴赫金放弃了黑格尔在谈到自我意识时强调的我他对立,而提出生动介入的概念:我在他人身上找到自我,在我身上发现别人。通过对话我与他人得以相互补充、相互延伸。"在文化与哲学层面,真理与对话密不可分,与独白则水火不容。"自古希腊的苏格拉底起,对话就是人类获得真理的基本形式。然而,柏拉图却将对话转换成一家之言,"造成西洋哲学的千年独白陋习。或者说,西方思想因其独白化,逐步变成了一成不变的'现成真理'。"(赵一凡:281)真理不再是在对话、锤炼后获得,而是由一所谓的权威吐露出来。因而,在很多独白型小说中,我们不难发现,作者总会刻意宣称:"我所讲述的故事是真实的,是真理"(如《绿色贝雷帽》)。这种宣称剥夺了作者与小说人物进行交流对话的机会,实际上也剥夺了读者与作者进行对话、在阅读后自己作出判断的权力。在这种独白型小说中,作者的意识占统治地位。"对任何他本人所不同意的观点,作者总要给它抹上客体的色彩,在不同程度上使之物化"(巴赫金:27-28)。由于受传统和社会意识形态的影响,作者往往把原本开放、充满激情、闪烁着智慧火花的对话变为封闭的孤芳自赏或顾影自怜,作品也呈现出向心性,成为占统治地位的意识形态的传声筒。巴赫金指出:

> 独白主义否认在它之外另一种意识的存在,即使它具有权力并同样能够回答,是另一个相等的"我"(你)。在近乎独白的情况下,他人完全是,也只能是意识的客体,不能形成另外一个意识。人们不能从它那得到一个答案,即在我的意识中改变所有的东西。独白是完美的,对他人回答充耳不闻,独白不期待回答,不承认它有关键的作用。独白不需要他人,因此在某种程度上它将所有事实都客体化。独白声称是胜者(转引自托多洛夫:325)。

可以看出,复调理论强调生动介入,我中有他,他中有我,而独白主义则与黑格尔的自我意识一脉相承,强调我他对立。在越战叙事文学中,主人公通常是作者的传声筒,而越南人完全被沦为客体,缺乏自我意识。越战叙事文学作品中只有一个声音,美国作者的声音。尽管其中也包括对越南人的描写、与越南人的对话,但人物的意识被纳入了作者意识的框架内,作者意识决定并描绘人物的意识,作品中越南人的声音其实也是作者的声音,作者认为越南人应该这么说。叙述者沉湎于讲述自己的故事,讲述在越南的经历和作战,讲述在越南遭受的苦难,他们几乎完全忽视了还有越南人的存在,对越南人几乎是视而不见,充耳不闻。他们将越南人完全视为异己的客体,根本不屑与之对话。正是因为这些美国人认为自己是唯一的主体,视其他意识都为奴隶,才会陷于闭目塞听的樊篱之中。因此美国越战叙事文学作品大体上是独白型小说。

在众多美国越战叙事文学中,小说叙述者的声音通常代表着作者本人的声音。这与越战文学中小说与自传、回忆录之间的界限逐渐模糊密切相关。越战叙事文学作者多为越战老兵或记者,大多数越战小说都有较强的自传色彩。越战老兵饱受战争创伤的困扰,很多人沉湎于其中难以自拔。这时,写作越战成为他们摆脱战争梦魇的一个途径,通过描绘创伤,达到治愈创伤的目的。他们的作品也因此常常有着强烈的主观和自传色彩。然而,在自传中,由于真实的经历都要经过“再现”,而不是“展现”,因此,“每个文本都会回忆、选择、重新组织真实经历的细节,从而改变它们。因此,自传与事实都不完全相符,都有某种程度的虚构成分”(McInerney:196)。而小说中的事件更是作者在现实的基础上,经过虚构和重新组织创作而成。如果说,老兵在呈现自身的经历时,作品中的虚构因素可以使作品呈现的事件更典型,达到不是事实、胜似事实的效果,那么,在描写越南人时,境况则迥异。越战期间,美国人就“没有了解越南人最根本的东西,他们的历史、文化、语言甚至大地,这与(美国)在那个国家的核心问题很接近”(Hanley:105)。越战老兵回国后,在梳理自己的战争记忆时,由于过分关注自己在战争中遭受的创伤,他们对越南人的描写也相当薄弱。在“再现”这些原本就知之甚少的越南人时,他们加入了过多的想象，夹杂着各种误解，这些想象与误解都在作者意识框架内，是作家的意识决定并创作了笔下的越南人，这些美国越战叙事文学作品自然属于独白型小说。

评论家汉利认为，越战文学应"把越南人和他们的文化表现为战争悲剧的真正受害者"(Hanley：105)。然而，一些美国人似乎忘了这一点。一些美国越战作家似乎认为，越战故事就是美军士兵的故事，人们似乎无法以其他方式去思考越战。阿诺德·艾萨克斯曾指出："越南人在美国政策形成的历史中缺席，正如他们在大部分越战小说中缺席一样。他们在那片风景里，却不是我们真正在看的东西"(Lomperis：74)。这有两方面的原因。一方面美国越战作家没有在看那片风景里的越南人；另一方面，他们努力看了，却无法看清。或许我们可以将艾萨克斯的论断略加修改：越南人在那片风景里，却不是美国越战作家能够看到的。

诚然，美国越战叙事作品中也有不多的越南人形象，但这些越南人远不是，也不可能成为作品的中心人物，并且往往出现在不受美国主流评论界好评的作品中。这些越南人似乎被美国化了，他们像美国人那样思考、行动、表述，仿佛作者已经深入他们的内心，能代表他们道出心声。这是因为在独白型小说中，人物的意识全部笼罩在作者意识的阴影之下，丧失了他们作为独立主体的地位。这些越南人似乎更多地出于作者自以为是的想象，是作者意识形态化的产物，是作者的意识中越南人应有的形象，与真实的越南人相差很远。例如，在詹姆斯·韦布的小说《火力场》中，出现了越南人旦的形象。旦原本反战，但被迫入伍，先在北越军队，后投降南越，给美国人当翻译。美军士兵看不起旦，视其为叛徒，因为他"吃着海军陆战队的食品长得肥头大耳，而他的同胞却在挨饿。他粗暴地对待自己的同胞，为的是自己能吃好，自己不被粗暴地对待"(James Webb：175)。其实，是美军把越南人推向了选择的两难境地：如果他们与美国人合作，美国人会瞧不起他们；如果他们反抗美国人，美国人又会杀了他们。而两种选择恰恰都不是大部分越南人想要的，大部分越南人愿意选择的无疑是不依附任何人，体面而尊严地活着。越战末期，旦再次投降北越，他"说起海军陆战队士兵时会带着些温情，那是些美好的岁月，关于他们的温暖回忆是他能说到的唯一的快乐。这么多大的战役，这么多尊重。'我宁愿与他们一直呆到死。'他对那些急切的听众说。'这是我有过的最好的生活。但他们走了，我无处可去'。"（James Webb：375）这段描写着实让人感到匪夷所思。旦与美军士兵相处时，不可能感受不到他们对他的轻视。美军士兵绝对不会把他当成自己人。在危难之时，也绝不会向他伸出援助之手，因为他是黄皮肤、斜眼睛、小个子的越南人。这些越南翻译在美国军队小心翼翼地服役，每天都得谨小慎微、如履薄冰地生活，难道他们真的会以为这是他们有过的最好生活吗？显然，这种越南人是作者詹姆斯·韦布意识中越南人应有的形象。在很多美国人的想象中，美国给越南带去了民主、带去了资金、带去了武器，美国也派兵帮越南人去争取自由，越南人就理应对美国人感恩戴德，就应该在美国人面前卑躬屈膝。同样，如果越南人对美国人感恩戴德、卑躬屈膝，就证明了美国对越政策的正确性和正当性，也就让这些美国人享受到极大的满足感。正是因为这些作家缺少与越南人的平等对话，始终沉溺于自我陶醉的遐想，在独白型的越战叙事文学中才存在这样的越南人。

美国越战作家笔下这些为数不多的越南人形象不禁让人联想起萨义德对所谓东方学者的概括："每位知识渊博（但没有渊博到无以复加的地步）的欧洲东方旅行者都感到自己是已经成功地穿越了含混性这一幕障的西方人的典型代表。"（Said：223）那些对东方有初步了解的人们最容易表现得像个专家。同样，对越南一知半解的人们也倾向于以越南通自居,乐于向别人介绍有关越南、越南文化和越南人的故事。这些作家对越南人的心理仿佛了如指掌,在创作这些越南人物时,像创作美国人物一样得心应手。这些美国越战作家虽然像其他越战作家一样,与越南人并没有深入平等的交流,但却自以为已经把越南人了解得一清二楚。他们因此在作品里随意对越南人和越南文化评头论足。在这些作品中,即使越南人在说话,也只是作家的喃喃自语,所说的只是一部分美国人以为越南人会说的话语,或者是一部分美国人希望越南人会说的话语。这些话语从未放到一种开放的对话中被讨论过、检验过,完全是作者的独白。

正是这种独白,这种故步自封,使得美国人难以对自己有一个全面、清晰的认识。巴赫金认为,他人对人们认识自我是必不可少的,因为人们无法在其外部形象中认识自我。"他人如不创造他,他就永远不会存在。"(转引自托多洛夫:307)人们最初借助他人来认识自己。构成婴儿第一印象的是从他人那里接受的词语、形式和声音等。"人类意识的觉醒产生于他人认识之中"(转引自托多洛夫:308)。成年后的人们要完整地认识自己,仍然离不开与他人的交流和对话:

> 只有把我看作是他人,通过他人,借助他人,我才能意识到我,才能成为我自己。最主要的行为,也是个人意识的构成部分,取决于另外一个意识(也就是"你")。失去自己最主要的原因就是决裂、隔绝、自我封闭。……[人们]通过他人的眼光去看自己。我不能没有他人,没有他人,我就不能成为自己;我必须置身于他人,在我身上找到他人(在反映中,在相互观察中)(转引自托多洛夫:308-309)。

巴赫金此处强调的是人们对话和交流对自我认识的重要性。同样,作者与人物的对话也有助于作者更清晰地认识自我。由于大部分美国越战叙事作品属独白型小说,缺少作者与人物的对话,作者实际上是少了一面认识自己的镜子。在越作战的美国人，如果不与越南人对话，他们就难以对自己在越南的行为做一个全面客观的评价。例如，美国士兵认为自己高大英俊，殊不知在越南人的眼里，他们只是未进化完全的动物；美国士兵认为自己是越南人的救星，殊不知越南人却痛恨着他们给越南带来的深重灾难。如果不与越南人进行深层次的对话，美国人如何能了解自己在越南人眼中的形象？然而，很多越战作家都是通过这种独白式的叙述，来讲述自己的越战故事。在独白叙述的过程中，他们没有感到丝毫的不安和不妥。我们可以推断出，首先他们讲述的是一家之言，很难上升为客观的"真理"；其次，由于缺少与交战的另一方平等的对话，他们没有通过这种写作对自己有更全面的认识，而依然沉醉于对自我的理想化想象中。生活的本质是对话性的，"意味着参与对话、提问、聆听、回答、同意等"，自我在话语中形成并得以完善，他人也因此凸现（转引自托多洛夫：309）。对话的途径一旦被关闭，人们就如同井底之蛙，目光所及，不过那一方狭小的天空。原本可以通过对话相互了解，现在却因狭隘的意识导致如此结果。

　　由于大部分越战叙事作品的独白性，这些作品在艺术上难以达到一定的高度。巴赫金指出美学活动的第一阶段是同化，深入人物，了解人物，感受人物所感受的事物，试图站在人物的位置上去体验他们的生活。但这种与人物的一致远非美学活动的最后阶段，甚至也不是第一阶段。作者（或读者）必须重新回到自我，跳出人物的视野，站在一旁，置身于外，与人物保持一段距离，对之进行客观的审视和评价。这时，"美学活动才算是开始"（转引自托多洛夫：313）。很多越战作家对越战有深刻了解，他们就是作品中的主人公。在创作时，他们甚至将自己完全等同于主人公，完全没有跳出自身的视野。按照巴赫金的理论，他们的美学体验还没有开始。由于作者没有跳出自己的视野,他自然也不可能与小说人物(如越南人)进行一种平等的对话,他对其他人物的描写必然受制于自己的视角和意识,而他自己的视角和意识显然带有一定的偏见。这就使得作品也必然是独白型的。这种作者与作品主人公的完全一致很难创作出佳作。这在罗恩·科维克的《生于七月四日》中有充分表现。

《生于七月四日》是罗恩·科维克的自传。由于在越战叙事文学中,很多自传都被视为小说来进行研究,我们在这里也不区分自传与小说。在《生于七月四日》中,作者完全沉浸在美军士兵的痛苦和个人的悲哀之中。他之所以成为反战分子,是因为国人对他的不公正待遇。他的自传似乎表明,如果回国后,人们给予他各种荣誉、各种关心,他可能就会感到满足,不会反战。他对战争也做了一定的反思,但却从未跳出一个越战老兵的视角对战争进行深刻的思考。他与叙述者之间缺少一段审视的距离。因此,尽管科维克用栩栩如生的语言描述了他在战争中的遭遇和战争的残暴,但《生于七月四日》仍然难以被列入优秀越战叙事作品之列。

很多其他越战叙事作品也是如此。作者与作品主人公或叙述者的视角充分一致,使作品沦为了单纯的越战经历实录,而丧失了作为艺术作品特有的一种审视之美,距离之美,也缺失了沉思和反思的深度。

与此同时,还有很多美国越战作家意识到无法真正了解越南和越南人,因此没有仅凭想象去塑造虚假的越南人形象。很多越战作家,尤其是那些试图客观地审视越战的作家①,非常了解自己对越南知识的局限,也毫不掩饰对越南的无知。他们没有以专家的姿态去

---

① 比如,《短刑犯》的作者哈斯福德、《战争的谣言》的作者卡普托以及蒂姆·奥布莱恩,他们都在作品中描述了美军士兵对越南人民的无知,但又表达了渴望了解越南人的愿望。

介绍越南和越南人，也没有居高临下地去评论越南人和越南文化。相反，他们从自己熟悉的视角去描写他们在越战中看到的越南和越南人，感受到不多的越南文化气息。这些作品一般把视角局限在美军士兵身上，作品中没有栩栩如生的越南人形象，即使出现越南人，也通常是以"他者"的形象出现，是美军士兵不了解的神秘他者，是个无语沉默的存在[①]。由于美军士兵所能了解到的越南人通常是陌生的他者，越南人以陌生、神秘的他者形象出现，正表现了这些美国越战作家试图客观描述他们所了解的越南的努力。

尽管越南人在美国越战叙事作品中缺席，但一些越战作家和他们笔下的美军士兵已经开始试图去了解这群神秘的东方人。这些作品尽管也是独白型作品，但作者已表现出强烈的对话欲望。在本章第三节"神秘的越南人"里，我们详尽论述了北越士兵的神出鬼没，以及美军士兵对越南和越南人的迷茫。在这些作品中，尽管越南人依旧缺席，我们却已经能够感受到美国越战作家对越南人民的些许尊重。他们透过战火的硝烟，在努力看清越南人。奥布莱恩在《他们携带之物》里，详细描写了同名叙述者杀死第一个越南人后的感受。小说里的奥布莱恩看着他杀死的那个年轻俊秀的年轻人，浮想联翩，想象着他的生活。他想象那个越南人像他自己一样，也是个原本厌战的年轻人，一心想当数学老师。但迫于社会和家庭的压力，害怕让自己、家庭和村庄丢脸，被迫前往当兵，最后被奥布莱恩杀死在战场。奥布莱恩通过想象越南士兵与自己有相似的经历，入伍前有相似的矛盾，对生活有相似的美好幻想，赋予了越南人在美国叙事文学中难

---

①　在这点上，蒂姆·奥布莱恩似乎是个例外。在他的《追寻卡西艾托》里，在叙述者伯林的想象中，出现伴随他逃亡到巴黎的越南女孩沙肯·奥·万。然而，沙肯·奥·万与其说是以越南人的形象出现，不如说是以女性的形象出现，她更多地代表了指引美军士兵逃到巴黎的伟大母亲。

得有的人性和平等。虽然美军士兵仍然不得不去想象越南人的生活，但此时的想象与战前的想象相比，已有了质的飞跃。此时，他们更多的是在想象另一个平等之人的未知生活。虽然越南人的生活对美军士兵依然如同谜团，虽然对话还只是单方面的，还没有回音，但他们已经能在想象中与越南人进行平等的交流。奥布莱恩在作品中最多地表现了美军士兵对越南、越南文化和越南人的不理解，但同时他也最多地表现出对越南、越南文化和越南人的尊敬和理解。

在美国越战作家中，罗伯特·欧伦·巴特勒独树一帜。他生于1945年，1969年在爱荷华大学获硕士学位，同年应征入伍。学习一年越南语后，被派往越南，在情报部门服役，后在西贡当翻译。由于一到越南就能熟练地讲越南语，巴特勒有机会深入了解越南文化和越南人。通过与樵夫、农夫、渔夫和在大街小巷与当地人的交谈，他能"通过表面细节、文化的社会学和人类学现象，看到人类共同的渴望，这些渴望才是艺术真正的主题"（Weich）。越南的战争经历将他"塑造成艺术家"（Seaman）。回国后，他先后创造了几部反映战争的作品，但反响不大。1992年，他发表短篇故事集《来自陌生山岭的香气》，立刻引起评论界的关注，获得了包括普利策奖在内的多项大奖。作品共包括14个短篇故事和一个中篇故事，故事的叙述者全部是在越战中移居美国的越南人，有的是战时的越南翻译，有的是酒吧的越南女郎，有天主教徒，也有佛教徒，有懵懂天真的小女孩，也有失落的父亲。这些人都共同经历了越南战争，他们移居美国后，不仅要适应全新的环境，还必须面对这场带给越南人民无尽灾难和无限痛苦的战争记忆，面对这段苦涩的历史和曾经的伤痛。作品的最后一个故事也是集子的标题故事："来自陌生山岭的香气"。故事荣获1992年美国最佳短篇故事。叙述者是一个年近百岁的越南老人，经过了一个世纪的风雨，他也走到了人生的尽头。故事叙述他在临死前产生的种种幻觉,甚至幻想与年轻时的朋友,后成为越南抗美解放战争领袖的胡志明重逢的场面。通过叙述老人最后几天的幻觉,故事生动地展现了越南战争对不同的越南人产生的冲击。

巴特勒的故事中最鲜明的特色是以越南人为叙述者,采用第一人称叙述,从而生动地反映了越南人的创伤和心理。这一特点使他的作品在创作早期被出版商回绝,也帮他后来获得评论界的赞誉。由于美国的越战作品关注的几乎都是在越作战的美国人,巴特勒对越南人生存状况和心理创伤的关注,使得他让美国人注意到越南战争的另一方,从而促使美国人对战争有新的认识。《来自陌生山岭的香气》里的故事仿佛是在回答蒂姆·奥布莱恩笔下的伯林在《追寻卡西艾托》中向一个越南女孩的提问:

> 她的梦想是普通男人和女人的梦想吗?是对生活质量的梦想,还是对物质的梦想?她想长寿吗?她生病时,想吃药吗,想餐桌上有食物,想储藏室里有余粮吗?对宗教的梦想?是什么?她想得到什么?如果战争的胜利者可以实现一个愿望,任何愿望,她会选择什么?……广南人会要什么?正义?什么样的?赔偿?哪一种的?答案?问题是什么:广南人想知道什么?
>
> (O'Brien,1978:267)

如果说在奥布莱恩的笔下,对话还只是单向的,那么在巴特勒的作品中,这种对话开始有了回音。巴特勒通过作品建立了美国人和越南人之间的一条沟通纽带。巴特勒在多次访谈中表示,他"相信小说能用世人皆能理解的方式揭示人类的经历,小说的力量在于它能通过感情将不同文化的读者连接起来"(Kelleghan)。巴特勒通过描述越南人的生活,多方面地表现了诸如爱、恨、嫉妒、孤独、误解、报复和精神拯救等全人类共同关注的主题,从而了抨击美国人对越南人的偏见。他的作品表明,即使越南人在政治、军事、经济上不能与美国人抗衡，他们却无疑与美国人一样，有着爱恨情愁，有着对和平、幸福生活的向往。从这个意义上说，越南人无疑与美国人是平等的。巴特勒表现越南战争和越南人的作品也因而在美国越战作品中占据了一个独特的地位。

　　然而，在美国越战作家中，像巴特勒这样有能力深入了解越南人，同时又致力于表现越南人情感的作家却是少之又少。大部分越战作家还是把笔触更多地集中在受越战影响的美国人身上。与此同时，我们却可喜地看到，越南人在像蒂姆•奥布莱恩这样作家的作品中的缺席，也从一个侧面说明美国越战作家对自我有了更深刻的认识。这些作家意识到，当很多美军士兵以为在把自由与民主带给越南人时，实际带去的却是伤痛。这不由使人联想起庄子在两千多年前讲述的有关浑沌的故事。一些美国人就像庄子故事里的儵和忽一样，替浑沌凿七窍，以为在为浑沌谋福利，却不知伤害了对方。他们可能在自己完全不知情的情况下，就已经伤害了越南人，在还根本不了解越南人民的时候，就把他们推向了痛苦的深渊。恰如约翰•麦克诺顿后来认识到的："我们在把一些美国的形象强加到我们不能理解的人们身上，我们还将之做到了荒谬的极点"①（Karnow，1997：520）。一些美国人可能永远也没有意识到他们给越南人民带去的伤害，甚至还因为越南人对美国的民主与自由不感兴趣而责备他们不领情。尽管如此，仍然有美国人认识到美国给越南人民带去的灾难，才有人通过描写对越南人不多的了解，表达了他们作为普通美国人，对越南人的同情，和他们作为普通美军士兵，对越南人的内疚。

　　这些作家通过越南人在作品中的缺席，通过表达对作为他者的越南的无知，对他们作为美国人这一身份进行了新的建构。随着越

---

① 　约翰•麦克诺顿原是哈佛法学院教授，后成为国防部长麦克纳马拉主要的民事顾问。

战的结束,美国越战叙事作品越来越多地表现出对越南人的同情、内疚和理解。这说明美国作家因越战对自己有了新的认识,他们通过越南人这一"他者",开始重新认识自己。这些美国越战叙事作品正是通过描写美国人并不理解的越南、越南文化和越南人,表现了美国作家渴望了解越南的愿望,也表现了一部分美国作家敢于自责的勇气。这些作品反思美国政府、军队和士兵在越战中对越南人犯下的滔天罪行,本身就是在用作者个人微薄的力量向越南人表示歉意。他们通过在脑海里想象他们不了解的越南人的生活、文化、信仰和梦想,表达了他们曾因为对越南的无知而犯下错误时的内疚之情,自我在一定程度上获得升华。

这些作家笔下的越南在很大程度上虽然仍然是出自想象,他们仍然不得不在独白,但在此时的想象与独白中,越南人民已不再是低下、原始的初民了,而是与美国人民一样有着思想、感情、历史和文化的平等的人。现在的想象与美军士兵赴越前的想象已经大不相同。现在的想象与以前的想象相比,美军士兵和美国越战作家少了些狂妄和自大,多了些冷静的反省;少了些浪漫的遐想,多了些沉稳的观察;少了些天真的轻信,多了些成熟的审视。在以前的想象中,美军士兵以为自己很了解越南,或者根本不需要去了解越南就可以去赢得越战。在现在的想象中,美军士兵认识到自己不了解越南,而他们对越南的不了解导致了美军最后的失败。在现在的想象中,美国士兵认识到虽然他们不了解越南,虽然他们还只能去想象越南和越南人,但他们已经清楚地知道自己给越南人民带去的是灾难,而不是民主、自由与和平。在现在的想象中,美国越战作家认识到,虽然他们仍然不可能在作品中塑造生动的越南人形象,但他们已经开始学会尊重越南人,学会平等地对待他们。

结　　语

　　无论是否乐意,柏拉图洞穴里的居民终究还是通过各种途径,瞥到了洞外阳光下事物的真实影像。现实中的影像与他们曾经的想象、曾经以为是真实影像的巨大差距让他们愕然不已。他们看到自己想象的越战在洞外的阳光下分崩离析、烟消云散。通过对越南这一他者的认识,很多美国人开始对自己有了更清晰的认识,对弥漫在他们生活中无所不在的意识形态有了更清晰的认识。他们认识到是美国政府操纵着话语,大力进行意识形态宣传,利用美国文化对英雄的崇拜和人们乐于给世界充当榜样的心理,通过新闻媒体、影视文化、文学作品等手段,帮助人们想象了一场越战,目的旨在掩盖美国政府发动越战的真实目的,诱使人们支持越南战争,在浑然不觉中充当了美国战争机器上的小零件。曾一度,这场想象中的越战给生活在美国意识形态"洞穴"里的人们制造了许多美好的幻象,让正当年的年轻人摩拳擦掌,渴望到越南这个新边疆接受锤炼,成长为男人,建立功勋,成就伟业。

　　纵然有许多越战叙事作品在制造一场想象的越战,但仍然有很多作家开始重新审视那段历史,重新评价美国人在越战中的形象。美国越战叙事文学对美军士兵越战经历的关注,是对美军士兵幻想破灭的关注。越战让许多士兵都经历了从幻想到幻灭、到进入噩梦与黑暗深渊的变化。美军士兵通过在越南这一"他者"中的作战历程对美国民族自身有了更清晰、更深刻的认识。他们对战争、对人性、对生活曾有的美好想象都在越南的炮火中被炸得支离破碎,他们对美国政府的信任在战争中不复存在,对美国民族崇高伟大的信心开始动摇,对美国民族良好的自我感觉产生疑惑。战后回到国内,老兵们不仅没能在自己的家园里体会到家的温馨和慰藉,反而受到更深的伤害,受到人们的敌视和冷遇。想象中辉煌的越战原来是一场噩梦,想象中温暖的家园原来是一片荒原,遭受双重幻灭的越战老兵只能更深地陷入黑暗的中心,难以自拔。

　　美国越战叙事文学对美军士兵的磨难寄予了深切的同情和关注,但有所忽略越南人民经历的灾难。很多作品表达了对越南、越南文化和越南人的无知、迷茫,甚至是偏见。这其中除了美国人固有的东方主义思维方式和两种文化之间的文化误读,还因为战争本身使交战双方无从相互了解。但仍有一些作家通过表达对越南的无知和迷茫,表达了他们渴望了解越南文化和越南人民的愿望,表达了他们因越南战争带给越南人民的伤害,以及他们自己作为士兵在战争中扮演的角色而产生的愧疚之情。尽管他们作品里的越南仍然不得不是出自想象,但此时的越南,不再是那个亟待美国拯救的受难者,而是充满无穷智慧的东方国度。在此时的想象中,越南不再是美国年轻人实现英雄梦想的新边疆,越战也是美国人必须重新去严肃认识、认真反省的一段沉痛经历。

　　然而,随着时间的流逝,很多美国人似乎又渐渐淡忘了越战的伤痛。两次伊拉克战争,尤其是 2003 年的伊拉克战争,表明美国仍然没有吸取越战的教训。纵观美国的战争史,历届美国政府在宣战前都试图在美国公众的脑海里建构一场与现实不一致的战争。历代的美国公众似乎都经历了类似越战期间,美国公众对战争从乐观、期盼,到失望、幻灭的过程。历届美国政府都采取了极为相似的策略,以便在公众中建构一场想象的战争。如同在越战期间一样,美国政府会首先对敌对国进行妖魔化宣传,以激起美国公众对敌对国的义愤;然后,声称美国为了保卫自己的安全,为了捍卫民主、正义与和平,不得不参加他们曾竭力避免,而又不可避免的战争;同时,它还要真诚地表明,美国参战绝对不是出于私心和自身的利益,从而在公众心目中树立起一个伟大无私高尚的美国形象。或许,我们可以从历届美国总统在宣战前后的讲话中发现一些有趣的事实,虽然我们必须记住,越战是一场没有宣战的战争。

1917 年 4 月 2 日,伍德罗·威尔逊在国会演讲,首先历数了德国在西欧海岸击沉各国船只(包括美国商船)、导致多人死亡的罪恶,然后大声疾呼:"世界必须为民主铺平道路。和平必须在政治自由的基础上重新恢复。我们没有自私的目的。我们不渴求征服和控制,我们不为自己寻求赔偿,不为我们将无偿给予的任何牺牲要求物质上的补偿。我们只是为了人类权利而奋斗的一名战士"①(Woodrow Wilson)。

1941 年 12 月 8 日,弗兰克林·罗斯福在国会发表战争咨文时,不坐轮椅,坚持站着发表了简短然而感人的演讲。他首先渲染日本在珍珠港和太平洋其他地区发动的袭击,以激起公众的爱国热情,然后呼吁国会对日本宣战:"我们不仅要竭尽全力保卫自己,还要保证这类背信弃义的行为不会再次威胁我们。毫无疑问,我们的人民,我们的领土,我们的利益正遭受着巨大的危险"②(Roosevelt)。

1965 年 4 月 7 日,林顿·约翰逊在约翰·霍普金斯大学发表演讲,题为"没有征服的和平"。他罗列了胡志明政府滥杀无辜的"罪恶

---

① 1917 年 4 月 6 日,美国正式参加第一次世界大战。
② 1941 年 12 月 8 日,美国国会一致赞同,正式向日本宣战。

行径"后,真诚地表白:"我们战斗是因为我们必须战斗,如果我们要在一个每个国家都能掌握自己命运的世界里生存。只有在这样一个世界,我们自己的自由才能最终得到保证。……我们的目标是南越的独立,它的自由不受侵犯。我们不为自己寻求任何利益,只希望南越人民可以按自己的方式去管理他们的国家"①(Johnson)。

1991 年 1 月 29 日,老布什(乔治·赫伯特·沃克·布什)向国会提供国情咨文,首先控诉了萨达姆公然侵犯科威特的罪恶行径,然后声称:"我们的努力是为了获得另一次胜利,对抗专制和野蛮侵略的胜利。……我们并不想打海湾战争,我们曾努力地避免战争。……我们在海湾的目的一贯是:把伊拉克赶出科威特,恢复科威特的合法政府,保证这一关键地区的稳定与安全"②(George H. W. Bush)。

1999 年 4 月 1 日,克林顿就科索沃战争发表演讲时,指出:"我们的目的是帮助科索沃人,恢复他们安全、自治的家园。"他援引弗兰克林·罗斯福生前未能发表的一段话,说明美军在科索沃的最终目的:"我们寻求和平,持久的和平。我们渴求的不仅是战争的结束,而且是所有战争在尚未开始之时就已结束"③(Clinton)。

2003 年 3 月 19 日,小布什(乔治·沃克·布什)对全美发表电视讲话,宣称"勉强卷入冲突"的美军到伊拉克是为了"解除伊拉克的武装,解放伊拉克人民,保卫世界免遭更大的危险"。像历届总统一样,他也同样表明了美国的无私:"我们在伊拉克没有野心,只是想消除威胁,把那个国家的主权还给它自己的人民"④(George W. Bush)。

---

① 1965 年 3 月 8 日,由两个海军陆战营组成的第一支美军作战部队在越南岘港登陆,美军正式卷入越战。
② 1991 年 1 月 16 日,以美国为首的海湾多国部队发动名为"沙漠风暴行动"的对伊空战,第一次伊拉克战争打响。
③ 1999 年 3 月 24 日,科索沃战争开始,持续了 78 天。
④ 2003 年 3 月 19 日,美国发动第二次伊拉克战争。

　　同样惊人相似的是美国历届总统对敌对国进行的妖魔化描述："普鲁士的独裁政府"(威尔逊语)、试图"征服""南越这一独立主权国家"的北越侵略者(约翰逊语)、"残暴的独裁者"萨达姆(乔治·赫伯特·沃克·布什语)、"塞尔维亚的独裁者米洛舍维奇"(克林顿语)、"伊拉克独裁者萨达姆·侯塞因"(乔治·沃克·布什语)。同样，很多总统都强调美国人应当担当世界的榜样："作为美国人，我们不能选择逃避自己的责任"(罗斯福语)。"我们(到越南)是为了维护世界秩序"(约翰逊语)。"两个世纪以来，美国一直是全世界自由与民主鼓舞人心的榜样"(乔治·赫伯特·沃克·布什语)。

　　相似的不仅是美国历届总统的措辞，还有各个时代美国公众对战争从"幻想"到"幻灭"的过程。纵观美国战争文学，"幻灭"这一主题贯穿了整个美国主流战争文学。在每一时期的战争文学中，主人公最初对战争通常都充满憧憬，只有在他们亲身经历战争后，才发现战争并不如他们想象的那样浪漫而富有英雄气质。早在斯蒂芬·克莱恩反映内战的小说《红色英勇勋章》中，主人公亨利·弗莱明就对战争无知而狂热，渴望成为英雄。他不顾母亲的反对和劝阻，坚持报名参军。只是在经历炮火后，才发现自己"就像被扔到黑暗的深渊里作殊死搏斗的动物"(Crane：93)。在一战作品中，海明威的《永别了，武器》与威廉姆·马奇的《K连》等作品，同样叙述了士兵的幻灭，他们意识到战争"野蛮而可耻，参加战争的那些傻瓜是为他人的利益而被随意摆放的棋子"(March：96)。二战文学中，以约瑟夫·海勒的《第二十二条军规》为代表，生动地反映了战争的疯狂与荒诞。在朝鲜战争文学中，詹姆斯·A·米切纳在小说《道谷里桥》里通过塔伦特将军指出："每一场战争都是一场错误的战争"(Michener：36)。越战文学更是突出了美军士兵的幻灭。两个世纪以来，美国政府一再地鼓动、欺骗公众接受战争，而公众似乎也一再地乐意被欺骗，直到被美国政府拉入战争后，才起来反战。

历史是不能忘却的，然而美国公众却似乎很容易就忘却了旧日战争的伤痛，甚至连让他们"蒙羞"的越战，也随着岁月的流逝，渐渐地不再那么让人心痛。20世纪80年代是美国反思越战的高潮，然而，到了21世纪初，很多美国公众似乎就已淡忘了越战的伤痛，又恢复了对战斗英雄莫名的崇拜。多年过后，许多人仍然把那些逃避兵役、在战场开小差的人视作胆小鬼。这在2004年的美国总统竞选中表现得淋漓尽致。小布什被民主党指责在越战期间开小差，他不惜公开他服役期间的许多文件，以此证明自己不是懦夫，而是勇士。新一代的美国人似乎又陷入了幻想战争、梦想战争、崇拜英雄的循环之中。然而，正像美国历史上历次战争所显示的那样，他们还必将经历另一个幻灭的噩梦。

当前的伊拉克战争让人不由自主地将之与三十多年前的越战联系起来。2003年12月，美国传媒把美国国防部长拉姆斯菲尔德评为最语无伦次的公众人物，并将之与越战时期的国防部长麦克纳马拉相提并论，因为他们的讲话都经常缺乏逻辑、不知所云①。显然，越战和伊拉克战争本身就缺乏逻辑、不合常理这一事实，是导致他们难以自圆其说的根本原因。伊拉克人为了赶走美军而采用的游击战术，也让人联想到越战中，北越军队最终击垮美军斗志的游击战术。越战中，北越人对国家统一、独立的渴望，激励着他们在艰苦卓绝的环境中，顽强战斗，最终赶走美帝国主义；同样，当前的伊拉克人民也会为了民族的自主，奋勇抵抗美国对其内政的干预。目前，美国的许多

---

① 据载，在2002年2月12日的新闻发布会上，拉姆斯菲尔德就伊拉克大规模杀伤性武器做了一次评估报告，他说："据我们所知，我们已经知道一些，我们知道我们已经知道一些，我们还知道，我们有些并不知道，也就是说，我们知道有些事情我们还不知道。但是，还有一些我们并不知道我们不知道，这些我们不知道的我们不知道"（凌朔）。

盟友纷纷从伊拉克撤军,更让美国渐渐陷入孤立无援而又难以自拔的境地。美国只有吸取越战的教训,才不会重蹈历史的覆辙,不重陷越战的泥潭。如果美国不能以史为鉴,不能从越战中吸取教训,等待他们的将是另一场越战的噩梦。而我们研究美国越战文学,目的是试图以文学为鉴,帮助我们更清楚地审视、分析美国发动各种战争的本质。

附录 1

美军士兵写于头盔和衣服上的话语①

1. MARINE CORPS SUCKS.
2. WAR SUCKS.
3. FUCK YOU.
4. EAT THE APPLE AND FUCK THE CORPS.
5. HO CHI MINH SUCKS.
6. SNOOPY IS A SON OF BITCH.
7. VICTOR CHARLIE EATS SHIT.
8. THE RED BARON EATS KRAUT.
9. F. T. A. ;Fuck the Army.
10. Fuck it … just fuck it.
11. IF YOU'RE NOT AFRAID TO DIE, YOU NEVER WILL.
12. FRAGILE - HANDLE WITH EXTREME CARE.
13. KADER IS ALIVE AND WELL AND LIVING UNDER THIS HELMET.

---

① 摘录的所有话语皆直接引自美国越战叙事作品,其中一些拼写可能不合常规,但原文即是如此。由于同一标语可能出现在不同作品中,所以,未注明标语的具体出处。

14. DON'T SHOOT - I'M SHORT.

15. DON'T SOCK IT TO ME!

16. DO NOT REMOVE - HEAD ATTACHED.

17. MAN LIVES NOT BY C-RATIONS ALONE BUT BY SUDS AND POONTANG.

18. Die High.

19. If I die bury me upside down, so the whole world can kiss my ass.

20. If you can read this your too dam close.

21. LOVE THY NEIGHBOR - KILL GOOKS.

22. BORN RAISING HELL - ASK MA.

23. YEA THOUGH I WALK THROUGH THE VALLEY OF THE SHADOW OF DEATH I WILL FEAR NO EVIL FOR I AM THE MEANEST MOTHERFUCKER IN THE VALLEY.

24. Born to Kill.

25. We are no sons of America - we are head-hunters.

26. Kill a Commie for Christ.

27. Peace Through Fire Superiority.

28. We Deal in Death and Yea, though I walk through the valley of death, I shall fear no Evil, for I am the evil.

29. UUUU: the unwilling, led by the unqualified, doing the unnecessary, for the ungrateful.

30. THE COLONEL SMOKES POT.

31. LOVE IS STONED.

32. Peace, Peace, Peace.

33. Love，Love，Love.

34. Phyllis，Monica，Susie，Wendy，Linda，Maryanne(妻子或女友的名字).

附录 2

中英文对照美国越战叙事文学
作品及作者

（按初版时间）

1. 格雷厄姆·格林,《沉静的美国人》。

   Graham Greene, *The Quiet American*, 1955.

2. 威廉·莱德勒、尤金·伯迪克,《丑陋的美国人》。

   William J. Lederer & Eugene Burdick, *The Ugly American*, 1958.

3. 罗宾·莫尔,《绿色贝雷帽》。

   Robin Moore, *The Green Berets*, 1965.

4. 大卫·哈伯斯塔姆,《炎热的一天》。

   David Halberstam, *One Very Hot Day*, 1967.

5. 诺曼·梅勒,《我们为什么到越南?》。

   Norman Mailer, *Why Are We in Vietnam?*, 1967.

6. 威廉姆·克劳福德·伍兹,《歼敌区》。

   William Crawford Woods, *The Killing Zone*, 1970.

7. 蒂姆·奥布莱恩,《如果我死在战区》。

Tim O'Brien, *If I Die in a Combat Zone*, 1973.

8. 威廉姆·特纳·哈格特,《伤亡统计》。

William Turner Huggett, *Body Count*, 1973.

9. 罗伯特·斯通,《亡命之徒》。

Robert Stone, *Dog Soldiers*, 1974.

10. 罗恩·科维克,《生于七月四日》。Ron Kovic, *Born on the Fourth of July*, 1976.

11. 菲利普·卡普托,《战争的谣言》。

Philip Caputo, *A Rumor of War*, 1977.

12. 拉里·海涅曼,《肉搏战》。

Larry Heinemann, *Close Quarters*, 1977.

13. 迈克尔·黑尔,《新闻快报》。

Michael Herr, *Dispatches*, 1978.

14. 蒂姆·奥布莱恩,《追寻卡西艾托》。

Tim O'Brien, *Going After Cacciato*, 1978.

15. 詹姆斯·韦布,《火力场》。

James Webb, *Fields of Fire*, 1978.

16. 加斯塔夫·哈斯福德,《短刑犯》。

Gustav Hasford, *The Short-Timers*, 1979.

17. 马克·贝克,《越南:士兵讲述的越南战争》。

Mark Baker, *Nam: The Vietnam War in the Words of the Men and Women Who Fought There*, 1981.

18. 阿尔·桑托利,《我们所有的一切》。

Al Santoli, *Everything We Had*, 1982.

19. 约翰·M·德尔维基奥,《第13个山谷》。

John M. Del Vecchio, *The 13th Valley*, 1982.

20. 斯蒂芬·赖特,《绿色沉思》。

Stephen Wright, *Meditations in Green*, 1983.

21. 博比·安·梅森,《在乡间》。

Bobbie Ann Mason, *In Country*, 1985.

22. 拉里·海涅曼,《帕科的故事》。Larry Heinemann, *Paco's Story*, 1986.

23. 理查德·柯里,《致命光》。

Richard Currey, *Fatal Light*, 1988.

24. 蒂姆·奥布莱恩,《他们携带之物》。

Tim O'Brien, *The Things They Carried*, 1990.

25. 罗伯特·欧伦·巴特勒,《来自陌生山岭的香气》。

Robert Olen Butler, *A Good Scent from a Strange Mountain*, 1992.

26. 蒂姆·奥布莱恩,《林中湖》。

Tim O'Brien, *In the Lake of the Woods*, 1994.

参 考 书 目

Adorno, Theodor W. (1991). *The culture industry: Selected essays on mass culture*. London: Routledge.

Anderegg, Michael(Ed.). (1991). *Inventing Vietnam: The war in film and television*. Philadelphia: Temple University Press.

Anderson, Benedict. (1983). *Imagined communities: Reflections on the origin and spread of nationalism*. London: Verso.

Anderson, David L. (Ed.). (1998). *Facing My Lai: Moving beyond the massacre*. Lawrence: University Press of Kansas.

Archer, Jules. (1986). *The incredible sixties: The stormy years that changed America*. San Diego: Harcourt Brace Jovanovich.

Baker, Mark. (1981). *Nam: The Vietnam War in the words of the men and women who fought there*. New York: William Morrow.

Bao Ninh. (1998). *The sorrow of war*. New York: Vintage.

Baritz, Loren. (1985). *Backfire: A history of how American culture led us into Vietnam and made us fight the way we did*. New York: William Morrow.

Bates, Milton J. (1987, summer). Tim O'Brien's myth of courage. *Modern Fiction Studies*, 33 (2), 263-279.

Bates, Milton J. (1996). *The wars we took to Vietnam: Cultural conflict and storytelling*. Berkeley: University of Californian

Press.

Baudrillard, Jean. (1988). *Jean Baudrillard : Selected writings*. Stanford: Stanford University Press.

Baughman, Ronald (Ed.). (1991a). *DLB: Documentary series*, vol. 9: *American writers of the Vietnam War*. Detroit: Gale.

Baughman, Ronald. (1991b). Interview with Larry Heinemann. In R. Baughman (Ed.), *DLB: Documentary series*, vol. 9: *American writers of the Vietnam War* (pp. 132-133). Detroit: Gale.

Beattie, Keith. (1998). *The scar that binds*. New York: New York University Press.

Beidler, Philip D. (1982). *American literature and the experience of Vietnam*. Athens: The University of Georgia Press.

Beidler, Philip D. (1991). *Re-writing America : Vietnam authors in their generation*. Athens: University of Georgia Press.

Benedict, Ruth. (1934). *Patterns of culture*. New York: Mentor.

Bhabah, Homi K. (1994). *The location of culture*. London: Routledge.

Bibby, Michael, (Ed.). (1999). *The Vietnam War and postmodernity*. Boston: The University of Massachusetts Press.

Boyd, William. (1985). The war that won't go away. In D. G. Marcowski & J. C. Stine (Eds.), *Contemporary literary criticism*, vol. 33 (pp. 467-468). Detroit: Gale.

Broyles, William, Jr. (1991). Why men love war. In W. Capps (Ed.), *The Vietnam reader* (pp. 68-81). New York: Routledge.

Bush, George H. W. (2003). George H. W. Bush's State of the Union address, envisioning one thousand points of light. Retrieved April. 14, 2003 from http://www.yahoo.com.

Bush, George W. (2003). President Bush addresses the nation. Retrieved April. 14, 2003 from http://www.yahoo.com.

Butler, Robert Olen. (1992). *A good scent from a strange mountain*. New York: Henry Holt.

Cappini, Michael X. Delli. (1990). Vietnam and the press. In M. Shafer (Ed.), *The legacy: The Vietnam War in the American imagination* (pp. 125-156). Boston: Beacon.

Capps, Walter (Ed.). (1991). *The Vietnam reader*. New York: Routledge.

Caputo, Philip. (1977). *A rumor of war*. Birkenhead: Willmer Brothers.

Christie, Clive. (1990). *The quiet American and the ugly American: Western literary perspectives on Indo-China in a decade of transition 1950-1960*. Wyoming: Cellar.

Clinton, Bill. (2003). *President Clinton's remarks on Kosovo*. Retrieved April. 14, 2003 from http://www.yahoo.com.

Clymer, Kenton J. (Ed.). (1998). *The Vietnam War: Its history, literature and music*. El Paso: Texas Western Press.

Couser, Thomas. (1991). Going after Cacciato: The romance and the real war. In R. Baughman (Ed.), *DLB: Documentary series*, vol. 9: *American writers of the Vietnam War* (pp. 164-170). Detroit: Gale.

Crane, Stephen. (1983). *The red badge of courage*. New York:

Bantam.

Cronin, Cornelius A. (1988). From the DMZ to no man's land:
Philip Caputo's *A rumor of war* and its antecedents. In W. J.
Searle (Ed.), *Search and clear: Critical responses to selected
literature and films of the Vietnam War* (pp. 74-86). Ohio:
Bowling Green State University Popular Press.

Cronin, Cornelius A. (1991a). Historical background to Larry
Heinemann's *Close quarters*. In R. Baughman (Ed.), *DLB:
Documentary series*, vol. 9: *American writers of the Vietnam
War* (pp. 88-96). Detroit: Gale.

Cronin, Cornelius A. (1991b). Line of departure: The atrocity in
Vietnam War literature. In P. K. Jason (Ed.), *Fourteen
landing zones: Approaches to Vietnam War literature* (pp. 200-
216). Iowa City: University of Iowa Press.

Currey, Richard. (1989). *Fatal light*. New York: Penguin.

Davis, Peter. (1984). The effect of the Vietnam War on broadcast
journalism: A documentary filmmaker's perspective. In H. E.
Salisbury (Ed.), *Vietnam reconsidered: Lessons from a war*
(pp. 98-100). New York: Harper & Row.

Del Vecchio, John M. (1983). *The 13th valley*. New York:
Bantam.

Elegant, Robert. (1984). How to lose a war-reflections of a
foreign correspondent. In H. E. Salisbury (Ed.), *Vietnam
reconsidered: Lessons from a war* (pp. 145-150). New York:
Harper & Row.

Ellis, Caron Schwartz. (1992, summer). So old soldiers don't fade away: The Vietnam veterans memorial. *Journal of American Culture*, 15(2), 25-30.

Ely, John Hart. (1993). *War and responsibility: Constitutional lessons of Vietnam and its aftermath*. New Jersey: Princeton University Press.

Emerson, Gloria. (1976). *Winners and losers: Battles, retreats, gains, losses and ruins from a long war*. New York: Random.

Fanon, Frantz. (1967). *Black skin, white masks*. (Charles Lam Markmann, Trans.) New York: Grove. (Original work published in 1952)

FitzGerald, Frances. (1972). *Fire in the lake: The Vietnamese and the Americans in Vietnam*. Boston: Atlantic Monthly.

Fouhy, Edward. (1984). The effect of the Vietnam on broadcast journalism — A producer's perspective. In H. E. Salisbury (Ed.), *Vietnam reconsidered: Lessons from a war* (pp. 89-93). New York: Harper & Row.

Fussell, Paul. (1975). *The great war and modern memory*. London: Oxford University Press.

Gilman, Owen W. (1991). Vietnam and John Winthrop's vision of community. In P. K. Jason (Ed.), *Fourteen landing zones: Approaches to Vietnam War literature*. Iowa City: University of Iowa Press.

Gilman, Owen W. Jr. & Smith, Lorrie (Eds.). (1990). *America rediscovered: Critical essays on literature and film of the Vietnam War*. New York: Garland.

Glusman, John A. (1985) Bringing the field to us: Superb novel about Vietnam. In D. G. Marcowski & J. C. Stine (Eds.), *Contemporary literary criticism*, vol. 33 (pp. 468-469). Detroit: Gale.

Greene, Graham. (1955). *The quiet American*. London: William Heinemann.

Greiff, Louis K. (2000, summer). In the name of the brothers: Larry Heinemann's *Paco's story* and male America. *Critique*, 41(4), 381-389.

Griffith, James. (1988). A walk through history: Tim O'Brien's *Going after Cacciato*. In D. A. Schmitt (Ed.), *Contemporary literary criticism*, vol. 103 (pp. 149-158). Detroit: Gale.

Halberstam, David. (1968). *One very hot day*. Boston: Houghton Miffliny.

Hall, H. Palmer. (1990). The helicopter and the punji stick: Central symbols of the Vietnam War. In O. W. Gilman, Jr. , & L. Smith (Eds.), *America rediscovered: Critical essays on literature and film of the Vietnam War* (pp. 150-161). New York: Garland.

Hanley, Lynne. (1991). *Writing war: Fiction, gender & memory*. Amherst: The University of Massachusetts Press.

Hasford, Gustav. (1983). *The short-timers*. New York: Bantam.

Heberle, Mark A. (2001). *A trauma artist: Tim O'Brien and the fiction of Vietnam*. Iowa City: University of Iowa Press.

Heinemann, Larry. (1986). *Close quarters*. New York: Penguin.

Heinemann, Larry. (1989). *Paco's story*. New York: Penguin.

Heinemann, Larry. (1991a). Letter: To Ronald Baughman. In R.

Baughman (Ed.), *DLB: Documentary series*, vol. 9: *American writers of the Vietnam War* (pp. 83-86). Detroit: Gale.

Heinemann, Larry. (1991b). What shall we tell our children about Vietnam. In R. Baughman (Ed.), *DLB: Documentary series*, vol. 9: *American writers of the Vietnam War* (pp. 126-127). Detroit: Gale.

Heller, Joseph. (1985). *Catch-22*. New York: Dell.

Hellmann, John. (1981). *Fables of fact: The new journalism as new fiction*. Urbana: University of Illinois Press.

Hellmann, John. (1986). *American myth and the legacy of Vietnam*. New York: Columbia University Press.

Hemingway, Ernest. (1929). *A farewell to arms*. New York: Charles Scribner's Sons.

Herr, Michael. (1978). *Dispatches*. New York: Avon.

Herring, George C. (1986). *America's longest war: The United States and Vietnam: 1950-1975*. New York: Newbery Awards Records.

Herzog, Tobey C. (1988). John Wayne in a modern heart of darkness: The American soldier in Vietnam. In W. J. Searle (Ed.), *Search and clear: Critical responses to selected literature and films of the Vietnam War* (pp. 16-25). Ohio: Bowling Green State University Popular Press.

Herzog, Tobey C. (1992). *Vietnam War stories: Innocence lost*. London: Routeldge.

Hillstrom, Kevin & Hillstrom, Laurie Collier. (1998). *The Vietnam experience: A concise encyclopedia of American literature, songs, and films.* Westport: Greenwood.

Hölbling, Walter. (1990). US fiction about Vietnam: The discourse of contradiction. In Michael Klein (Ed.), *The Vietnam era : Media and popular culture in the US and Vietnam* (pp. 125-143). London: Pluto.

Hollowell, John. (1977). *Fact & fiction: The new journalism and the nonfiction novel.* Chapel Hill: the University of North Carolina Press.

Huggett, William Turner. (1973). *Body count.* New York: G. P. Putnam's Sons.

Isaacs, Arnold R. (1997). *Vietnam shadows: The war, its ghosts, and its legacy.* Baltimore: the Johns Hopkins University Press.

Jameson, Fredric. (1981). *The political unconscious.* Ithaca: Cornell University Press.

Jarraway, David R. (1998, fall). "Excremental assault" in Tim O'Brien: Trauma and recovery in Vietnam War literature. *Modern Fiction Studies*, 44(3), 695-711.

Jason, Philip K. (2000). *Acts and shadows: The Vietnam War in American literary culture.* Boston: Rowman & Littlefield.

Jason, Philip K. (Ed.). (1991). *Fourteen landing zones: Approaches to Vietnam War literature.* Iowa City: University of Iowa Press.

Jeffords, Susan. (1989). *The remasculinization of America: Gender and the Vietnam War.* Bloomington: Indiana University Press.

Johnson, Lyndon B. (2003). Peace without conquest. Retrieved

April. 14,2003 from http;// www. yahoo. com.

Karl, Frederick R. (1983). *American fictions 1940-1980*: *A comprehensive history and critical evaluation*. New York: Harper & Row.

Karnow, Stanley. (1991). An interview with General Giap. In W. Capps (Ed.), *The Vietnam Reader* (pp. 125-135). New York: Routledge.

Karnow, Stanley. (1997). *Vietnam*: *A history*. New York: Penguin.

Katzman, Jason. (1993, spring). From outcast to cliché: How film shaped, warped and developed the image of the Vietnam veteran, 1967-1990. *Journal of American Culture*, 16 (1), 7-24.

Kelleghan, Fiona. (2007). Robert Olen Butler Jr. biography. Retrieved September. 22, 2007 from http;//biography. jrank. org/pages/4198/Butler-Robert-Olen-Jr. html

Kinney, Katherine. (2000). *Friendly fire*: *American images of the Vietnam War*. New York: Oxford University Press.

Klein, Michael (Ed.). (1990). *The Vietnam era*: *Media and popular culture in the US and Vietnam*. London: Pluto.

Klinkowitz, Jerome, & Somer, John (Eds.). (1978). *Writing under fire*, *stories of the Vietnam War*. New York: Delta.

Klinkowitz, Jerome. (1980). *The American 1960s*: *Imaginative arts in a decade of change*. Ames: The Iowa State University Press.

Kovic, Ron. (1977). *Born on the fourth of July*. New York:

Kangaroo.

Lawson, Jacqueline E. (1988). "Old kids": The adolescent experience in the nonfiction narratives of the Vietnam War. In W. J. Searle (Ed.), *Search and clear: Critical response to selected literature and films of the Vietnam War* (pp. 26-36). Ohio: Bowling Green State University Popular Press.

Lawson, Jacqueline E. (1990). Telling it like it was: The nonfiction literature of the Vietnam War. In O. W. Gilman, Jr. & L. Smith (Eds.), *America rediscovered: Critical essays on literature and film of the Vietnam War* (pp. 363-381). New York: Garland.

Le Ly Hayslip. (1990). *When heaven and earth changed places: A Vietnamese woman's journey from war to peace*. New York: Penguin.

Lederer, William J. & Burdick, Eugene. (1999). *The ugly American*. New York: W. W. Norton.

Lembcke, Jerry. (1998). *The spitting image: Myth, memory, and the legacy of Vietnam*. New York: New York University Press.

Lewis, Lloyd B. (1985). *The tainted war: Culture and identity in Vietnam War narratives*. Westport: Greenwood.

Lifton, Robert Jay. (1991). Home from the war: The psychology of survival. In W. Capps (Ed.), *The Vietnam reader* (pp. 54-67). New York: Routledge.

Lomperis, Timothy J. (1987). *Reading the wind: The literature of the Vietnam War*. Durham: Duke University Press.

Lyon, Jeff. (1991). Author 1st class. In R. Baughman (Ed.), *DLB: Documentary series*, vol. 9: *American writers of the Vietnam War* (pp. 112-119). Detroit: Gale.

Mailer, Norman. (1968). *The armies of the night*. New York: Penguin.

Mailer, Norman. (1991). *Why are we in Vietnam*. New York: An Owl Book, Henry Holt.

March, William. (1995). *Company* K. Tuscaloosa: the University of Alabama Press.

Marcuse, Herbert. (1964). *One-dimensional man: Studies in the ideology of advanced industrial society*. London: Routledge.

Marcuse, Herbert. (1987). *Eros and civilization: A philosophical inquiry into Freud*. London: Routledge & Kegan Paul.

Mason, Bobbie Ann. (1985). *In country*. New York: Harper & Row.

McCaffery, Larry. (1986). *Postmodern fiction: A bio-bibliographical guide*. New York: Greenwood.

McCaffery, Larry. (1991). Interview with Tim O'Brien. In R. Baughman (Ed.), *DLB: Documentary series*, vol. 9: *American writers of the Vietnam War* (pp. 153-164). Detroit: Gale.

McGregor, Ross. (1990). *A terrible irony: American response to the Vietnam War in fiction*. Trier: Wissenschaftlicher Verlag Trier.

McInerney, Peter. (1981). "Straight" and "secret" history in Vietnam War literature. *Contemporary Literature*, 22 (2), 187-204.

McWilliams, Dean. (1991). Time in O'Brien's *Going after Cacciato*. In R. Baughman (Ed.), *DLB: Documentary series*, vol. 9: *American writers of the Vietnam War* (pp. 190-196). Detroit: Gale.

Melling, Philip H. (1990). *Vietnam in American literature*. Boston: Twayne.

Michener, James A. (1953). *The bridges at Toko-Ri*. New York: New York: Random.

Miller, Wayne Charles. (1970). *An armed America: Its face in fiction*. New York: New York University Press.

Moore, Robin. (1965). *The green berets*. New York: Crown.

Muse, Eben J. (1995). *The land of Nam: The Vietnam War in American film*. Lanham: Scarecrow.

Myers, Thomas. (1984, spring). Diving into the wreck: Sense making in *The 13th valley*. *Modern Fiction Studies*, 30 (1), 119-134.

Myers, Thomas. (1988). *Walking point: American narratives of Vietnam*. New York: Oxford University Press.

Naparsteck, Martin. (1988). Tim O'Brien with Martin Naparsteck. In D. A. Schmitt (Ed.), *Contemporary literary criticism* (vol. 103) (pp. 133-138). Detroit: Gale.

Newman, John. (1996). *Vietnam War literature: An annotated bibliography of imaginative works about Americans fighting in Vietnam*. Lanham: Scarecrow.

Nicosia, Gerald. (1991). A war story that tells the truth. In R. Baugham (Ed.), *DLB: Documentary series*, vol. 9. *American writers of the Vietnam War* (pp. 97-99). Detroit: Gale.

Novelli, Martin. (1990). Hollywood and Vietnam: Images of Vietnam in American film. In M. Klein (Ed.), *The Vietnam era: Media and popular culture in the US and Vietnam* (pp. 107-124). London: Pluto.

O'Brien, Tim. (1978). *Going after Cacciato*. New York: Delacorte/ Seymour Lawrence.

O'Brien, Tim. (1979). *If I die in a combat zone*. New York: Dell.

O'Brien, Tim. (1991). *The things they carried*. New York: Penguin.

O'Brien, Tim. (1994). *In the lake of the woods*. New York: Penguin.

Olson, James S. (1988). *Dictionary of the Vietnam War*. New York: Greenwood.

Olson, James S. (1993). *The Vietnam War: Handbook of the literature and research*. Westport: Greenwood.

Plato. (1998). *Republic.* (John Lewelyn Davies & David James Vaughan Trans.) Beijing: Foreign Language Teaching and Research.

Poppleton-Pritchard, Rosalind. (1997). World beyond measure: An ecological critique of Tim O'Brien's *The things they carried* and *In the lake of the woods*. *Critical Survey*, 9(2), 80-93.

Pratt, John Clark. (1991). Yossarian's legacy: Catch-22 and the Vietnam War. In P. K. Jason (Ed.), *Fourteen landing zones: Approach to Vietnam War Literature* (pp. 88-110). Iowa City: University of Iowa Press.

Richter, David H. (Ed.). (1996). *Narrative / Theory*. New

York: Longman.

Rimmon-Kenan, S. (1983). *Narrative fiction*. London: Methuen.

Ringnalda, Donald. (1994). *Fighting and writing the Vietnam War*. Jackson: UP of Mississippi.

Ringnalda, Donald J. (1988, April). Fighting and writing: America's Vietnam War literature. *Journal of American Studies*, 22(1), 25-42.

Ringnalda, Donald J. (1998). Michael Herr. In A. J. Kaul (Ed.), *DLB (Dictionary of Literary Biography)*, vol. 185, *American literary journalists, 1945-1995* (pp. 100-114). Detroit: Gale.

Ringnalda, Donald. (1990). Unlearning to remember Vietnam. In O. W. Gilman Jr. & L. Smith (Eds.), *America rediscovered: Critical essays on literature and film of the Vietnam War* (pp. 64-74). New York: Garland.

Ronda, Bruce A. (1996). *The discourse of American literature: Culture and expression from colonization to present*. Shanghai: Shanghai Foreign Language Educations Press.

Roosevelt, Franklin D. (2003). Franklin D. Roosevelt's war message, asking Congress to declare war on Japan. Retrieved April. 14, 2003 from http:// www. yahoo. com.

Said, Edward W. (1979). *Orientalism*. New York: Vintage.

Salisbury Harrison E. (Ed.). (1984). *Vietnam reconsidered: Lessons from a war*. New York: Harper & Row.

Santoli, Al. (1982). *Everything we had*. New York: Ballantine.

Scheer, Robert. (1984). Difficulties of covering a war like

Vietnam. In H. E. Salisbury (Ed.), *Vietnam reconsidered*: *Lessons from a war* (pp. 117-119). New York: Harper & Row.

Schroeder, Eric James. (1984, spring). Two interviews: Talks with Tim O'Brien and Robert Stone. *Modern Fiction Studies*, 30(1), 135-164.

Seaman, Donna. (2007). An interview with Robert Olen Butler. Retrieved September 22, 2007 from http://www. bookslut. com/features/2007_02_010635. php.

Searle, William J. (Ed.). (1988). *Search and clear*: *Critical responses to selected literature and films of the Vietnam War*. Ohio: Bowling Green State University Popular Press.

Shafer, Michael. (1990). *The legacy*: *The Vietnam War in the American imagination*. Boston: Beacon.

Sigal, Clancy. (1984). Desertion as a form of resistance to the Vietnam War. In H. E. Salisbury (Ed.), *Vietnam reconsidered*: *Lessons from a war* (pp. 67-70). New York: Harper & Row.

Slay, Jack Jr. (1999, fall). A rumor of war: Another look at the observation post in Tim O'Brien's *Going after Cacciato*. *Critique*, 41(1), 79-85.

Smetak, Jacqueline R. (1991). The (hidden) antiwar activist in Vietnam War fiction. In P. K. Jason (Ed.), *Fourteen landing zones*: Approaches to Vietnam War Literature (pp. 141-165). Iowa City: University of Iowa Press.

Stewart, Mattew C. (1990). Style in Dispatches: Heteroglossia and Michael Herr's break with conventional journalism. In O. W. Gilman Jr. & L. Smith (Eds.), *America rediscovered: Critical essays on literature and film of the Vietnam War* (pp. 189-204). New York: Garland.

Stewart, Matthew. (1991). Realism, verisimilitude, and the depiction of Vietnam veterans in In country. In P. K. Jason (Ed.), *Fourteen landing zones: Approaches to Vietnam War literature* (pp. 166-179). Iowa City: University of Iowa Press.

Stewart, Matthew. (1993, winter). Stephen Wright's style in *Meditations in green. Critique*, 34(2), 126-136.

Stone, Robert. (1987). *Dog soldiers*. New York: Penguin.

Suid, Lawrence. (1981, summer). Hollywood and Vietnam. *Journal of American Culture*, 4(2), 136-148.

Sullivan, Richard A. (1990). The recreation of Vietnam: The war in American fiction, poetry, and drama. In M. Shafer (Ed.), *The legacy: The Vietnam War in the American imagination* (pp. 157-185). Boston: Beacon.

Tal, Kali. (1996). *World of hurt: Reading the literatures of trauma*. New York: Cambridge University Press.

Terry, Wallace. (1984). Bloods: An oral history of the vietram war *by black veterans*. New York: Rardom House.

Vannatta, Dennis. (1982, summer). Theme and structure in Tim O'Brien's *Going after Cacciato*. Modern Fiction Studies, 28(2), 242-246.

Vonnegut, Kurt, Jr. (1969). *Slaughter-house five*. New York: Dell.

Webb, James. (1991). *Fields of fire*. New York: Simon & Schuster.

Webb, Joseph M. (1977). *The student journalist and writing the new journalism*. New York: Richards.

Weber, Ronald. (1974). *The reporter as artist: A look at the new journalism controversy*. New York: Hastings House.

Weich, Dave. (2007). Robert Olen Butler plays with voices. Retrieved September. 22, 2007 from http://www. powells. com/authors/butler. html.

Wilson, James C. (1982). *Vietnam in prose and film*. Jefferson: McFarland.

Wilson, Woodrow. (2003). Woodrow Wilson's war message, advising Congress to declare war on Germany. Retrieved April. 14, 2003 from http:// www. yahoo. com.

Wittman, Sandra M. (1989). *Writing about Vietnam: A bibliography of the literature of the Vietnam conflict*. Boston: G. K. Hall.

Wolfe, Tom. (1973). *The new journalism: With an anthology edited by Tom Wolfe and E. W. Johnson*. London: Pan.

Woods, William Crawford. (1970). *The killing zone*. New York: Harper & Row.

Wright, Stephen. (1996). *Meditations in green*. New York: Delta.

Zizek, Slavoj. (1989). *The sublime object of ideology*. London: Verso.

阿兰·谢里登(1997):《求真意志——密歇尔·福柯的心路历程》,尚志英、许林译,上海:上海人民出版社。

埃里希·玛丽亚·雷马克(2001):《西线无战事》,李清华译,南京:译林出版社。

埃伦·加梅尔曼(2003):"美军士兵先留'种子'再上前线",载于《参考消息》,1月29日第5版。

爱德华·W·萨义德(1999):《东方学》,王宇根译,北京:生活·读书·新知三联书店。

巴赫金(1998):《巴赫金集》,张杰编选,上海:上海远东出版社。

巴特·穆尔-吉尔伯特(2001):《后殖民理论:语境、实践、政治》,陈仲丹译,南京大学出版社。

柏拉图(2000):《文艺对话集》,朱光潜译,北京:人民文学出版社。

保罗·德曼(1998):《解构之图》,李自修等译,北京:中国社会科学出版社。

查尔斯·W·埃克特(1995):"忒勒玛科斯故事中的入会仪式母题",载于约翰·维克雷(编),《神话与文学》(191—203页),上海:上海文艺出版社。

查尔斯·鲁亚斯(1995):《美国作家访谈录》,粟旺、李文俊等译,北京:对外翻译出版社。

程巍(2002):"霍尔顿与脏话的政治学",载于《外国文学评论》,第3期,第44—52页。

程志民(1996):"马尔库塞",载于苏国勋(编),《当代西方著名哲学家评传》,第十卷:社会哲学(205—250页),济南:山东人民出版社。

达尼埃尔-亨利·巴柔(2001):"形象",孟华译,载于孟华(主编),《比较文学形象学》(153—184页),北京:北京大学出版社。

丹尼尔·贝尔(1992):《资本主义文化矛盾》,赵一凡、蒲隆、任晓晋译,北京:生活·读书·新知三联书店。

菲利普·惠尔赖特(1995):"论神话创造",载于约翰·维克雷(编),《神话与文学》(22—32页),上海文艺出版社。

弗·詹姆逊(1999a):"后现代主义,或后期资本主义的文化逻辑",载于《后现代主义》,赵一凡等译,北京:社会科学文献出版社。

弗雷德里克·詹姆逊(1999b):《政治无意识》,王逢振和陈永国译,北京:中国社会科学出版社。

弗洛姆(1988):《梦的精神分析》,叶颂寿译,北京:光明日报出版社。

高默波(2003):"控制·自由·倾向·公正",载于《读书》,第12期,99—107页。

R·G·格兰特(2003):《现代战争》,马华译,青岛:青岛出版社。

郭宏安、章国锋、王逢振(1997):《二十世纪西方文化研究》,北京:中国社会科学出版社。

赫伯特·马尔库塞(1987):《爱欲与文明——对弗洛伊德思想的哲学探讨》,黄勇、薛民译,上海:上海译文出版社。

黑格尔(1997):《精神现象学》,贺麟、王玖兴译,北京:商务印书馆。

霍克海默和阿道尔诺(2003):《启蒙辩证法:哲学断片》,渠敬东、曹卫东译,上海:上海人民出版社。

拉尔夫·德·贝茨(1984):《1933—1973美国史(下,杜鲁门—尼克松当政时期:1945—1973)》,南京大学历史系英美对外关系研究室译,北京:人民出版社。

莱恩·T·塞格尔斯(1999):"'文化身体'的重要性",载于乐黛云和张辉(主编),《文化传递与文学形象》(327—347页)。北京:北京大学出版社。

莱斯利·A·怀特(1988):《文化的科学——人类与文明研究》,沈原等译,济南:山东人民出版社。

乐黛云和张辉(主编)(1999):《文化传递与文学形象》,北京:北京大学出版社。

李公昭(主编)(2000):《20 世纪美国文学导论》,西安:西安交通大学
　　出版社。

理查德·蔡斯(1995):"神话研究概说",载于约翰·维克雷(编),《神
　　话与文学》(12—21 页),上海:上海文艺出版社。

凌朔(2004):"美国音乐家突发奇想:'拉氏之歌'《不知道》出炉",载
　　于《北京青年报》,5 月 14 日,第 A17 版。

陆扬和王毅(2000):《大众文化与传媒》,上海:上海三联书店。

路易·阿尔都塞(2002):"意识形态与意识形态国家机器(一项研究
　　的笔记)",载于齐泽克和阿多尔诺等,《图绘意识形态》(133 页—
　　183 页),方杰译,南京:南京大学出版社。

罗伯特·F·墨菲(1994):《文化与社会人类学引论》,王卓君和吕迺
　　基译,北京:商务印书馆。

罗钢和刘象愚(主编)(1999):《后殖民主义文化理论》,北京:中国社
　　会科学出版社。

马克思(1962):《路易·波拿巴的雾月十八日》,北京:人民文学出
　　版社。

马歇尔·麦克卢汉(2003):《理解媒介——论人的延伸》,何道宽译,
　　北京:商务印书馆。

孟华(主编)(2001):《比较文学形象学》,北京:北京大学出版社。

米歇尔·福柯(1997):《权力的眼睛:福柯访谈录》,严锋译,上海:上
　　海人民出版社。

米歇尔·福柯(1999a):《疯癫与文明》,刘北成和杨远婴译,北京:生
　　活·读书·新知三联书店。

米歇尔·福柯(1999b):《规训与惩罚》,刘北成和杨远婴译,北京:生
　　活·读书·新知三联书店。

米歇尔·福柯(1999c):《性史》,姬旭升译,西宁:青海人民出版社。

莫里斯·迪克斯坦(1996):《伊甸园之门:六十年代美国文化》,方晓光译,上海:上海外语教育出版社。

诺曼·梅勒(1998):《夜幕下的大军》,任绍曾译,南京:译林出版社。

祁广谋(2003):"论越南军事文学的文化心理和审美特质",载于《第三届外国语言文学博士语言与文化研讨会资料汇编》(195—199页)。

让-马克·莫哈(2001):"试论文学形象学的研究史及方法论",孟华译,载于孟华(主编),《比较文学形象学》(17-40页),北京:北京大学出版社。

热拉尔·热奈特(1990):《叙事话语·新叙事话语》,王文融译,北京:中国社会科学出版社。

申丹(2001):《叙述学与小说文体学研究》,北京:北京大学出版社。

盛宁(1996a):"鲍德里亚·后现代·社会解剖学",载于《读书》,第8期。

盛宁(1996b):"危险的让·鲍德里亚",载于《读书》,第10期。

斯拉沃热·齐泽克(2002a):《意识形态的崇高客体》,季广茂译,北京:中央编译出版社。

斯拉沃热·齐泽克(2002b):"意识形态的幽灵",载于齐泽克和阿多尔诺等,《图绘意识形态》,方杰译,南京:南京大学出版社。

斯拉沃热·齐泽克等(编)(2002c):《图绘意识形态》,方杰译。南京:南京大学出版社。

斯图尔特·霍尔(2005):《表征》,徐亮和陆兴华译,北京:商务印书馆。

特里·伊格尔顿(1986):《马克思主义与文学批评》,文宝译,北京:人民文学出版社。

特里·伊格尔顿(2002a):《后现代主义的幻象》,华明译,北京:商务印书馆。

特里·伊格尔顿(2002b):"西方马克思主义中的意识形态及其兴衰",载于齐泽克和阿多尔诺,《图绘意识形态》,方杰译,南京:南京大学出版社。

提姆·欧布莱恩(1998):《郁林湖失踪纪事》,汪芸译,台北:天下远见股份有限公司。

托多罗夫(2001):《巴赫金、对话理论及其他》,蒋子华和张萍译,天津:百花文艺出版社。

王亚南(2003):"传媒的被控制与传媒的控制",载于《读书》,第 12 期,92—98 页。

姚乃强(1998):"恶之果——读罗伯特·斯通的小说《亡命之徒》",载于《解放军外国语学院学报》,第 5 期,89—94 页。

尤尔根·哈贝马斯(2001):《合法化危机》,刘北成和曹卫东译,上海:上海人民出版社。

余富兆(1994):"试论越南 80 年代的小说",载于《解放军外国语学院学报》,第 1 期,68—73 页。

余富兆(2000):"越南抗战文学述略",载于《东南亚纵横》,增刊,24—29 页。

余富兆(2001):《越南历史》,北京:军事译文出版社。

约翰·维克雷(编)(1995):《神话与文学》,上海:上海文艺出版社。

詹·乔·弗雷泽(1987):《金枝》,徐育新、汪培基、张泽石等译,北京:中国民间文艺出版社。

"战地记者:英雄时代终结?"(2003 年 5 月 5 日),载于《参考消息》,第 9 版。

赵一凡(2007):《从胡塞尔到德里达:西方文论讲稿》,北京:三联书店。

赵一凡等(编)(2006):《西方文论关键词》,北京:外语教学与研究出
　　版社。

周小仪(2003):"文学性",载于《外国文学》,第 5 期,51－63 页。

朱立元(主编)(1999):《当代西方文艺理论》,上海:华东师范大学出
　　版社。

后　记

　　本书是在我博士论文的基础上修改而成的。我要感谢导师李公昭教授。多年来,他一直引导我在文学研究的道路上前进,并激发了我对美国战争文学的兴趣,让我体会到战争文学独特的魅力。在撰写期间,李教授无私地给我提供各种资料,热情地鼓励我在书海中遨游,悉心指点写作的点点滴滴。他的帮助将永远激励着我。

　　本书的撰写得到了很多专家、学者的指点。解放军外国语学院的姚乃强教授、王岚教授,中国社会科学院外国文学研究所的盛宁研究员、赵一凡研究员、王逢振研究员,四川大学的程锡麟教授,河南大学的高继海教授,浙江大学的殷企平教授和北京师范大学的赵太和教授对本书初稿提出了很多富有建设性的宝贵意见,令我受益匪浅。美国科罗拉多大学的越战文学作家及批评家约翰·克拉克·普拉特教授热情地解答了我的疑问,提供了慷慨的帮助。科罗拉多亚当斯州立学院的罗恩·贝克博士为我提供了研究越战的一部分资料。北京语言文化大学的朱荣杰博士,解放军外国语学院的陈榕博士、石平萍博士提出了宝贵的意见。解放军外国语学院的越语学者余富兆教授和祁广谋教授,为我了解越南历史、文化,以及当前越南的抗美文学,提供了重要帮助。在此,向他们一并表示深深的谢意。

另外,复旦大学出版社的栾奇女士做了大量严谨细致的工作,在此感谢她为本书的编辑和出版付出的心血和努力。

最后,我要感谢家人。父母无私的爱与关怀教给了我生命的真谛;爱人陈春华在学习和精神上给予我巨大的帮助和支持;在本书修改期间,女儿的问世带来了无比的快乐。是家人的鼓励和爱护让我得以沐浴在爱的阳光下,畅游在文学的海洋里。

图书在版编目(CIP)数据

美国越南战争：从想象到幻灭——论美国越战叙事文学
对越战的解构 / 胡亚敏著 .—上海：复旦大学出版社，
2009.9
ISBN 978 - 7 - 309 - 06861 - 0

Ⅰ. 美… Ⅱ. 胡… Ⅲ. 现代文学－文学研究－美国
Ⅳ. I712.065

中国版本图书馆 CIP 数据核字（2009）第 151452 号

美国越南战争：从想象到幻灭
——论美国越战叙事文学对越战的解构

胡亚敏　著

出版发行	复旦大學出版社　上海市国权路 579 号　邮编：200433
	86-21-65642857(门市零售)
	86-21-65100562(团体订购)　86-21-65109143(外埠邮购)
	fupnet@fudanpress.com　http://www.fudanpress.com
责任编辑	邬红伟
出 品 人	贺圣遂
印　刷	句容市排印厂
开　本	890×1240　1/32
印　张	9.875
字　数	275 千
版　次	2009 年 9 月第一版第一次印刷
书　号	ISBN 978 - 7 - 309 - 06861 - 0 / I·514
定　价	25.00 元